LE MYSTÈRE D'EDWIN DROOD

CHARLES DICKENS

LE MYSTÈRE D'EDWIN DROOD

roman

Traduit de l'anglais et résolu par Paul Kinnet

Préface de Jean-Pierre Croquet

Postface de Paul Kinnet

ARCHIPOCHE

Une première édition de ce livre
a paru en 1956 aux éditions Marabout.

www.archipoche.com

Si vous souhaitez recevoir notre catalogue et être tenu au courant de nos publications, envoyez vos nom et adresse, en citant ce livre, aux Éditions Archipoche,
34, rue des Bourdonnais 75001 Paris.
Et, pour le Canada, à
Édipresse Inc., 945, avenue Beaumont,
Montréal, Québec, H3N 1W3.

ISBN 978-2-35287-304-4

Préface

C'est au cours de l'été 1869, quatre ans et demi après avoir achevé *Notre ami commun*, que Dickens se met à l'élaboration d'un nouveau roman. Au cours des années précédentes, tant aux États-Unis qu'en Angleterre, d'épuisantes tournées de lectures publiques ont considérablement détérioré son état de santé. Cependant, il ressent l'envie – n'ayant écrit, depuis son dernier roman, que des articles et des nouvelles – de « reprendre le harnais » pour une œuvre de longue haleine. Il se retire alors dans sa maison de Gad's Hill, dans le Kent, pour y esquisser le plan de ce qui sera son quinzième et ultime roman.

Le 6 août, il écrit à John Forster, son ami et futur biographe : « J'ai pour mon nouveau roman une idée très curieuse et très neuve. Ce n'est pas une idée qu'on puisse communiquer (sinon l'intérêt du livre disparaîtrait), mais elle est très forte, encore que difficile à exploiter[1]. » Ce même mois le voit hésiter entre dix-sept titres (parmi lesquels *La Perte d'Edwin Drood*, *La Disparition d'Edwin Drood*, *Mort? ou vivant?*) avant de trancher, en octobre, en faveur du titre définitif.

---

1. Cité par Sylvère Monod *in* Charles Dickens, *Le Mystère d'Edwin Drood*, Paris, Gallimard, « Bibliothèque de la Pléiade », 1991, p. 1412 (notice).

Parallèlement, il visite en compagnie de James T. Fields, son éditeur américain, les quartiers misérables de l'East End qu'il appelle « le côté sombre de la vie londonienne » et se documente sur les fumeries d'opium. C'est ainsi qu'il pénètre dans un établissement de New Court, près de Bluegate Fields, où il croise « une vieille femme décharnée soufflant sur une sorte de pipe fabriquée à l'aide d'une bouteille d'encre à un penny[1] ». Ce bouge à opium servira, cinq mois plus tard, de décor au premier chapitre du *Mystère d'Edwin Drood*, et l'on peut avancer, à la suite de Peter Ackroyd[2], que « la vieille femme » constitue le modèle de la « princesse Bouffarde » (« Princess Puffer »), tenancière de l'établissement que fréquente l'opiomane John Jasper.

Une fois établi le plan de son intrigue, Dickens entame les négociations avec ses éditeurs Chapman and Hall pour faire paraître son roman, non pas en vingt livraisons mensuelles, comme il en avait l'habitude, mais en douze, preuve qu'il a conscience que sa santé déclinante ne lui permet plus de s'engager sur de trop longs parcours. Ajoutons qu'à sa demande expresse une clause est introduite, stipulant qu'en cas de décès ou d'incapacité de l'auteur, un arbitrage évaluera le montant dû à ses éditeurs.

Le contrat signé, il se met au travail en automne et termine les deux premières livraisons fin novembre. Le 31 mars 1870 voit la parution des chapitres 1 à 3 ; le 30 avril, celle des chapitres 6 à 9, et, le 31 mai, des chapitres 10 à 12. Le 8 juin, à la suite d'une longue journée d'écriture, Dickens couche une dernière phrase,

1. Extrait de la correspondance de J. T. Fields, cité par Peter Ackroyd, *Charles Dickens*, Paris, Stock, 1991, p. 1158.
2. *Ibid.*

« … *and then falls to with an appetite*[1] », pose la plume et rejoint sa famille pour le dîner. Il meurt le lendemain, à cinquante-huit ans, victime d'une congestion cérébrale, laissant son roman pour toujours inachevé et le mystère annoncé dans le titre à jamais irrésolu. Les quatrième et cinquième livraisons, revues et corrigées par Dickens, paraîtront après son décès, ainsi que la sixième, début septembre, où figure le chapitre 23 brutalement interrompu.

Fidèle à la méthode qu'il a appliquée dans la rédaction de tous ses romans publiés en feuilletons, Dickens n'avait que quelques chapitres d'avance sur ses lecteurs. Exception faite d'un bref fragment où apparaît Mr Sapsea (dont on pense qu'il n'était pas destiné à figurer dans la version définitive du *Mystère d'Edwin Drood*), il ne laisse, à sa mort, aucune note sur ses intentions quant au développement et à la résolution de son intrigue.

En s'installant au milieu de son ultime roman « par la route silencieuse où aboutissent tôt ou tard tous les pèlerinages terrestres » (comme il l'a écrit au chapitre 9), Dickens vient de créer un des mystères les plus accomplis de l'histoire de la littérature.

De l'avis général de la critique, *Le Mystère d'Edwin Drood* tranche profondément avec le reste de son œuvre, tant du point de vue du style, de la composition, de la limitation des décors et, bien entendu, du caractère retors de l'intrigue, rendue doublement mystérieuse par son inachèvement.

1. Page 415 de la présente édition.

Adoptant une prose plus économe et retenue, évitant les digressions, Dickens réduit également le nombre de ses personnages (dont la prolifération lui avait souvent été reprochée) et resserre son récit autour de deux villes, Cloisterham et Londres, dont il privilégie les aspects ténébreux. Le roman s'ouvre sur les visions hallucinées des opiomanes de Bluegate Fields, puis glisse vers la ville imaginaire de Cloisterham, qui n'est autre qu'une transposition de Rochester. Cette ville, Dickens la connaît depuis l'enfance et il vit depuis plusieurs années à proximité, dans sa propriété de Gad's Hill. À plusieurs reprises, il a décrit cette ville, qui est avec Londres l'une de ses sources d'inspiration, notamment dans *Les Papiers posthumes du Pickwick Club* (1836) et dans *Les Grandes Espérances* (1861). Mais, cette fois, il en assombrit la peinture, insistant sur sa décrépitude et transformant sa description, au chapitre 3, en méditation sur le passage du temps et sur la condition mortelle. Partout, la mort plane sur la vieille ville épiscopale, ce ne sont qu'images de cimetières et de tombes. Le lecteur est transporté tantôt chez le marbrier Durdles, tantôt dans la crypte de la cathédrale, ou encore parmi les tombeaux, où l'on débat d'une inscription funéraire. Si l'on admet que l'une des caractéristiques du roman « gothique » est de faire coexister les vivants et les morts, on peut dire que jamais Dickens ne s'en est autant approché.

La société qu'il met en place dans cet arrière-plan volontiers oppressant est essentiellement celle de la bourgeoisie, dont plusieurs membres (chanoine, chantre, etc.) sont rattachés à la cathédrale. Le roman pourrait n'être qu'un roman de mœurs peignant une petite ville anglaise de l'époque victorienne, en faisant alterner action et psychologie, sentimentalité et humour au travers d'une palette d'excentriques et de grotesques, de somptueux imbéciles ou de personnages improbables (tel Deputy, « hideux gamin » comme emprunté aux gargouilles, dont l'amusement principal consiste à lapider les passants), s'il n'y avait le mystère criminel qui – même s'il apparaît assez tardivement – est au cœur du récit.

Car c'est autour de la disparition d'Edwin Drood que gravite le roman. Celui-ci, neveu de John Jasper, chef des chœurs de la cathédrale et secrètement opiomane, doit épouser Rosa, pensionnaire dans une institution de la ville. Or Jasper est passionnément amoureux de Rosa, qui l'exècre. La veille de Noël, Edwin disparaît. Dans un premier temps, le lecteur est enclin à soupçonner Jasper d'être l'assassin. Cette opinion est partagée par Mr Grewgious, le tuteur de Rosa, et par Mr Datchery, un étrange rentier débarqué depuis peu à Cloisterham, qui paraît enquêter sur la disparition. Jasper parvient cependant à détourner les soupçons de la police en direction de Neville Landless, élève du chanoine Crisparkle, qui s'était violemment disputé avec Edwin. La mort surprend Dickens au moment où Mr Datchery semble avoir fait un pas décisif dans ses investigations.

La trame du récit ainsi résumée montre sans conteste que nous sommes en présence d'un roman à intrigue policière, le premier de Dickens, et là réside évidemment sa plus grande nouveauté. Ajoutons qu'en choisissant la nuit du réveillon pour faire disparaître Edwin Drood, Dickens a ouvert la voie à un sous-genre de la littérature criminelle : l'histoire policière de Noël. Jusque-là, dans l'hebdomadaire qu'il dirigeait, il s'était contenté d'associer des histoires de fantômes au « meilleur des bons jours de l'année » ; cette fois, il donne un « tour d'écrou » supplémentaire – pour reprendre le titre d'un roman de Henry James – en y accolant le crime. L'horreur de l'acte commis lors de la fête de la Nativité, de la famille et des bons sentiments n'en prend que plus de relief et les plus grands détectives – de Sherlock Holmes à Nero Wolfe, en passant par Lord Peter, Hercule Poirot ou Maigret – verront à leur tour leur fête de Noël entachée… ou embellie, si l'on admet qu'un mystère choisi représente le plus beau cadeau qu'un auteur de romans policiers puisse offrir à son personnage. Agatha Christie, fidèle à cette tradition, aura coutume de publier un nouveau roman pour Noël : « *A Christie for Christmas.* »

Si Dickens, avec *Le Mystère d'Edwin Drood*, apparaît comme un pionnier du roman à énigme, l'attention qu'il porte à la police n'est cependant pas nouvelle. Depuis les années 1850, il fréquente des inspecteurs, s'intéresse aux criminels, se passionne pour les faits divers (telle l'affaire de Road Hill House, en 1860, où un enfant avait été sauvagement assassiné[1]) et, dans ses lectures publiques, il a coutume de donner la scène d'*Oliver Twist* dans laquelle Sykes assassine Nancy. Mais jamais encore il n'avait essayé de rendre ses intrigues bien mystérieuses. L'anecdote selon laquelle Edgar Allan Poe avait deviné la fin de *Barnaby Rudge* (1841) après la lecture de quelques chapitres est, de ce point de vue, emblématique. Comme le note aussi Gilbert Keith Chesterton : « *Notre ami commun* fut terminé ; mais quand bien même on n'en aurait que la moitié, le premier venu, je crois, saurait deviner que John Rokesmith et John Harman ne font qu'un. *Bleak House* est achevé ; mais le fût-il à moitié seulement, n'importe qui pourrait comprendre que Lady Dedlock et Nemo ont jadis péché[2]. »

---

1. *Cf.* Kate Summerscale, *L'Affaire de Road Hill House*, Paris, Gallimard, coll. « Folio », 2009.
2. G. K. Chesterton, *Dickens*, Paris, Gallimard, coll. « Vie des hommes illustres », 1927, p. 168.

Or, cette fois, Dickens réussit à créer une histoire de secrets et de faux-semblants véritablement captivante, apportant plus de soin à la construction de son roman qu'il ne l'a jamais fait. On se l'explique d'autant mieux que, depuis une dizaine d'années, le public fait un triomphe à ce genre émergent que l'on n'appelle pas encore « roman policier » mais « roman à sensation », et dont l'initiateur et le maître est Wilkie Collins (1824-1889), ami, beau-frère et collaborateur préféré de Dickens. À l'instar de tous les romanciers populaires – car il en est un, et même le premier de son temps –, Dickens se doit de satisfaire le goût des lecteurs. Ce n'est donc pas un hasard si la mise en route du *Mystère d'Edwin Drood* suit de peu la publication de *La Pierre de lune* (1868) de Wilkie Collins, dont l'énorme succès a altéré leur entente. De là à considérer que Dickens a voulu rivaliser avec son beau-frère et le battre sur son propre terrain… Quoi qu'il en soit, en laissant – bien involontairement – son œuvre inachevée, il a créé le plus parfait des mystères et par là même a accompli son dessein au-delà de toute espérance. Car *Le Mystère d'Edwin Drood* « n'a pas seulement une intrigue, il est en soi une intrigue[1] ».

On peut bien sûr, comme le philosophe Alain, « ne pas être curieux de deviner le mystère en question ni d'inventer un dénouement pour cette œuvre » ; il ajoute d'ailleurs : « J'en puis faire un meilleur usage ; car j'y ai retrouvé les types et les situations que Dickens aime et qu'il développe avec bonheur[2]. » Il n'empêche : le

1. G. K. Chesterton, *op. cit.*, p. 167.
2. Alain, *En lisant Dickens*, Paris, Gallimard, 1945, p. 172.

manque laissé par l'inachèvement de l'œuvre, par sa résolution à jamais en suspens, a très vite – la littérature ayant, elle aussi, horreur du vide – donné naissance à un sous-genre, pratiquement ignoré en France mais toujours très vivace en Angleterre et dans les pays anglo-saxons : la « littérature droodienne ». En 1912 déjà, J. Cuming Walters, dans *The Complete Mystery of Edwin Drood. The History, Continuations, and Solutions*[1], présentait dans un tableau récapitulatif les solutions proposées par trente-neuf auteurs. Des livres entiers ont été écrits sur ce demi-roman. Sylvère Monod rapporte ainsi que le catalogue de la bibliothèque du British Museum répertorie les contributions les plus variées et que certains auteurs, tel le précité J. Cuming Walters, sont rangés sous la rubrique « *writers on Edwin Drood*: hommes dont le métier était d'écrire sur Edwin Drood[2] ».

Les anecdotes pittoresques liées aux tentatives de résolution de l'énigme sont nombreuses. Les voies du spiritisme ont été essayées à plusieurs reprises. Dès 1873, une suite est présentée comme « ayant jailli de la plume fantôme de Charles Dickens, par l'intermédiaire d'un médium ». En 1927, Conan Doyle, en tournée d'évangélisation spirite, serait entré en relation avec Dickens au cours d'une séance de table tournante, lequel lui aurait déclaré : « J'ai toujours espéré que vous mettriez Sherlock Holmes sur cette affaire[3]. » En 1914, une parodie de procès est attentée à John Jasper, devant un jury

---

1. Cité par S. Monod, *op. cit.*, p. 1415 (notice).
2. Jean-Pierre Ohl, *Charles Dickens*, Paris, Gallimard, coll. « Folio biographies », 2011, p. 269.
3. Cité par Jacques Baudou *in* Charles Dickens, *Le Mystère d'Edwin Drood... enfin résolu par Paul Kinnet*, Paris, L'Instant Noir, 1987 (préface sans pagination).

d'écrivains au nombre desquels se trouvent George Bernard Shaw et Gilbert Keith Chesterton. L'accusé est déclaré coupable, le jury reconnaissant toutefois manquer de preuves irréfutables[1].

Si Jasper, chantre et toxicomane, homme hanté et divisé, préfiguration du Jekyll/Hyde de Stevenson, semble être le coupable le plus évident, l'affaire est cependant moins claire qu'il y paraît, car l'énigme laisse place à nombre de théories alternatives, de pistes inexploitées : Landless revient de Ceylan d'où il a pu rapporter « les rites magiques des Thugs, alors très commentés en Angleterre[2] » ; Helena, sa sœur jumelle, aime parfois à s'habiller en garçon ; Datchery, l'étrange oisif qui n'apparaît à Cloisterham qu'après la disparition d'Edwin Drood, semble se cacher sous un déguisement... Sans oublier le rôle que peuvent jouer la « princesse Bouffarde » et l'opium, les lascars et les Chinois de la fumerie, les dons pour l'hypnose que paraît posséder Jasper !

Une fois écartée la question fondamentale, mais évidemment insoluble : « Qu'eût été le roman achevé ? » – mystère « qui ne sera révélé qu'au Ciel », comme le rappelle non sans humour Chesterton –, on peut énoncer comme suit les trois principales questions en suspens.

1° Jasper a-t-il assassiné ou tenté d'assassiner Edwin Drood ? Sur ce sujet, les « jasperiens », qui penchent pour la culpabilité de Jasper, sont les plus nombreux, mais il ne faut pas négliger les « innocentistes », qui rejettent la culpabilité de l'oncle de Drood, choisissant d'incriminer Neville Landless, ou sa sœur Helena, ou les deux.

1. Cité par J.-P. Ohl, *op. cit.*, p. 269.
2. *Ibid.*, p. 270.

2° Edwin est-il mort ou a-t-il échappé à l'agression de son oncle? Cette question partage les spécialistes « droodiens » en deux camps : d'un côté, les « croque-morts », qui pensent que Drood n'a pas survécu ; de l'autre, les « résurrectionnistes », qui croient que Drood n'est pas mort, qu'il se cache, qu'il a embarqué sur un navire, ou même qu'il s'est installé en Égypte, comme il en avait émis le souhait dans les premiers chapitres du roman.

3° Qui est Datchery, le détective déguisé? Cette énigme est, de loin, celle qui suscite le plus grand nombre d'hypothèses : pratiquement tous les personnages peuvent s'y retrouver travestis, y compris Edwin Drood, cherchant à se venger de son assassin.

De cette « industrie de la résolution du mystère », selon la formule de Paul Schlicke[1], nous ne percevons en France que l'écume. Le lecteur hexagonal n'a eu que peu d'occasions de se frotter à la littérature « droodienne ». Néanmoins trois ouvrages relevant de cette tradition, publiés chez nous, méritent d'être signalés. Il s'agit de *L'Affaire D. ou le crime du faux vagabond*, de Carlo Fruttero et Franco Lucentini[2], lesquels imaginent un congrès réunissant les plus grands détectives de fiction (de Holmes à Poirot, en passant par Marlowe, Maigret et bien d'autres), dans le but d'élucider le secret de la disparition d'Edwin Drood ; de *Monsieur Dick ou le dixième livre*, de Jean-Pierre Ohl[3], axé sur la lutte sans merci que se livrent deux spécialistes de Dickens, eux aussi à la poursuite de la solution du mystère ; et de

1. Paul Schlicke, *Oxford Reader's Companion to Dickens*, New York, Oxford University Press, 1999.
2. Titre original : *La verità sul caso D.*, Turin, 1989. Tr. fr. : Paris, Éditions du Seuil, 1991.
3. Paris, Gallimard, 2004.

Drood, de Dan Simmons[1], où Dickens apparaît hanté par le « fantôme » d'un certain Drood, à la suite de son accident de train survenu à Staplehurst en 1865.

Bien avant que paraissent ces trois livres, en 1956, un écrivain belge, Paul Kinnet (1915-1994), auteur de romans policiers, avait, sous le pseudonyme de Paul Maury, traduit le roman et relevé le défi de proposer un dénouement. L'épilogue qu'il développe sur une soixantaine de pages ne met, bien entendu, pas un point final à toutes les spéculations passées et à venir, qui ne manqueront pas d'enrichir le corpus « droodien » : c'est le jeu. La partie reste ouverte, « *the game is afoot* », comme disait Sherlock Holmes. Mais la solution de Paul Kinnet, respectueuse de l'univers de Dickens et de son style, est fort bien étayée et répond d'une manière satisfaisante aux trois questions principales qui agitent la littérature « droodienne ». Sa version du *Mystère d'Edwin Drood* était indisponible depuis plus de vingt ans ; cette réédition salue le bicentenaire de la naissance de Dickens.

Jean-Pierre CROQUET

1. Titre original : *Drood*, New York, 2009. Tr. fr. : Paris, Robert Laffont, 2011.

1

L'aurore

Est-ce l'antique tour d'une cathédrale anglaise? Mais comment une antique tour de cathédrale anglaise pourrait-elle se trouver ici? Est-ce là la célèbre tour carrée, grise et massive, de sa vieille cathédrale? Comment serait-elle ici? Dans la réalité, de quelque point qu'on la regarde, il n'y a pas de pointe d'acier rouillé entre l'œil et elle. Alors, quelle est cette pointe qui apparaît, et qui l'a plantée là? Peut-être l'a-t-on placée sur les ordres du sultan pour y empaler un par un une horde de brigands turcs! C'est bien cela. En effet, le sultan passe, au milieu d'une longue procession, pour se rendre à son palais. Les cymbales éclatent. Dix mille cimeterres brillent au soleil et trente mille danseuses éparpillent des fleurs. Viennent ensuite les éléphants blancs caparaçonnés de couleurs éclatantes, innombrables avec leurs innombrables servants. Pourtant, la tour de la cathédrale s'élève toujours à l'arrière-plan, là où elle ne devrait pas être, et il n'y a toujours pas de corps qui se tortille sur la sinistre pique. Minute! Ne serait-ce pas simplement la pointe rouillée du montant d'un bois de lit tout de guingois? Il faut bien consacrer quelques secondes, dans un demi-sommeil, à rire de cette possibilité.

Frémissant de la tête aux pieds, l'homme, la conscience retrouvée après ce rêve fantastique, finit par se soulever en tremblant et, appuyé sur les bras, regarda autour de lui. Il était dans une petite chambre sordide et sans air. Par la fenêtre qui donnait sur une cour misérable, la lumière de l'aube s'insinuait à travers les rideaux déchirés. Il était couché, tout habillé, en travers d'un lit douteux monté sur un sommier qui avait effectivement cédé sous le poids. Également étendus en travers du lit, et habillés, il y avait encore un Chinois, un matelot hindou et une femme hagarde. Les deux premiers étaient toujours endormis ou dans une sorte d'hébétude. Quant à la femme, elle essayait d'allumer une espèce de pipe. La lumière rouge qu'elle attisait en soufflant et qu'elle concentrait au milieu du fourneau en le protégeant de sa maigre main était pour l'homme comme une lampe qui lui permettait de distinguer ses traits.

— Une autre? demanda la femme dans un murmure rauque et plaintif. T'en veux une autre?

Il regarda autour de lui en se passant la main sur le front.

— Depuis que tu es arrivé, à minuit, t'en as fumé cinq, poursuivit la femme sans cesser de se plaindre. Malheur, c'que j'ai mal à la tête! Ces deux-là sont arrivés après toi. Ah, quelle misère! Les affaires vont mal, de plus en plus mal. Il y a peu de Chinois sur les docks, et encore moins d'Hindous. Et il paraît qu'il n'entre presque plus de navires au port. Tiens, je t'en ai préparé une autre, chéri. Tu seras gentil, et tu te souviendras que les prix ont drôlement monté, ces jours-ci. Trois shillings et six pence qu'y demandent pour le contenu d'un dé à coudre! Et pour le secret du mélange, y a que moi qui le connaisse. (Et Jack, le Chinois, de l'autre côté de la cour. Mais il ne les fait pas aussi bien que moi.) Tu paieras c'qu'y faut dis, chéri?

Tout en parlant, elle soufflait sur la pipe et en tirait, par moments, de longues bouffées.

— Pauvre de moi ! J'ai les poumons bien mal en point. Elle est presque prête, chéri. Pauvre de moi ! Ma main tremble tant qu'on dirait que je vais tout laisser tomber. Je t'ai vu revenir à toi et je me suis dit : « Faut que je lui en prépare une autre. Y connaît le prix de l'opium, et y paiera c'qu'y faut. » Oh, ma tête ! Tu vois, chéri. Je fais mes pipes avec de vieux encriers – en voilà un – et j'y fixe un tuyau – comme ça, tu vois ? – et je prends la mixture dans ce gobelet avec une petite cuiller de corne... Et c'est comme ça que je la remplis, tu vois, chéri ? Oh, mes nerfs ! Pendant seize ans, j'me suis saoulé la figure avant de goûter à ça. Mais ceci ne me fait pas de mal. Enfin, presque pas. Et cela fait passer la faim aussi bien qu'un bon repas.

Elle lui tendit la pipe à peu près vide et retomba sur la couche en se retournant sur le ventre.

Il se leva du lit en chancelant, déposa la pipe au bord de l'âtre, écarta les rideaux déchirés et eut un regard de dégoût vers ses compagnons. Il remarqua que, sous l'effet de la drogue, la femme ressemblait étrangement au Chinois. La forme de ses joues, de ses yeux et de ses tempes était pareille, et elle avait le même teint. Quant au Chinois, il luttait convulsivement, sans doute, avec l'un de ses nombreux dieux ou démons, et il grognait horriblement. L'Hindou, lui, riait, et l'écume lui venait à la bouche. Seule, la femme demeurait immobile.

— Quelles visions peut-elle bien avoir ? se demanda l'homme, maintenant tout à fait réveillé, en tournant vers lui le visage de la dormeuse et en le contemplant. Rêve-t-elle d'étals de boucherie et d'estaminets où on lui fait crédit ? Ou d'un afflux de clients hideux, de ce lit enfin réparé, de cette horrible cour nettoyée ? Elle peut prendre n'importe quelle quantité d'opium, ce n'est pas cela qui lui donnera des visions plus grandioses!

— Quoi?

Il se pencha vers elle pour essayer de comprendre ses balbutiements.

— Inintelligible!

Il observa les spasmes et les contractions qui agitaient son visage et ses membres, comme des éclairs incessants dans un ciel d'orage, et il se sentit envahi par une sorte de contagion, au point qu'il dut se laisser tomber dans un fauteuil miteux, placé sans doute tout exprès près du foyer à l'intention de ceux qui souffraient de ce genre de crises. Les mains crispées sur les bras du fauteuil, il fit un effort pour maîtriser cette emprise.

Ayant enfin réussi à la surmonter, il se jeta sur le Chinois, le saisit à la gorge et le retourna brutalement sur le lit. Le Chinois s'agrippa aux deux mains qui lui enserraient le cou, se débattit, ouvrit la bouche pour respirer et protesta.

— Qu'est-ce que tu dis?

Pendant un moment, il écouta avec attention.

— Inintelligible!

Relâchant lentement son étreinte tout en écoutant attentivement l'incohérent jargon de l'homme, il se tourna vers l'Hindou, et le jeta à terre sans façon. En tombant, le matelot tenta de se redresser, lui lança un regard féroce, battit des bras et brandit un poignard imaginaire. Mais, par mesure de prudence, la femme lui avait subtilisé son couteau. Car, en se redressant pour le calmer et le réprimander, elle laissa apparaître l'arme cachée dans ses vêtements. Côte à côte, ils retombèrent tous deux lourdement sur le lit. Tous ces grognements et ces murmures n'avaient eu aucun sens. Même les mots que l'on avait pu discerner clairement n'avaient eu aucune signification ni aucune suite. Une fois encore, l'homme attentif répéta : « Inintelligible ! » et il hocha la tête d'un air rassuré, en esquissant un sombre sourire. Il laissa tomber quelques pièces d'argent sur la table, empoigna son chapeau, descendit l'escalier branlant, salua un portier à face de rat, couché dans une niche noire au bas des escaliers, et sortit.

Ce même après-midi, la tour carrée, grise et massive d'une vieille cathédrale apparut aux regards d'un voyageur épuisé. Comme chaque jour, les cloches sonnaient pour appeler aux vêpres, et il fallait certainement que l'homme y assistât car il se hâta vers le portail ouvert. Les choristes revêtaient en hâte leurs robes blanches défraîchies. Il se glissa parmi eux, enfila sa propre robe et prit place dans la procession qui s'avançait vers le chœur. Derrière eux, le sacristain referma les grilles qui séparaient le sanctuaire du transept. Les choristes gagnèrent leurs places, baissèrent la tête. Leurs voix entonnèrent : « Lorsque le méchant… » et leur chant s'amplifia sous les voûtes en une sorte de tonnerre assourdi.

2

Le doyen et le chapitre

Quiconque a observé le corbeau, cet oiseau sévère et clérical, aura pu remarquer cette particularité de ses mœurs : lorsque toute la troupe sévère et cléricale vole dans un crépuscule pour rejoindre ses quartiers, il arrive que deux corbeaux se détachent de la formation, reprennent leur vol en sens inverse et aillent se poser à quelque distance, en abandonnant toute hâte. Les simples mortels en déduisent que la politique du groupe exige, pour quelque raison cachée, que ce couple astucieux fasse semblant d'avoir abandonné toute attache avec le reste de la société.

De même, après la fin du service dans la vieille cathédrale à la tour carrée, lorsque les choristes se furent éloignés et que la masse des vénérables personnages aux silhouettes de corbeaux se fut dispersée, deux d'entre eux revinrent sur leurs pas pour se promener ensemble dans l'enceinte toute bruissante du sanctuaire.

C'était la fin du jour, et l'année s'achevait. Le soleil bas était brillant et froid derrière les ruines du monastère, et la vigne vierge, accrochée au mur de la cathédrale, avait semé sur les pavés une bonne partie de ses feuilles pourpres. Il avait plu dans l'après-midi et un frisson d'hiver agitait les flaques d'eau sur le pavement inégal et craquelé, secouait les ormes géants qui répandaient leurs larmes sur l'épais tapis de feuilles mortes étalé à leurs pieds. Certaines de ces feuilles, dans un élan timide, avaient cherché refuge sous le porche voûté de la cathédrale. Mais deux hommes, en sortant, arrêtèrent leur attaque et les repoussèrent du pied. L'un d'eux referma la porte avec une jolie clé et l'autre s'éloigna, un recueil de musique sous le bras.

— N'était-ce pas Mr Jasper, Tope ?

— Oui, monsieur le doyen.

— Il s'est attardé.

— Oui, monsieur le doyen. Je suis resté auprès de lui, Votre Révérence, car il ne se sentissait pas très bien.

— Il faut dire : « Il ne se *sentait* pas très bien », Tope, quand vous parlez à monsieur le doyen, intervint le plus jeune des deux corbeaux, à voix basse et d'un air de reproche. L'air de dire : « Vous pouvez massacrer la grammaire quand vous parlez à des laïcs ou au petit clergé, mais pas quand vous vous adressez à monsieur le doyen. »

Mr Tope était le bedeau et le guide de la cathédrale. Habitué à le prendre de haut avec les touristes, il déclina – ou plutôt conjugua – intérieurement, avec un silence plein d'orgueil, pour constater que la suggestion était bonne.

— Et en quoi Mr Jasper ne se sentait – car, comme l'a fait remarquer Mr Crisparkle, il vaut mieux dire « sentait » – « sentait », répéta le doyen –, en quoi Mr Jasper ne se sentait…

— Sentait, monsieur, murmura Mr Tope avec déférence.

— … ne se sentait-il pas très bien ?

— Eh bien, monsieur, Mr Jasper était si tant à court de souffle…

— Je ne dirais pas « si tant » Tope, intervint encore Mr Crisparkle avec le même air que précédemment. Ce n'est pas correct… du moins pas pour monsieur le doyen.

— Dans ce sens-là (le doyen n'était pas fâché de cet hommage indirect), dans ce sens-là, remarqua-t-il avec condescendance, « tellement » serait préférable.

— La respiration de Mr Jasper était si courte – Mr Tope n'était pas mécontent d'avoir aussi discrètement navigué autour du récif – quand il est arrivé qu'il a eu beaucoup de mal à sortir ses notes. C'est sans doute pour cela qu'il a eu une sorte de malaise au bout d'un certain temps. Sa mémoire s'est *étourdie*.

Mr Tope lança le mot avec un regard en coin vers le révérend Mr Crisparkle, comme s'il le défiait d'y trouver à redire.

— … Et il a été pris d'une sorte de vertige. Il avait comme un voile sur les yeux. Je n'ai jamais rien vu d'aussi étrange. Lui-même ne semblait pas s'en soucier outre mesure. Je lui ai donné un peu d'eau, et au bout de quelques instants, il a cessé d'être *étourdi*.

Mr Tope répéta le mot avec la même intonation, comme pour dire : « Ça m'a réussi une fois, je recommence. »

— Et quand il est parti, il était tout à fait revenu à lui ? interrogea le doyen.

— Il était tout à fait revenu à lui, Votre Révérence. Et je suis heureux de voir qu'il a allumé son feu, car il fait frisquet après cette pluie. Il y avait une très mauvaise humidité, dans la cathédrale, et Mr Jasper avait des frissons.

Les trois hommes levèrent les yeux vers une vieille bâtisse de pierre construite au-dessus de l'une des portes de l'enceinte. À travers le treillis d'une fenêtre, on voyait briller un feu dans l'obscurité qui tombait. Sa lueur mettait des ombres dans l'épais feuillage de lierre grimpant qui couvrait la façade. L'horloge de la cathédrale sonna l'heure et, en même temps, un frisson secoua les feuilles. On aurait pu croire qu'elles vibraient au son grave qui passait sur la tour, sur le cimetière et sur les ruines.

— Le neveu de Mr Jasper est-il arrivé? demanda le doyen.

— Non, monsieur, répondit le bedeau. Mais on l'attend. Regardez, voilà la silhouette de Mr Jasper entre les deux fenêtres – celle qui regarde par ici, et celle qui donne dans High Street. Vous voyez, monsieur, il est tout seul… Il tire ses rideaux.

— Bien, bien, fit le doyen avec vivacité comme pour mettre fin à cette petite conférence, j'espère que Mr Jasper ne s'attache pas trop à son neveu. Nos affections, si louables soient-elles, ne doivent jamais nous dominer. Nous devons les guider, oui, les guider. Mais voici la cloche qui m'appelle pour dîner. J'avoue que cela ne m'est pas désagréable. Mr Crisparkle, avant de rentrer chez vous, si vous rendiez visite à Mr Jasper?

— Certainement, monsieur le doyen. Je lui dirai que vous avez eu l'amabilité de prendre de ses nouvelles.

— C'est cela, c'est cela. Dites-lui que je désire savoir comment il se porte. C'est exactement ce que je pensais. Prenez de ses nouvelles.

D'un petit air protecteur, le doyen se couvrit de son étrange chapeau comme peut le faire un doyen de bonne humeur et, d'une démarche élégante, se dirigea vers la confortable salle à manger de la vieille petite maison de briques rouges où il avait « pris résidence » avec madame la doyenne et mademoiselle.

Mr Crisparkle, chanoine mineur, blond et rose, connu pour sa manie de plonger tête la première dans toutes les eaux profondes des environs ; Mr Crisparkle, chanoine mineur, matinal, épris de musique et des classiques, joyeux, aimable, de bonne humeur, sociable, satisfait et juvénile ; Mr Crisparkle, chanoine mineur et brave homme, qui suivait récemment encore les grandes routes du paganisme, mais qu'un maître (fier d'avoir eu un tel élève) avait amené à sa présente condition chrétienne ; Mr Crisparkle, avant de rentrer chez lui, s'arrêta à la vieille demeure bâtie au-dessus du passage voûté.

— Tope m'a dit que vous n'étiez pas bien, Jasper. J'en suis navré.

— Oh, ce n'était rien du tout…

— Vous paraissez fatigué.

— Vraiment ? Je ne pense pas. En tout cas, je n'en ressens rien. Je suppose que Tope a exagéré. Dès que quelque chose se passe à la cathédrale, il en fait un monde. Il considère qu'il est payé pour ça.

— Je puis donc dire au doyen – car il m'a envoyé spécialement pour cela – que vous êtes tout à fait rétabli ?

Jasper eut un léger sourire.

— Certainement. Présentez-lui, s'il vous plaît, mes respects et mes remerciements.

— J'ai appris avec plaisir que vous attendiez le jeune Drood.

— Ce cher garçon ! Je l'attends d'un moment à l'autre.

— J'imagine que cela vous fera plus de bien de le voir que de consulter un médecin.

— Que de consulter une douzaine de médecins ! Car j'ai une immense affection pour lui alors que les médecins et leurs drogues me font horreur.

Mr Jasper était un homme au teint sombre, âgé d'environ vingt-six ans, avec des cheveux et des favoris noirs et épais, brillants et bien coiffés. Il semblait accuser plus que son âge, comme il arrive souvent chez des hommes de cette complexion. Il avait une belle voix profonde, un visage et des traits réguliers, mais une attitude un peu austère. La chambre qu'il habitait était un peu sombre, et peut-être avait-elle une influence sur son comportement. Elle était presque entièrement plongée dans l'ombre. Même lorsque le soleil brillait, il effleurait rarement le magnifique piano caché dans son coin, les albums de partitions musicales sur l'étagère, les rayons de livres le long des murs ou le portrait inachevé d'une ravissante jeune fille, accroché au-dessus de la cheminée. Ses longs cheveux bruns étaient noués par un ruban bleu et sa beauté eût été remarquable, n'était un petit air d'enfantine bouderie et de suffisance comique. Le tableau n'avait en soi aucune valeur artistique. Ce n'était qu'un barbouillage. Mais l'auteur l'avait voulu semblable à l'original, et l'avait peint avec humour, presque, aurait-on dit, avec un sentiment de vengeance.

— Vous me manquerez, Jasper, à nos « mercredis musicaux bimensuels » de ce soir. Mais vous serez mieux à la maison. Bonne nuit ! Dieu vous bénisse !

Le révérend Septimus Crisparkle, le brave chanoine mineur, se retira et descendit l'escalier en fredonnant, pour donner libre cours à son exubérance :

Dites-moi, bergers, di-ites-moi
N'auriez-vous pas, n'auriez-vous pas
Vu passer m-a Flo-o-ora
Qui s'en allait au bois...

Au pied de l'escalier, il y eut un échange d'exclamations et de salutations entre le révérend Septimus et quelqu'un d'autre. Jasper, qui avait entendu, s'était levé de sa chaise et, sur le pas de la porte, tomba dans les bras d'un jeune homme en s'écriant :

— Mon cher Edwin !

— Mon cher Jack ! Comme je suis heureux de te revoir !

— Enlève ton manteau, mon garçon, et viens t'asseoir à ta place. Tu dois avoir les pieds trempés ! Ôte tes chaussures. Si, si, j'insiste. Ôte-les !

— Mon cher Jack ! J'ai les pieds aussi secs que ceux d'un squelette. Et puis, cesse donc de me couver. Tu sais que je ne puis le supporter.

Fâché de voir repousser ainsi son expansive affection, Mr Jasper demeura immobile et considéra le jeune garçon d'un regard intense, pendant qu'il se débarrassait de son manteau, de son chapeau, de ses gants. Retenons une fois pour toutes que, désormais, le regard de Jasper aura toujours la même dévorante intensité, avide, exclusif, attentif et pourtant plein d'affection et de dévouement, chaque fois qu'il se posera dans cette direction. Et ce regard ne sera jamais furtif, mais fixe et concentré.

— Maintenant, je me sens plus à l'aise, et je vais m'installer dans mon coin, Jack. Tu m'as laissé quelque chose à manger ?

Mr Jasper ouvrit une porte à l'autre bout du salon et découvrit une petite pièce agréablement éclairée et décorée. Une dame avenante était en train de déposer des plats sur la table.

— Quel brave Jack tu fais ! cria le jeune homme en battant des mains. Mais, dis-moi, Jack ? Quel anniversaire avons-nous aujourd'hui ?

— Pas le tien, que je sache, répondit Mr Jasper en lui laissant le temps de deviner.

— Ce n'est pas le mien, en effet. Ah, je sais ! C'est l'anniversaire de Poussy !

Le regard fixé sur le jeune homme sembla embrasser en même temps le portrait pendu au-dessus de la cheminée.

— C'est l'anniversaire de Poussy, c'est exact. Il faut que nous buvions à sa santé, Jack, et à toute la suite des nombreux anniversaires que nous fêterons encore. Viens, mon oncle ! Conduis ton dévoué et affectionné neveu à table.

Le jeune homme (presque un enfant) posa la main sur l'épaule de Jasper. Jasper l'imita, et ils pénétrèrent ainsi dans la salle à manger, comme s'ils défilaient à la revue.

— Mon Dieu, mais c'est Mrs Tope, cria le jeune homme. Elle est plus jolie que jamais !

— Ne vous en faites pas pour moi, Mr Edwin, rétorqua la femme du bedeau. Je suis capable de me conduire toute seule.

— Je n'en suis pas trop sûr. Vous êtes beaucoup trop belle. Alors, on s'embrasse pour l'anniversaire de Poussy ?

— Je vous en donnerais des Poussy, moi, si j'étais à sa place, répliqua Mrs Tope en rougissant sous le baiser. Votre oncle est beaucoup trop indulgent pour vous, voilà la vérité. Il a une tellement haute opinion de vous que vous devez finir par croire qu'il vous suffit d'appeler les Poussy à la douzaine pour qu'elles accourent à votre appel.

Mr Jasper s'installa à table et eut un gentil sourire.

— Vous oubliez, Mrs Tope, et toi aussi, Ned, que les mots Oncle et Neveu sont proscrits entre nous de commun accord. Que le Saint Nom de Dieu soit béni pour la nourriture que nous allons prendre !

— Tout à fait comme le doyen, Edwin Drood peut en témoigner! Découpe la viande, Jack, parce que moi, je n'en suis pas capable.

Le dîner commença sur cette plaisanterie. Pendant qu'il se poursuivait, peu de mots furent échangés sur le sujet qui nous occupe ou sur aucun autre sujet. Lorsque la table fut débarrassée, Mrs Tope y déposa un plat de noix et un carafon de sherry d'une chaude couleur ambrée.

— Dis-moi, Jack, fit alors le jeune homme, as-tu vraiment l'impression que la mention de notre parenté soit de nature à nous diviser? Moi, je ne pense pas.

— D'une manière générale, Ned, les oncles sont beaucoup plus âgés que leurs neveux. C'est pourquoi ce sentiment me vient instinctivement.

— D'habitude, oui. Mais qu'est-ce différence d'une demi-douzaine d'années? Il y a même de grandes familles où certains oncles sont plus jeunes que leurs neveux. Ma parole, je voudrais que ce soit le cas avec nous.

— Pourquoi?

— Parce que, s'il en était ainsi, c'est moi qui te dirigerais, et je serais plein de sagesse, j'enverrais au diable les soucis qui font vieillir les jeunes gens et mourir les vieillards. – Eh! Jack, ne bois pas!

— Pourquoi?

— Il demande pourquoi alors que c'est l'anniversaire de Poussy et qu'on n'a pas encore bu à sa santé! À Poussy, Jack, et qu'il y en ait beaucoup d'autres! Je veux dire: beaucoup d'autres anniversaires.

En souriant, Jasper caressa affectueusement la main de son neveu, comme s'il flattait en même temps sa tête folle et son cœur léger. Il leva son verre en silence.

— Hip, hip, hip, hourra ! Et encore un triple ban ! Et maintenant, Jack, parlons un peu de Poussy. Tu as deux casse-noix ? Passe-m'en un et prends l'autre. – Crac ! – Comment va Poussy, Jack ?

— Pour les leçons de musique, pas mal.

— Ce que tu peux être abominablement consciencieux, Jack ! Mais moi je sais, Dieu merci ! Elle est peu attentive, n'est-ce pas ?

— Si elle le voulait, elle pourrait apprendre n'importe quoi.

— Si elle voulait ! Par Dieu, bien sûr ! Mais si elle ne veut pas ?

« Crac ! » fit le casse-noix de Mr Jasper.

— Et physiquement, comment est-elle, Jack ?

À nouveau, le regard de Mr Jasper se porta sur le portrait.

— Elle ressemble assez bien à ce que tu as peint.

— En réalité, je suis fier de mon œuvre, répliqua le jeune homme en regardant à son tour le portrait avec satisfaction. Il ferma un œil et, utilisant le casse-noix comme repère, il reprit : Pour avoir été fait de mémoire, ce n'est pas mal croqué. Mais j'ai vu tellement souvent cette expression que je ne pouvais pas la manquer.

« Crac ! » fit le casse-noix d'Edwin Drood.

« Crac ! » répondit celui de Mr Jasper.

— En fait, reprit le jeune homme d'un air mordant, tout en grappillant des morceaux de noix dans son assiette, je vois cette expression chaque fois que je vais rendre visite à Poussy. Si je ne la retrouve pas sur son visage, je la retrouve dans son attitude ou ses propos.

Il fit une grimace vers le portrait – Bouh ! – et brandit son casse-noix.

— Vous savez fort bien que c'est vrai, mademoiselle la Dédaigneuse.

« Crac, crac, crac ! » fit le casse-noix de Mr Jasper, avec lenteur.

« Crac ! » répondit aigrement celui d'Edwin Drood.

Puis il y eut un silence de part et d'autre.

— Tu as perdu la langue, Jack ?

— Tu as retrouvé la tienne, Ned ?

— Non. Mais en vérité, tu avoueras qu'il n'est pas…

Jasper leva ses sourcils noirs d'un air interrogateur.

— Tu avoueras qu'il n'est pas drôle de ne pas avoir le choix en pareille matière. Je te l'avoue, Jack : si je pouvais choisir, je choisirais Poussy parmi les plus belles filles de la terre.

— Mais tu n'as pas le choix.

— C'est bien ce que je regrette. Pourquoi fallait-il que mon défunt père et le défunt père de Poussy nous aient mariés par anticipation ? Pourquoi – j'ajouterais diable ! n'était le respect que je dois à leur mémoire –, pourquoi ne pouvaient-ils nous laisser décider seuls ?

— Allons, allons, mon cher garçon !

Mr Jasper montra sa réprobation, mais sans acrimonie.

— Bien sûr, Jack, il t'est facile de dire : « Allons, allons ! » Tu peux prendre les choses de gaieté de cœur. Ce n'est pas *ta* vie qui a été tracée, jalonnée et arrangée pour toi, comme sur le plan d'un architecte. Toi, tu n'as pas le sentiment désagréable d'être poussé vers qui que ce soit, et aucune femme n'a la désagréable sensation de t'être destinée ou que tu lui sois destiné contre vos volontés. Toi, tu peux choisir. Pour toi, la vie est un fruit qui mûrit naturellement et personne n'a pris un soin exagéré à le débarrasser pour toi de ses souillures…

— N'hésite pas, mon pauvre petit ! Vide ton cœur…

— T'ai-je froissé, Jack ?

— Me froisser ? Comment le pourrais-tu ?

— Seigneur, Jack, tu sembles très sérieusement malade ! On dirait que tu as un voile sur les yeux.

Mr Jasper eut un sourire forcé et étendit la main droite dans un geste qui se voulait rassurant, le temps de reprendre son souffle. Au bout d'un instant, il dit faiblement :

— J'ai pris de l'opium pour calmer une douleur atroce qui me prend quelquefois. Les effets de la drogue m'assaillent parfois comme une brume ou un nuage, et puis se dissipent. Pour l'instant, ils sont en train de se dissiper. Ce sera fini dans un instant. Ne me regarde pas : ils passeront d'autant plus vite.

Une lueur d'effroi passa sur le visage du jeune homme, mais il obéit en baissant les yeux vers les cendres du foyer. Sans détourner son regard du feu, le concentrant au contraire encore davantage, Jasper demeura quelques instants immobile, les mains crispées désespérément sur les bras du fauteuil. Puis, le front trempé de sueur, il eut une profonde inspiration et revint à son état normal. Il posa alors affectueusement la main sur l'épaule de son neveu et, d'un ton qui révélait moins de trouble que le sens de ses mots – quoiqu'ils fussent atténués par une pointe de raillerie – il dit :

— On dit qu'il y a un cadavre caché dans chaque maison. Mais peut-être, mon cher Ned, pensais-tu qu'il n'y en avait pas dans la mienne ?

— J'étais loin de l'imaginer, Jack, je te le jure. Pourtant, quand j'y pense, même dans la maison de Poussy ou dans la mienne, si nous en avions une...

— Tu allais dire, si je ne t'avais pas interrompu bien malgré moi, que je mène une petite vie tranquille, sans soucis et sans agitation, sans risques, et sans bouleversements, une vie consacrée tout entière à mon art, et dans laquelle je ne distingue pas la différence entre mon plaisir et mon travail.

— C'est à peu près ce que je voulais dire, oui. Mais lorsque tu en parles toi-même, tu omets de citer des points sur lesquels j'aurais insisté : par exemple le respect qui t'entoure en tant que chantre laïc – ou quel que soit le titre qu'on te donne – de cette cathédrale ; le plaisir que tu éprouves quand on reconnaît tes mérites et les miracles que tu as accomplis avec la chorale ; le fait de pouvoir choisir tes relations et la situation indépendante que tu as acquise dans cette curieuse petite ville ; le don que tu as d'enseigner (même Poussy, qui a horreur d'apprendre, prétend qu'elle n'a jamais eu de maître comme toi) ; enfin le fait que ton existence forme un tout harmonieux.

— Oui. J'ai bien compris que c'est à cela que tu voulais en venir. Eh bien, tout cela, je le hais !

Edwin Drood eut un air d'intense stupéfaction.

— Ce n'est pas possible, Jack !

— Oui, je hais tout cela. La monotonie de cette existence me ronge. Comment trouves-tu nos offices ?

— Magnifiques ! Ils ont quelque chose de céleste.

— Moi, je leur trouve souvent quelque chose de démoniaque. Les échos de ma propre voix sous les voûtes semblent me railler à cause de ma vie d'esclave. Pas un des moines poussiéreux qui ont gâché leur vie dans ce sinistre endroit avant moi n'a pu en éprouver une lassitude égale à la mienne. Ils avaient encore la possibilité de s'offrir une consolation – et ils la prenaient – en sculptant des démons dans le bois des stalles, des sièges et des pupitres. Mais moi, que puis-je faire ? Dois-je les sculpter dans mon cœur ?

— Et moi qui pensais que tu avais exactement trouvé la place qui te convenait dans l'existence, Jack !

Edwin Drood, éberlué, se pencha en avant, posa la main, dans un geste de sympathie, sur le genou de Jasper, et le regarda avec anxiété.

— Je sais bien que c'est là ce que tu penses, répliqua Jasper. C'est ce qu'ils pensent tous !

— Oui, c'est certainement ce qu'ils pensent, murmura Edwin qui songeait à haute voix plus qu'il ne s'adressait à Jasper. C'est ce que pense Poussy.

— Quand t'en a-t-elle parlé ?

— La dernière fois que je suis venu. Tu te souviens ? Il y a trois mois.

— Comment s'est-elle exprimée ?

— Oh, elle a simplement dit qu'elle était devenue ton élève et que tu étais fait pour cette vocation.

Le jeune homme regarda le portrait. Jasper le contempla en lui-même.

— De toute manière, mon cher Ned, reprit-il en hochant gravement la tête, il faut que je me donne à ma carrière : extérieurement, c'est à peu près pareil. Je ne puis plus trouver un autre métier maintenant. Que ceci reste entre nous.

— Je n'en parlerai à personne, Jack.

— Je t'ai confié tout cela parce que…

— Je sais. Parce que nous sommes liés par une solide amitié, parce que tu m'aimes et que tu as confiance en moi et que c'est réciproque. Donne-moi la main, Jack.

Pendant qu'ils se regardaient en silence, les mains dans les mains, l'oncle poursuivit :

— Tu sais maintenant qu'un pauvre choriste nourri de musique, même s'il semble avoir trouvé sa place dans l'existence, peut être dévoré aussi par une sorte d'ambition débridée, par… comment dirions-nous ?… par de trop hautes aspirations, par l'inquiétude, par l'insatisfaction.

— Oui, mon cher Jack.

— Et tu t'en souviendras?

— Mon cher Jack, je te le demande: pourrais-je oublier ce que tu viens de me dire avec tant d'émotion?

— Considère que c'est un avertissement.

Edwin Drood dégagea ses mains et recula d'un pas. Il réfléchit un instant au sens de ces derniers mots. Il parut profondément touché et dit:

— J'ai peur de n'être qu'un pauvre type sans profondeur, Jack. Je ne possède qu'un vernis superficiel et je n'ai pas beaucoup de cervelle. Cependant, je suis jeune et, en vieillissant, il se pourrait que je m'améliore. Mais j'ai de la sensibilité et j'apprécie profondément la manière désintéressée dont tu t'es confié à moi pour que ceci me serve de leçon.

La fixité des traits et du visage de Mr Jasper devint si remarquable qu'il parut en perdre le souffle.

— J'ai remarqué ce que cet effort t'a coûté, Jack, et j'ai vu combien tu étais ému. Tu ne semblais plus toi-même. Je savais que tu m'aimais beaucoup, mais je ne m'attendais pas à te voir faire un tel sacrifice pour moi.

Mr Jasper recommença à respirer. Sans la moindre transition entre ces deux états extrêmes, il haussa les épaules, éclata de rire et fit un grand geste du bras.

— Non, je t'en prie, Jack, ne fais pas table rase des sentiments. Je parlais très sérieusement. Je ne doute pas que le malaise moral que tu m'as si puissamment décrit ne soit une réelle souffrance, et qu'elle soit dure à supporter. Mais sois sans crainte: il ne m'atteindra pas. Je ne pense pas devoir jamais en souffrir. Dans moins d'un an, je retirerai Poussy de l'école, et elle deviendra Mrs Edwin Drood. Je serai ingénieur en Orient, et Poussy m'accompagnera. Quoique nous nous disputions de temps en temps à cause de la monotonie qui entoure notre idylle et de son caractère inéluctable, je suis certain que nous nous entendrons très bien une fois que tout sera réglé et que nous ne pourrons plus rien y changer. En bref, Jack, pour reprendre la vieille chanson à laquelle je faisais allusion pendant le dîner – et tu connais particulièrement bien les vieilles chansons –, ma femme dansera et je chanterai, et nos jours passeront joyeusement. Il n'y a aucun doute que Poussy ne devienne très belle… « et quand, en outre, vous deviendrez bonne, Impudente Petite Bonne Femme, ajouta-t-il en s'adressant directement au portrait, je brûlerai votre caricaturale représentation et j'en peindrai une autre pour votre maître de musique. »

Le menton dans la main, avec une expression de rêveuse indulgence sur le visage, Jasper avait attentivement observé les gestes et la mimique de son neveu pendant ce discours. Il demeura ainsi lorsque le silence fut revenu, comme s'il était fasciné par l'intérêt qu'il portait à cet esprit juvénile qu'il aimait tant. Il dit enfin, avec un tranquille sourire :

— Tu ne veux donc pas de mon avertissement ?

— Non, Jack.

— Il est donc impossible de te mettre en garde ?

— Surtout pour toi, Jack. Outre que je ne me sens nullement en danger, je n'aime pas que tu prennes les choses de cette manière.

— Si nous allions faire un tour au cimetière ?

— D'accord. Mais tu me permettras de m'échapper un moment pour aller déposer un paquet au couvent ? Ce sont des gants pour Poussy. Autant de paires de gants qu'elle compte d'années. Tu ne trouves pas que c'est une idée poétique ?

Mr Jasper, dont l'attitude n'avait pas changé, murmura :

— « Rien n'est plus doux », Ned.

— Le paquet est dans la poche de mon manteau. Si je ne les offre pas ce soir, cela n'aurait plus de sens. Le règlement interdit les visites le soir, mais je puis déposer un colis. Voilà, Jack, je suis prêt.

Mr Jasper se décida enfin à abandonner son étrange attitude, et ils sortirent ensemble.

3

Le couvent des Nonnes

Pour de bonnes raisons, que la suite même de ce récit fera comprendre, il nous faut donner un nom fictif à la cité de la vieille cathédrale. Dans les pages qui vont suivre, nous l'appellerons Cloisterham. Il est possible que les Druides lui aient donné jadis un autre nom. Les Romains l'ont certainement appelée d'une façon différente, puis les Saxons, puis les Normands. Dans sa poussiéreuse chronique, un nom de plus ou de moins ne se remarquera pas parmi ses nombreux siècles d'existence.

C'est une très vieille ville que Cloisterham, et pas du tout l'endroit rêvé pour quiconque apprécie les attraits du monde tumultueux. C'est une ville monotone, silencieuse, qui semble imprégnée de l'odeur d'humus qui se dégage de la crypte de sa cathédrale. On y trouve tant de vestiges de tombes monastiques que les enfants de Cloisterham font pousser leurs salades dans la poussière vénérable d'abbés et d'abbesses, et que leurs pâtés de sable sont faits de nonnes et de petits frères. En retournant son champ, le paysan accorde le même intérêt aux puissants lords trésoriers, archevêques et évêques de jadis que l'ogre de la fable en portait à son importun visiteur : il moud leurs os pour faire son pain.

C'est aussi une ville endormie que Cloisterham. Ses habitants semblent considérer, avec une inconscience plus étrange que rare, qu'elle a vécu toutes ses aventures dans le passé et qu'elle n'en connaîtra plus d'autres. C'est là une curieuse manière de tirer la leçon de l'Histoire, mais il en a toujours été ainsi depuis la nuit des temps. Quant aux rues de Cloisterham, elles sont tellement silencieuses – encore que toujours prêtes à faire écho à la moindre provocation – que, par les jours d'été, les volets de ses boutiques osent à peine claquer lorsque souffle le vent du sud. Et lorsque passent les chemineaux tout rongés de soleil, ils ont un regard étonné et pressent le pas pour échapper plus vite à son oppressante respectabilité et sortir de ses murs. Ils y arrivent d'ailleurs sans peine : les rues de Cloisterham ne consistent guère qu'en une artère étroite par où l'on entre dans la ville, et par où on en sort, le reste n'étant que ruelles sans intérêt, avec une pompe çà et là, et sans aucun trafic. Seuls les alentours de la cathédrale font exception, et le quartier pavé édifié par les Quakers, dans un coin plein d'ombre, et dont la forme générale évoque assez bien un bonnet de Quakeresse.

En un mot, Cloisterham est une cité des temps révolus, avec la cloche rauque de sa cathédrale, ses rauques corbeaux qui volent sans cesse autour de son clocher, et, ceux, plus rauques encore, et moins visibles, qui nichent tout en bas dans ses stalles. Des fragments du vieux mur d'enceinte, des sanctuaires, de la maison du chapitre, du couvent et du monastère ont été utilisés sans aucune harmonie, ou simplement pour boucher des trous, dans la construction de ses demeures et de ses jardins, exactement comme tout un tas de notions disparates encombrent l'esprit de pas mal de ses citoyens.

Tout, à Cloisterham, appartient au passé. Même son seul prêteur ne reçoit plus de gages depuis fort longtemps, et c'est vainement qu'il offre en vente le stock de ceux qui n'ont jamais été dégagés, et qui consiste en vieilles montres d'or ternies et piquées, en pinces à sucre oxydées et dont les branches ne fonctionnent plus, et en volumes dépareillés d'horribles bouquins. Si la vie continue à Cloisterham, les signes les plus abondants et les plus agréables en sont fournis par les manifestations de la vie végétale dans les jardins. Même le languissant et décourageant petit théâtre a son pauvre bout de jardin, où l'esprit malin cherche refuge lorsqu'il revient des régions infernales, parmi les haricots ou les écailles d'huîtres, selon la saison.

Au milieu de Cloisterham s'élève le couvent des Nonnes. C'est un vénérable édifice de briques dont l'appellation présente provient sans aucun doute de la légende de ses origines conventuelles. Sur le joli portail de son vieux jardin une plaque de cuivre brillant porte ces mots : « Séminaire pour jeunes filles. Miss Twinkleton. » La façade de la maison est si vieille et si délabrée, et la plaque de cuivre est d'un éclat si brillant que le résultat général évoque pour le visiteur qui a un peu d'imagination l'image d'un vieux beau décrépit dont l'orbite vide s'ornerait d'un splendide œil de verre.

Que les nonnes de jadis aient été d'une génération soumise plutôt qu'orgueilleuse ; qu'elles aient pris l'habitude de baisser leurs têtes contemplatives pour éviter toute collision avec les poutres des plafonds bas de toutes les pièces de la maison ; qu'elles aient été assises le long des fenêtres étroites en égrenant les grains de leurs chapelets pour leur mortification plutôt que de s'en faire des colliers ; qu'elles aient été emmurées vivantes dans quelques coins ou dans quelques pignons en saillie pour avoir eu en elles l'immortel levain par lequel l'infatigable Mère Nature a depuis toujours gardé le monde en vie, tout cela pouvait constituer d'intéressants sujets de méditations pour les fantômes qui hantaient la maison, s'il y en avait. Mais Miss Twinkleton ne pouvait pas l'inclure dans les postes de ses comptes semestriels. Ces éléments ne pouvaient figurer ni dans les fournitures régulières, ni dans les suppléments. La demoiselle qui dirigeait la classe de poésie de l'établissement à tant (plus exactement à si peu) par trimestre n'avait pas, dans sa liste de déclamations, de morceaux traitant de questions aussi peu profitables.

Dans certains cas d'ivresse, et dans certains cas de magnétisme animal, il existe deux états de conscience qui ne concordent jamais, et dont chacun poursuit son cours normal comme s'il était continu et non interrompu. Ainsi, si je cache ma montre quand je suis ivre, il faut nécessairement que je sois ivre à nouveau pour la retrouver. Eh bien, Miss Twinkleton avait, elle aussi, deux phases séparées d'existence. Chaque soir, lorsque les jeunes filles s'étaient retirées dans leur chambre, les cheveux de Miss Twinkleton bouclaient mieux, ses yeux devenaient plus vifs, et elle devenait une Miss Twinkleton beaucoup plus brillante que celle que connaissaient ses élèves. Chaque soir, à la même heure, Miss Twinkleton reprenait ses rêves, là où elle les avait abandonnés le soir précédent. Ils se nourrissaient de la chronique des petits scandales de Cloisterham, dont elle ignorait tout pendant le jour, et des souvenirs d'une certaine saison passée aux eaux de Tunbridge (dans cet état de conscience, Miss Twinkleton disait simplement « Les Eaux » avec une nuance de poésie). Il s'agissait de cette fameuse saison au cours de laquelle un monsieur très bien lui avait témoigné sa passion. Dans ce compartiment de son existence, Miss Twinkleton l'appelait : « ce fou de Mr Porters », avec une nuance de pitié. Mais dès qu'elle redevenait maîtresse d'école, elle n'avait pas plus de souvenirs à cet égard qu'une statue de sel. La compagne de Miss Twinkleton dans la conscience était une certaine Mrs Tisher, et elle s'adaptait parfaitement à l'un comme à l'autre. C'était une respectable veuve au dos voûté, souffrant d'un asthme chronique, parlant d'une voix étouffée, et qui s'occupait du trousseau des jeunes filles en leur laissant entendre qu'elle avait connu de meilleurs jours. C'est sans doute pourquoi les domestiques croyaient dur comme fer, et se le répétaient de lignée en lignée, que feu Mr Tisher avait été coiffeur.

L'élève préférée du couvent des Nonnes était Miss Rosa Bud, que tout le monde appelait évidemment Rosebud[1]. Elle était merveilleusement jolie, merveilleusement puérile, merveilleusement fantaisiste. Dans l'esprit des jeunes filles, le cas de Miss Bud constituait un cas embarrassant (embarrassant parce que romantique). On savait qu'un mari lui avait été légué par testament et que son tuteur était tenu de la livrer à ce mari lorsqu'il aurait atteint sa majorité. Dans la phase scholastique de son existence, Miss Twinkleton combattait l'aspect romantique de cette destinée en hochant ostensiblement la tête derrière le dos gracieux de Miss Bud. Et elle se lamentait sur le sort malheureux de la pauvre petite victime sacrifiée. Mais il est possible que l'influence cachée de ce fou de Mr Porters enlevât une certaine force de conviction à ses propos. Car le seul résultat qu'elle obtenait était une protestation unanime des jeunes demoiselles lorsqu'elles se retrouvaient

1. Bouton de rose. *(NdT)*

seules dans leur chambre : « Cette vieille chipie de Miss Twinkleton, eh bien, ma chère, elle ne croit pas un mot de ce qu'elle dit ! »

Jamais le couvent des Nonnes n'était dans un tel état d'agitation que le jour où le mari désigné venait rendre visite à la petite Rosebud. Les jeunes filles croyaient savoir que c'était un privilège qui lui était reconnu par la loi, et que si Miss Twinkleton s'était avisée de lui en dénier le droit, elle aurait été immédiatement arrêtée et emmenée en prison. Lorsque son coup de sonnette était attendu, ou se faisait entendre au portail, toutes les demoiselles qui en avaient l'occasion sous quelque prétexte que ce soit regardaient par la fenêtre, tandis que celles qui étaient occupées à répéter répétaient à contretemps. Et un tel état de désordre s'emparait de la classe de français que les mauvaises notes se distribuaient à peu près à la même cadence que les rasades au cours d'un banquet de l'ancien temps.

Le lendemain du jour où Edwin Drood avait dîné avec Jasper, la sonnette retentit au couvent des Nonnes en y provoquant l'agitation habituelle.

— Mr Edwin Drood désire voir Miss Rosa, annonça la servante préposée au parloir.

Miss Twinkleton, avec un parfait air de mélancolie, se tourna vers la victime et dit :

— Vous pouvez descendre, ma chère.

Et Miss Rosa s'en fut, suivie par tous les regards.

Mr Edwin Drood attendait dans le salon personnel de Miss Twinkleton : une pièce agréable, où rien ne rappelait l'école, sinon un globe terrestre et une carte du ciel. Ces instruments expressifs suggéraient (à l'usage des parents et des tuteurs) que même lorsqu'elle se retirait dans le domaine de l'intimité, Miss Twinkleton pouvait être poussée par le devoir à devenir une sorte de Juive Errante, parcourant la terre et scrutant les cieux en quête de connaissances nouvelles pour ses élèves.

La nouvelle servante, qui n'avait jamais vu le jeune homme auquel était fiancée Miss Rosa et qui faisait sa connaissance derrière la porte laissée entrouverte pour la circonstance, dévala d'un air coupable les escaliers du sous-sol au moment où une charmante apparition, le visage caché sous un tablier de soie dont elle s'était recouvert la tête, se glissa dans le salon.

— Mon Dieu, que tout cela est ridicule ! fit l'apparition en s'arrêtant d'un air crispé. Ce n'est pas à faire, Eddy !

— Qu'est-ce qui n'est pas à faire, Rosa ?

— Je t'en prie, ne t'approche pas ! Tout cela est absurde !

— Mais qu'est-ce qui est absurde, Rosa ?

— Tout ! C'est absurde d'être fiancée quand on est orpheline. Il est absurde de voir les filles et les servantes trotter derrière soi comme des souris le long d'une plinthe. Et il est absurde de recevoir de pareilles visites.

Il apparut que, pendant qu'elle se plaignait de la sorte, l'apparition suçait son pouce.

— Quelle aimable réception, Poussy ! Vraiment trop aimable !

— Attends un instant, Eddy. Pour l'instant, je ne puis pas. Comment vas-tu ? (Ceci dit sur un ton très brusque.)

— Je ne pourrais pas dire que je suis enchanté de te voir, Poussy, puisque je ne t'ai pas encore vue.

À cette seconde remarque, un coin du tablier s'écarta pour montrer un œil noir, brillant et renfrogné, qui disparut presque aussitôt derrière son écran tandis que l'apparition s'écriait :

— Bonté divine ! Tu t'es fait couper la moitié de la tête !

— Il aurait mieux valu que je me la fasse couper tout à fait, je pense, fit Edwin en se passant la main dans les cheveux et en se regardant dans la glace avec un air de fureur.

Il frappa du pied avec impatience.

— Faut-il que je m'en aille?

— Non, ne pars pas encore, Eddy. Les filles me poseraient des tas de questions pour connaître la raison de ton départ.

— Bon. Alors, pour la dernière fois, veux-tu cesser d'être ridicule et découvrir ton visage pour me saluer?

Elle rabattit le tablier qui lui couvrait la tête et dit:

— Je te souhaite la bienvenue, Eddy. Voilà. Je suppose que c'est une formule aimable? Serrons-nous la main. Non. Je ne peux pas t'embrasser. J'ai un bonbon acidulé en bouche.

— Es-tu au moins contente de me voir, Poussy?

— Bien sûr. Très contente. Assieds-toi... Miss Twinkleton!

Cette excellente demoiselle avait l'habitude, chaque fois que se produisait semblable visite, de se manifester toutes les trois minutes, soit en chair et en os, soit en la personne de Mrs Tisher. Elle venait déposer une offrande sur l'autel de la Propriété en affectant de chercher quelque objet dont elle avait besoin sur l'heure. Cette fois, elle ne fit qu'entrer et sortir, avec beaucoup de grâce, et trouva le temps de dire, en passant:

— Comment allez-vous, Mr Drood? Très heureuse du plaisir de votre visite. Je cherchais mes pincettes. Merci!

— J'ai reçu les gants hier soir, Eddy, et je les aime beaucoup. Ils sont très jolis.

— Enfin quelque chose d'aimable, répondit le fiancé d'un air mi-grognon. J'accepte avec reconnaissance le plus petit encouragement. Et comment as-tu passé ton anniversaire, Poussy?

— Délicieusement! J'ai reçu un cadeau de chacun. Nous avons eu un banquet, et le soir, on a organisé un bal.

— Un banquet et un bal? Eh bien! Je vois qu'on peut parfaitement se passer de moi en ces occasions, Poussy.

— Je te dis que c'était très agréable, s'écria Rosa d'une manière toute spontanée et sans feindre la moindre réserve.

— Bien. Et ce festin?

— Des tartes, des oranges, des confitures et des crevettes!

— Il y avait des invités au bal?

— Non, monsieur! Nous avons évidemment dansé entre nous. Mais certaines filles jouaient à imiter leurs frères. C'était désopilant.

— Est-ce que quelqu'un a joué à...

— À t'imiter, toi? Bien sûr. Tu penses bien que c'est par là qu'on a commencé!

À ce souvenir, Rosa se mit à rire aux éclats.

— J'espère que l'imitation était bonne, fit Edwin d'un ton sceptique.

— Tellement bonne que je ne voulais pas danser avec toi. Tu te rends compte?

Edwin ne parut pas apprécier la force de l'argument. Il voulait savoir s'il pouvait prendre la liberté de demander pourquoi.

— Mais parce que j'en avais tellement assez de toi, répliqua Rosa.

Voyant le mécontentement qui se marquait sur son visage, elle ajouta rapidement, comme pour se faire pardonner:

— Toi aussi, tu en avais assez de moi, cher Eddy.

— Ai-je dit une chose pareille, Rosa?

— Tu ne dis jamais rien, Eddy. Tu te contentes de montrer ce que tu ressens. La façon dont elle t'a imité, c'était formidable! s'écria-t-elle, avec une soudaine admiration pour la manière dont son fiancé avait été caricaturé.

— J'ai l'impression que ce doit être une impudente diablesse, fit Edwin Drood. Ainsi, Poussy, tu as fêté ton dernier anniversaire dans cette vieille maison?

— Hélas oui, fit Rosa avec un soupir, en joignant les mains et en hochant la tête.

— Tu sembles navrée, Rosa.

— Je suis navrée pour cette pauvre vieille maison. J'ai un peu l'impression qu'elle me manquera lorsque je m'en irai si loin. Je suis encore si jeune.

— Nous ferions peut-être mieux d'en rester là, Rosa.

Elle leva sur lui un regard rapide et brillant. Mais tout de suite après elle hocha la tête, soupira et baissa à nouveau les yeux.

— Cela signifie que nous sommes tous les deux résignés, n'est-ce pas, Poussy?

À nouveau, elle hocha la tête et, au bout d'un moment de silence, elle eut cette exclamation inattendue:

— Tu sais fort bien que nous devons nous marier, et nous marier ici, Eddy. Sans quoi les pauvres filles seraient tellement déçues!

Ce que reflétait à ce moment le regard de son fiancé, ce n'était pas de l'amour, mais de la compassion, tant pour elle que pour lui. Mais il se reprit et demanda:

— Si nous allions faire un tour, Rosa chérie?

Rosa chérie ne semblait pas du tout certaine de ce qu'elle voulait exactement, mais son visage, qui avait pris un air de réflexion comique, s'éclaira soudain.

— Oh oui, Eddy. Allons nous promener ! Tu sais ce que nous allons faire ? Tu vas faire semblant d'être fiancé à quelqu'un d'autre, et moi je ferai semblant de ne pas être fiancée du tout. De cette manière, nous ne nous disputerons pas.

— Crois-tu vraiment que cela nous empêchera de nous chamailler ?

— J'en suis certaine. Attention ! Fais semblant de regarder par la fenêtre. Voilà Mrs Tisher !

À la suite d'un concours tout à fait fortuit de circonstances diverses, la Tisher apparut à leur vue avec son air imposant. Elle traversa la pièce dans un bruissement, comme le fantôme légendaire d'une douairière en jupons de soie, et dit tout en passant :

— J'espère que Mr Drood se porte bien. Mais si j'en juge par son teint, ce n'est pas la peine de le lui demander. J'espère que je ne dérange personne... Mais il y avait ici un coupe-papier... Oh, merci, le voilà !

Elle disparut avec sa prise.

— Il faut encore que tu fasses une chose pour m'obliger, Eddy, fit Rosebud. Lorsque nous serons à la rue, tu me feras marcher à l'extérieur et toi, tu te tiendras tout près de la façade... tout à fait contre la façade.

— Bien sûr, Rosa, si tu y tiens. Mais puis-je demander pourquoi ?

— Parce que je ne désire pas que les filles te voient.

— Il fait beau. Mais si tu y tiens, je pourrais ouvrir mon parapluie.

— Ne soyez pas stupide, monsieur. Vous n'avez pas mis vos souliers vernis, dit-elle, en faisant la moue et en levant une épaule.

— Les filles ne le remarqueront peut-être pas, même si elles me voient, fit remarquer Edwin, en regardant ses souliers d'un air dégoûté.

— Elles remarquent tout, monsieur. Et ensuite, je sais ce qui arrivera. Certaines d'entre elles me feront des réflexions (car elles, elles sont libres de choisir) en me disant qu'en aucun cas, elles n'accepteraient de se fiancer à des amoureux sans souliers vernis. Attention! Miss Twinkleton! Je vais lui demander la permission de sortir.

On pouvait, en effet, entendre cette discrète demoiselle à l'extérieur. Elle approchait en demandant, sur un ton d'aimable conversation, sans qu'il y eût personne pour lui répondre :

— Vraiment? Vous êtes sûre d'avoir vu ma boîte de nacre sur la table à ouvrage de ma chambre?

La permission de sortir lui fut aussitôt demandée et elle l'accorda de fort bonne grâce. L'instant d'après, le jeune couple sortait du couvent des Nonnes en prenant toutes les précautions nécessaires contre la découverte des souliers si effroyablement déficients de Mr Edwin Drood. Précautions, espérons-le, efficaces pour la tranquillité de la future Mrs Edwin Drood.

— Où allons-nous, Rosa?

— Au magasin des loukoums.

— Au quoi?

— C'est une friandise turque, monsieur. Seigneur! ne comprends-tu rien? Se dire ingénieur, et ne pas savoir ça!

— Comment pourrais-je le savoir, Rosa?

— Parce que je les adore! Ah, mais non. J'oubliais notre jeu. Tu n'as absolument pas besoin de savoir ce que c'est. Ne t'occupe pas!

D'un air sombre, il se laissa emmener au magasin de loukoums où Rosa acheta son paquet de bonbons. Elle lui en offrit, mais il refusa avec hauteur. Elle ôta ses gants – une paire de petits gants qui avaient la couleur des pétales de rose –, puisa dans son sachet avec une gourmande avidité et, de ses petits doigts roses, effaça sur ses lèvres rosées le sucre des loukoums qui s'y était posé.

— Et maintenant, Eddy, sois gentil et joue le jeu. Ainsi tu es fiancé?

— Je suis fiancé.

— Est-elle jolie?

— Charmante!

— Grande?

— Très grande!

Rosa était petite.

— Je parie qu'elle est niaise, répliqua-t-elle tranquillement.

— Pardon! Pas du tout, fit-il, l'esprit de contradiction reprenant ses droits. C'est ce qu'on appelle une jolie femme, et une femme accomplie.

— Elle doit avoir un grand nez, fit Rosa, toujours aussi tranquillement.

— Elle n'a certainement pas un nez trop petit, répliqua-t-il vivement.

Le nez de Rosa était petit.

— Oh, je vois ce que c'est; je connais ce genre de nez: long et pâle avec un bouton rouge au milieu, fit Rosa en hochant la tête avec satisfaction, tout en continuant à se gaver de loukoums.

— Non, tu ne connais *pas* ce genre de nez, Rosa, car ce n'est pas du tout ce que tu imagines.

— Vraiment, Eddy, ce n'est pas un nez pâle?

— Non. (Bien décidé à ne pas se laisser influencer.)

— Un nez rouge alors? Oh, je n'aime pas les nez rouges. Bien sûr, elle a toujours la ressource de se le poudrer.

— Elle trouverait méprisable de le poudrer, fit Edwin qui commençait à s'échauffer.

— Vraiment? Ce qu'elle peut être stupide! Est-elle aussi stupide en tout?

— Elle n'est stupide en rien.

Il y eut un silence. Le visage espiègle, Rosa continuait à observer son compagnon. Puis elle dit:

— Et cette raisonnable créature accepte l'idée d'être emmenée en Égypte. Ça lui plaît, Eddy?

— Certainement. Elle a l'intelligence d'apprécier les réalisations dues à l'habileté des ingénieurs. Surtout lorsqu'il s'agit de transformer les conditions d'existences d'un pays sous-développé.

— Brr! fit Rosa en secouant les épaules et en émettant un petit rire d'étonnement.

— Cela te dérange-t-il, demanda Edwin en abaissant un regard majestueux sur son joli visage, cela te dérange-t-il qu'elle manifeste de l'intérêt pour ces questions?

— Me déranger? Mon cher Eddy! Non, franchement, elle n'a pas horreur des chaudières et de ce genre de trucs?

— Je puis t'assurer qu'elle n'est pas stupide au point d'avoir horreur des chaudières, répliqua-t-il avec une emphatique fureur. Mais je ne puis pas répondre de ses vues en matière de Trucs, ne sachant vraiment pas ce que Trucs signifie.

— Mais elle ne hait pas les Arabes, les Turcs, les fellahs et tous ces gens?

— Certainement pas, répondit-il avec fermeté.

— Du moins, il *faut* admettre qu'elle hait les Pyramides. Allons, Eddy, sois sincère.

— Pourquoi serait-elle petite dinde – enfin, je veux dire grande dinde – au point de haïr les Pyramides, Rosa?

— Pourquoi? Tu devrais entendre Miss Twinkleton en parler, fit-elle en hochant la tête et en continuant à déguster ses loukoums. Tu ne poserais pas de pareilles questions. Ce sont d'embêtants vieux cimetières. Les Isis, les Ibis, les Cheops, les Pharaons : qui se soucie d'eux ? Et alors, il y a ce Belzoni, ou quelque chose comme ça ! On a dû le sortir en le tirant par les jambes, à moitié étouffé par les chauves-souris et par la poussière. À l'école, toutes les filles disent : « C'est bien fait pour sa pomme. Pourvu que ça lui ait fait mal. Dommage qu'il n'ait pas été étouffé complètement. »

Les deux jeunes gens, côte à côte, mais non bras dessus bras dessous, arpentaient sans joie l'intérieur de la vieille enceinte. Parfois, l'un et l'autre s'arrêtaient et imprimaient plus profondément leur pas dans le tapis de feuilles mortes.

— Eh bien, fit Edwin après un long silence. Tu vois ? C'est comme d'habitude. Nous ne pouvons pas continuer ainsi, Rosa.

— Je ne désire pas que nous continuions ainsi, fit Rosa en hochant la tête.

— C'est un joli sentiment, Rosa, si l'on réfléchit.

— Si l'on réfléchit à quoi ?

— Si je le dis, tu vas encore te fâcher.

— Tu veux dire que toi tu vas te fâcher, Eddy. Ne sois pas injuste.

— Injuste ? J'aime ça !

— Eh bien, moi, je n'aime pas ça, et je te le dis tout net, fit Rosa avec une moue de mécontentement.

— Voyons, Rosa. Je te le demande : qui a décrié ma profession, ma vocation ?

— J'espère que tu ne vas pas te faire enterrer dans les Pyramides ? interrompit-elle en relevant ses délicats sourcils. Tu ne me l'avais jamais dit. Si c'est là ton intention, pourquoi ne m'as-tu pas prévenue ? Je ne peux pas deviner tes projets par instinct.

— Allons, Rosa, ma chérie, tu sais très bien ce que je veux dire.

— D'abord, pourquoi as-tu commencé avec tes détestables géantes au nez rouge? Et je te dis qu'elle devrait, qu'elle devrait, qu'elle devrait, qu'elle DEVRAIT le poudrer, na! s'écria Rosa dans un comique petit accès de fureur et de contradictions.

— De toute manière, je ne puis pas espérer avoir raison dans ce genre de discussion! soupira Edwin d'un air résigné.

— Comment pourriez-vous avoir raison, monsieur, puisque vous avez toujours tort? Pour ce qui est de Belzoni, je suppose qu'il est mort... Je l'espère bien... Tu ne vas tout de même pas te fâcher parce qu'il s'est blessé aux jambes et qu'il a failli s'étouffer?

— Il est bientôt temps de rentrer, Rosa. Nous n'avons pas eu une promenade très agréable, n'est-ce pas?

— Agréable? Non, monsieur. Triste et détestable. En rentrant, je vais monter tout droit dans ma chambre et je vais me mettre à pleurer. Et si je ne suis pas en état de prendre ma leçon de danse, ce sera votre faute, souvenez-vous-en.

— Tu ne veux pas que nous soyons amis, Rosa?

— Ah! s'écria Rosa en hochant la tête et en versant, cette fois, de vraies larmes, je voudrais tant que nous soyons amis! Mais c'est justement parce que nous ne le pouvons pas que nous nous faisons tant de mal. Je suis encore une si petite fille, Eddy, pour avoir de telles peines de cœur. Mais parfois j'en ai, j'en ai vraiment, tu sais. Ne sois pas fâché, Eddy. Je sais que toi aussi, tu en as souvent. Nous nous en serions mieux tirés tous les deux si ce qui doit être était demeuré ce qui aurait pu être. Je suis très sérieuse en ce moment, et je ne cherche pas à te taquiner. Soyons tolérants, pour une fois, envers nous mêmes et envers les autres.

Désarmé par la lueur de féminité qu'il entrevoyait chez cette enfant gâtée, Edwin Drood en éprouva cependant, un instant, une sorte de malaise. N'était-ce pas la preuve qu'elle avait de plus en plus de mal à le supporter? Il restait là à la regarder pleurer et sangloter comme une enfant, pressant des deux mains son mouchoir sur les yeux. Enfin, elle se calma et, avec l'inconstance de son jeune âge, elle se mit à rire d'elle-même pour s'être ainsi laissée aller. Il la mena alors vers un banc tout proche, sous les ormes.

— Poussy chérie, pour éviter tout malentendu, il faut que tu me dises franchement... Je ne suis pas très malin en dehors de mon métier – et même là, quand j'y pense, je ne le suis peut-être pas davantage – mais je désire être correct. Il n'y a pas... Il pourrait y avoir... Je ne vois pas comment arriver à dire ce que je voudrais, mais il faut pourtant que je te le dise avant que nous nous séparions... Il n'y a pas d'autres jeunes...

— Oh, non, Eddy! C'est très chic de ta part de me le demander. Mais non... non, non!

Ils étaient tout près des fenêtres de la cathédrale, et à ce moment s'élevèrent les accents majestueux du chœur et des orgues. En écoutant, du banc où ils étaient assis, leurs vagues solennelles, Edwin Drood se remémora les confidences de la veille et songea que cette musique s'adaptait mal à l'état d'esprit révélé par son oncle.

— Je crois reconnaître la voix de Jack, dit-il d'un ton étouffé en suivant tout naturellement le cours de ses pensées.

— Ramène-moi maintenant, je t'en prie, fit sa fiancée en posant sur le poignet d'Edwin sa main légère. Ils vont bientôt sortir. Partons ! Oh, voilà une remarquable harmonie ! Mais ne restons pas là à écouter. Partons !

Sa hâte tomba lorsqu'ils furent sortis de l'enceinte. Ce fut sans se presser, à pas lents, qu'ils suivirent, bras dessus, bras dessous, la vieille High Street pour se rendre au couvent des Nonnes. Devant la grille, comme la rue était déserte, Edwin baissa la tête vers le visage de Rosebud.

Elle redevint une petite écolière et le repoussa en riant.

— Non, Edwin, non ! Tu ne peux pas m'embrasser ! J'ai du sucre partout. Mais donne-moi ta main : j'y soufflerai un baiser.

Il la lui tendit et elle souffla légèrement dans la paume. Puis, retenant sa main dans la sienne, et la regardant, elle demanda :

— Qu'y vois-tu ? dis-moi.

— Voir quoi, Rosa ?

— Eh bien, oui. Je croyais que vous, les Égyptiens, vous pouviez lire dans les mains et y voir un tas de choses cachées. N'y découvres-tu pas un heureux avenir ?

Mais tandis que la porte s'ouvrait et se refermait, pendant que Rosa entrait et qu'il s'éloignait, le présent, c'est certain, leur paraissait bien sombre.

4

Mr Sapsea

Une croyance qui, comme quelques autres, est plus conventionnelle que juste, veut que l'âne représente le type même de la stupidité suffisante et de la vanité satisfaite. Si l'on accepte ce point de vue, alors Mr Thomas Sapsea, commissaire-priseur, était l'âne le plus parfait de Cloisterham.

Mr Sapsea s'habillait comme le doyen. Il lui était arrivé de recevoir, par erreur, de respectueux saluts destinés au doyen. Un jour même, quelqu'un, dans la rue, lui donna du monseigneur, croyant qu'il s'agissait de l'évêque arrivé à l'improviste sans son chapelain. Mr Sapsea était très fier de tout cela, comme il était fier de sa voix et de son style. Un jour, en vendant des terres, il avait même tenté une petite expérience. Du haut de son pupitre, il avait donné à sa voix de légères intonations chantantes pour ressembler davantage à ce qu'il considérait comme le modèle déposé du type ecclésiastique. C'est ainsi également qu'en terminant une vente publique, Mr Sapsea avait l'air de donner sa bénédiction aux courtiers assemblés, et cela dans un style qui dépassait de loin celui du doyen, un homme trop modeste pour sa dignité.

Mr Sapsea avait de nombreux admirateurs. Et une importante majorité de citoyens, comprenant même des gens qui ne croyaient pas à sa sagesse, acceptait l'idée qu'il constituait une bénédiction pour Cloisterham. On lui accordait de grandes qualités : il était solennel et ennuyeux. Il avait le verbe sonore et la démarche arrogante. La gravité et l'onction de ses gestes donnaient à tout moment l'impression qu'il allait confirmer l'interlocuteur auquel il adressait ses discours. Plus près de la soixantaine que de la cinquantaine, il avait un ventre bedonnant et des plis horizontaux dans le gilet. On le disait riche. Aux élections, il votait pour les partis respectables. Il était moralement certain que, depuis sa prime enfance, rien d'autre que lui ne s'était vraiment développé. Avec une si haute opinion de lui, comment Mr Sapsea eût-il pu être autre chose qu'une bénédiction pour Cloisterham et pour la société ?

La propriété de Mr Sapsea était située dans la High Street, en face du couvent des Nonnes. Elle était à peu près de la même époque, mais avait été modernisée çà et là au petit bonheur, au fur et à mesure que des générations de vandales avaient estimé que l'air et la lumière étaient préférables aux maladies et aux épidémies. Au-dessus de la porte, il y avait une effigie de bois, à peu près d'une demi-grandeur nature, qui représentait le père de Mr Sapsea, en toge et en perruque bouclée, dans l'exercice de ses fonctions de commissaire-priseur. La fidélité de la reproduction, où l'on voyait même apparaître d'une manière toute naturelle le petit doigt du commissaire, son marteau et son pupitre, était un objet général d'admiration.

Mr Sapsea était assis dans son sévère salon du rez-de-chaussée, qui donnait sur une cour pavée et sur un jardin entouré de haies. Sur une table, devant le feu, il y avait une bouteille de porto. Le feu lui-même constituait un luxe en cette saison, mais un luxe agréable par cette froide et humide soirée d'automne. Mr Sapsea se trouvait donc dans son salon, en compagnie de son portrait, d'une pendule dont le mouvement fonctionnait pendant huit jours sans être remonté, et d'un baromètre. Cela pouvait constituer un symbole : Mr Sapsea tenant tête à l'humanité, le baromètre se dressant contre le temps et la pendule résistant à la fuite des heures.

Sur une table, à côté de Mr Sapsea, il y avait une écritoire et de quoi écrire. Tenant à la main un morceau de manuscrit, Mr Sapsea se le lisait d'un air inspiré et puis, les pouces passés dans les entournures de son gilet, arpentait la pièce en le répétant de mémoire, avec beaucoup de dignité, mais d'une voix si basse qu'on ne pouvait distinguer que ce seul mot : « Ethelinda. »

Sur la table, il y avait trois verres propres alignés sur un plateau. La servante entra et annonça :

— Mr Jasper vient d'arriver, monsieur.

— Faites entrer ! fit Mr Sapsea d'un geste de la main.

Il retira deux verres de l'alignement, comme s'il avait fait l'appel.

— Je suis heureux de vous voir, monsieur. Je me félicite d'avoir l'honneur de vous recevoir ici pour la première fois.

C'est ainsi que Mr Sapsea fit les honneurs de sa maison.

— Vous êtes trop bon, monsieur. Tout l'honneur est pour moi, et c'est moi qui me félicite d'être reçu.

— Vous êtes trop aimable, monsieur. Je vous assure que j'éprouve le plus grand plaisir à vous recevoir dans mon humble demeure. Croyez-moi, je ne dirais pas cela à n'importe qui.

Mr Sapsea prononça ces mots avec une ineffable dignité. Comme pour dire : « Vous avez certainement du mal à croire que votre société puisse être une satisfaction pour un homme comme moi. Pourtant, c'est ainsi. »

— Il y avait longtemps que je désirais vous connaître, Mr Sapsea.

— Et moi, monsieur, il y a longtemps que je connais votre réputation d'homme de goût. Permettez-moi de remplir votre verre.

Puis, en remplissant le sien, il ajouta :

— Je veux porter un toast, monsieur. Si les Français voulaient débarquer, puissions-nous les châtier !

C'était un toast patriotique que l'on portait pendant l'enfance de Mr Sapsea. Aussi, le digne homme était-il convaincu qu'il pouvait s'adapter à n'importe quelle époque ultérieure.

— Monsieur, fit Jasper en observant avec un sourire le commissaire-priseur qui étendait les jambes devant le feu, vous devez avoir de larges connaissances, puisque vous connaissez le monde !

— Ma foi, monsieur, répliqua-t-il en riant, je crois vraiment que j'en connais quelque chose. Oui, je crois que j'en connais quelque chose.

— Vous en avez la réputation, monsieur, et cela m'a toujours intéressé et surpris. C'est pourquoi je désirais faire votre connaissance. Cloisterham est une petite ville. Moi-même, je m'y sens emprisonné, et je ne connais rien en dehors d'elle. J'ai même le sentiment que c'est une très petite ville.

— Si je n'ai pas visité les pays étrangers, jeune homme…

Mr Sapsea s'interrompit :

— Vous me permettez de vous appeler « jeune homme », Mr Jasper ? Vous êtes tellement plus jeune que moi.

— Je vous en prie.

— Si je n'ai pas visité les pays étrangers, jeune homme, les pays étrangers sont venus à moi. Ils sont venus à moi grâce aux affaires que je traite, et j'ai su profiter des occasions qui m'étaient données. Supposez que je dresse un inventaire, ou que je fasse un catalogue. Je vois une pendule française. Je ne l'ai jamais vue auparavant, et pourtant, je mets le doigt dessus et je dis : « Paris ! » Je vois des plats et de la vaisselle de fabrication chinoise, dont personnellement je ne connais rien. Je mets le doigt dessus instantanément et je dis : « Pékin, Nankin ou Canton. » C'est pareil avec le Japon et avec l'Égypte, avec le bois de santal et le bambou des Indes-Occidentales. Je mets le doigt dessus chaque fois. J'ai déjà mis le doigt sur le pôle Nord en disant : « Lance de fabrication esquimau ! Je parie une demi-pinte de sherry. »

— Vraiment ? C'est une remarquable manière d'acquérir la connaissance des choses et des gens, Mr Sapsea.

— Je vous en parle, monsieur, fit Mr Sapsea avec une indicible suffisance, parce que, comme je le dis toujours, cela ne sert à rien de se vanter de ce qu'on est. Montrez d'abord comment vous y êtes arrivé, et ainsi vous apportez la preuve de vos capacités.

— C'est très intéressant. Mais ne devions-nous pas parler de la défunte Mrs Sapsea ?

— En effet, monsieur.

Mr Sapsea remplit les deux verres et remit le carafon en sécurité.

— Avant de vous demander votre avis d'homme de goût sur cette petite chose – il brandit le manuscrit – qui, j'y insiste, n'est qu'une petite chose, mais qui m'a demandé de la réflexion, monsieur, et un travail cérébral, je ferais bien de vous décrire la personnalité de feu Mrs Sapsea, qui est morte maintenant depuis neuf mois.

Mr Jasper, qui était en train de bâiller derrière son verre de porto, reposa cet écran sur la table et se composa un visage plein d'intérêt. Malheureusement, il ne put y mettre toute l'expression souhaitable, à cause d'un second bâillement inopinément rentré et qui lui faisait cligner des yeux.

— Il y a douze ans environ, poursuivit Mr Sapsea, au moment où mon esprit s'était élargi – je ne dirais pas jusqu'au point où j'en suis arrivé maintenant, non, ce serait aller trop loin – mais suffisamment tout de même pour que j'éprouve le désir d'y absorber l'esprit de quelqu'un d'autre, je regardai autour de moi pour me trouver une compagne nuptiale. Car, comme je le dis toujours, il n'est pas bon pour un homme de vivre seul.

Mr Jasper parut inscrire cette idée originale dans sa mémoire.

— À cette époque, Miss Brobity tenait un établissement d'enseignement. Je ne dirai pas que c'était l'établissement concurrent du couvent des Nonnes, qui se trouve de l'autre côté de la rue. Disons que c'était une institution jumelle dans le bas de la ville. Tout le monde avait remarqué qu'elle se passionnait à suivre mes ventes lorsqu'elles avaient lieu les jours de congé ou pendant les vacances. Les gens en déduisirent qu'elle admirait mon style. Et, comme le temps passait, ils constatèrent que l'influence de mon style devenait visible dans les dictées que Miss Brobity donnait à ses élèves. On chuchota même, jeune homme, avec une obscure malignité, que l'un des parents, un ignorant et un abruti nommé Churl, s'était laissé aller jusqu'à protester en me mettant personnellement en cause. Mais cela, je ne le crois pas. Car est-il vraisemblable qu'une créature humaine, possédant tout son bon sens, s'expose ainsi à être montrée par ce que j'appellerais le doigt du mépris ?

Mr Jasper hocha la tête. Non, ce n'était pas vraisemblable le moins du monde. Mr Sapsea, dans un grandiloquent état de distraction, sembla remplir le verre de son visiteur, qui était plein, et remplit en réalité le sien propre qui était vide.

— La personnalité de Miss Brobity, jeune homme, était profondément marquée par le respect qu'elle éprouvait pour l'Esprit. Elle révérait l'Esprit lorsqu'il se lançait, je dirais « se précipitait », vers la connaissance étendue du monde. Lorsque je lui offris ma main, elle me fit l'honneur d'être tellement anéantie par une sorte de crainte révérencielle qu'elle ne put que murmurer ces deux mots : « Oh toi ! » Il s'agissait de moi. Ses limpides yeux bleus étaient fixés sur moi, ses mains presque transparentes étaient jointes, une pâleur avait envahi son visage aquilin. Vainement je l'encourageai à parler : elle fut incapable d'articuler un mot de plus. Je me débarrassai de l'institution jumelle par un contrat sous seing privé, et nous devînmes aussi proches et aussi unis que le permettaient les circonstances. Mais elle ne put jamais, absolument jamais, trouver une phrase capable d'exprimer l'idée, peut-être trop favorable, qu'elle se faisait de mon intelligence. Jusqu'à son dernier souffle (elle est morte d'une déficience du foie), elle s'adressa à moi dans les mêmes termes inachevés.

Mr Jasper avait fermé les yeux pendant que le commissaire-priseur prenait une voix plus grave. Il les rouvrit brusquement et dit, en même temps que la voix profonde de son interlocuteur :

— Ah!

… et s'arrêta juste à temps pour ne pas ajouter :

— Men!

— Et depuis, ajouta Mr Sapsea en étendant les jambes, et en savourant solennellement les joies du vin et la chaleur du feu, je suis resté tel que vous me voyez aujourd'hui : un veuf solitaire. Depuis, comme je le dis toujours, j'ai gaspillé le charme de ma conversation du soir en parlant pour les murs. Je n'ai pas de reproches à me faire. Mais je me suis demandé parfois : que se serait-il passé si elle avait eu un mari qui aurait pu s'abaisser à son niveau ? Si elle n'avait pas dû regarder si haut, peut-être aurait-elle pu trouver en elle la force nécessaire pour stimuler son foie !

Mr Jasper dit, en ayant l'air d'être plongé dans des pensées terriblement déprimantes, qu'il supposait en effet qu'il aurait pu en être ainsi.

— Mais ce n'est qu'une supposition, monsieur, reconnut Mr Sapsea. Comme je le dis toujours, l'homme propose et Dieu dispose. On peut ou non exprimer la même idée sous une autre forme. Mais c'est de cette manière-là que je l'exprime.

Mr Jasper manifesta son approbation par un murmure.

— Et maintenant, Mr Jasper, reprit le commissaire-priseur en montrant sa feuille de papier, le monument de Mrs Sapsea ayant eu tout le temps de sécher et de se mettre en place, je voudrais vous demander votre opinion d'homme de goût sur la petite épitaphe que j'ai composée pour qu'elle y soit gravée. Comme je vous l'ai déjà fait remarquer, j'ai dû y consacrer un certain travail cérébral. Prenez-le en main : la disposition des lignes demande à être appréciée par les yeux, aussi bien que le sens par l'esprit.

Mr Jasper acquiesça, contempla et lut ce qui suit :

ETHELINDA
épouse respectueuse de
MR THOMAS SAPSEA
COMMISSAIRE-PRISEUR, EXPERT, AGENT IMMOBILIER, ETC.
de cette ville
dont la connaissance du monde
quoique très étendue
ne lui fit jamais faire connaissance avec
UN ESPRIT

plus apte
À S'ÉLEVER VERS LUI.
ÉTRANGER, ARRÊTE-TOI

et pose-toi la question :
POURRAIS-TU EN FAIRE AUTANT?
sinon
ROUGIS ET ÉCARTE-TOI.

Mr Sapsea s'était levé et se tenait debout, le dos au feu, pour observer l'effet de ces lignes sur le comportement d'un homme de goût. Il avait par conséquent le visage tourné vers la porte lorsque la servante apparut à nouveau et annonça :

— Durdles est là, monsieur...

Mr Sapsea s'avança vivement, remplit le troisième verre qui venait d'être appelé à son tour et répliqua :

— Que Durdles entre !

— Admirable ! laissa tomber Mr Jasper en rendant le papier.

— Cela vous plaît, monsieur?

— Comment pourrais-je ne pas apprécier? C'est frappant, caractéristique et complet.

Le commissaire-priseur inclina la tête, comme s'il acceptait simplement l'hommage qui lui était dû et en accusait réception ; et il pria Durdles, qui venait d'entrer, d'accepter le verre de vin qu'il lui tendait et « qui le réchaufferait ».

Durdles était tailleur de pierres. Il travaillait plus spécialement les dalles funéraires, les caveaux et les monuments. De la tête aux pieds, il était entièrement de la couleur de ses pierres.

Il n'y avait pas, à Cloisterham, d'homme plus connu. C'était le libertin diplômé de l'endroit. La renommée le proclamait un ouvrier extraordinaire, ce qui pouvait être vrai, pour autant qu'on sache, car il ne travaillait jamais, et un ivrogne extraordinaire, ce que tout le monde savait. Il connaissait mieux la crypte de la cathédrale qu'aucune autorité vivante. Et même peut-être qu'aucune autorité morte. On racontait qu'il avait appris à connaître intimement cet endroit en prenant l'habitude d'aller s'y réfugier contre les assauts de la populace juvénile de Cloisterham et y cuver sa boisson. Il avait en effet libre accès à la cathédrale, car il était chargé d'y effectuer les réparations sommaires. Quoi qu'il en soit, il en connaissait quelque chose et, lorsqu'il démolissait d'inutiles fragments de mur, d'arcs-boutants ou de pavements, il lui était arrivé de voir d'étranges spectacles. Souvent, en parlant de lui, il s'exprimait à la troisième personne. Peut-être parce que, lorsqu'il racontait quelque chose, il n'avait pas une notion très exacte de son identité ; ou peut-être aussi parce qu'il adoptait entièrement la terminologie en usage à Cloisterham lorsqu'on parlait d'une personnalité d'une distinction reconnue. C'est ainsi qu'il disait, par exemple, en parlant des étranges spectacles qu'il voyait : « Durdles est tombé brusquement sur le vieux bonhomme (il s'agissait de quelque dignitaire enseveli, d'une personnalité de l'ancien temps et de haut grade) en frappant un coup de pioche en plein dans son cercueil. Le vieux bonhomme a regardé Durdles, les yeux grands ouverts, comme pour dire : "C'est toi qui te nommes Durdles ? Eh bien, mon vieux, il y a diablement longtemps que je t'attends." Et puis il est retourné en poussière. » Avec une règle de deux pieds toujours en poche, et un marteau de maçon perpétuellement à la main, Durdles passait son temps à frapper et à sonder dans tous les coins et recoins de la cathédrale. Et lorsqu'il disait à Tope : « Tope, ici il y a encore un vieux bonze ! » Tope en parlait au doyen comme d'une découverte certaine.

Habillé d'un costume de flanelle grossière, avec des boutons de corne, d'un foulard jaune aux coins effilochés, d'un vieux chapeau plutôt rousseâtre que noir, et des bottines lacées de la même teinte que les pierres de son état, Durdles menait une vie bohème et brumeuse. Il transportait toujours son dîner avec lui dans une musette et, pour manger, il s'asseyait sur n'importe quelle tombe. Ce dîner de Durdles était devenu une sorte d'institution à Cloisterham. Non seulement parce qu'on ne pouvait pas le rencontrer en public sans sa pitance, mais surtout, parce qu'en certaines occasions célèbres, elle avait été emmenée en prison avec Durdles, ivre et inconscient, et traînée devant le tribunal au Palais de Justice. Mais, à vrai dire, ces occasions avaient été peu nombreuses et peu répétées. Car Durdles était aussi rarement ivre que sobre. Pour le reste, c'était un vieux célibataire, et il vivait dans un vieux petit trou constitué par une maison qui n'avait jamais été achevée, et qu'on supposait avoir été bâtie – jusqu'au point où elle l'était – avec des pierres volées au mur d'enceinte. Pour arriver à cette tanière, on traversait une sorte d'avant-cour parsemée d'éclats de pierres et qui ressemblait à un bosquet pétrifié de pierres tombales, d'urnes, de draperies et de colonnes brisées à tous les stades de leur achèvement. C'était là que deux ouvriers passaient leurs journées à briser des pierres, tandis que deux autres, se faisant face, sciaient les dalles. Ils semblaient entrer et sortir aussi régulièrement de leurs guérites que s'ils étaient des statues symbolisant le Temps et la Mort.

Lorsque Durdles eut dégusté son verre de porto, Mr Sapsea lui confia le précieux effort de sa muse. Durdles, pas du tout impressionné, sortit sa règle de deux pieds et mesura calmement les lignes en les souillant de poussière de roche.

— Donc, c'est pour le monument, Mr Sapsea ?

— C'est l'épitaphe, oui.

Mr Sapsea attendait l'effet qu'elle produirait sur un esprit vulgaire.

— Elle y entrera tout juste, fit Durdles. Votre serviteur, Mr Jasper. Comment allez-vous ?

— Et vous, Durdles ?

— J'ai eu une petite attaque de tombatisme, Mr Jasper. Mais je devais m'y attendre.

— Vous voulez dire « rhumatisme » ? fit Mr Sapsea d'un ton aigre. (Il était vexé de voir son œuvre reçue avec une telle froideur.)

— Non, Mr Sapsea. Je veux dire « tombatisme ». C'est une autre sorte de rhumatisme. Mr Jasper sait bien ce que Durdles veut dire. Promenez-vous parmi les tombes avant qu'il fasse jour, par un matin d'hiver, et continuez, comme dit le catéchisme, à vous y promener tous les jours de votre vie, et alors, vous *saurez* ce que Durdles veut dire.

— C'est un endroit où il fait diablement froid, approuva Jasper avec un frisson.

— Et s'il fait froid pour vous, là-haut, dans le chœur, avec le souffle d'un tas de vivants autour de vous, pensez si c'est froid pour Durdles dans la crypte, parmi l'humidité de la terre et le souffle mort des vieux bonzes, répliqua le bonhomme. Faut-il se mettre à l'ouvrage tout de suite, Mr Sapsea ?

Mr Sapsea, avec l'impatience de l'auteur qui veut se voir publier, répondit que le plus tôt serait le mieux.

— Dans ce cas, fit Durdles, vous feriez mieux de me donner la clé.

— Mais, mon ami, l'épitaphe ne doit pas être gravée à l'intérieur du caveau.

— Durdles sait bien où il faut la mettre, Mr Sapsea. Personne ne le sait mieux que lui. Demandez à n'importe qui à Cloisterham si Durdles ne connaît pas son boulot.

Mr Sapsea se leva, prit une clé dans un tiroir, s'en servit pour ouvrir un coffre fixé dans le mur et en tira une autre clé.

— Lorsque Durdles fignole son travail ou le termine, peut importe que ce soit à l'intérieur ou à l'extérieur. Durdles aime bien jeter un coup d'œil partout pour être sûr que son travail servira son bon renom, expliqua-t-il avec obstination.

Comme la clé que lui tendait le veuf inconsolable était de grande taille, il glissa sa règle de deux pieds dans une poche de son pantalon de drap, faite pour cet usage, ouvrit sans se presser son veston de flanelle et déposa la clé dans le reposoir d'une grande poche intérieure.

— Ma parole, Durdles, fit Jasper, amusé, vous avez des poches partout !

— Et j'y transporte du poids, Mr Jasper. Soupesez celles-ci, ajouta-t-il en sortant deux autres grandes clés.

— Passez-moi aussi celle de Mr Sapsea. Je parie que c'est la plus lourde des trois.

— Ce n'est encore qu'une petite partie de celles que j'ai, croyez-moi. Ce sont toutes des clés de caveaux! Elles donnent accès au travail de Durdles. Durdles garde la plupart des clés de caveaux qu'il a construits. Ce n'est pas qu'on les utilise beaucoup, mais on ne sait jamais.

— À propos, fit Jasper en examinant les clés sans but apparent et comme si une idée venait de lui passer par la tête, il m'est souvent arrivé de vouloir vous poser la question, et j'ai toujours oublié. Vous savez qu'on vous appelle parfois Stony Durdles[1]?

— À Cloisterham, on m'appelle Durdles, Mr Jasper.

— Je sais. Mais parfois les gamins…

— Oh, si vous parlez de cette bande de garnements…, interrompit Durdles d'un air renfrogné.

— Je ne m'en préoccupe pas plus que vous, mais il y avait une discussion l'autre jour dans la chorale pour savoir si Stony était employé pour Tony…

Tout en parlant, Mr Jasper faisait sonner une clé contre l'autre.

— Faites attention aux rainures, Mr Jasper.

— … Ou si Stony signifiait Stephen…

Mr Jasper essayait le son d'une autre clé.

— Vous ne pouvez pas en faire un diapason, Mr Jasper.

— Ou si ce surnom vous vient de votre métier. Qu'en est-il?

Mr Jasper soupesa les trois clés dans une main, releva la tête qu'il avait nonchalamment penchée vers

1. *Stony:* pierreux, rocailleux, mais aussi: qui a le cœur dur. *(NdT)*

le feu, et rendit les clés à Durdles avec un regard franc ct amical.

Mais cet être rocailleux était aussi un être renfrogné, et son état brumeux ne permettait pas de prévoir ses réactions. Il était hautement conscient de sa dignité et prompt à s'offenser. Il laissa tomber ses deux clés une à une dans sa poche et referma son veston. Il reprit ensuite sa musette sur le dossier de la chaise où il l'avait accrochée en entrant, équilibra le poids qu'elle contenait en y ajoutant la troisième clé, comme s'il était une autruche et comme s'il allait dîner de métal froid ; et il sortit de la pièce sans daigner répondre.

Mr Sapsea proposa alors une partie de trictrac. Assaisonnée par sa brillante conversation, et terminée par un souper de viande froide et de salade, la soirée se prolongea fort tard. Pourtant, Mr Sapsea n'avait pas encore épuisé toutes les ressources de sa sagesse qui, lorsqu'il en faisait bénéficier d'autres mortels, était d'une nature plutôt extensive qu'épigrammatique. Mais le visiteur annonça qu'il reviendrait pour pouvoir en bénéficier plus largement à la prochaine occasion. Et Mr Sapsea accepta de le laisser partir pour lui permettre de réfléchir aux bribes de sagesse qu'il emportait avec lui.

5

Durdles et son ami

En traversant l'enceinte de la cathédrale pour rentrer chez lui, John Jasper s'arrêta devant le spectacle qu'offraient Stony Durdles, musette comprise, le dos appuyé contre la grille de fer qui séparait le cimetière des vieilles arches du cloître, et un hideux petit gamin en haillons qui lui lançait des pierres. Dans le clair de lune, Durdles faisait une cible idéale. Parfois, les pierres l'atteignaient et parfois elles le manquaient, mais Durdles paraissait tout à fait indifférent à l'une comme à l'autre éventualité. Par contre, chaque fois qu'il touchait Durdles, le hideux petit gamin lançait un sifflement de triomphe, et sa bouche semblait parfaitement adaptée à ce genre d'exercice, grâce aux ouvertures laissées par les dents qui lui manquaient. Chaque fois qu'il ratait son coup, il criait : « Encore loupé ! » et tentait d'adoucir son échec par un tir mieux ajusté et plus meurtrier.

— Que fais-tu à cet homme? demanda Jasper en sortant de l'ombre et en avançant dans le clair de lune.

— Je le prends pour cible, répliqua le hideux petit bonhomme.

— Donne-moi les pierres que tu as en main.

— Ouais ! Je vais te les enfoncer dans la gorge si tu essaies de me toucher ! fit le gamin en se dégageant et en reculant. Je vais te crever les yeux si tu ne te gares pas!

— Petit démon que tu es! Qu'est-ce que cet homme t'a fait?

— Il ne veut pas rentrer à la maison!

— Qu'est-ce que cela peut te faire?

— Il me donne un penny pour le ramener chez lui chaque fois que je le trouve dehors à de pareilles heures, fit le gamin.

Et il se mit à chanter, comme un petit sauvage, en dansant et en trébuchant sur les lacets défaits de ses chaussures en lambeaux:

Widdy, widdy, si par malheur
Je l'trouve dehors après dix heures
Widdy, widdy, tant pis pour lui.
S'il ne veut pas rentrer, je le viserai.
Widdy, widdy, y n'a qu'à s'garer.

Il accompagna ce dernier mot d'un geste éloquent et envoya une nouvelle volée à Durdles.

La chanson semblait être un poétique avertissement, accepté de commun accord, pour inciter Durdles à se tenir hors de portée, s'il le pouvait, ou à rentrer enfin chez lui.

D'un geste de la tête, John Jasper invita le gamin à le suivre. Il avait compris qu'il était inutile d'essayer de le contraindre ou de le traîner. Il se dirigea vers la grille de fer où Stony Durdles (dont le surnom cette fois se retournait contre lui) méditait profondément.

— Vous connaissez ce phénomène... cet enfant? demanda Jasper incapable de trouver un mot qui puisse définir le phénomène en question.

— Deputy, fit Durdles en hochant la tête.

— Ce n'est tout de même pas son nom?

— Si, répéta Durdles. Deputy.

— Je suis domestique à l'auberge de Deux Sous, à l'Usine à Gaz, expliqua le phénomène. Tous les domestiques, à l'auberge de Deux Sous, s'appellent Deputy. Quand l'Auberge est pleine et que tous les voyageurs sont au lit, je sors et je vais faire un tour pour ma santé.

Sur quoi, il recula vers la route, visa une nouvelle fois sa cible et reprit:

Widdy, widdy, si par malheur
J'le trouve dehors après dix heures...

— Baisse la main, cria Jasper, et ne t'avise pas de lancer un caillou quand je suis près de lui, ou je t'étrangle. Venez, Durdles. Ce soir, c'est moi qui vais vous ramener à la maison. Voulez-vous que je porte votre musette?

— Sous aucun prétexte, répliqua Durdles, en la jetant sur son épaule. Durdles était occupé à réfléchir au milieu de ses travaux comme un auteur populaire, monsieur, quand vous êtes arrivé... « Tenez, voici votre beau-frère », ajouta-t-il en montrant, dans l'enceinte du cimetière, un tombeau blanc et froid dans le clair de lune. « Et voici Mrs Sapsea », fit-il en désignant le monument de cette épouse dévouée. « Celui-là, c'est le défunt Bénéficier » – d'un geste, il montra la colonne brisée de ce révérend personnage. « Ici, c'est feu le percepteur des taxes » – il désigna une cuvette et une serviette déposées sur quelque chose qui pouvait représenter un pain de savon. « L'ancien pâtissier, qui était un homme respecté » – son doigt désigna une dalle funéraire. « Tous ces gens dorment en paix ici, monsieur, et tout ça, c'est l'œuvre de Durdles. Il vaut mieux ne pas parler du vulgaire, que l'on enterre simplement dans le gazon et dans les ronces. Ces malheureux-là sont vite oubliés. »

— Ce garnement de Deputy est derrière nous, fit Jasper. Est-il nécessaire qu'il nous suive?

Les relations entre Durdles et Deputy devaient être d'une nature plutôt capricieuse. Car lorsque Durdles se tourna vers lui avec la lente gravité de celui qui a ingurgité trop de bière, Deputy fit un large crochet et se tint sur une prudente défensive.

— Pourquoi n'as-tu pas chanté « Y n'a qu'à s'garer! » avant de commencer, ce soir, fit Durdles en se souvenant inopinément de cet accroc à leurs conventions, à moins que ce fût pure imagination.

— Tu mens! fit Deputy. J'ai chanté.

« Tu mens » était la seule forme polie de contradiction qu'il connaissait.

— C'est le propre frère de Peter le Sauvage, fit Durdles en se retournant vers Jasper et en oubliant l'offense qui lui avait été faite aussi inopinément qu'il s'en était souvenu ou qu'il l'avait inventée. Mais je lui ai donné un but dans la vie.

— Un but qu'il vise bien? suggéra Mr Jasper.

— C'est cela, monsieur, un but qu'il vise bien, fit Durdles avec satisfaction. Je l'ai pris en main et je lui ai donné un but. Avant cela, qu'est-ce qu'il était? Un destructeur. Quel travail accomplissait-il? Un travail destructif. Et qu'est-ce que ça lui rapportait? De courts séjours à la prison de Cloisterham. Comme il n'avait pas de but élevé, il lançait des pierres après tout le monde et après tout. Pas une personne, pas une propriété, pas une fenêtre, pas un cheval, pas un chien, pas un chat, pas un oiseau, pas une volaille, pas un cochon n'échappaient à ses coups. Mais le but élevé qui lui manquait, je l'ai placé devant lui. Et cela lui permet d'ajouter un demi-penny aux trois pence qu'il gagne par semaine.

— Ce qui m'étonne, c'est qu'il n'ait pas de concurrents.

— Il en a des tas, Mr Jasper, mais il les chasse à coups de pierres. Maintenant, je ne sais pas à quoi mènera mon plan, poursuivit Durdles en y réfléchissant avec la même gravité d'ivrogne. Je ne sais même pas comment on pourrait appeler ce plan. Ne serait-ce pas une sorte de… de plan… d'éducation nationale?

— Non, je ne pense pas, fit Jasper.

— Eh bien, moi non plus, je ne le pense pas. Alors, ne lui donnons pas de nom.

— Il est toujours derrière nous, répliqua Jasper en regardant par-dessus son épaule. Va-t-il continuer à nous suivre?

— Nous devrons nécessairement passer par l'auberge de Deux Sous si nous rentrons par le chemin le plus court, répondit Durdles. Nous le laisserons là.

Ils continuèrent donc leur route. Deputy, qui tenait l'arrière-garde en ordre dispersé, troublait seul le silence de l'heure et du lieu en lapidant tous les murs, tous les poteaux, tous les piliers et tous les objets inanimés qu'il rencontrait sur le chemin désert.

— Y a-t-il quelque chose de nouveau dans la crypte, Durdles? demanda John Jasper.

— Quelque chose de vieux, vous voulez dire, grogna Durdles. Il n'y a pas de place pour la nouveauté dans cet endroit.

— Non. Je parlais de nouvelle découverte de votre part.

— Il y a un vieux bonze sous le septième pilier à gauche lorsqu'on descend les marches délabrées de l'ancienne petite chapelle souterraine. Je crois bien, pour autant que j'ai pu m'en rendre compte, que c'est un de ces ancêtres qui portaient mitre et crosse. Si l'on en juge par l'étroitesse des passages, des portes et des escaliers qu'ils devaient utiliser pour aller et venir, les crosses des vieux bonzes devaient drôlement les gêner. Quand il y en avait deux qui se rencontraient dans un couloir étroit, je parie qu'ils devaient souvent s'égratigner l'un l'autre avec leurs mitres.

Sans essayer le moins du monde de montrer qu'il ne fallait pas prendre cette opinion au pied de la lettre, Jasper considéra son compagnon, couvert de la tête aux pieds de mortier, d'argile et de poussière grise, comme s'il était pris soudain d'un intérêt romantique pour la vie étrange qu'il menait.

— Votre existence est curieuse.

Sans montrer d'aucune manière s'il prenait ceci pour un compliment, ou exactement pour le contraire, Durdles répondit d'un air renfrogné :

— La vôtre aussi.

— Bien sûr. Dans la mesure où mon sort est lié aux mêmes vieux endroits immuables, humides et qui sentent la terre, oui. Mais il y a beaucoup plus de mystère et d'intérêt dans vos liens avec la cathédrale que dans les miens. Tenez. Je voudrais vous demander de m'emmener avec vous comme élève ou comme apprenti, et de me permettre de vous accompagner parfois pour voir avec vous les vieux recoins où vous passez vos journées.

Le Rocailleux répondit, sans autre précision :

— Parfait. Tout le monde sait où trouver Durdles quand on en a besoin.

Si ceci n'était pas strictement juste, ce l'était presque, en ce sens que l'on pouvait toujours trouver Durdles quelque part, en état de vagabondage.

— Ce qui me passionne, fit Jasper en poursuivant ses romantiques préoccupations, c'est l'exactitude avec laquelle vous déterminez l'endroit où les gens ont été enterrés... Qu'y a-t-il? Cette musette vous gêne? Donnez-la-moi, je vais la porter.

Durdles s'était arrêté et avait reculé de quelques pas. (Deputy, qui suivait attentivement tous ses mouvements, poussa immédiatement une escarmouche vers la route.) Il regardait autour de lui pour trouver quelque rebord ou quelque coin où déposer sa musette. Il accepta l'offre de Jasper.

— Donnez-moi seulement le marteau qui est à l'intérieur, fit Durdles, et je vais vous montrer.

Les mains de Jasper fouillèrent la musette. Clink, clink! Il lui tendit son marteau.

— Maintenant, regardez bien. Quand vous chantez, vous cherchez d'abord le ton, n'est-ce pas, Mr Jasper?

— Oui.

— Eh bien moi aussi. Je prends mon marteau et je tape. (En même temps, il frappa le pavement et Deputy, toujours attentif, opéra une retraite stratégique, craignant sans doute que Durdles ne tente de lui réquisitionner le crâne.) Je tape, je tape, je tape. C'est plein. Je continue. C'est toujours plein. Encore un coup. Oh, oh! c'est creux. Je continue à taper. Il faut de la patience. Là, c'est plein dans le creux. Essayons encore : là, là, là. C'est toujours plein dans le creux et dans le plein, c'est de nouveau creux. Voilà! Il y a un vieux bonze tassé dans un cercueil de pierre en dessous d'une voûte.

— C'est étonnant!

— J'ai même fait mieux, poursuivit Durdles en tirant sa règle de deux pieds. (En même temps, Deputy avait poussé une nouvelle pointe en avant. Il se demandait si on n'allait pas découvrir un trésor, imaginait qu'il allait devenir riche et savourait le traitement que l'on infligerait aux deux voleurs qui, sur son témoignage, seraient pendus par le cou jusqu'à ce que mort s'ensuive.) Imaginez que ce marteau soit un mur. Un mur que j'ai construit. Bon. Deux. Et deux quatre. Et deux six, ajouta-t-il en prenant des mesures sur le pavement. Mrs Sapsea se trouve à six pieds à l'intérieur du mur.

— Mrs Sapsea ? Elle n'est pas enterrée ici ?

— Enfin, supposons qu'il s'agisse de Mrs Sapsea. Son mur est plus épais, mais supposons qu'il s'agisse de Mrs Sapsea. Eh bien, Durdles tape sur le mur représenté par son marteau et dit, après l'avoir bien fait sonner : « Il y a quelque chose entre elle et moi ! Les hommes de Durdles ont sûrement oublié quelque chose dans cet espace de six pieds ! »

Jasper émit l'idée qu'une telle exactitude était un don.

— Un don ? fit Durdles qui sembla prendre cette observation de très mauvaise part. C'est bien mieux qu'un don ! J'y suis arrivé par moi-même. C'est par ses connaissances, et au prix de beaucoup de réflexion et d'efforts, que Durdles y est arrivé. Hé, Deputy !

— *Widdy, Widdy!* répondit Deputy d'une voix aiguë en se tenant à nouveau à bonne distance.

— Attrape ce demi-penny. Ce soir, lorsque nous serons arrivés à l'auberge de Deux Sous, je ne veux plus te voir.

— T'as qu'à t'garer ! répondit Deputy en attrapant la pièce.

En fait, ce mot cabalistique signifiait apparemment qu'il acceptait l'arrangement.

Ils n'avaient plus qu'à traverser ce qui était autrefois le vignoble d'un ancien monastère, pour atteindre l'étroite ruelle où se dressait l'invraisemblable maison de bois à deux étages connue sous le nom d'auberge de Deux Sous. C'était une maison toute tordue et délabrée, comme la moralité de ses clients. On voyait encore les vestiges d'un porche en treillis au-dessus de la porte, et les restes d'une haie rustique devant son jardin ravagé. L'état de ce jardin venait sans doute du fait que les voyageurs éprouvaient pour les lieux un sentiment si tendre (à moins que ce ne fût plus simplement le désir de faire du feu au bord de la route pendant la journée) qu'ils ne se décidaient jamais à partir, même si on les jetait à la porte, sans emporter une petite provision de bois en souvenir.

On avait tenté de donner à ce lieu délabré l'apparence d'une auberge en accrochant des lambeaux de traditionnels rideaux rouges. La nuit, ces rideaux graisseux étaient rendus vaguement transparents par la faible lueur de quelques lumignons qui brûlaient tristement dans l'air vicié de l'intérieur. Lorsque Durdles et Jasper s'approchèrent, ils virent au-dessus de la porte une lanterne de papier peint qui servait à indiquer la nature de la maison. Et ils se trouvèrent nez à nez avec une demi-douzaine d'autres hideux petits gamins – étaient-ce les voyageurs de Deux Sous, ou simplement leurs domestiques ou leurs parasites ? – qui avaient dû être attirés par quelques relents de Deputy apportés par le vent. Ils s'élancèrent dans le clair de lune comme les vautours qui se rassemblent dans le désert, et ils entreprirent instantanément de se lapider les uns les autres.

— Allez-vous cesser, bandes de petits sauvages ! hurla Jasper d'un ton furieux. Laissez-nous passer !

La remarque fut accueillie par des cris et une volée de pierres, selon une vieille coutume confortablement assise dans les règlements de police de nos communautés anglaises, où les chrétiens sont lapidés de toutes parts, comme si les jours de Saint-Étienne étaient revenus. Durdles constata, avec une certaine pertinence, que « ces jeunes brutes n'avaient pas de but » et poursuivit sa route le long de la ruelle.

Arrivé au coin, Jasper arrêta son compagnon et regarda derrière lui. Tout était silencieux. Mais l'instant d'après, une pierre effleura son chapeau et, au loin, on entendit un cri : « T'as qu'à t'garer ! », suivi par un hurlement de victoire qui semblait poussé par quelque Chantecler issu des enfers. Sentant que la rue appartenait à l'ennemi, il tourna le coin, et ramena Durdles chez lui. Il le suivit du regard pendant qu'il trébuchait parmi les pierres de son rocailleux jardin comme s'il allait à tout moment donner de la tête dans quelque tombe inachevée.

John Jasper prit ensuite un autre chemin pour regagner sa demeure. Il entra doucement avec sa clé. Son feu brûlait encore. D'un placard fermé à clé, il sortit une pipe d'aspect étrange et la remplit. Mais non avec du tabac. Ayant soigneusement tassé le contenu du fourneau avec un petit instrument, il monta un escalier intérieur de quelques marches qui menait à deux chambres : sa propre chambre à coucher, et celle de son neveu. Dans chacune brûlait une lampe.

Son neveu dormait, calme et paisible. John Jasper s'attarda à le regarder pendant quelques instants, en tenant à la main sa pipe éteinte. Il le regarda d'un regard fixe et avec une profonde attention. Puis, rapidement, il regagna sa chambre, alluma sa pipe et s'abandonna aux spectres qu'il invoquait à minuit.

6

Philanthropie à la place du chanoine mineur

Le révérend Septimus Crisparkle avait été ainsi prénommé parce que six petits frères Crisparkle, nés avant lui, s'en étaient allés, un par un, comme de faibles lueurs qui s'éteignent sitôt allumées.

Ce matin-là, le révérend Septimus Crisparkle avait brisé de sa bonne tête la mince couche de glace qui recouvrait les eaux près du barrage de Cloisterham. C'était sa manière de se maintenir en forme. Maintenant, il activait sa circulation en boxant devant un miroir, avec beaucoup de science et de bravoure. Le miroir renvoyait, du révérend Septimus, une image fraîche et saine. Il feintait et esquivait avec beaucoup d'adresse. Ses crochets du droit partaient avec la plus grande vigueur, mais son visage radieux était empreint d'innocence et une douce bienveillance émanait de ses gants de boxe.

Ce n'était pas encore l'heure du petit déjeuner, car Mrs Crisparkle – la mère, non l'épouse du révérend Septimus – venait à peine de descendre et attendait qu'on apporte le thé. Le révérend Septimus abandonna ses exercices et prit entre ses gants de boxe l'avenant visage de la vieille dame pour y déposer un baiser. Après ce tendre accueil, le révérend Septimus se retourna, contra du gauche et lança son droit avec une terrifiante énergie.

— Chaque matin, je répète que tu finiras par le faire, Sept, remarqua la vieille dame en le regardant, et c'est ce qui va arriver.

— Faire quoi, maman chérie?

— Briser le miroir ou te faire éclater une veine.

— Plaise à Dieu que non, maman chérie. Regarde ça : ça s'appelle déplacer de l'air.

Dans un round irrésistible et d'une grande sévérité, le révérend Septimus administra et évita toute une série de corrections, et conclut en envoyant le bonnet de la vieille dame dans les cordes – telle est l'expression technique utilisée dans les cercles scientifiques des initiés du noble art. Mais il le fit d'une touche tellement légère que les rubans lavande ou cerise frémirent à peine. Abandonnant le vaincu avec magnanimité, il n'eut que le temps de jeter ses gants dans un tiroir et de faire semblant de regarder par la fenêtre d'un air méditatif pour n'être pas surpris par le domestique qui apportait le thé et les autres détails du petit déjeuner. Lorsque ce fut servi et qu'ils se retrouvèrent seuls, la vieille dame, debout, récita la prière du matin. Et il était plaisant de voir son fils (il aurait plus exactement été plaisant s'il s'était trouvé quelqu'un pour contempler le spectacle, ce qui n'était pas le cas), il était donc plaisant de voir son fils, quoique chanoine mineur, écouter la prière, la tête baissée. Il avait quarante-cinq ans. Mais c'est dans la même attitude qu'il écoutait les mêmes mots tomber des mêmes lèvres lorsqu'il avait quatre ans et demi.

Qu'y a-t-il de plus joli qu'une vieille dame – si ce n'est une jeune dame, naturellement – dont les yeux brillent, dont la silhouette est restée alerte et jolie, dont le visage est calme et heureux, dont les vêtements, comme ceux d'une bergère de porcelaine, ont de ravissantes couleurs, sont bien ajustés et lui vont à ravir?

Rien n'est plus joli, songeait souvent le brave chanoine mineur, en s'asseyant à table en face de sa mère. Elle était veuve depuis longtemps et n'avait plus que lui. À de tels moments, ses pensées à elle pouvaient se résumer dans ces deux mots qui revenaient souvent dans toutes ses conversations : « Mon Sept ! »

Pendant qu'ils déjeunaient ainsi ensemble, ils s'adaptaient parfaitement au décor de la place du chanoine mineur, à Cloisterham. La place du chanoine mineur était un endroit tranquille protégé par l'ombre de la cathédrale. Le croassement des corbeaux, les pas des rares passants, le son des cloches et le grondement des orgues semblaient accentuer sa tranquillité plus que ne l'eût fait un silence absolu. Pendant des siècles, d'arrogants soudards avaient rempli ce lieu de leurs exploits extravagants ; pendant des siècles, des serfs opprimés y avaient souffert et y étaient morts ; pendant des siècles, des moines puissants y avaient exercé leur bonne ou leur mauvaise influence. Maintenant, ils avaient tous quitté la scène, et c'était tant mieux. Mais qu'ils aient été là jadis avait peut-être eu un effet salutaire. Peut-être avaient-ils laissé derrière eux cet air de béate tranquillité qui envahissait la place du chanoine mineur, et cet état d'esprit serein et romantique, qui engendre le plus souvent la pitié et la tolérance, et qui naît des histoires tristes lorsqu'on a fini de les raconter et des drames pathétiques lorsque le rideau est tombé sur le dernier acte.

La maison dans laquelle déjeunaient la vieille Mrs Crisparkle et le révérend Septimus était faite de murs de briques rouges patinées par le temps et couvertes d'un vieux lierre aux profondes racines. Elle avait des fenêtres à treillis, des panneaux lambrissés, de grosses poutres de chêne dans les petites pièces. Dans le jardin, entouré d'un mur de pierre, des fruits mûrissaient chaque année encore sur les arbres plantés par les moines.

— Alors, maman chérie, demanda le chanoine mineur, tout en donnant la preuve d'un appétit salutaire et vigoureux, que dit cette lettre?

La jolie vieille dame, après avoir lu la lettre, l'avait simplement déposée sur la nappe. Elle la tendit à son fils.

La vieille dame, en fait, était extrêmement fière de ses beaux yeux qui étaient encore assez clairs pour lui permettre de lire une lettre sans lunettes. Son fils en était tout aussi fier qu'elle. Et pour lui permettre d'en tirer le maximum de satisfaction, il avait imaginé de feindre que lui ne pouvait pas lire sans lunettes. C'est pourquoi il s'affubla d'une paire de sévères et prodigieux lorgnons qui non seulement lui encombrèrent le nez et troublèrent son petit déjeuner, mais qui constituèrent un sérieux inconvénient pour déchiffrer la lettre. Car, lorsqu'ils n'étaient pas gênés par cet instrument, ses yeux avaient l'acuité d'un microscope et d'un télescope combinés.

— Bien entendu, c'est de Mr Honeythunder, fit la vieille dame, en se croisant les bras.

— Bien sûr, constata son fils.

Et il se mit à lire péniblement.

HAVRE DE PHILANTHROPIE

Bureau central, Londres, Mercredi.

— *Chère Madame, j'écris dans le…* Dans quoi? Dans quoi peut-il bien écrire?

— Dans le fauteuil, fit la vieille dame.

Le révérend Septimus ôta ses lunettes, de manière à pouvoir regarder le visage de sa mère, et s'écria :

— Seigneur ! Que peut-on bien écrire dans un fauteuil ?

— Mon Dieu, mon Dieu, Sept, répondit la vieille dame. Tu ne fais pas attention au contexte. Rends-moi la lettre, mon chéri.

Heureux de pouvoir ôter ses lunettes (qui le faisaient toujours pleurer), son fils obéit, en murmurant que sa vue baissait de jour en jour quand il s'agissait de lire un texte manuscrit.

— *J'écris*, poursuivit sa mère en lisant de façon très claire et très précise, *dans le fauteuil où je vais probablement devoir demeurer pendant plusieurs heures...*

Septimus regarda la rangée de chaises le long du mur avec un air où se mêlaient des sentiments d'accusation et de protestation.

— *Nous avons*, poursuivit la vieille dame avec un peu plus d'emphase, *une réunion de l'Assemblée du Comité Directeur Élargi de la Centrale et des Sections de Philanthropie, au Havre Central cité en tête. Et les participants ont décidé à l'unanimité que j'occuperais le fauteuil présidentiel.*

Septimus poussa un soupir de soulagement et dit :

— Oh, si c'est à cela qu'il veut en arriver, laissons-le faire.

— *Afin de ne pas manquer la levée postale d'aujourd'hui, je profite de ce qu'on lit en ce moment un long rapport qui dénonce un fieffé mécréant...*

— Ce qui est extraordinaire, interrompit le doux chanoine mineur en déposant son couteau et sa fourchette pour se gratter l'oreille avec perplexité, c'est que ces philanthropes sont toujours occupés à dénoncer quelqu'un. Et ce qui est plus extraordinaire encore, c'est qu'ils trouvent toujours une telle abondance de mécréants.

— *Qui dénonce un fieffé mécréant*, poursuivit la vieille dame, *pour régler une fois pour toutes notre petite affaire. J'ai parlé à mes deux pupilles, Neville et Helena Landless, de l'insuffisance de leur éducation, et ils ont accepté le plan que je leur ai proposé. J'étais d'ailleurs bien décidé à le leur faire accepter, que cela leur plaise ou non.*

— Encore une chose extraordinaire, remarqua le chanoine mineur sur le même ton que précédemment, c'est que ces philanthropes soient tellement enclins à saisir leurs semblables par la peau du cou et à les jeter, si l'on peut dire, dans les sentiers de la paix… Excuse-moi de t'avoir interrompue, maman.

— *C'est pourquoi, chère madame, je vous prie de bien vouloir prévenir votre fils, le révérend Mr Septimus, qu'il recevra Neville comme pensionnaire lundi prochain. Le même jour, sa sœur Helena l'accompagnera à Cloisterham pour s'installer au couvent des Nonnes, l'établissement que vous-même et votre fils m'avez recommandé. Voulez-vous également faire le nécessaire pour son admission et son inscription? Il est bien entendu que, dans les deux cas, les conditions sont celles que vous m'avez signalées par écrit, lorsque nous étions en correspondance à ce sujet après que j'eus l'honneur de vous être présenté chez votre sœur ici en ville. Avec mes compliments au révérend Mr Septimus, je reste, chère madame, votre frère affectionné (en philanthropie),*

Luke Honeythunder.

— Eh bien, maman, fit le révérend Septimus après s'être à nouveau gratté l'oreille, nous devons essayer.

Il est certain que nous avons de la place pour un pensionnaire, et que j'ai du temps à lui consacrer. En outre, cela me plaît. Je suis cependant ravi qu'il ne s'agisse pas de Mr Honeythunder lui-même. Quoique cela semble un affreux parti pris, ne trouves-tu pas? Au fond, je ne l'ai jamais vu. Est-il gros, maman?

— On pourrait dire qu'il est gros, répliqua la vieille dame après une certaine hésitation, mais que sa voix est plus grosse encore.

— Plus grosse que lui?

— Plus grosse que n'importe qui.

— Ah! fit Septimus.

Et il termina son petit déjeuner comme si l'arôme du Thé Familial Souchong Supérieur s'était évaporé, ainsi que le fumet du jambon et des toasts.

La sœur de Mrs Crisparkle était un autre bibelot en porcelaine de Dresde, et elles étaient tellement bien assorties qu'elles auraient constitué une délicieuse paire de garnitures sur les deux extrémités de n'importe quelle grande cheminée à l'ancienne mode. On n'aurait jamais dû les voir l'une sans l'autre. La sœur de Mrs Crisparkle était la femme d'un clergyman qui avait été nommé dans la cité de Londres, et elle n'avait pas d'enfant. Dans ses fonctions publiques de professeur de philanthropie, Mr Honeythunder avait été amené à rencontrer Mrs Crisparkle lors de la dernière confrontation des deux bibelots de porcelaine (en d'autres mots pendant la dernière visite annuelle de Mrs Crisparkle à sa sœur). Il l'avait rencontrée après une réunion de nature philanthropique au cours de laquelle de malheureux orphelins tout jeunes avaient été gavés de gâteaux aux raisins et d'emphatiques déclarations. Tels étaient, à la résidence du chanoine mineur, les seuls antécédents connus des futurs élèves du révéré Septimus.

— Je suis certain que tu seras d'accord avec moi, maman, fit Mr Crisparkle après y avoir réfléchi, pour estimer que la première chose à faire est de mettre ces jeunes gens à leur aise dans toute la mesure du possible. Cette idée n'est pas du tout désintéressée, car nous ne pourrons pas être à l'aise avec eux s'ils ne le sont pas avec nous. Le neveu de Jasper est justement à Cloisterham. Qui se ressemble s'assemble, et la jeunesse appelle la jeunesse. C'est un brave jeune homme, et nous allons l'inviter à dîner avec le frère et la sœur. Cela fait trois. Nous ne pouvons songer à l'inviter sans inviter Jasper. Cela fait quatre. Miss Twinkleton et la future épouse, cela fait six. Avec nous deux, cela fera huit. Huit personnes à dîner, cela ne te gêne pas, maman?

— Neuf seraient trop, Sept, répondit la vieille dame, visiblement nerveuse.

— J'ai dit huit, maman.

— C'est tout juste la mesure de la table et de la pièce, mon chéri.

Les choses furent ainsi réglées. Et lorsque Mr Crisparkle, accompagné de sa mère, rendit visite à Miss Twinkleton pour régler l'inscription de Miss Helena Landless au couvent des Nonnes, il transmit les deux invitations destinées à cet établissement, et celles-ci furent acceptées. Bien entendu, Miss Twinkleton jeta un regard à son globe terrestre et à sa carte du ciel comme si elle regrettait qu'ils fussent trop encombrants pour être emmenés à une réception. Elle se fit donc à l'idée de les laisser là. Des instructions furent ensuite envoyées au philanthrope pour régler le départ de Mr Neville et de Miss Helena Landless et leur arrivée à Cloisterham pour l'heure du dîner. Et l'odeur du bouillon destiné au potage commença à se répandre dans les pièces de la résidence du chanoine mineur.

À cette époque, il n'y avait pas de chemin de fer à Cloisterham, et Mr Sapsea disait qu'il n'y en aurait jamais. Mr Sapsea disait même mieux : il disait qu'il ne devrait jamais y en avoir. Et pourtant, chose admirable, les trains express considéraient que Cloisterham ne valait pas qu'on s'y arrête, mais roulaient à travers la ville au hasard de leurs plus longues expéditions en hurlant et en secouant la poussière de leurs roues. C'était leur manière de manifester contre sa piètre importance. Mais il y avait à quelque distance un embranchement inachevé de la ligne principale vers un autre endroit, et si l'entreprise échouait, ce serait la ruine de la petite épargne, tandis que si elle réussissait, elle ébranlerait les fondements de l'Église et de l'État. Dans tous les cas, bien entendu, elle allait compromettre la constitution. Mais même cela avait déjà tellement déréglé la circulation de Cloisterham que le trafic, désertant la route principale, s'insinuait en ville par une route de campagne qu'il n'avait jamais empruntée et qui aboutissait à une ruelle signalée depuis des années par cet écriteau : « Attention, chien méchant ! »

Mr Crisparkle se rendit à cet infamant terminus pour y attendre l'arrivée d'un petit omnibus trapu, surmonté d'un tas de bagages nettement disproportionné à sa taille – comme un petit éléphant avec un harnachement infiniment trop grand. C'était là le service quotidien qui reliait Cloisterham au reste de l'humanité. Comme le véhicule approchait, Mr Crisparkle ne put en distinguer rien d'autre qu'un gigantesque passager assis sur le siège avant, les coudes étalés, les mains sur les genoux. Sa masse comprimait le cocher qui se trouvait dans une position extrêmement inconfortable. Il jetait les yeux autour de lui et montrait un visage fortement buriné.

— Est-ce Cloisterham? demanda le passager d'une voix tonitruante.

— Oui, répondit le cocher en se frottant comme s'il avait mal, après avoir jeté les rênes au valet d'écurie, et je n'ai jamais été aussi heureux d'y arriver.

— Dites à votre maître de faire le siège plus large, dans ce cas, répliqua le passager. Votre maître est moralement obligé – et devrait l'être légalement, sous peine de ruineuses amendes – de veiller au confort de son prochain.

Le cocher entreprit, de la paume des mains, une inspection superficielle de l'état de son squelette et le résultat ne lui parut pas très rassurant.

— Me suis-je assis sur vous? demanda le passager.

— Oui, répondit le cocher du ton de quelqu'un qui n'aime pas ça du tout.

— Prenez cette carte, mon ami.

— Je ne voudrais pas vous en priver, répondit le cocher en y jetant les yeux sans grand intérêt, et sans la prendre. À quoi me servirait-elle?

— À devenir membre de cette société, répondit le passager.

— Qu'est-ce que cela me rapportera? demanda le cocher.

— Des frères! répondit le passager d'une voix féroce.

— Grand merci, répondit tranquillement le cocher en descendant de son siège. Ma mère s'est contentée de moi, j'en fais autant. Je ne désire pas de frères.

— Il faut que vous ayez des frères, répliqua le passager en descendant à son tour, que vous aimiez cela ou pas. Je suis votre frère.

— Dites! explosa le cocher qui s'échauffait, tenez vos distances! J'ai pas gardé les cochons avec…

Mais ici intervint Mr Crisparkle. D'un ton aimable, il réprimanda le cocher.

— Joe, Joe, Joe, surveillez vos paroles, mon bon ami.

Joe toucha respectueusement le bord de son chapeau. Mr Crisparkle se tourna vers le passager.

— Mr Honeythunder?

— C'est moi, monsieur.

— Je me nomme Crisparkle.

— Le révérend Mr Septimus? Ravi de vous voir, monsieur Neville et Helena sont à l'intérieur. J'ai été un peu surmené ces derniers temps par un surcroît de travail dans mes activités publiques. Aussi ai-je pensé à venir prendre un peu l'air. Je suis venu avec eux, et je repartirai ce soir. Ainsi, vous êtes le révérend Mr Septimus?

Il le considéra de la tête aux pieds, avec un air de désappointement, en faisant tourner autour de ses doigts le ruban de ses lorgnons, comme s'ils n'avaient pas d'autre emploi.

— Je pensais vous voir plus âgé.

— J'espère que cela viendra, monsieur, répondit Mr Crisparkle avec humour.

— Vous dites? demanda Mr Honeythunder.

— Ce n'était qu'une plaisanterie. Elle ne vaut pas d'être répétée.

— Une plaisanterie? Oh! Je ne comprends jamais la plaisanterie. Si vous en faites pour moi, elles sont perdues. Mais où sont-ils donc? Helena et Neville, venez ici. Mr Crisparkle est venu vous accueillir.

Le jeune homme était d'une grâce et d'une souplesse extraordinaires. La jeune fille était étonnamment jolie. Ils se ressemblaient très fort. Ils étaient noirs tous les deux, avec le teint doré. Elle avait presque un type de gitane. Ils semblaient indomptés et avaient un air de chasseur et de chasseresse. Pourtant, il y avait en eux quelque chose qui les apparentait plus au gibier qu'aux poursuivants. Ils étaient agiles et souples. Ils avaient l'œil vif et l'allure nerveuse. Ils semblaient à la fois timides et méfiants. Leur regard était fier. Dans leur visage et dans leur silhouette, il y avait quelque chose d'indéfinissable, une sorte d'attente, sans qu'on sût s'ils étaient prêts à se cacher ou à bondir. C'est ainsi que Mr Crisparkle eût exprimé les quelques réflexions sommaires que lui inspira la vue des deux jeunes gens.

Il invita Mr Honeythunder à dîner, non sans appréhension, car il craignait la déception de la chère vieille bergère de porcelaine. Il offrit son bras à Helena Landless. Tandis qu'ils parcouraient les vieilles rues de la ville, elle et son frère apprécièrent vivement les explications qu'il leur fournit sur la cathédrale et sur les ruines du monastère. Mais leur étonnement, songea Mr Crisparkle, ressemblait à celui de beaux prisonniers barbares qui auraient été amenés de quelque dominion tropical. Mr Honeythunder marchait au milieu de la rue, en repoussant du coude les indigènes qui se trouvaient sur son chemin et en exposant à haute voix un plan qu'il avait conçu et qui consistait à opérer une rafle de tous les sans-travail du Royaume-Uni, à les jeter en prison et à les obliger, sous peine de complète extermination, à devenir philanthropes.

Mrs Crisparkle dut faire appel à toutes ses réserves de philanthropie lorsqu'elle se trouva face à face avec cet immense et bruyant accroissement de son petit groupe d'invités. Mr Honeythunder, qui ressemblait toujours quelque peu à une tumeur fixée sur la face de la société, s'étala à la résidence du chanoine mineur comme un furoncle enflammé. Ses détracteurs disaient de lui, en manière de plaisanterie, qu'il s'adressait ainsi à son prochain : « Maudits soient vos corps et vos âmes ! Mais si vous venez à moi, soyez bénis. » Si ce n'était pas l'exacte vérité, sa philanthropie n'en était pas moins d'une nature tellement belliqueuse qu'il était malaisé de déterminer ce qui la différenciait de l'animosité. Il fallait abolir l'armée, mais avant cela, il fallait traduire devant la cour martiale tous les officiers qui avaient fait leur devoir, et les fusiller pour ce crime. Il fallait abolir la guerre, mais il fallait convertir les gens à cette idée en leur faisant la guerre et en les accusant d'aimer la guerre comme la prunelle de leurs yeux. Il fallait supprimer la peine capitale, mais il fallait d'abord balayer de la surface de la terre les législateurs, les juristes et les juges qui n'étaient pas de cette opinion. Il fallait instaurer la concorde universelle, mais on ne pouvait y arriver qu'en éliminant tous ceux qui ne voulaient pas ou qui, en conscience, ne pouvaient pas être d'accord. Vous deviez aimer votre prochain comme vous-même, non sans lui avoir d'abord cherché noise pendant un temps indéterminé (exactement comme si vous le haïssiez) et après l'avoir traité de tous les noms. Surtout, il fallait éviter d'agir seul ou à son propre compte. Il fallait se rendre aux bureaux du Havre de Philanthropie, s'y inscrire comme membre et philanthrope actif. Puis, il fallait payer sa cotisation, recevoir sa carte de membre, son ruban et sa médaille. Dès lors, il fallait vivre en conformité avec le programme et répéter toujours ce que diraient Mr Honeythunder, le trésorier, le trésorier adjoint, le comité, le sous-comité, le secrétaire et le secrétaire adjoint. Tout cela figurait d'ailleurs dans un ordre du jour, voté à l'unanimité, qui disait : « L'assemblée des philanthropes actifs constate avec une méprisante indignation, une indescriptible fureur et une juste colère… » En bref, elle constatait l'ignominie de tous ceux qui n'appartenaient pas à l'association et se donnait pour tâche d'établir leur culpabilité dans toute la mesure du possible sans devoir s'attarder à l'examen de faits précis.

Le dîner fut un déplorable échec. Le philanthrope compromettait la symétrie de la table, était assis dans le passage réservé aux domestiques, troublait l'ordonnance du service et provoquait la confusion de Mr Tope (qui aidait la servante) en passant les plats et les assiettes par-dessus sa propre tête. Il était impossible de parler, car il s'adressait à tout le monde à la fois, comme si les invités n'avaient pas d'existence individuelle mais constituaient un meeting. Il écrasait le révérend Septimus sous le flot de ses paroles, comme s'il s'adressait à un personnage officiel, ou comme s'il le prenait pour une patère humaine à laquelle il accrochait son chapeau de rhéteur. Il sacrifiait à la déplorable habitude qu'ont les orateurs de cette espèce de dépersonnaliser leurs interlocuteurs, en les traitant comme de faibles et méchants adversaires. Il demandait par exemple : « Allez-vous, monsieur, vous ridiculiser au point de me dire... » et ainsi de suite, alors que le brave homme n'avait pas ouvert la bouche et n'en avait pas la moindre intention. Ou bien il disait : « Maintenant, monsieur, voyez à quoi vous en êtes réduit. Je ne vous laisserai pas d'échappatoire. Pendant des années, vous avez exploité toutes les ressources du mensonge et de l'hypocrisie. Vous avez fait preuve, à la fois, d'une si lâche mesquinerie et d'une si sanglante audace qu'on en a rarement vu de pareilles. Et maintenant, vous avez l'hypocrisie de ployer le genou devant les êtres les plus vils, de supplier, de pleurer et de hurler, pour qu'on vous fasse grâce ! » L'infortuné chanoine mineur regardait d'un air où se mêlaient l'indignation et la perplexité. Sa digne mère hochait la tête avec des larmes plein les yeux, et le reste de l'assistance sombrait dans une sorte d'état inconsistant où il n'y avait plus ni fermeté, ni résistance.

Mais lorsque l'heure du départ de Mr Honeythunder approcha, il y eut soudain un tel élan, une telle explosion de philanthropie que cet homme distingué dut en remercier le ciel. Mr Tope se chargea spécialement de lui apporter son café une heure avant que ce fût nécessaire. Et pendant tout le temps qui restait, Mr Crisparkle tint sa montre à la main de peur de laisser passer l'heure. Les quatre jeunes gens furent unanimes à croire que la cloche de la cathédrale avait sonné le troisième quart alors qu'en réalité elle n'avait sonné que le premier. Miss Twinkleton estima à vingt-cinq minutes le temps qu'il fallait pour aller jusqu'à l'omnibus, alors que cinq minutes suffisaient largement. Avec une touchante gentillesse, toute la compagnie introduisit Mr Honeythunder dans son manteau et le poussa dans le clair de lune comme s'il s'agissait d'un traître que l'on aidait à fuir et qu'il y eut une troupe de cavaliers à la porte de derrière. Mr Crisparkle et son nouvel élève l'accompagnèrent à l'omnibus et, de peur qu'il ne prît froid, ils l'enfermèrent immédiatement dans la voiture et l'y abandonnèrent avec une demi-heure d'avance.

7

Quelques confidences

— Je ne sais presque rien de cet homme, monsieur, dit Neville au chanoine mineur alors qu'ils revenaient.

— Vous ne savez presque rien de votre tuteur? répéta le chanoine mineur.

— Autant dire rien.

— Mais comment est-il devenu…

— Mon tuteur? Je vais vous le dire, monsieur. Vous savez, je suppose, que ma sœur et moi venons de Ceylan.

— Je l'ignorais.

— Je m'en étonne. Nous vivions là-bas avec notre beau-père. Nous avons eu une existence abominable. Notre mère est morte quand nous étions encore enfants. Elle en avait fait notre tuteur. C'était un misérable et un avare, qui nous privait de nourriture et nous laissait à peine de quoi nous vêtir. À sa mort, il nous a confiés à cet homme. La seule raison que j'en connaisse est qu'il s'agissait d'un de ses amis ou de ses connaissances, dont il citait souvent le nom et à qui il semblait s'intéresser.

— Cela s'est passé récemment, je suppose?

— Tout récemment, monsieur. Notre beau-père était une brute cruelle et tyrannique. Il est heureux qu'il soit mort maintenant, parce que j'aurais fini par le tuer.

Mr Crisparkle s'arrêta court dans le clair de lune et regarda avec consternation cet élève en qui il avait mis ses espoirs.

— Je vous étonne, monsieur? dit-il.

Sa manière avait changé, et son ton était soumis.

— Vous me choquez. Vous me choquez terriblement.

Pendant quelques instants, l'élève baissa la tête tandis qu'ils poursuivaient leur chemin. Puis il dit:

— Vous ne l'avez jamais vu battre votre sœur. Moi, je l'ai vu battre la mienne plus d'une fois, et je ne l'ai jamais oublié.

— Rien ne peut justifier les mots horribles que vous venez de prononcer, fit Mr Crisparkle, pas même les larmes que les mauvais traitements ont provoquées chez votre jolie sœur que vous aimez tant.

Malgré lui, il devenait moins sévère en sentant l'indignation le gagner.

— Je suis désolé d'avoir prononcé ces mots, spécialement devant vous, monsieur. Je les retire. Mais permettez-moi de préciser un point. Vous avez parlé des larmes de ma sœur. Mais ma sœur se serait laissé mettre en pièces plutôt que de lui faire voir qu'il aurait pu lui en arracher une seule.

Mr Crisparkle se rappela les réflexions qu'il s'était faites, et ces paroles ne le surprirent pas. Il n'en mit pas un instant la véracité en doute.

— Peut-être trouverez-vous étrange, monsieur, fit Neville d'une voix hésitante, que je me confie aussi rapidement à vous et que je vous demande d'écouter ce que j'ai à dire pour ma défense.

— Votre défense? répéta Mr Crisparkle. Mais vous n'avez pas à vous défendre, Mr Neville.

— Je pense que oui, monsieur. Du moins, je pense que je le devrais si vous connaissiez mieux mon caractère.

— Voyons, Mr Neville, répondit Mr Crisparkle, si vous me laissiez le soin de le découvrir?

— Puisque c'est votre bon plaisir, monsieur, répondit brusquement le jeune homme en manifestant son désappointement sur un ton chagrin, puisque c'est votre bon plaisir de refréner mes impulsions, il faut bien que je m'y soumette.

Dans le ton de cette petite phrase, il y avait quelque chose qui mit mal à l'aise l'homme consciencieux auquel elle s'adressait. Il comprit que, sans le vouloir, il risquait de perdre une confiance qui serait bienfaisante pour ce jeune esprit déformé, et qu'il compromettrait ainsi ses chances de le diriger et de le perfectionner. Ils étaient en vue des lumières de la maison, et il s'arrêta.

— Retournons sur nos pas et faisons encore un petit tour, Mr Neville. Ainsi vous aurez le temps d'achever ce que vous voulez me dire. Vous avez tort de croire que je repousse vos confidences. Bien au contraire. Je vous demande de vous confier à moi.

— Sans que vous le sachiez, c'est ce que je désire depuis mon arrivée ici. Et quand je dis « depuis mon arrivée », c'est avec le sentiment qu'il y a déjà une semaine. En réalité, ma sœur et moi, en venant ici, étions bien décidés à nous disputer avec vous, à vous faire les pires ennuis et à nous enfuir à nouveau.

— Vraiment? fit Mr Crisparkle, incapable de dire autre chose.

— Voyez-vous, monsieur, nous ne pouvions savoir à l'avance comment vous étiez, n'est-ce pas?

— Évidemment non, fit Mr Crisparkle.

— Et, comme nous n'avons jamais aimé aucun des êtres avec lesquels nous avons été mis en contact, nous avions décidé de ne pas vous aimer.

— Vraiment? fit encore Mr Crisparkle.

— Mais maintenant, nous vous aimons, monsieur. Nous avons trouvé une énorme différence entre votre maison, la réception que vous nous avez faite, et tout ce que nous avons connu auparavant. C'est pour cela que je voulais vous ouvrir mon cœur. Et aussi parce que je me trouve seul avec vous, parce qu'il règne une telle paix et une telle tranquillité depuis le départ de Mr Honeythunder, parce que Cloisterham est une si vieille ville, si belle et si grave sous la lumière de la lune.

— Je comprends fort bien, Mr Neville. Rien n'est plus salutaire que d'obéir à de telles influences.

— En vous décrivant mes imperfections, monsieur, je ne voudrais pas vous laisser supposer que je décris aussi celles de ma sœur. Elle s'est tirée beaucoup mieux que moi des inconvénients de notre misérable existence. Il y a autant de différence entre son comportement et le mien qu'entre la tour de la cathédrale et les cheminées qui l'environnent.

Au fond de lui, Mr Crisparkle n'en était pas si sûr.

— Si loin que remontent mes souvenirs, monsieur, j'ai toujours dû refréner en moi un sentiment de haine farouche et amer. C'est pourquoi je suis devenu renfermé et vindicatif. Et comme je suis faible, cela m'a poussé à la mesquinerie et à la fausseté. J'ai été privé d'éducation, de liberté, d'argent et de vêtements. Les plus simples plaisirs de l'enfance m'ont été refusés et je n'ai rien eu de ce que peut apporter la jeunesse. Je souffre terriblement de n'avoir pas eu d'émotions, ou de souvenirs, ou de bons instincts – vous voyez, je ne peux même pas donner un nom à tout cela, à tout ce que possèdent les jeunes gens auxquels vous êtes habitué et sur quoi vous pouvez vous appuyer pour faire leur éducation.

« Tout cela est certainement vrai, songea Mr Crisparkle, et ce n'est pas encourageant. »

— Encore une chose pour en terminer, monsieur : j'ai été élevé parmi des serviteurs abjects et serviles, qui appartenaient à une race inférieure, et il m'en est resté certaines affinités. Je ne sais pas exactement ce que c'est : peut-être une goutte de ce sang de fauve qui coule dans leurs veines.

« Voilà qui explique la remarque qu'il a faite tout à l'heure », songea Mr Crisparkle.

— J'ai encore un mot à dire de ma sœur, monsieur, quelque chose qu'il faut que vous sachiez. Nous sommes jumeaux. Je dois dire, à son honneur, que rien dans notre infortune ne l'a jamais abattue. Moi, j'étais épouvanté. Nous nous sommes évadés quatre fois en six ans, et chaque fois, nous avons été repris et cruellement punis. Mais chacune de nos évasions, c'était elle qui la préparait et qui la menait à bien. Chaque fois, elle s'est habillée en garçon, et elle avait l'audace d'un homme. Nous avions à peu près sept ans quand nous nous échappâmes pour la première fois. Mais je me souviens encore que j'avais perdu le canif avec lequel elle devait se couper les cheveux. Eh bien, elle tenta désespérément de se les arracher avec les dents. Je n'ai rien de plus à ajouter, monsieur. J'espère seulement que vous pourrez me supporter et que vous vous montrerez indulgent.

— Vous pouvez en être certain, Mr Neville, répliqua le chanoine mineur. J'évite les sermons dans la mesure du possible, et je ne répondrai pas à vos confidences par un prêche. Mais je vous supplie de comprendre, de vous mettre sérieusement en tête, que je ne puis vous faire aucun bien sans que vous m'y aidiez. Et vous ne pourrez m'y aider efficacement qu'en demandant l'aide du Ciel.

— Je ferai tout mon possible, monsieur.

— Et moi, le mien, Mr Neville. Serrez-moi la main. Que Dieu bénisse nos efforts!

Ils se trouvaient maintenant devant la porte de la maison. À l'intérieur, on entendait le bruit joyeux des voix et des rires.

— Avant de rentrer, fit Mr Crisparkle, faisons encore un tour. J'ai encore une question à vous poser. Lorsque vous avez dit que vous aviez changé d'avis en ce qui me concerne, vous avez parlé non seulement pour vous mais aussi pour votre sœur.

— Sans le moindre doute, monsieur.

— Excusez-moi, Mr Neville, mais depuis que je vous ai rencontré, vous n'avez eu aucune occasion de communiquer avec votre sœur. Mr Honeythunder s'est montré très éloquent. Sans être méchant, je puis dire qu'il a plutôt monopolisé la conversation. Ne croyez-vous pas que vous vous êtes trop engagé en répondant de votre sœur?

Neville hocha la tête avec un sourire de fierté.

— Vous ne pouvez pas savoir, monsieur, à quel point une totale compréhension existe entre ma sœur et moi sans qu'un mot soit prononcé, peut-être même sans un regard. Non seulement, elle ressent exactement les sentiments que je vous ai décrits, mais elle sait fort bien que je profite de cette occasion pour vous en parler, en son nom comme au mien.

Mr Crisparkle lui lança un regard incrédule. Mais le visage du jeune homme exprimait une conviction si ferme et si absolue de la véracité de ses propos que Mr Crisparkle baissa la tête d'un air méditatif jusqu'au moment où ils se retrouvèrent devant sa porte.

— Cette fois, c'est moi qui vous demande de faire encore un tour, monsieur, fit le jeune homme en rougissant. Mais sans Mr Honeythunder et son… Je crois que vous avez dit « éloquence », monsieur ? ajouta-t-il avec une certaine finesse…

— Euh… oui, j'ai dit « éloquence », fit Mr Crisparkle.

— Sans Mr Honeythunder et son éloquence, je n'aurais pas eu besoin de vous poser cette question : ce Mr Edwin Drood, monsieur : c'est bien ainsi qu'il se nomme ?

— Exactement, fit Mr Crisparkle. « D-R-deux O-D. »

— Est-il ou a-t-il été votre élève, monsieur ?

— Non, jamais, Mr Neville. Il vient ici pour rendre visite à Mr Jasper, qui est un parent.

— Miss Bud est-elle sa parente aussi, monsieur ?

« Pourquoi pose-t-il cette question avec cette soudaine arrogance ? », songea Mr Crisparkle. Puis, à haute voix, il expliqua ce qu'il savait de leurs fiançailles.

— Ah, vraiment, c'est donc cela ? fit le jeune homme. Je comprends maintenant pourquoi il prend des airs de propriétaire.

Ce fut dit si manifestement pour lui-même, ou pour tout autre que Mr Crisparkle, que celui-ci eut instinctivement le sentiment qu'il valait mieux ne pas relever la remarque. C'eût été comme s'il avait commenté le passage d'une lettre lu par hasard au-dessus de l'épaule de celui qui l'écrit. Un moment plus tard, ils pénétrèrent dans la maison.

Lorsqu'ils entrèrent au salon, Mr Jasper était assis au piano et il accompagnait Miss Rosebud qui chantait. Comme il jouait l'accompagnement sans le chant, et qu'elle était une petite fille négligente, très encline à se tromper, il suivait le mouvement de ses lèvres avec attention, avec les yeux aussi bien qu'avec les mains. De temps à autre, il donnait soigneusement et doucement le ton. Helena se tenait debout à côté d'elle, un bras passé autour de son épaule, et elle s'intéressait beaucoup plus intensément à Mr Jasper qu'au chant de Rosa. Une lueur d'intelligence passa entre elle et son frère, et Mr Crisparkle y vit, ou crut y voir, cette compréhension dont Neville venait de parler. Le jeune homme s'appuya au piano, en face de la chanteuse, avec un air d'admiration. Mr Crisparkle s'assit à côté de la bergère de porcelaine. Edwin Drood agitait galamment l'éventail de Miss Twinkleton. Et cette demoiselle, sans faire un geste, manifestait un air de propriétaire à l'égard du spectacle, comme si c'était elle qui l'offrait. Exactement l'air qu'avait tous les jours Mr Tope, le bedeau, à l'égard du service à la cathédrale.

Le chant se poursuivait. C'était un triste chant d'adieu, et la voix jeune et fraîche de Rosa était plaintive et tendre. Pendant que Jasper continuait à observer les jolies lèvres et continuait à donner le ton à chaque mesure comme s'il soupirait doucement, la voix devint moins soutenue, et brusquement, la chanteuse éclata en sanglots. Les mains devant les yeux, elle s'écria :

— Je ne puis plus le supporter ! J'ai peur ! Emmenez-moi !

Helena se retourna avec souplesse et déposa la jeune beauté sur le sofa comme si elle ne l'avait même pas touchée. Elle s'agenouilla à côté d'elle et posa une main sur sa bouche rose. De l'autre main, elle calma le reste de l'assistance et dit :

— Ce n'est rien. C'est déjà fini. Ne lui parlez pas pendant un instant, et tout ira bien.

Au même instant, les mains de Jasper avaient quitté les touches, et elles restaient suspendues au-dessus du clavier, comme s'il attendait le moment de reprendre.

Il demeura tranquillement dans cette attitude, sans même regarder autour de lui, alors que tous les autres avaient quitté leur place et se rassuraient mutuellement.

— Poussy n'est pas habituée à se produire en public, c'est un fait, dit Edwin Drood. Elle s'est énervée et n'a pu se contenir. Au surplus, Jack, tu es un professeur si consciencieux et si exigeant que tu as dû l'effrayer. Ce n'est pas étonnant.

— Ce n'est pas étonnant, répéta Helena.

— Tu entends, Jack ? Vous-même en pareille circonstance, vous seriez effrayée, n'est-ce pas, Miss Landless ?

— En aucune circonstance, répliqua Helena.

Jasper laissa retomber les mains et, jetant un regard par-dessus son épaule, remercia Miss Landless de lui avoir rendu justice. Puis il se mit à jouer doucement sans faire sonner les notes, pendant qu'on transportait sa petite élève devant la fenêtre ouverte pour qu'elle prenne l'air, qu'on la consolait et qu'on la cajolait. Lorsqu'elle revint, la place de Jasper était vide.

— Jack est parti, Poussy, lui dit Edwin. Il n'a pas dû aimer qu'on l'accuse d'être le monstre qui t'a effrayée.

Mais elle ne répondit pas un mot, et frissonna comme si elle avait pris froid.

Miss Twinkleton estima qu'il se faisait bien tard.

— Bien tard, Mrs Crisparkle, pour nous trouver encore hors de l'enceinte de notre cher couvent. Nous qui avons entrepris l'éducation des futures épouses et des futures mères d'Angleterre (elle baissa la voix sur ces derniers mots, comme si la chose ne pouvait être dite que confidentiellement) nous sommes obligées (le ton de la voix remonta) de donner l'exemple et de ne pas prendre des habitudes de dissipation.

On réquisitionna les manteaux de ces dames et les deux jeunes cavaliers s'offrirent à les reconduire chez elles. Ils les accompagnèrent donc, et les grilles du couvent des Nonnes se refermèrent sur elles.

Les pensionnaires étaient couchées, et seule Miss Tisher montait la garde pour accueillir la nouvelle élève. Comme Helena partageait la chambre de Rosa, peu d'explications et de présentations furent nécessaires et, après l'avoir confiée à la garde de sa nouvelle amie, on les laissa seules pour la nuit.

— Je me sens soulagée, ma chérie, fit Helena. Toute la journée, j'ai eu très peur de ce que me réserverait ce moment.

— Nous ne sommes pas nombreuses, répliqua Rosa et nous sommes de braves filles. Du moins les autres. Je puis répondre pour elles.

— Et moi, je puis répondre pour toi, fit Helena en riant et en observant le joli petit visage de ses ardents yeux noirs.

Avec tendresse, elle lui caressa la joue.

— Tu seras une amie pour moi, n'est-ce pas?

— Je l'espère. Cependant, l'idée d'être une amie pour toi me semble absurde.

— Pourquoi?

— Oh! c'est que je ne suis qu'une pauvre petite chose. Toi, tu es tellement femme et tellement belle. Tu as l'air d'avoir assez de pouvoir et de volonté pour m'écraser. En ta présence, je sens même que je ne suis rien.

— Mon éducation a été tellement négligée, ma chérie! Je n'ai de perfection en rien. Instinctivement, j'ai conscience d'avoir tout à apprendre, et j'ai honte d'être tellement ignorante.

— Et pourtant, tu me confies tout, fit Rosa.

— Jolie petite, comment pourrais-je faire autrement? Il y a en toi quelque chose de fascinant.

— Oh, vraiment? fit Rosa mi-rieuse, mi-sérieuse. Quel dommage que master Eddy ne s'en aperçoive pas davantage.

Bien entendu, elles avaient déjà parlé de ses relations avec ce jeune homme à la résidence du chanoine mineur.

— Mais il t'aime certainement de tout son cœur! s'écria Helena avec un sérieux tout prêt à se muer en férocité s'il en avait été autrement.

— Eh bien, je suppose que oui, fit Rosa d'un ton boudeur. Je n'ai certainement pas le droit de dire qu'il n'en est pas ainsi. Peut-être est-ce ma faute. Peut-être ne suis-je pas aussi gentille avec lui qu'il le faudrait. À vrai dire, je pense que je ne le suis pas. Mais c'est tellement ridicule.

Le regard d'Helena semblait demander ce qui était ridicule.

— C'est nous qui sommes ridicules, fit Rosa, comme si Helena avait réellement posé la question. Nous sommes un couple tellement ridicule. Et nous nous disputons sans trêve.

— Pourquoi?

— Parce que nous savons que nous sommes ridicules, ma chérie.

Rosa avait donné la réponse comme si elle expliquait tout le mieux du monde.

Pendant un moment, le regard dominateur d'Helena scruta le visage de son amie. Et puis, dans une soudaine impulsion, elle lui tendit les deux mains et dit:

— Tu veux bien être mon amie et m'aider?

— Bien sûr, ma chérie, répliqua Rosa sur un ton d'enfantine tendresse qui alla droit au cœur d'Helena. Je serai une aussi bonne amie que peut l'être une pauvre petite chose comme moi vis-à-vis d'une aussi noble créature que toi. Sois mon amie aussi, je t'en prie. Je ne me comprends pas moi-même. J'ai terriblement besoin d'une amie, qui puisse me comprendre.

Helena Landless l'embrassa et, lui prenant les deux mains, elle dit :

— Qui est Mr Jasper ?

Rosa détourna la tête pour répondre.

— Il est l'oncle d'Eddy, et c'est mon professeur de musique.

— Tu ne l'aimes pas ?

— Hou !

Elle porta les mains à son visage et eut un tremblement de crainte et d'horreur.

— Tu sais qu'il t'aime ?

— Oh non, non, non, cria Rosa en tombant sur les genoux et en s'accrochant à sa nouvelle protectrice. Ne m'en parle pas ! Il me terrifie. Il hante mes pensées, comme un spectre effrayant. J'ai l'impression de ne jamais pouvoir lui échapper. J'ai l'impression qu'il pourrait traverser les murs lorsqu'on parle de lui.

Effectivement, elle regarda autour d'elle comme si elle craignait de le voir se dresser dans l'ombre à ses côtés.

— Tâche d'en parler encore, ma chérie.

— Oui, oui, il faut que j'en parle. Tu es si forte ! Mais tiens-moi pendant ce temps, et après, il ne faudra pas me quitter.

— Ma pauvre enfant ! Tu en parles comme s'il avait proféré contre toi de sombres menaces.

— Jamais il ne m'a parlé de… ça. Jamais.

— Qu'a-t-il fait ?

— Il a fait de moi une esclave par ses seuls regards. Il m'a forcée à le comprendre sans dire un mot. Et il m'a forcée à me taire, sans proférer une menace.

Lorsque je joue, ses yeux ne quittent pas mes mains. Lorsque je chante, ses yeux ne quittent pas mes lèvres. Lorsqu'il me corrige, lorsqu'il donne une note ou un accord, lorsqu'il joue un passage, il s'exprime lui-même dans les sons. C'est comme s'il murmurait qu'il me poursuit de son amour, comme s'il m'ordonnait de tenir son secret. J'évite ses yeux, mais il me force à les voir sans les regarder. Même lorsqu'un voile lui couvre les yeux (ce qui arrive parfois) et qu'il semble se plonger dans quelque rêve terrifiant où il semble plus menaçant que jamais, il m'oblige à le savoir, et à savoir qu'il est assis à mes côtés, plus terrible encore que d'habitude.

— Quelle est cette menace imaginaire, ma jolie ? De quoi te menace-t-il ?

— Je ne sais pas. Jamais je n'ai osé y penser, ni imaginer ce que c'était.

— Et c'est ce qui est arrivé ce soir ?

— Exactement. Mais ce soir, pendant qu'il observait si fixement mes lèvres quand je chantais, en plus de mon effroi j'ai éprouvé une sorte de honte, et je me suis sentie terriblement blessée. C'était comme s'il m'avait embrassée, que je ne pouvais le supporter, et que je hurlais. Il ne faudra jamais parler de ceci à personne. Eddy l'aime beaucoup. Mais tu as dit ce soir qu'en aucune circonstance, tu ne serais effrayée par lui. Moi qui suis tellement effrayée, cela m'a donné le courage d'en parler à toi seulement. Tiens-moi ! Reste près de moi ! Je suis trop épouvantée pour rester toute seule.

Le beau visage de gitane se pencha vers les bras qui se tendaient, et les longs cheveux noirs tombèrent comme une protection sur l'enfantine silhouette. Dans les perçants yeux noirs, momentanément adoucis par la compassion et par l'admiration, passa une lueur de feu dormant. Celui qui l'avait allumée aurait à prendre garde !

8

À couteaux tirés

Les deux jeunes gens regardèrent les deux demoiselles qu'ils avaient accompagnées pénétrer dans la cour du couvent des Nonnes. Ils avaient froid… Ils jetèrent un regard à la plaque de cuivre brillant, comme si le vieux beau à l'œil de verre s'était montré insolent, se regardèrent l'un l'autre, sondèrent la perspective de la rue éclairée par la lune et s'éloignèrent lentement.

— Vous êtes ici pour longtemps, Mr Drood? s'enquit Neville.

— Pas cette fois, répondit-il négligemment. Je repars pour Londres demain. Mais je reviendrai souvent d'ici le milieu de l'été prochain. À ce moment, je prendrai congé de Cloisterham, et aussi de l'Angleterre. Et je pense que ce sera pour longtemps.

— Vous partez pour l'étranger?

— Je vais un peu secouer la vieille Égypte, répondit-il avec suffisance.

— Vous enseignez?

— Enseigner? répéta Edwin Drood avec une nuance de dédain. Non. J'agis, je travaille, je construis. Mon petit patrimoine a été investi dans la société où je travaille et dont mon père était actionnaire, jusqu'à ma majorité. Ensuite, ma part me reviendra. Jack, que vous avez rencontré ce soir, est mon tuteur et l'administrateur de mes biens.

— Mr Crisparkle m'a parlé de votre autre bonne fortune.

— Qu'entendez-vous par autre bonne fortune?

Neville avait fait sa remarque sur un ton vif et confiant, mais en même temps furtif et timide. Il avait exactement cet air, déjà souligné, d'être à la fois le chasseur et le gibier. Edwin avait répondu d'un ton sec, à peine poli. Ils s'arrêtèrent et échangèrent un regard plutôt dénué d'aménité.

— J'espère, dit Neville, qu'il n'y avait pas de mal, Mr Drood, à faire innocemment allusion à vos fiançailles?

— Mais bon sang! s'écria Edwin en se remettant à marcher d'un pas plus rapide, chacun y fait allusion dans cette vieille ville pleine de cancans. Je m'étonne qu'on n'y ait pas ouvert un cabaret avec mon portrait pour enseigne À la Tête du Fiancé, ou le portrait de Poussy. Ils ont le choix.

— Je n'y suis pour rien si Mr Crisparkle m'a mis très ouvertement au courant de la chose, commença Neville.

— Non, c'est juste, vous n'y êtes pour rien, reconnut Edwin Drood.

— Mais je suis pour quelque chose dans le fait de vous en avoir parlé, reprit Neville. Et si je l'ai fait, c'est avec le sentiment que vous ne pouviez manquer d'être fier de votre fiancée.

En fait, deux traits curieux de la nature humaine agissaient sur les ressorts secrets de la conversation. Neville Landless avait été à ce point impressionné par la petite Rosebud qu'il s'indignait de voir Edwin Drood (très inférieur à elle) posséder ce bien avec tant de légèreté, Edwin Drood avait été tellement impressionné par

Helena qu'il s'indignait de voir son frère (très inférieur à elle) disposer avec tant de sang-froid de son avenir et l'évincer d'une manière aussi totale.

Cependant, la dernière remarque demandait une réponse. Edwin dit :

— Je ne sache pas, Mr Neville (il adoptait une forme de discours familière à Mr Crisparkle), que les gens parlent le plus abondamment de ce qui les rend les plus fiers. Je ne sache pas davantage qu'ils aiment particulièrement entendre les autres parler de ce qui les rend les plus fiers. Mais j'ai une existence très occupée, et ce que j'en dis mérite peut-être d'être corrigé par vous, les érudits, qui, j'imagine, devriez tout savoir.

L'un et l'autre s'étaient échauffés. Mr Neville était ouvertement furieux. Edwin Drood cachait sa colère sous des dehors transparents. Il fredonnait une chanson populaire, ou s'arrêtait de temps à autre en ayant l'air d'admirer les effets pittoresques du clair de lune.

— Il ne me paraît pas très poli de votre part, remarqua finalement Neville, de faire des réflexions à propos d'un étranger qui vient ici pour essayer de rattraper le temps perdu, et qui n'a pas bénéficié des avantages que vous avez eus. Croyez bien que, moi, je n'ai pas eu une existence très occupée et les idées que j'ai sur la politesse ont été acquises au milieu de sauvages.

— Peut-être, répliqua Edwin Drood, la meilleure forme de politesse est-elle, quels que soient les gens parmi lesquels on a été élevé, de s'occuper de ses affaires. Si vous voulez me donner cet exemple, je vous promets de faire de même.

— Savez-vous que vous en prenez un peu trop à votre aise ? répondit Neville d'un ton furieux. Dans le pays d'où je viens, vous auriez à répondre de vos paroles.

— À qui, par exemple? demanda Edwin Drood en s'arrêtant et en regardant l'autre d'un air dédaigneux.

Mais à ce moment, une main se posa sur l'épaule d'Edwin et Jasper se dressa entre eux. Ils tressaillirent. Jasper avait dû se promener également du côté du couvent des Nonnes et avait dû les suivre en prenant le côté sombre de la rue.

— Ned, Ned, Ned! fit-il. Il faut que cela cesse. Je n'aime pas cela. J'ai entendu que vous vous disputiez. Souviens-toi, mon cher enfant, que ce soir ta situation est presque celle d'un hôte. Tu appartiens presque à cette ville, et d'une certaine manière, tu dois la représenter vis-à-vis des étrangers. Mr Neville est étranger, et tu devrais respecter les devoirs de l'hospitalité. Et vous, Mr Neville, ajouta-t-il en posant son autre main sur l'épaule du jeune homme et en marchant ainsi entre les deux, pardonnez-moi. Mais je vous convie à modérer votre emportement aussi. Allons, qu'est-ce qui cloche? Mais pourquoi vous le demander? Faisons en sorte que rien ne cloche, et ma question devient inutile. Nous sommes tous trois pleins de compréhension, n'est-ce pas?

Après une lutte silencieuse entre les deux jeunes gens – c'était à qui ne parlerait pas le premier – Edwin Drood déclara :

— En ce qui me concerne, Jack, je suis sans rancune.

— Moi aussi, fit Neville Landless, d'un ton peut-être moins naturel, moins détaché. Mais si Mr Drood savait tout ce qui s'est passé dans mon existence, là-bas au loin, il comprendrait mieux que des mots acerbes ont un tranchant acéré qui me blesse.

— Nous ferions peut-être mieux, fit Jasper d'un ton conciliant, de ne pas chercher d'explications à notre bonne entente, et d'éviter les mots qui paraissent cacher un reproche ou une condition. Ce ne serait pas généreux. Franchement et honnêtement, vous voyez qu'il n'y a pas de rancune chez Ned. Franchement et honnêtement, n'y en a-t-il pas chez vous, Mr Neville?

— Absolument pas, Mr Jasper.

Mais ce n'était pas dit avec toute la conviction et toute la spontanéité désirables. Ou, répétons-le, pas d'une manière aussi détachée.

— Alors, finissons-en. Eh bien, ma demeure de célibataire est à quelques mètres d'ici. Le feu est allumé, le vin et les verres sont sur la table et j'habite à deux pas de la place du chanoine mineur. Ned, tu t'en vas demain. Invitons Mr Neville à venir boire avec nous le coup de l'étrier.

— De tout cœur, Jack.

— De tout cœur aussi, Mr Jasper.

Neville ne pouvait en dire moins, mais il eût préféré ne pas les accompagner. Il avait l'impression d'avoir perdu son sang-froid, et que l'impassibilité d'Edwin Drood, loin d'être contagieuse, augmentait sa fureur.

Mr Jasper, qui continuait à marcher entre eux avec ses deux mains sur leurs épaules, se mit à chanter de sa belle voix le refrain d'une chanson à boire. Tous trois montèrent chez lui. La première chose qu'ils virent lorsque la lumière de la lampe s'ajouta à la lueur du feu, ce fut le portrait au-dessus du manteau de la cheminée. Ce spectacle n'était pas fait pour augmenter la bonne entente entre les deux jeunes gens, et il réveilla malencontreusement en eux le motif de leur querelle. Tous deux s'en rendirent compte et le contemplèrent sans dire un mot. Cependant, Jasper, dont la conduite semblait indiquer qu'il n'avait pas exactement compris le sujet de leur dispute, y attira aussitôt leur attention.

— Vous reconnaissez ce portrait, Mr Neville?

Il dirigea vers le tableau la lueur de la lampe.

— Je le reconnais, mais il est loin de flatter l'original.

— Oh, vous êtes dur ! Il a été peint par Ned qui m'en a fait cadeau.

— Je regrette, Mr Drood – il s'excusait en toute sincérité – si j'avais su que j'avais le peintre devant moi…

— Oh, ce n'est qu'une plaisanterie, monsieur. Une simple plaisanterie. J'ai simplement souligné de façon humoristique quelques travers de Poussy, fit Edwin en bâillant de façon provocante. Un jour, je la peindrai sérieusement, si elle est sage.

Tout en parlant, Edwin s'était laissé tomber sur une chaise, et avait joint les mains derrière la tête comme pour mettre un terme au sujet. Mais son ton indifférent et nonchalamment protecteur mit à fleur de peau les nerfs du bouillant Neville. Jasper les observait l'un et l'autre avec un léger sourire, et il leur tourna le dos pour préparer un cruchon de vin chaud devant le feu. Il parut très absorbé par les soins du mélange et du dosage.

— Je suppose, Mr Neville, fit Edwin Drood, prompt à relever la protestation indignée qui se lisait sur le visage du jeune Landless et qui était aussi visible que le tableau, le feu ou la lampe, je suppose que si vous faisiez le portrait de la dame de vos pensées…

— Je ne peins pas, coupa sèchement Neville.

— C'est une lacune et non une faute. Vous le feriez si vous en étiez capable. Mais si vous en étiez capable, je suppose que vous feriez d'elle tout à la fois Junon, Minerve, Diane et Vénus, sans vous préoccuper de son caractère réel. Non ?

— Il n'y a pas de dame dans mes pensées, aussi ne puis-je vous répondre.

— Si je m'attaquais, dit Edwin, plein d'une enfantine vantardise, au portrait de Miss Landless – sérieusement, comprenez-moi, sérieusement – vous verriez ce dont je suis capable.

— Il faudrait d'abord que ma sœur accepte de poser pour vous, je suppose ? Comme ce ne sera jamais le cas, j'ai bien peur de ne jamais voir ce dont vous êtes capable. Il faut que j'en fasse mon deuil.

Jasper se détourna du feu, emplit deux grands verres pour Neville et pour Edwin et les leur tendit. Puis il remplit son propre verre et dit :

— Mr Neville, nous boirons à la santé de mon neveu Ned. Comme c'est lui qui monte en selle – métaphoriquement – c'est à lui que nous dédierons le coup de l'étrier. Ned, mon cher ami, je bois à notre affection.

Jasper donna l'exemple en vidant à moitié son verre, et Neville l'imita. Edwin Drood dit :

— Merci à tous deux !

Et il vida son verre.

— Regardez-le ! s'écria Jasper en tendant la main vers lui, dans un geste de tendresse et d'affection, mais aussi avec un soupçon de raillerie. Voyez les satisfactions qui l'attendent. Il a devant lui une existence pleine d'intérêt, riche de travail, une existence passionnante dont la monotonie sera bannie, une existence pleine de confort et d'amour. Regardez-le !

Très rapidement, sous l'effet du vin, le visage d'Edwin s'était coloré. Et aussi celui de Neville Landless. Cependant, Edwin était demeuré assis sur sa chaise, la nuque appuyée sur ses mains jointes.

— Voyez comme il semble peu apprécier tout cela, poursuivit Jasper, en veine de moquerie. C'est tout juste s'il prend la peine de tendre la main pour cueillir le fruit doré qui a mûri sur l'arbre pour lui. Pourtant, Mr Neville, voyez le contraste : vous et moi n'avons aucune de ces perspectives. Cette existence active, passionnante et dorée n'est pas pour nous. Tout ce qui nous attend, vous et moi (à moins que vous ne soyez plus heureux que moi, ce qui est fort possible) c'est la routine monotone et ennuyeuse de cette ville sans attraits.

— Sur mon âme, Jack, dit Edwin, conciliant, j'ai presque envie de m'excuser d'avoir devant moi cette route bien tracée que tu décris. Mais tu sais ce que je sais, Jack, et après tout, peut-être cette existence ne sera-t-elle pas si aisée qu'il paraît. Ne crois-tu pas, Poussy? ajouta-t-il en s'adressant au portrait et en faisant claquer ses doigts. Il y a une chose qu'il nous faudra d'abord surmonter, n'est-ce pas, Poussy? Toi, Jack, tu sais ce dont je parle.

Sa voix était devenue pâteuse et indistincte. Jasper, qui avait conservé tout son calme, regarda Neville comme s'il attendait une réponse ou une remarque. Lorsque Neville parla, sa voix aussi était pâteuse et indistincte.

— Il aurait peut-être mieux valu que Mr Drood eût rencontré quelques difficultés dans son existence, dit-il sur un ton de défi.

— Pourriez-vous me dire, répondit Edwin en tournant seulement les yeux vers lui, pourquoi il eût mieux valu que Mr Drood eût rencontré quelques difficultés dans son existence?

— Eh oui, fit Jasper d'un air intéressé, dites-nous pourquoi?

— Parce qu'elles lui auraient permis, fit Neville, d'être plus sensible à une bonne fortune qui n'est pas nécessairement le résultat de ses propres mérites.

Mr Jasper lança un rapide regard à son neveu pour attendre sa réplique.

— Puis-je vous demander si vous avez connu des difficultés? fit Edwin Drood en se levant.

— J'en ai eu.

— Et à quoi vous ont elles rendu, vous, plus sensible?

Les regards de Mr Jasper continuaient à marquer les coups. Ils soutinrent le dialogue jusqu'à son terme.

— Je vous l'ai déjà dit une fois, ce soir.

— Vous n'avez rien dit de pareil.

— Je vous assure que oui. Je vous ai dit que vous en preniez trop à votre aise.

— Mais vous avez ajouté autre chose, si j'ai bonne mémoire.

— Oui. J'ai ajouté quelque chose.

— Répétez-le.

— J'ai dit que dans le pays d'où je viens, vous auriez à rendre compte de vos paroles.

— Là seulement? s'écria Edwin Drood avec un rire méprisant. C'est très loin d'ici, je pense. Oui, je vois. C'est un pays qui se trouve heureusement hors de portée.

— Eh bien, disons que vous aurez à en rendre compte ici, fit l'autre en laissant éclater sa colère. Ici et n'importe où. Votre vanité est intolérable, votre suffisance dépasse tout ce que l'on peut supporter. Vous parlez comme si vous étiez un oiseau rare et non un simple vantard. Or vous êtes un type quelconque et un simple vantard.

— Bah, bah, fit Edwin Drood également furieux, mais plus maître de lui, qu'en savez-vous? Vous pouvez reconnaître un quelconque bonhomme de couleur ou un simple vantard nègre lorsque vous les rencontrez (et vous en avez certainement une très large expérience). Mais ce n'est pas à vous à juger les blancs.

Cette insultante allusion à la couleur de sa peau provoqua une telle fureur chez Neville qu'il jeta le fond de son verre au visage d'Edwin Drood et qu'il lui aurait lancé le verre également si Jasper ne lui avait pas pris le bras juste à temps.

— Ned, mon cher ami, je te supplie, je t'ordonne de te tenir tranquille!

Il y eut une courte mêlée au cours de laquelle des chaises furent renversées et les verres s'entrechoquèrent.

— Mr Neville, n'avez-vous pas honte? Donnez-moi ce verre! Ouvrez la main, monsieur. Je veux ce verre!

Mais Neville le repoussa et se tint un instant immobile dans un paroxysme de rage, tenant toujours le gobelet dans sa main levée. Puis il le lança contre la grille du foyer avec une telle force que les éclats s'éparpillèrent dans toute la pièce. Ensuite, il quitta la maison.

Lorsqu'il se retrouva dans l'air de la nuit, rien autour de lui ne lui sembla tranquille ou calme. Rien ne ressemblait à la réalité. Il eut seulement l'impression de se trouver tête nue dans un tourbillon sanglant, prêt à y être emporté et à se battre jusqu'à la mort.

Mais comme rien ne se passait, et que la lune le regardait comme s'il était mort d'un accès de colère, il s'éloigna en titubant, le cœur battant et le front brûlant. Le sentiment lui vint peu à peu d'avoir été exclu et isolé comme un animal dangereux. Il se demanda ce qu'il allait faire.

Il eut la tentation sauvage et irraisonnée d'aller se jeter à la rivière, mais elle se dissipa sous le charme du clair de lune, qui tombait sur la cathédrale et sur les tombes. Il se souvint de sa sœur et songea à tout ce qu'il devait à l'excellent homme qui, ce jour même, avait gagné sa confiance et lui avait offert son aide. Il se dirigea donc vers la résidence du chanoine mineur et frappa doucement à la porte.

Tout le monde s'y couchait tôt, et Mr Crisparkle avait l'habitude de rester éveillé le dernier. Il jouait du piano en sourdine, et s'exerçait à chanter ses airs préférés. Le vent du sud qui allait à sa guise en passant par la place du chanoine mineur ne retenait pas mieux son souffle que ne le faisait en de pareils moments Mr Crisparkle, attentif à ne pas troubler le sommeil de la bergère de porcelaine.

Ce fut lui qui répondit immédiatement au léger coup frappé par Neville. Lorsqu'il ouvrit la porte, une chandelle à la main, son jovial visage s'assombrit et un désappointement étonné s'y peignit.

— Mr Neville ! Dans cet état ! Où avez-vous été ?

— J'ai été chez Mr Jasper, monsieur. Avec son neveu.

— Entrez !

Le chanoine mineur le prit par le coude, et le guida d'une main ferme (avec une technique tout à fait remarquable, qui faisait honneur à son entraînement matinal). Il le conduisit dans son petit bureau et ferma la porte.

— J'ai mal commencé, monsieur. J'ai très mal commencé.

— Ce n'est que trop vrai. Vous êtes ivre, Mr Neville.

— J'ai bien peur que oui, monsieur. Mais je puis cependant vous assurer qu'on ne m'a donné que très peu à boire. Cela m'est monté à la tête d'une manière soudaine et étrange.

— Mr Neville, Mr Neville, dit le chanoine mineur en hochant la tête avec un triste sourire, j'ai déjà entendu cela.

— J'ai l'esprit troublé, monsieur, mais je pense que c'est pareil pour le neveu de Mr Jasper.

— C'est vraisemblable, répondit Mr Crisparkle d'un ton sec.

— Nous nous sommes disputés, monsieur. Il m'a grossièrement insulté. Avant cela, il avait échauffé en moi ce sang de fauve dont je vous ai déjà parlé.

— Mr Neville, fit le chanoine mineur d'un ton doux mais ferme, je vous prie de ne pas me parler avec le poing crispé. Ouvrez la main, s'il vous plaît.

— Il m'a aiguillonné, monsieur, répondit le jeune homme en obéissant instantanément. Je n'ai pas pu le supporter. Je ne pourrais pas dire s'il le faisait intentionnellement au début, mais à la fin, il n'y avait plus de doute. En bref, monsieur, fit-il sans pouvoir dominer sa fureur, il m'a mis dans une telle colère que je l'aurais égorgé si je l'avais pu. J'ai d'ailleurs essayé.

— Vous crispez le poing à nouveau, fit calmement Mr Crisparkle.

— Je vous demande pardon, monsieur.

— Vous connaissez votre chambre. Je vous l'ai montrée avant le dîner. Mais je vous y accompagnerai une fois de plus. Votre bras, s'il vous plaît. Allez-y doucement, car tout le monde dort.

Il reprit le coude du jeune homme avec la même rigueur scientifique que précédemment et il le poussa devant lui à la force du bras avec l'habileté d'un inspecteur de police, et une aisance apparente qu'aucun novice n'aurait montrée. Il conduisit ainsi son élève dans la chambre vieillotte, agréable et bien rangée que l'on avait préparée pour lui. Lorsqu'il y fut entré, le jeune homme se laissa tomber sur une chaise, étendit les bras sur sa table de travail et y reposa la tête avec un air de contrition désespéré.

L'aimable chanoine mineur avait eu l'intention de quitter la chambre sans un mot. Mais, en se retournant sur le pas de la porte, il vit ce visage ravagé et, revenant sur ses pas, il le toucha avec douceur.

— Bonne nuit ! dit-il.

Seul un sanglot lui répondit. Il en avait sans doute entendu de pires. Mais sans doute peu qui lui aient fait autant de bien.

Un nouveau coup frappé doucement à la porte attira son attention comme il descendait. Il ouvrit à Mr Jasper qui tenait à la main le chapeau de Neville.

— Nous avons eu une scène atroce avec lui, fit Jasper à voix basse.

— À ce point ?

— J'ai cru qu'il allait le tuer.

Mr Crisparkle protesta.

— Non, je vous en prie, n'employez pas des mots pareils.

— Il aurait étendu mon cher enfant raide mort à mes pieds. S'il ne l'a pas fait, ce n'est pas sa faute. C'est uniquement parce que, grâce à Dieu, j'ai eu le temps et la force de l'en empêcher. Il l'aurait égorgé dans ma propre maison.

La phrase frappa droit au but.

« Ah ! songea Mr Crisparkle, ce sont exactement les mots qu'il a employés ! »

— Après avoir vu ce que j'ai vu, entendu ce que j'ai entendu ce soir, ajouta Jasper d'un air grave, je ne connaîtrai plus de tranquillité tant que ces deux-là risqueront de se rencontrer, sans personne pour se dresser entre eux. C'était horrible. Il a du sang de tigre dans ses veines de sauvage.

« Ah ! songea Mr Crisparkle, c'est ce qu'il a dit lui-même. »

— Et vous, mon bon monsieur, poursuivit Jasper en lui prenant la main, même vous, vous avez accepté une dangereuse mission.

— N'ayez pas peur pour moi, Jasper, répondit Mr Crisparkle avec un sourire tranquille. Quant à moi, je ne suis pas inquiet.

— Quant à moi, fit Jasper en insistant sur le pronom, je ne suis pas inquiet parce que je ne suis pas l'objet de son hostilité et que je ne suis pas en voie de le devenir. Mais vous pourriez l'être, et mon cher enfant l'a été. Bonne nuit !

Mr Crisparkle entra, en tenant le chapeau qui avait acquis si aisément, presque imperceptiblement, le droit d'être accroché dans le hall. Il l'accrocha. Et, d'un air pensif, il monta se coucher.

9

Comme l'oiseau sur la branche

Rosa, qui n'avait personne au monde, n'avait pas connu d'autre logis que le couvent des Nonnes depuis qu'elle avait sept ans, et pas d'autre mère que Miss Twinkleton. Le souvenir qu'elle avait de sa vraie mère était celui d'une jolie petite créature comme elle (et pas tellement plus âgée qu'elle, lui semblait-il) qui avait été ramenée à la maison, noyée, dans les bras de son père. Le fatal accident s'était produit au cours d'une partie de plaisir. Chaque pli et chaque coloris de la jolie robe d'été, et même les longs cheveux mouillés auxquels s'accrochaient encore quelques pétales de fleurs fanées étaient demeurés fixés de façon indélébile dans la mémoire de Rosa. Elle revoyait le jeune corps immobile étendu sur le lit dans sa triste, triste beauté. Elle se souvenait aussi du désespoir farouche de son pauvre jeune père, de son chagrin et de son abattement. Il était mort, le cœur brisé, un an après ce terrible jour.

Pendant cette année de détresse morale, Drood, un vieux compagnon de collège, et son seul ami, avait tenté d'adoucir son chagrin. C'est de ce moment que dataient les fiançailles de Rosa. Drood lui-même était devenu veuf très jeune. Lui aussi s'en alla par la route silencieuse où aboutissent tôt ou tard tous les pèlerinages terrestres. Et c'est ainsi que le jeune couple se trouva dans la situation où il était.

L'atmosphère de pitié qui avait entouré la petite orpheline lors de son arrivée à Cloisterham ne s'était jamais dissipée. Mais elle prenait des nuances plus claires à mesure que l'enfant devenait plus âgée, plus heureuse, plus jolie, comme un ciel qui passe de l'or au rose, du rose au bleu. Et sa lumière avait toujours éclairé Rosa d'une lueur particulière. Le désir qu'avait chacun de la consoler et de la caresser avait fait qu'on la traitait au début comme une enfant beaucoup plus jeune que son âge. Et ce même désir faisait qu'on continuait à la cajoler alors qu'elle n'était plus une enfant. C'était à qui serait sa meilleure amie, qui lui offrirait tel ou tel petit cadeau, qui lui rendrait l'un ou l'autre petit service, qui l'emmènerait avec elle en vacances, qui lui écrirait le plus souvent lorsqu'elles seraient séparées, qui elle se réjouirait le plus de revoir lorsqu'elles se retrouvaient. Ces aimables rivalités n'étaient pas sans amener leurs petits accès d'amertume au couvent des Nonnes. Heureuses pourtant les nonnes du temps jadis si elles ne cachaient pas de plus lourdes rancunes sous leurs voiles et sous leurs rosaires !

Ainsi Rosa était devenue un petit être aimable, étourdi, capricieux, séduisant. Elle était habituée à compter sur l'obligeance de tout le monde, et dans ce sens-là, elle était gâtée. Mais cela ne signifiait pas qu'elle répondait par l'indifférence aux gentillesses dont elle était l'objet. Elle avait en elle d'inépuisables réserves d'affection et, pendant des années, cette source jaillissante avait, sans jamais être tarie, rendu l'atmosphère du couvent des Nonnes fraîche et claire. Qu'arriverait-il lorsque ce serait fini ? Quels changements s'opéreraient alors dans cette tête sans soucis, et dans ce cœur léger ? On le verrait plus tard.

Il est impossible de dire par quel moyen la nouvelle se répandit, avant le déjeuner dans l'établissement de

Miss Twinkleton qu'il y avait eu une dispute entre les deux jeunes gens, et même que Mr Neville s'était livré à une sorte d'agression contre Edwin Drood. La rumeur en avait-elle été apportée par les oiseaux qui volaient dans le ciel? Avait-elle été amenée par le vent lorsqu'on avait ouvert les fenêtres? Le boulanger l'avait-il pétrie dans son pain, le laitier s'en était-il servi pour mouiller son lait? L'atmosphère de la ville l'avait-elle déposée sur les paillassons en échange de la poussière dont les servantes les avaient débarrassés en les secouant contre les piliers de la grille? Ce qui est certain, c'est que la nouvelle s'était infiltrée dans les murs de la vieille bâtisse avant que Miss Twinkleton ne descendît, et que Miss Twinkleton elle-même l'apprît de la bouche de Mrs Tisher pendant qu'elle s'habillait (ou, comme elle l'aurait dit de façon plus mythologique aux parents ou aux tuteurs de ses élèves, pendant qu'elle sacrifiait aux Grâces).

Le frère de Miss Landless avait jeté une bouteille à la tête de Mr Edwin Drood.

Le frère de Miss Landless avait lancé un couteau à la tête de Mr Edwin Drood.

L'idée du couteau évoquant celle de la fourchette, le frère de Miss Landless avait lancé une fourchette à la tête de Mr Edwin Drood.

Comme dans le cas du chasseur sachant chasser sans son chien de chasse accusé d'avoir tué son chien de chasse, il convenait d'abord d'établir matériellement l'existence du chien de chasse sans lequel le chasseur sachant chasser chassait[1] ; ainsi, dans le cas présent, il était moralement important de savoir pourquoi le

1. Le texte de Dickens fait allusion à l'histoire de Peter Piper, accusé d'avoir volé un fût de poivrons marinés. Sa traduction n'aurait aucun sens sans les allitérations qu'il comporte en anglais : *Peter Piper, alleged to have picked the peck of pickled pepper*, etc. *(NdT)*

frère de Miss Landless avait jeté une bouteille, un couteau ou une fourchette à la tête de Mr Edwin Drood. Ou une bouteille, un couteau et une fourchette, car la cuisinière s'était laissé dire qu'il s'agissait de tous les trois.

Eh bien, voilà. Le frère de Miss Landless avait dit qu'il admirait Miss Bud. Mr Edwin Drood avait dit au frère de Miss Landless qu'il n'avait pas à s'occuper d'admirer Miss Bud. Le frère de Miss Landless avait alors « soulevé » (selon les propres termes de la cuisinière) la bouteille, le couteau, la fourchette et le carafon. (Car le carafon, maintenant, s'envolait froidement à la tête de tout le monde sans le moindre avertissement.) Et il les avait tous lancés à la tête de Mr Edwin Drood.

La pauvre petite Rosa se boucha les oreilles lorsque ces rumeurs commencèrent à circuler, et elle se retira dans un coin en refusant d'en entendre davantage. Mais Miss Landless demanda à Miss Twinkleton la permission d'aller parler à son frère, et fit clairement entendre qu'elle la prendrait si on ne la lui accordait pas. Elle se rendit donc chez Mr Crisparkle où elle avait le plus de chances d'obtenir un compte rendu exact de l'événement.

Lorsqu'elle revint, elle fut d'abord prise à part par Miss Twinkleton, qui désirait censurer discrètement ce qui, dans son récit, n'eût pas été convenable. Ensuite, Miss Landless communiqua à Rosa seule ce qui s'était passé. Les joues enflammées, elle insista sur la provocation dont son frère avait été l'objet, mais elle la limita presque à ce dernier affront grossier qui avait couronné « d'autres mots qu'ils avaient eus ». Par considération pour sa nouvelle amie, elle passa sans insister sur les raisons qui avaient provoqué ces autres mots : le fait que son amoureux avait pris les choses tellement à la légère quand il s'agissait d'elle. À Rosa personnellement, elle transmit une requête de son frère qui demandait qu'on voulût bien lui pardonner. Elle la transmit avec tout le poids de son affection fraternelle, et là-dessus, mit fin à la conversation.

Ce fut à Miss Twinkleton que revint le soin de calmer les esprits au couvent des Nonnes. À cet effet, elle entra d'un air majestueux dans ce que la plèbe eût appelé « la classe » mais qui, dans le langage patricien de la directrice de l'établissement, était pompeusement qualifié par cette paraphrase « le salon réservé à l'étude ». Elle dit, sur le ton d'un avocat d'assises : « Mesdames ! », et toutes se levèrent. En même temps, Mrs Tisher se rangea derrière son chef, comme si elle représentait la première amie historique de la reine Élisabeth au fort de Tilbury. Miss Twinkleton commença alors son discours.

— « La Rumeur », mesdames, a été représentée par le Barde de l'Avon (il est inutile de citer autrement l'immortel SHAKESPEARE, qui a aussi été appelé le Cygne de sa rivière natale par allusion à cette antique superstition qui veut que cet oiseau au gracieux plumage – Miss Jennings, je vous prie de vous tenir droite ! – chantait harmonieusement à l'approche de la mort, ce qui n'est en rien confirmé par l'ornithologie), « la Rumeur » donc, mesdames, a été représentée par ce barde – hum ! – « qui dépeignit le célèbre Juif » – dotée d'une infinité de langues. (Miss Ferdinand, veuillez m'honorer de votre attention !) « La Rumeur » de Cloisterham n'est pas différente de celle qu'a dépeinte ce grand miniaturiste. Une légère discussion entre deux jeunes gens s'étant produite cette nuit à des centaines de lieues de ces murs paisibles (Miss Ferdinand, vous êtes apparemment incorrigible. Vous voudrez donc avoir l'amabilité de me copier ce soir, dans le texte original, les quatre premières fables de notre spirituel voisin monsieur de La Fontaine) cet événement donc a été grossièrement exagéré par la voix de « La Rumeur ». La première émotion née de la sympathie que nous inspire un jeune ami, sans compter le souci que nous nous faisons aussi pour l'autre gladiateur descendu dans cette arène vierge de sang (le geste de Miss Reynolds, qui fait semblant de se frapper le cœur avec une épingle, n'est pas du tout adéquat. Il est en outre tellement vulgaire et mal élevé qu'il ne mérite pas d'être signalé), cette émotion donc nous a fait abandonner des préoccupations plus élevées pour discuter de ce sujet détestable et déplacé. Une enquête approfondie nous a donné la certitude qu'il ne s'agissait que de ces « riens impalpables » cités par le poète (dont Miss Giggles nous donnera le nom et la date de naissance avant une demi-heure). Nous allons donc en finir avec ce sujet et concentrer nos esprits sur les agréables travaux du jour.

Néanmoins, le sujet survécut pendant toute la journée. Miss Ferdinand s'attira de nouveaux ennuis en s'affublant subrepticement d'une moustache de papier pendant le dîner et en faisant le geste de lancer une bouteille d'eau à la tête de Miss Giggles, qui s'arma d'une cuiller pour se défendre.

Rosa, elle, pensa beaucoup à cette malheureuse querelle. Elle avait l'inconfortable sentiment d'y être mêlée, comme cause, comme effet, ou pour toute autre raison. De toute manière, à cause de ses fiançailles, elle se trouvait dans une situation fausse. Elle se sentait mal à l'aise lorsqu'elle se trouvait avec son fiancé. Elle ne devait donc pas s'attendre à ne pas l'être lorsqu'ils étaient séparés. Aujourd'hui, plus que jamais, elle se sentait désemparée, et elle n'avait même pas la ressource de pouvoir en discuter librement avec sa nouvelle amie.

La discussion avait eu lieu avec le frère d'Helena, et Helena évitait ouvertement un sujet délicat qui lui était pénible. À ce moment, critique entre tous, on annonça que le tuteur de Rosa venait lui rendre visite.

Mr Grewgious avait été bien choisi pour remplir cette charge, si l'on considérait son incorruptible intégrité, mais pour aucune autre qualité qui fût visible à première vue. C'était un homme aride et sec, et on avait l'impression que si on avait dû le moudre dans un moulin, il en serait sorti en poussière impalpable. Il avait une toute mince toison de cheveux plats qui avait l'apparence, par sa consistance et sa couleur, d'une petite touffe de fourrure jaune mangée par la gale. Cela ressemblait tellement peu à des cheveux que ç'aurait pu être une perruque. Mais cette hypothèse était hautement improbable, car personne n'aurait pu se faire volontairement une pareille tête. Les quelques traits que présentait son visage étaient profondément marqués en quelques courbes dures qui avaient l'air d'avoir été travaillées au burin. À voir les quelques sillons qui marquaient son front, on avait l'impression que la nature avait été sur le point d'y ajouter une touche de sensibilité ou de raffinement, mais qu'elle avait impatiemment jeté son ciseau en disant : « J'en ai vraiment assez de fignoler cet homme. Qu'il aille comme il est ! »

En haut, il avait le cou trop allongé. En bas, trop de cheville et trop de talon. Il avait une allure gauche et hésitante. Sa démarche était maladroite. Il était ce qu'on appelle myope – ce qui l'empêchait sans doute d'apercevoir l'énorme surface de bas de coton blanc qu'il étalait aux yeux des spectateurs dans un curieux contraste avec la teinte sombre de son complet. Et pourtant, Mr Grewgious avait le surprenant pouvoir de donner, dans l'ensemble, une agréable impression à ceux qui l'approchaient.

Rosa découvrit son tuteur en compagnie de Miss Twinkleton dans le salon sacré de celle-ci. Le pauvre homme semblait tout déconfit, comme s'il était oppressé par la perspective qu'on allait lui faire passer un examen par une matière quelconque, et qu'il n'allait pas pouvoir s'en tirer.

— Comment vas-tu, ma chérie? Comme je suis content de te voir! Comme tu as embelli! Permets-moi de t'offrir un siège, ma chérie!

Miss Twinkleton, qui était assise devant son petit secrétaire, se leva. Elle dit, avec une infinie douceur, comme si elle s'adressait à l'univers raffiné:

— Voulez-vous me permettre de me retirer?

— Pas du tout, madame, pas pour moi. Ne bougez pas, je vous en prie.

— Je dois tout de même vous demander la permission de *bouger*, fit Miss Twinkleton en répétant le mot avec une grâce charmante. Mais je ne me retirerai pas, puisque vous êtes si obligeant. Si je pousse mon bureau devant cette fenêtre, cela ne vous gênera pas?

— Me gêner, madame! Voyons!

— Vous êtes très aimable. – Ne crains rien, Rosa, ma chérie, je ne t'importunerai pas.

Mr Grewgious, resté seul avec Rosa près du foyer répéta:

— Comment vas-tu, ma chérie? Comme je suis content de te voir!

Il attendit qu'elle se fût assise pour s'asseoir à son tour.

— Mes visites, fit Mr Grewgious, sont comme celles des anges... Non que je me compare à un ange, bien entendu.

— Non, monsieur, fit Rosa.

— En aucune manière, approuva Mr Grewgious. Je parlais simplement de mes visites qui sont peu nombreuse et peu rapprochées. Comme nous le savons très bien, les anges sont en haut.

Miss Twinkleton lança autour d'elle un regard étonné.

— Je parle, ma chérie, fit Mr Grewgious en posant la main sur celle de Rosa, comme le traversait l'idée effrayante qu'autrement on aurait pu croire qu'il prenait l'affreuse liberté d'appeler Miss Twinkleton « ma chérie », je parle des autres jeunes filles.

Miss Twinkleton recommença à écrire.

Mr Grewgious eut le sentiment de n'avoir pas entamé la conversation par où il le désirait. Il se lissa le crâne de la nuque au front, comme s'il venait de plonger et essuyait l'eau qui le mouillait. Ce geste, quoique superflu, lui était habituel. Il sortit un carnet de la poche de son veston, et un bout de crayon de la poche de son gilet.

— J'ai établi une sorte de petit mémorandum, fit-il en tournant les pages. J'ai beaucoup de mal à mener une conversation. Aussi vais-je me reporter à mes notes, si tu le permets, ma chérie. « Heureuse et en bonne santé. » En effet. Tu es heureuse et en bonne santé, ma chérie? Tu en as l'air.

— Certainement, monsieur, fit Rosa.

— Cela mérite, fit Mr Grewgious en inclinant la tête vers la fenêtre, que nous exprimions notre plus chaleureuse reconnaissance pour la maternelle bonté, les soins incessants et le dévouement de la dame que j'ai l'honneur de voir ici.

Encore une fois, c'était un mauvais début pour la conversation. Au surplus, la remarque n'atteignit pas sa destination. Car Miss Twinkleton, estimant que la politesse exigeait qu'elle se tînt en dehors de la conversation, mordillait le bout de son porte-plume et regardait en l'air. Elle paraissait attendre qu'une idée descende du ciel, envoyée par celle des neuf muses qui en aurait eu une de trop.

Mr Grewgious lissa à nouveau son crâne lisse et puis se reporta à nouveau à son carnet. Il barra « heureuse et bien portante » qui avait déjà servi.

— Livres, shillings et pence, telle est ma note suivante… C'est un sujet aride pour une jeune dame, mais c'est un sujet important. La vie, ce sont des livres, des shillings et des pence. La mort, c'est…

Le brusque souvenir de la mort des parents de Rosa sembla l'arrêter, et il dit, d'un ton plus doux, ayant évidemment inséré la particule négative après avoir réfléchi :

— La mort, ce n'est *pas* des livres, des shillings et des pence.

Sa voix était aussi dure et sèche que lui, et l'imagination aurait pu la moudre, exactement comme lui, en une poussière impalpable. Et cependant, à travers les moyens d'expression limités qui étaient les siens, on sentait la gentillesse. Si la nature avait pris la peine de l'achever, on eût pu, en ce moment, discerner la gentillesse sur son visage. Mais que pouvait-il faire, le pauvre homme, si les sillons de son front ne se mêlaient pas, et si son visage, malgré tous ses efforts, n'arrivait pas à exprimer ses sentiments ?

— Livres, shillings et pence… Tu estimes toujours que ta rente te suffit à satisfaire tes désirs, ma chérie ?

Rosa n'avait pas de désirs, aussi la rente était-elle amplement suffisante.

— Et tu n'as pas de dettes ?

L'idée d'avoir des dettes la fit rire. Dans son inexpérience cela lui semblait une divagation comique de l'imagination. Mr Grewgious, dans sa myopie, avança le visage pour s'assurer que c'était bien là ce qu'elle en pensait.

— Ah ! fit-il en guise de commentaire, tout en lançant un regard furtif vers Miss Twinkleton et en barrant dans son carnet « Livres, shillings et pence », j'avais bien dit que je me trouvais parmi les anges. C'est bien cela !

Rosa savait déjà ce que serait la note suivante, longtemps avant qu'il ne l'eût trouvée. Rougissante, elle rectifia d'une main hésitante un pli de sa jupe.

— Mariage ! Hum !

La main dont il se lissait le crâne continua cette fois jusqu'aux yeux, jusqu'au nez et même jusqu'au menton avant que Mr Grewgious, avançant sa chaise, ne se mit à parler sur un ton plus confidentiel.

— J'aborde ici, ma chérie, le point qui constitue la véritable raison de mon importune visite. Sans quoi, étant un homme particulièrement guindé, je ne t'aurais pas imposé ma présence. Je suis le dernier homme à vouloir s'introduire dans un milieu auquel je suis si mal adapté. En ce moment, je me fais l'effet d'être un ours enchaîné au milieu d'un bal de jeunesse.

Rosa ne put s'empêcher de rire de bon cœur tant sa maladresse le faisait ressembler à son modèle.

— Eh, oui, cela te frappe aussi, dit Mr Grewgious avec beaucoup de calme. C'est ainsi. Pour en revenir à mon mémorandum, Mr Edwin est venu te voir à diverses reprises comme il avait été convenu. Tu m'en as parlé dans tes lettres trimestrielles. Tu l'aimes et il t'aime.

— Je l'aime *beaucoup*, monsieur, répondit Rosa.

— C'est bien ce que je disais, répondit son tuteur pour qui cette timide correction était trop subtile. C'est parfait. Et vous êtes en correspondance?

— Nous nous écrivons, fit Rosa qui se renfrogna au souvenir de leurs querelles épistolaires.

— C'est bien le sens que je donnais à l'expression « être en correspondance », ma chérie, fit Mr Grewgious. Bon. Tout va bien. Le temps passe. À la Noël, il sera nécessaire, pour la bonne règle, d'avertir la dame exemplaire, qui se trouve devant la fenêtre et à qui nous devons tant, de ton départ dans le courant de l'année prochaine. Les relations que vous avez eues ont été indubitablement plus que des relations d'affaires. Mais elles ont malgré tout une partie commerciale, et les affaires sont toujours les affaires. Je suis un homme particulièrement guindé, poursuivit Mr Grewgious, comme s'il éprouvait soudain le besoin de le rappeler, et je n'ai pas l'habitude de donner quoi que ce soit. Or, il faudra quelqu'un pour te conduire à l'autel et te donner à ton mari. Pour les deux raisons que j'ai dites, je serais très heureux si on pouvait trouver un mandataire compétent qui accepte de le faire.

Rosa déclara, en tenant les yeux baissés, qu'on devait pouvoir trouver un remplaçant si c'était nécessaire.

— Certainement, certainement, fit Mr Grewgious. Par exemple, le monsieur qui enseigne la danse dans cet établissement. Il aura certainement la manière de se comporter avec aisance, comme il convient. Il sera capable d'avancer et de se retirer d'une manière qui ne heurtera les sentiments ni de l'officiant, ni de toi-même, ni du fiancé, ni des assistants. Je suis… Je suis un homme particulièrement guindé, fit Mr Grewgious comme s'il avait pris la décision de l'avouer une fois pour toutes, et je ne pourrais qu'être maladroit.

Rosa demeurait assise, calme et silencieuse. Sans doute son esprit ne l'avait-il pas encore portée jusqu'à la cérémonie et flânait-il quelque part sur la route.

— Mémorandum : « Testament » ! Maintenant, ma chérie, fit Mr Grewgious en reprenant ses notes, en barrant « Mariage » d'un trait de crayon et en sortant un papier de sa poche, je pense qu'il est temps de te confier une copie conforme du testament de ton père, quoique je t'aie déjà mise précédemment au courant de son contenu. Et quoique Mr Edwin en connaisse également les termes, je crois qu'il est nécessaire aussi que j'en remette une copie conforme à Mr Jasper.

— Pourquoi ? demanda Rosa en levant vivement les yeux. La copie ne peut-elle pas être remise à Eddy lui-même ?

— Ma foi, oui, ma chérie, si tu désires particulièrement qu'il en soit ainsi. Je songeais à Mr Jasper, parce qu'il est le curateur de Mr Edwin !

— Je désire particulièrement qu'il en soit ainsi, je vous en prie, fit Rosa très vite et très sérieusement. Je n'aime pas que Mr Jasper s'occupe de mes affaires de quelque manière que ce soit.

— C'est naturel, je suppose, fit Mr Grewgious. Il doit être naturel que ton mari soit tout pour toi en toutes choses. Remarque que j'ai dit « je suppose ». Moi-même, je suis un homme particulièrement peu naturel, et je n'ai aucune expérience personnelle en cette matière.

Rosa le regarda avec une certaine surprise.

— Je veux dire, expliqua-t-il, que les mœurs des jeunes gens n'ont jamais été les miennes. J'ai été le seul enfant de parents qui étaient déjà très âgés et je suis presque enclin à croire que je suis né moi-même très âgé. Ce n'est pas pour faire allusion au nom dont tu vas bientôt changer, mais je constate que la plupart des gens viennent au monde en boutons, alors que moi je suis né copeau. J'étais un copeau – et un copeau très sec – quand j'ai pris pour la première fois conscience de mon existence. En ce qui concerne la seconde copie conforme, je suivrai tes désirs. En ce qui concerne ton héritage, tu sais tout, je pense. C'est une annuité de deux cent cinquante livres. Les économies qui ont été faites sur cette annuité et quelques autres postes qui figurent à ton crédit et que j'ai dûment comptabilisés devant témoins te mettent en possession d'une assez jolie somme qui doit dépasser dix-sept cents livres. Je suis autorisé à t'avancer, sur cette somme, les frais qu'entraîneront tes préparatifs de mariage. Voilà. Tout a été dit.

— Pourriez-vous me dire, fit Rosa en prenant le papier, mais sans l'ouvrir, et en fronçant joliment les sourcils, si mon point de vue est le bon. Je comprends tellement mieux ce que vous me dites que ce que je lis dans des documents légaux. Mon pauvre père et le père d'Eddy se sont mis d'accord, parce qu'ils étaient liés par une amitié fidèle, solide et éprouvée. Ils voulaient que nous aussi, après eux, nous devenions comme eux des amis fidèles, constants et éprouvés?

— C'est exactement cela.

— Ce qu'ils voulaient, c'était assurer notre bien et notre bonheur à tous deux?

— Exactement.

— Et que nous soyons davantage l'un pour l'autre qu'ils ne l'avaient été eux-mêmes?

— Exactement.

— Mais ni Eddy ni moi ne serions frappés par aucune pénalité dans le cas où…

— Ne t'énerve pas, ma chérie. Dans le cas où cette seule idée amènerait des larmes dans tes chers yeux…

si vous ne deviez pas vous marier... non, aucune peine ne vous frapperait ni l'un ni l'autre. Tu serais alors restée sous ma tutelle jusqu'à ta majorité. Rien de pire ne te serait arrivé. Mais peut-être est-ce déjà suffisamment terrible.

— Et Eddy?

— À sa majorité, il aurait hérité de la part de son père dans l'entreprise, ainsi que les arriérés qui lui seraient dus, s'il y en a, exactement comme maintenant.

Perplexe et les sourcils froncés, Rosa mordillait le coin de sa copie conforme et, la tête penchée de côté, elle regardait distraitement le plancher qu'elle frottait machinalement du bout de sa chaussure.

— En bref, fit Mr Grewgious, ces fiançailles sont un vœu, l'expression d'un sentiment, un amical projet qui a été exprimé avec beaucoup d'inclination de part et d'autre. Il ne fait aucun doute qu'ils y étaient fermement attachés et qu'ils espéraient intensément le voir se développer. On a commencé à vous y habituer alors que vous étiez encore enfants, et il s'est développé dans le sens où ils l'espéraient. Mais les circonstances peuvent modifier bien des choses. Ma visite d'aujourd'hui avait partiellement, sinon principalement pour but d'accomplir un devoir, ma chérie. Je voulais te dire que deux jeunes gens ne peuvent être liés que par leur libre volonté, par leur propre attachement et par leur propre conviction. Les mariages de raison ne sont que moquerie et misère. Sans doute leur propre conviction peut-elle reposer sur une erreur, mais c'est un risque à courir. Il faut pourtant qu'ils aient l'assurance d'être faits l'un pour l'autre et de pouvoir se rendre mutuellement heureux. Oserais-tu supposer que si l'un de vos pères était encore vivant et qu'il ait des doutes à cet égard, sa conviction ne serait pas ébranlée par le fait qu'en grandissant vos sentiments auraient évolué ? Ce serait inacceptable, déraisonnable, illogique et déplacé !

Mr Grewgious avait débité son petit discours comme s'il le lisait à haute voix. Ou, mieux encore, comme s'il avait répété une leçon. Sur son visage et dans son attitude, il semblait n'y avoir de place pour aucune apparence de spontanéité.

— Et voilà, ma chérie, dit-il en barrant « Testament » d'un trait de crayon. J'ai accompli ce qui, dans le cas présent, n'est certainement qu'un devoir de pure forme. Mais dans un cas pareil, ce n'en était pas moins un devoir. Voyons le mémorandum : « Désirs ! » Ma chérie, as-tu un désir que je puisse exaucer ?

Rosa secoua la tête d'un air plaintif, où il y avait de l'hésitation, comme si elle attendait qu'il l'aide.

— Désires-tu me donner quelque instruction en ce qui concerne tes affaires ?

— Je… je voudrais régler cela avec Eddy d'abord, si vous le voulez bien, fit Rosa en lissant le pli de sa robe.

— Certainement, certainement, répondit Mr Grewgious. Il faut que tous deux vous soyez bien d'accord en tout. Le jeune homme doit-il venir bientôt ?

— Il est précisément parti ce matin. Il reviendra pour Noël.

— Tout cela s'arrange fort bien. Lors de son retour, vous pourrez régler tous les détails ensemble. À ce moment, tu te mettras en rapport avec moi. À ce moment-là, je m'acquitterai de mes obligations d'affaires (sur le simple plan commercial), vis-à-vis de la distinguée dame qui se trouve devant la fenêtre. Elles auront pris plus d'importance pour lors.

Il fit un nouveau trait de crayon.

— Voyons le mémorandum ! « Congé. » Oui. Maintenant, ma chérie, je vais prendre congé.

— Puis-je, fit Rosa en se levant comme il s'extrayait de son fauteuil de sa manière disgracieuse, puis-je vous demander d'avoir la bonté de venir à la Noël si j'avais quelque chose de spécial à vous dire ?

— Mais bien sûr, bien sûr, répondit-il, apparemment – si ce mot a un sens quand il s'agit de quelqu'un qui n'a en lui aucune ombre ni aucune lumière apparente – apparemment flatté par la proposition. Je suis un homme particulièrement guindé et je ne me sens pas à l'aise en société. Aussi n'ai-je d'autre engagement pour la Noël que de partager, dans la journée du 25, une dinde étuvée à la sauce de céleri, avec un clerc particulièrement guindé, lui aussi, que j'ai le bonheur d'avoir à mon service. Son père est fermier dans le Norfolk et l'envoie (la dinde, bien sûr) des environs de Norwich, pour qu'il m'en fasse cadeau. J'ai de quoi être très fier que tu désires me voir, ma chérie. En tant que percepteur de loyers, il y a tellement peu de gens qui *désirent* me voir que c'est là une nouveauté que j'apprécie hautement.

Heureuse de sa prompte acceptation, Rosa lui mit les mains sur les épaules, se dressa sur la pointe des pieds et l'embrassa.

— Seigneur ! s'écria Mr Grewgious. Merci, ma chérie. L'honneur que tu me fais égale presque le plaisir que j'éprouve. Miss Twinkleton, j'ai eu une conversation très satisfaisante avec ma pupille, et je vais maintenant vous débarrasser du désagrément de ma présence.

— Voyons, monsieur, fit Miss Twinkleton en se levant avec une condescendance pleine de grâce, ne parlez pas de désagrément. Ce n'est absolument pas le cas, et je ne vous permets pas de dire des choses pareilles.

— Merci, madame. J'ai lu dans les journaux, ajouta-t-il en bégayant un peu, que lorsqu'un visiteur distingué – je ne veux pas dire que ce soit mon cas, loin de là – se rend dans une école – non que cet établissement soit une école, loin de là – il demande que l'on accorde aux élèves un jour de congé, ou quelque autre faveur. Comme les cours de l'après-midi ont commencé dans ce... collège... dont vous êtes l'éminente directrice, les jeunes filles ne gagneraient rien – sinon symboliquement – à obtenir congé pour le reste de la journée. Mais si l'une ou l'autre d'entre elles se trouvait sous le coup d'une punition, puis-je vous demander...

— Mr Grewgious, Mr Grewgious ! s'écria Miss Twinkleton en pointant vers lui un doigt moqueur. Ah, ces messieurs, ces messieurs ! N'avez-vous pas honte de compliquer la tâche des pauvres éducatrices qui dressent les jeunes filles pour votre bien ? Enfin, soit ! Puisque Miss Ferdinand est actuellement sous le coup d'un pensum – Miss Twinkleton aurait pu dire « sous le coup d'un pince-bonhomme », puisqu'il s'agissait de taquiner monsieur de La Fontaine – vous pouvez aller la trouver, Rosa, et lui dire que la punition est levée à l'intervention de votre tuteur, Mr Grewgious.

Sur ce, Miss Twinkleton exécuta une révérence qui mit en valeur les merveilles que pouvaient accomplir ses respectables jambes, et elle en sortit avec noblesse trois mètres derrière son point de départ.

Estimant qu'il lui incombait de rendre visite à Mr Jasper ayant de quitter Cloisterham, Mr Grewgious se rendit à son logis et grimpa l'escalier. Mais la porte de Mr Jasper était fermée et un morceau de papier, portant le mot « cathédrale », y était fixé. Il vint à l'esprit de Mr Grewgious que c'était l'heure du service. Aussi redescendit-il l'escalier, et traversant le parvis, il s'arrêta devant la grande porte ouest de la cathédrale, qui était restée ouverte par ce beau et clair après-midi d'automne pour aérer le sanctuaire.

— Seigneur! fit Mr Grewgious en jetant un regard à l'intérieur, c'est comme si on regardait dans le gouffre de l'Ancien Temps.

L'Ancien Temps exhalait une odeur de moisi du fond de ses tombes, de ses arches et de ses voûtes. Et des ombres lugubres commencèrent à s'épaissir dans les coins. Et l'humidité commença à sourdre des taches verdâtres de la pierre. Et les joyaux, semés sur le pavement de la nef par le soleil qui déclinait à travers les vitraux, commencèrent à s'éteindre. Au-delà de la grille du chœur, au-dessus des marches que surmontaient les orgues qui s'assombrissaient peu à peu, on distinguait vaguement une rangée de robes blanches, et on distinguait par moments une faible voix éraillée qui montait et qui retombait dans un murmure monotone. Dehors, à l'air libre, la rivière, les verts pâturages, les champs dorés, les collines ondoyantes et les vallons devenaient roses sous les rayons du soleil couchant. Au loin, les petites fenêtres des moulins et des fermes jetaient des éclats d'or brillant. Dans la cathédrale, tout devenait gris, nébuleux et sépulcral. Le murmure éraillé et monotone ressemblait à une voix qui se mourait. Mais soudain éclatèrent les accents de l'orgue et du chœur, et la voix fut engloutie dans une tempête de musique. Puis, la tempête se calma et la voix mourante reparut à la surface dans un dernier effort. Un nouvel assaut de la tempête l'engloutit. Elle monta à l'assaut du toit et des voûtes, elle dépassa le sommet de la grande tour. Enfin, la mer se retira et tout devint tranquille.

Entre-temps, Mr Grewgious s'était avancé jusqu'aux marches du chœur où il se heurta au flot vivant qui sortait.

— Il n'est rien arrivé?

Ce fut par ces mots que Jasper l'accosta, d'une façon un peu brusque.

— Vous a-t-on envoyé à moi?

— Pas du tout, pas du tout. Je suis venu de ma propre initiative. J'ai été rendre visite à ma jolie pupille, et je m'apprête à rentrer chez moi.

— Vous l'avez trouvée embellie?

— Ravissante! De plus en plus ravissante! J'étais simplement venu lui expliquer sérieusement ce que valent des fiançailles arrangées par les parents.

— Et que valent-elles, à votre avis?

Mr Grewgious remarqua la blancheur de ses lèvres tandis qu'il posait la question, et il l'attribua à la fraîcheur qui régnait à l'intérieur de la cathédrale.

— Je suis simplement venu lui dire qu'elle ne devait pas se considérer comme liée par cette promesse s'il y avait la moindre raison de ne pas la tenir, s'il existait par exemple un défaut d'affection où si elle se trouvait dans l'impossibilité de donner à cet engagement ses meilleurs effets. Je lui ai dit que cette promesse ne pouvait lier aucune des deux parties.

— Puis-je vous demander si vous aviez une raison particulière de lui parler ainsi?

Mr Grewgious répondit d'un ton assez sec.

— Une raison très spéciale, monsieur, celle d'accomplir mon devoir. Tout simplement.

Puis il ajouta :

— Voyons, Mr Jasper. Je connais votre affection pour votre neveu, et je sais que vous êtes prompt à défendre ses intérêts. Mais je vous assure qu'en parlant comme je l'ai fait, je n'ai pas émis la moindre réserve à son égard et que je ne lui ai pas manqué de respect.

— Vous ne pouviez pas mieux parler, fit Jasper en lui serrant amicalement le bras, tandis qu'ils marchaient côte à côte.

Mr Grewgious retira son chapeau pour se lisser le crâne, hocha la tête d'un air satisfait et remit son chapeau.

— Je parierais, fit Jasper, dont les lèvres étaient tellement blanches qu'il s'en rendait compte et qu'il les mouillait en les mordillant, je parierais qu'elle n'a aucunement exprimé le désir d'être débarrassée de Ned.

— Et vous gagneriez votre pari, répondit Mr Grewgious. Nous devons tenir compte de certaines délicatesses de jeune fille chez cette pauvre enfant qui n'a pas eu de mère, surtout, je suppose, en de pareilles circonstances. Mais je suis mauvais juge. Qu'en pensez-vous?

— Cela ne fait aucun doute.

— Je suis heureux de vous l'entendre dire. Parce que, poursuivit Mr Grewgious qui, pendant tout ce temps, avait cherché le moyen de tenir compte de ce qu'elle avait dit de Jasper lui-même, parce qu'elle semble désirer, par une sorte de délicatesse instinctive, que tous les arrangements préliminaires soient pris entre Mr Edwin Drood et elle-même. Vous voyez ce que je veux dire? Elle ne désire pas que nous nous en mêlions.

Jasper se toucha la poitrine et dit, d'un ton plutôt indistinct:

— Il s'agit de moi.

Mr Grewgious se toucha la poitrine et dit:

— Il s'agit de nous. C'est pourquoi il vaut mieux que nous les laissions en discuter et en débattre ensemble lorsque Mr Edwin Drood reviendra à Cloisterham pour la Noël. À ce moment, vous et moi nous interviendrons, et nous mettrons le point final à l'affaire.

— Ainsi, vous avez convenu avec elle de revenir à la Noël? observa Jasper. Je vois. Comme vous venez très justement de le dire, Mr Grewgious, il existe entre mon neveu et moi un attachement tellement exceptionnel que je suis plus sensible en ce qui concerne le cher et bienheureux garçon qu'en ce qui me concerne moi-même. Mais il est juste que l'on tienne compte des sentiments de la jeune fille, comme vous l'avez fait remarquer, et que j'accepte le rôle que vous me réservez. Eh bien, je l'accepte. Si j'ai bien compris, ils arrêteront eux-mêmes à la Noël les préparatifs de leur mariage pour le mois de mai suivant. Ils mettront tout en route eux-mêmes, et il ne nous restera qu'à nous mettre en route aussi pour que tout soit prêt lorsque nous nous déchargerons de nos tutelles respectives, le jour de l'anniversaire d'Edwin.

— C'est ainsi que je voyais les choses, approuva Mr Grewgious pendant qu'ils se serraient les mains pour se séparer. Que Dieu les bénisse tous les deux!

— Que Dieu les protège! s'écria Jasper.

— J'ai dit « les bénisse! », rectifia Mr Grewgious en regardant par-dessus son épaule.

— J'ai dit « les protège! », rétorqua Jasper. Voyez-vous une différence?

10

Les difficultés s'aplanissent

On a souvent constaté que les femmes ont le curieux pouvoir, qui semble instinctif et inné, de deviner le caractère des hommes. Elles y arrivent sans se livrer à de subtils raisonnements et sans pouvoir l'expliquer de façon suffisante ou logique. Mais elles ne s'en prononcent pas moins d'une manière tout à fait assurée, même si l'autre sexe leur oppose des raisonnements apparemment inattaquables. Cependant, on n'a pas suffisamment souligné que ce pouvoir (faillible comme tout ce qui est humain) les rend absolument incapables de réviser leurs conclusions. Lorsqu'elles émettent une opinion contraire et qu'on leur démontre, par toutes les ressources de l'esprit humain, que cette opinion est erronée, leur conviction prend toutes les apparences du préjugé en ce sens qu'elle se refuse à être ébranlée. Lorsque c'est non, c'est non. La moindre allusion, même lointaine, à une contradiction ou à une preuve contraire communique aux apriorismes du jugement féminin la faiblesse inhérente aux dépositions des témoins intéressés. Car l'aimable divinatrice s'identifie personnellement et opiniâtrement avec ce qu'elle croit avoir deviné.

— Ne penses-tu pas, maman chérie, dit un jour le chanoine mineur à sa mère qui tricotait devant sa table, ne penses-tu pas que tu es trop dure avec Mr Neville ?

— Non, je ne le crois pas, Sept, répondit la vieille dame.

— Si nous en discutions un peu ?

— Je suis d'accord pour en discuter, Sept. Tu conviendras avec moi, mon chéri, que je suis toujours disposée à discuter.

Le bonnet de la vieille dame se mit à trembler comme si elle ajoutait intérieurement : « Et je voudrais bien voir la discussion qui me ferait changer d'opinion ! »

— Très bien, maman, fit son fils, conciliant. Il n'y a rien de tel que d'avoir l'esprit ouvert à la discussion.

— C'est bien mon avis, mon chéri, répondit la vieille dame qui y était évidemment tout à fait fermée.

— Bon. Eh bien, en cette triste occasion, Mr Neville a agi sous l'influence de la provocation.

— Et sous l'influence du vin chaud, ajouta la vieille dame.

— Je veux bien admettre la part du vin. Mais sous ce rapport, je crois que les deux jeunes gens étaient à égalité.

— Moi, non, fit la vieille dame.

— Et pourquoi non, maman ?

— Parce que je ne le crois pas, fit la vieille dame. Cependant, je suis toujours disposée à discuter.

— Mais, ma chère maman, je ne vois pas comment nous pourrions discuter si tu adoptes cette position.

— Quant à cela, Sept, c'est Mr Neville qu'il faut blâmer, pas moi, fit la vieille dame avec une majestueuse sévérité.

— Ma chère maman ! Pourquoi Mr Neville ?

— Parce que, fit Mrs Crisparkle en se retranchant derrière ses premiers principes, il est rentré ivre, qu'il a gravement nui à la réputation de cette maison et qu'il a fait preuve d'un manque total de respect à l'égard de notre famille.

— Personne ne le nie, maman. Il en a été le premier navré, et il l'est encore.

— Et pourtant, fit la vieille dame, je crois bien que je n'aurais jamais rien su de cette lamentable affaire si Mr Jasper, qui est un homme attentionné et bien élevé, n'était venu, le lendemain, après le service, me trouver dans la nef. Il était encore vêtu de sa robe blanche, et il voulait savoir si cette scène ne m'avait pas trop alarmée et si mon repos n'avait pas été trop violemment troublé.

— Pour être honnête, maman, je crois que je te l'aurais caché si je l'avais pu. Cependant, je n'avais pas encore pris de décision. J'ai suivi Jasper, quand il est sorti, pour en discuter avec lui et voir s'il ne valait pas mieux nous mettre d'accord afin de ne pas ébruiter l'affaire. Mais je l'ai trouvé en conversation avec toi, et alors il était trop tard.

— Il était trop tard, en effet, Sept. Il était encore aussi pâle qu'un mort au souvenir de la scène qui s'était déroulée chez lui la nuit précédente.

— Si je m'étais décidé à te le cacher, maman, crois bien que ç'aurait été pour ta paix et pour ta tranquillité, ainsi que pour le bien des deux jeunes gens. J'aurais estimé remplir mon devoir selon ma conception des choses.

La vieille dame traversa aussitôt la pièce et vint l'embrasser.

— Bien sûr, mon cher Sept, j'en suis certaine.

— Quoi qu'il en soit, c'est devenu la fable de la ville, fit Mr Crisparkle en se grattant l'oreille pendant que sa mère se rasseyait et reprenait son tricot, et je n'avais plus le pouvoir d'étouffer l'incident.

— J'ai dit à ce moment-là, répliqua la vieille dame, que je pensais le plus grand mal de Mr Neville. Et je le répète. J'ai dit alors, et je le répète maintenant, que j'espérais voir Mr Neville s'améliorer, mais je ne crois pas qu'il en sera ainsi.

À nouveau, le bonnet de la vieille dame eut un frémissement.

— Je regrette de t'entendre parler ainsi, maman.

— Je regrette de devoir le dire, répliqua la vieille dame en tricotant avec conviction, mais je n'y puis rien.

— Car, poursuivit le chanoine mineur, il est indéniable que Mr Neville est extrêmement travailleur et attentif, qu'il fait des progrès constants et qu'il a – je crois pouvoir le dire – un réel attachement pour moi.

— Il n'y a aucun mérite à cela, mon chéri, fit la vieille dame d'un ton vif, et s'il prétend qu'il en a pour t'être attaché, cela me donne encore une plus mauvaise opinion de lui.

— Mais, ma chère maman, il n'a jamais rien dit de semblable!

— Peut-être pas, fit la vieille dame, mais je ne vois cependant pas où est son mérite.

Il n'y avait aucune impatience dans le regard amusé dont Mr Crisparkle enveloppa la jolie vieille pièce de porcelaine pendant qu'elle tricotait. Mais on y lisait, non sans humour, que c'était une pièce de porcelaine avec laquelle il ne fallait pas penser à discuter sérieusement.

— En outre, Sept, demande-toi ce qu'il serait sans sa sœur. Tu connais l'influence qu'elle a sur lui. Tu sais quelles sont ses qualités. Tu sais que tout ce qu'il apprend avec toi, il le répète avec elle. Si tu lui accordes la part qui lui revient dans tes louanges, que reste-t-il pour lui?

À ces mots, Mr Crisparkle se mit à songer à toutes sortes de choses. Il se mit à penser à toutes les fois où il avait vu le frère et la sœur en grande conversation au sujet des livres de classe qu'il utilisait. Parfois, c'était par les matins brumeux, lorsqu'il accomplissait ses vivifiants pèlerinages au barrage de Cloisterham. Parfois, c'était par les soirées obscures, quand il se dressait, face au vent, dans le soleil couchant, après avoir escaladé son point de vue favori au sommet des ruines branlantes d'un monastère. Les deux studieuses silhouettes passaient en dessous de lui, le long des berges de la rivière qui reflétait déjà les lumières et les feux de la ville, tandis que le paysage devenait plus blême. L'idée lui était alors venue, il s'en souvenait, qu'en éduquant l'un, il enseignait à l'autre. Si bien que, petit à petit, il avait adapté ses explications aux deux intelligences, celle avec laquelle il était en contact quotidien et celle qu'il n'approchait qu'à travers la première. Il songea aux rumeurs qui lui parvenaient du couvent des Nonnes et qui lui apprenaient qu'Helena, dont il avait cru à tort qu'elle était fière et sauvage, se soumettait à la jolie fiancée (comme il l'appelait) et apprenait d'elle tout ce qu'elle savait. Il songea à la surprenante association qui les unissait alors qu'elles étaient extérieurement si différentes. Il se demanda – peut-être surtout – s'il était possible que tout cela datait seulement de quelques semaines et que c'était pourtant devenu partie intégrante de son existence.

Chaque fois que le révérend Septimus se mettait ainsi à rêver, sa brave mère considérait la chose comme un signe infaillible qu'il avait besoin d'un reconstituant. Aussi la florissante vieille dame se précipita-t-elle vers le buffet de la salle à manger pour y chercher le reconstituant en question sous la forme d'un verre de vin du

Cap, et d'un biscuit fait dans la maison. C'était un admirable buffet, digne de Cloisterham et de la résidence du chanoine mineur. Au-dessus, il y avait un portrait de Haendel qui, sous son abondante perruque, souriait au spectateur d'un air entendu : l'air d'être parfaitement au courant du meuble et de vouloir en combiner toutes les harmonies dans une délicieuse fugue. Ce n'était pas un buffet ordinaire, avec une vulgaire porte montée sur gonds, qu'on aurait pu ouvrir d'un seul coup sans qu'il soit possible de découvrir par degrés les merveilles qu'il contenait. Ce buffet rare avait une serrure à mi-hauteur, à l'endroit où se joignaient deux panneaux perpendiculaires. Celui du dessus glissait vers le bas, et celui du bas vers le haut. Lorsqu'on faisait descendre le panneau supérieur (le second devenant alors un double mystère), on découvrait de profondes étagères garnies de pots de condiments, de pots de confitures, de boîtes à thé et à café, de boîtes d'épices, et d'agréables récipients exotiques, d'une douce teinte bleue et blanche, qui contenaient des conserves de tamarin et de gingembre. Chacun des bienheureux habitants de cette retraite portait son nom inscrit sur le ventre. Les pickles, dans un uniforme brun à deux rangées de boutons avec des parements jaunes ou sombres, étiquetaient leurs formes rebondies en capitales d'imprimerie : Noix, Cornichons, Oignons, Chou, Choux-Fleurs, Assortis, sans oublier les autres membres de cette noble famille. Les confitures, étant d'un tempérament moins masculin, et, portant des papillotes, se présentaient en calligraphie féminine comme Framboise, Groseille, Abricot, Prune, Prune de Damas, Pomme et Pêche. Lorsque le rideau tombait sur ces charmeurs, et que le panneau du bas remontait, on découvrait des oranges près desquelles se tenait une puissante boîte à sucre vernissée, prête à modérer leur acidité si elles n'étaient pas mûres. Les biscuits faits dans la maison servaient à la Cour de ces Puissants, accompagnés par un joli morceau de plum-cake, et toute une série de minces madeleines faites pour être trempées dans le vin doux et pour être embrassées. Dans la partie inférieure, une solide voûte de plomb enchâssait le vin doux et un approvisionnement de liqueurs. Il s'en exhalait des soupirs d'orange sévillane, de citron, d'amande et de carvi. Ce buffet des buffets semblait se glorifier d'avoir été, pendant des siècles, bercé par le bourdonnement des cloches et des orgues de la cathédrale, jusqu'à ce que ces vénérables abeilles aient fait un miel sublime de tout ce qu'il contenait. Et on avait toujours constaté que quiconque plongeait entre ses étagères (si profondes, on l'a déjà fait remarquer, qu'elles avalaient la tête, les épaules et les coudes) en ressortait avec le visage adouci comme s'il avait été confit dans le sucre.

Mais le révérend Septimus, lui, se soumettait presque avec autant de bonne volonté au contenu malodorant d'une armoire d'herbes médicinales, gérée également par la bergère de porcelaine, qu'aux merveilles de ce glorieux buffet. Son courageux estomac supportait une étonnante quantité d'infusions de gentiane, de menthe, de giroflée, de sauge, de persil, de thym, de rue, de romarin et de pissenlit. Lorsque sa mère imaginait qu'il avait mal aux dents, il ne lui restait plus qu'à emmailloter son visage rose et satisfait dans de surprenants enveloppements faits de débris de feuilles séchées. Si la chère vieille dame arrivait à le convaincre qu'il avait un imperceptible petit bouton, il se collait gaiement sur la joue ou sur le front, Dieu sait quels cataplasmes botaniques. Cette herboristerie pénitentiaire était située sur un palier supérieur. C'était une longue et étroite cellule aux murs blanchis où pendaient des bouquets de feuilles séchées, accrochés au plafond par des crochets rouillés, ou étalés sur des étagères en compagnie d'impressionnantes bouteilles. Le révérend Septimus s'y laissait conduire sans résistance, comme l'agneau bien connu qui, depuis toujours, se laisse conduire à l'abattoir. Mais là, contrairement à l'agneau, il ne se plaignait pas. Même pas intérieurement. Il avalait tout ce qu'on lui présentait, pour permettre à la vieille dame de s'occuper et d'être satisfaite. Il lui arrivait simplement, pour se remettre, de se plonger les mains et le visage dans un grand bol de feuilles de rose séchées, ou de feuilles de lavande. Et puis, il sortait, avec autant d'espoir dans les vertus lénifiantes du barrage de Cloisterham et d'un esprit sain, que lady Macbeth en avait peu dans le pouvoir des mers tumultueuses.

Dans les circonstances présentes, le brave chanoine mineur prit son verre de vin du Cap avec la meilleure grâce du monde. Et, s'étant ainsi reconstitué à la satisfaction de sa mère, il s'appliqua aux autres devoirs de sa journée. Ils se succédèrent selon un ordre établi et ponctuel jusqu'aux vêpres et au crépuscule. Comme il faisait très frais dans la cathédrale, il sortit après le service pour marcher d'un bon pas et s'élancer, au bout de sa promenade, vers ses ruines favorites qu'il avait l'habitude d'escalader à toute allure, sans s'arrêter pour souffler.

Il les escalada d'une manière magistrale et, sans être le moins du monde essoufflé, il se dressa au sommet en regardant la rivière qui coulait à ses pieds. À Cloisterham, la rivière était tellement proche de la mer qu'elle charriait souvent de nombreuses algues marines. La dernière marée en avait amené une quantité inhabituelle. L'eau de la rivière était trouble. Les bruyantes mouettes plongeaient et replongeaient sans cesse en battant des ailes. Du côté de la mer, le ciel se fâchait et les voiles brunes des barges devenaient noires. Tout cela annonçait une nuit de tempête. Dans son esprit, la mer sauvage et déchaînée formait un contraste avec le havre tranquille de la place du chanoine mineur. À ce moment, il vit passer en dessous de lui Helena et Neville Landless. Il avait pensé à eux pendant toute la journée. Désireux de leur parler à tous les deux, il dévala la pente. Dans cette lumière incertaine, seul un bon grimpeur pouvait s'y risquer. Mais bien peu d'hommes étaient aussi bons grimpeurs que le chanoine mineur, et il se trouva à leurs côtés alors qu'un bon grimpeur n'eût pas encore accompli la moitié du trajet.

— Une lugubre soirée, Miss Landless ! Vous ne trouvez pas que le temps est trop froid et trop inclément pour faire votre habituelle promenade avec votre frère ?

Helena ne le pensait pas. C'était leur promenade favorite, et l'endroit était très retiré.

— C'est en effet très retiré, approuva Mr Crisparkle qui se saisit de l'occasion qui lui était offerte et qui se mit à marcher avec eux.

— Il n'est pas de meilleur endroit pour parler sans risquer d'être interrompu par les importuns, comme je désire le faire. Mr Neville, je pense que vous dites à votre sœur tout ce qui se passe entre nous ?

— Absolument tout, monsieur.

— Par conséquent, fit Mr Crisparkle, votre sœur sait que je vous ai invité à plusieurs reprises à présenter vos excuses d'une manière ou de l'autre pour les malheureux événements qui se sont produits le soir de votre arrivée ici ?

En même temps, c'était elle qu'il regardait et non lui. Aussi ce fut elle, et non lui, qui répondit.

— Oui.

— Je dis que ce sont de malheureux événements, Miss Helena, à cause du préjugé défavorable qu'ils ont provoqué à l'égard de Mr Neville. On s'imagine un peu partout que c'est un garçon dangereusement passionné, et qu'il est incapable de maîtriser son tempérament violent. Et c'est pourquoi tout le monde l'évite.

— Je sais bien que tout le monde l'évite, le pauvre, fit Helena en jetant à son frère un regard où il y avait à la fois de la compassion et de la fierté et en laissant apparaître sa profonde conviction qu'il était injustement traité. Il me suffirait que vous le disiez pour que j'en sois sûre. Mais ce que vous en dites est confirmé par des indices et par des allusions voilées que je rencontre chaque jour.

— Alors, reprit Mr Crisparkle sur un ton de douce mais ferme persuasion, n'y a-t-il pas lieu de le regretter et ne faut-il pas tâcher de réparer le mal? Ce sont les premiers jours de Neville à Cloisterham et je suis certain qu'il surmontera ce préjugé et finira par démontrer qu'il a été mal jugé. Mais il serait bien plus sage de passer tout de suite à l'action que d'atteindre l'incertain jugement du temps. En outre, non seulement ce serait de bonne politique, mais ce ne serait que justice. Car il ne fait pas de doute que Neville ait eu tort.

— Il a été provoqué, fit Helena.

— Mais c'est lui l'assaillant, répliqua Mr Crisparkle.

Ils marchèrent en silence, jusqu'au moment où Helena leva les yeux vers le visage du chanoine mineur et lui dit d'un ton de reproche:

— Oh, Mr Crisparkle, voudriez-vous que Neville aille se jeter aux pieds de Mr Drood, ou à ceux de Mr Jasper qui le calomnie chaque jour? Au fond de vous-même, vous ne pouvez pas le désirer. Au fond de vous-même, vous ne le feriez pas si vous étiez dans sa situation.

— J'ai fait comprendre à Mr Crisparkle, Helena, fit Neville avec un regard de déférence vers son maître, que si je pouvais le faire en mon âme et conscience, je le ferais. Mais je ne le puis pas, et je me révolte à cette seule idée. Cependant, tu oublies qu'en imaginant Mr Crisparkle dans ma situation, tu as l'air de dire qu'il aurait pu faire ce que j'ai fait.

— Je lui en demande pardon, fit Helena.

— Vous voyez, fit Mr Crisparkle en saisissant à nouveau l'occasion qui lui était offerte, quoique avec modération et délicatesse, vous reconnaissez instinctivement tous les deux que Neville a mal agi. Alors, pourquoi vous arrêter en si bon chemin, et ne pas le reconnaître jusqu'au bout?

— N'y a-t-il pas de différence, fit Helena en bégayant un peu, entre se soumettre à un esprit généreux et s'incliner devant un esprit mesquin et vulgaire?

Avant que l'excellent chanoine mineur ait pu préparer sa réponse à cette jolie distinction, Neville ajouta:

— Aide-moi à mettre les choses au point avec Mr Crisparkle, Helena. Aide-moi à le convaincre que je ne puis faire les concessions le premier sans y mettre de la fausseté ou de l'hypocrisie. Avant de pouvoir le faire, il faudrait changer ma nature, et ma nature ne change pas. Je suis sensible aux affronts qu'on me fait, et je le suis encore plus quand on les aggrave délibérément. Cela me met en colère. Pour dire vrai, je suis encore aussi furieux quand je me souviens de cette soirée que je l'étais à ce moment-là.

— Neville, fit remarquer le chanoine mineur d'un air sévère, vous venez encore une fois d'avoir ce geste des mains que je ne puis supporter.

— Je le regrette, monsieur, mais c'était involontaire. Je viens de vous dire que j'étais encore tout aussi furieux.

— Et moi j'avoue, fit Mr Crisparkle, que j'attendais mieux de vous.

— Je regrette de vous décevoir, monsieur, mais il serait pire de vous tromper. Et je vous tromperais grossièrement si je prétendais qu'à cet égard, vous avez réussi à me calmer. Un jour viendra peut-être où votre puissante influence y arrivera avec le difficile élève dont vous connaissez les antécédents. Mais ce jour n'est pas encore venu. N'en est-il pas ainsi, Helena, malgré tous les combats que je me livre à moi-même?

Les yeux sombres d'Helena observaient l'effet de ce qu'il disait sur le visage de Mr Crisparkle. Elle répondit, mais à Mr Crisparkle, pas à Neville:

— C'est exact.

Après un silence, il y eut dans les yeux de Neville l'ombre imperceptible d'une question. Elle répondit par un hochement de tête tout aussi imperceptible, et ce fut lui qui poursuivit:

— Monsieur, je n'ai jamais eu, jusqu'à présent, le courage de vous dire ouvertement ce que j'aurais dû vous dire la première fois que nous avons abordé ce sujet. Ce n'est pas facile à dire, et j'ai été retenu par la crainte de paraître ridicule. Cette crainte m'a très fortement influencé jusqu'à présent, et même maintenant, elle m'empêcherait d'être tout à fait franc avec vous, n'étaient les conseils que m'a donnés ma sœur. J'admire Miss Bud, monsieur, à un tel point que je ne puis supporter de la voir traiter avec légèreté ou indifférence. Et même si j'avais le sentiment de ne pas en vouloir au jeune Drood pour mon propre compte, je lui en voudrais à cause d'elle.

Extrêmement surpris, Mr Crisparkle regarda Helena pour voir si elle confirmait ces paroles. Son expressif visage ne lui laissa aucun doute et il y lut le désir de connaître son opinion.

— La jeune fille dont vous parlez, Mr Neville, doit, comme vous le savez, se marier bientôt, dit Mr Crisparkle avec gravité. C'est pourquoi votre admiration est outrageusement mal placée si elle est de la nature particulière que vous lui attribuez. Au surplus, il est monstrueux de vous poser en champion de la jeune fille contre le mari qui lui est destiné. Eu outre, vous ne les avez rencontrés qu'une fois. La jeune fille est devenue l'amie de votre sœur, et je me demande si votre sœur, ne serait-ce que par considération pour elle, n'a pas tenté de vous détourner de cette coupable et déraisonnable chimère.

— Elle a essayé, monsieur, mais en vain. Mari ou non, ce type est incapable d'éprouver les sentiments qui m'inspirent à l'égard de cette jeune et jolie enfant qu'il traite comme une poupée. Je dis qu'il en est incapable, et qu'il est indigne d'elle. Je dis qu'en la lui destinant, on la sacrifie. Je dis que je l'aime et que, lui, je le hais et je le méprise.

Pendant qu'il parlait, son visage s'était empourpré et il eut un geste si violent que sa sœur se précipita à ses côtés et lui prit le bras.

— Neville, Neville ! fit-elle en le réprimandant.

Ainsi ramené à lui-même, Neville se rendit compte instantanément qu'il venait de perdre le contrôle qu'il s'était efforcé de garder sur son tempérament passionné. Il se couvrit le visage de ses mains, avec un air repentant et désespéré.

Mr Crisparkle l'observa attentivement, et tout en se demandant comment il devait agir, il fit quelques pas en silence. Il dit enfin :

— Mr Neville, Mr Neville, je suis terriblement chagriné de trouver encore en vous les traces d'un caractère aussi sombre, aussi colérique et aussi sauvage que la nuit qui vient. Ces manifestations me paraissent trop graves pour pouvoir traiter votre entêtement comme s'il ne méritait pas une attention sérieuse. Croyez-moi, je m'en préoccupe, et c'est dans cet esprit que je vous en parle. Il ne faut pas que le conflit entre le jeune Drood et vous se poursuive. Puisque vous vivez sous mon toit, et que je sais ce que vous venez de me dire, je ne puis pas le permettre. Il se peut que votre colère aveugle et envieuse vous inspire des préjugés sans fondement à son égard. Cependant, il a une bonne et franche nature, je puis vous l'affirmer. Maintenant, écoutez bien ce que je vais vous dire. En y réfléchissant, et en tenant compte des observations de votre sœur, je suis prêt à admettre qu'en faisant la paix avec lui, vous avez le droit d'attendre que chacun fasse un pas. Je veux bien vous promettre qu'il en sera ainsi, et même que le jeune Drood fera les premières avances. Une fois que cette condition sera remplie, vous allez me jurer sur votre honneur, en bon chrétien, que la discussion sera définitivement close en ce qui vous concerne. Seul, Celui qui voit dans tous les cœurs devra savoir ce que vous éprouverez quand vous lui tendrez la main. Et tout ira mal si vous ne remplissez pas cette condition avec droiture. Je n'ai rien à ajouter à cet égard. Cependant, il faut encore que j'en revienne à l'obstination de vos sentiments à l'égard de Miss Bud. Je considère que vous m'avez fait une confidence, et que personne, à part votre sœur et vous-même, n'est au courant. Ai-je raison?

Helena répondit à voix basse:

— Nous trois, qui sommes ici présents, sommes seuls à le savoir.

— La jeune fille, votre amie, n'en sait rien?

— Sur mon âme, je jure que non.

— Dans ce cas, j'exige, Mr Neville, que cela reste un secret entre nous et que vous n'entrepreniez plus rien à cet égard, si ce n'est de tenter le plus sérieusement du monde de débarrasser votre esprit de cette pensée. Je ne veux pas prétendre que cela vous passera rapidement. Je ne veux pas affirmer qu'il s'agit seulement d'une chimère. Je ne vous dirai pas que de pareils caprices se développent et disparaissent dans l'heure chez les jeunes gens passionnés. Je veux même vous laisser croire que votre amour ne ressemble à aucun autre, qu'il vous fera souffrir longtemps et que vous aurez beaucoup de mal à le surmonter. Je n'en attacherai que plus de poids à l'engagement que j'exige de vous lorsque vous me l'aurez donné sans réserves.

Deux ou trois fois le jeune homme essaya de parler, mais il n'y parvint pas.

— Maintenant, dit Mr Crisparkle, je vais vous laisser avec votre sœur. Il est temps que vous la rameniez. Vous me trouverez seul dans mon bureau quand vous le désirerez.

— Je vous en prie, supplia Helena, ne nous quittez pas. Restez encore une minute.

— Je n'aurais pas besoin d'une autre minute, dit Neville en se cachant le visage dans les mains, si vous aviez été moins patient avec moi, Mr Crisparkle, si vous aviez eu moins de considération pour moi, si vous n'aviez pas été aussi sincèrement bon et franc. Ah, si j'avais eu un pareil guide dans mon enfance!

— Maintenant tu en as un, Neville, murmura Helena, et tu pourras le suivre jusqu'au Ciel.

L'accent qu'elle mit dans ces mots laissa le brave chanoine mineur sans voix, ce qui l'empêcha de refréner l'enthousiasme qu'elle manifestait à son égard. Incapable de parler, il se mit un doigt sur les lèvres, et lança un regard du côté de Neville.

— Vous dire que je fais du fond du cœur les deux serments que vous m'avez demandés, Mr Crisparkle, et que je m'y conformerai, ce n'est pas assez dire, fit Neville profondément ému. Je vous demande de me pardonner le misérable éclat de colère auquel j'ai cédé tout à l'heure.

— Ce n'est pas à moi à vous pardonner, Neville. C'est à Celui dont le pardon est le principal attribut. Miss Helena, votre frère et vous êtes jumeaux. Vous êtes venus au monde avec les mêmes dispositions, et vous avez passé vos jeunes années ensemble dans la même adversité. Ce que vous avez surmonté en vous, ne pouvez-vous pas le dominer en lui ? Vous voyez l'écueil qui se dresse sur sa route. Il n'y a que vous qui puissiez l'en détourner.

— Non, monsieur, il n'y a que vous, répliqua Helena. Quelles peuvent être mon influence et ma médiocre sagesse comparées aux vôtres ?

— Vous avez la sagesse de l'Amour, répondit le chanoine mineur. Sachez que c'est la plus haute sagesse que l'on ait jamais connue sur cette terre. Quant à la mienne… mais il vaut mieux ne pas en parler. Bonne nuit !

Elle prit la main qu'il lui offrait, et la porta à ses lèvres avec gratitude, presque avec respect.

— Là, là, fit doucement le chanoine mineur, je suis trop récompensé.

Et il s'en fut. Revenant sur ses pas vers l'enceinte de la cathédrale, il tenta, pendant qu'il marchait dans l'obscurité, de trouver le meilleur moyen de réaliser ce qu'il avait promis de faire et qui devait être fait de toute manière. « On me demandera probablement de les marier », songea-t-il, « et je voudrais qu'ils soient déjà mariés et partis. Mais il faut que je m'occupe de ceci d'abord. » Il se demandait surtout s'il convenait d'écrire au jeune Drood, ou s'il valait mieux en parler à Jasper. La conscience de sa popularité auprès de ceux qui occupaient un poste à la cathédrale poussa à cette seconde éventualité. Et comme, à ce moment, il aperçut les lumières de la maison de Jasper, il décida d'en profiter. « Il faut battre le fer tant qu'il est chaud », dit-il, « et lui en parler maintenant. »

Il grimpa l'escalier de derrière et frappa à la porte. Ne recevant pas de réponse, il tourna doucement la poignée et regarda à l'intérieur. Jasper était endormi sur un divan devant le feu. Longtemps plus tard, Mr Crisparkle devait se souvenir de la manière dont Jasper avait bondi de sa couche dans un état de délire voisin du sommeil et s'était écrié :

— Que se passe-t-il? Qui a fait cela?

— Ce n'est que moi, Jasper. Je suis désolé de vous avoir dérangé.

L'éclat de ses yeux s'apaisa lorsqu'il le reconnut, et il déplaça une ou deux chaises pour dégager l'accès de l'âtre.

— J'étais très sérieusement occupé à rêver, et je suis heureux d'avoir été dérangé dans mon sommeil. Je dois avoir mal digéré. Sans compter que vous êtes toujours le bienvenu.

— Merci. Je ne suis cependant pas sûr, répondit Mr Crisparkle en s'asseyant dans le fauteuil qu'on venait de lui avancer, que l'objet de ma visite soit, de prime abord, aussi bienvenu que moi. Mais mon ministère est pacifique, et j'accomplis ma mission dans l'intérêt de la paix. En un mot, Jasper, je désire rétablir la concorde entre ces deux jeunes gens.

Le visage de Mr Jasper prit une expression de grande perplexité. Une expression qui, en vérité, rendit perplexe Mr Crisparkle lui-même, car il n'y comprenait rien.

— De quelle manière? demanda Jasper, après un silence, d'une voix lente et basse.

— C'est précisément pour répondre à cette question que je suis venu vous trouver. Je voudrais vous demander de me faire le plaisir et de me rendre le service d'intervenir auprès de votre neveu. Je suis moi-même déjà intervenu auprès de Mr Neville. Je voudrais que vous lui demandiez de vous écrire une courte lettre, dans ce style vivant qui est le sien, pour vous dire qu'il est prêt à une réconciliation. Je sais qu'il a une nature généreuse et que vous avez une grande influence sur lui. Et sans défendre le moins du monde Mr Neville, nous devons bien admettre qu'il a été cruellement blessé.

Jasper tourna son visage vers le feu. Il semblait toujours aussi perplexe. En l'observant, Mr Crisparkle en fut lui-même plus perplexe encore que précédemment. C'était à peine imaginable, mais l'expression de Jasper semblait cacher quelque sombre calcul.

— Je sais que vous n'êtes pas bien disposé à l'égard de Mr Neville, poursuivit le chanoine mineur.

Mais Jasper l'arrêta :

— Vous avez raison. Je ne le suis pas.

— Sans aucun doute. J'admets qu'il a fait preuve d'une lamentable violence de caractère, mais j'espère qu'avec mon aide il finira par la surmonter. Je lui ai arraché une promesse solennelle en ce qui concerne son comportement futur à l'égard de votre neveu, si vous acceptez d'intervenir. Et je suis certain qu'il la tiendra.

— Vous avez le sens de vos responsabilités, et vous êtes digne de confiance, Mr Crisparkle. Mais êtes-vous réellement certain de pouvoir répondre de lui avec tant d'assurance?

— J'en suis sûr.

Le regard perplexe et surprenant s'atténua.

— Dans ce cas, vous me soulagez d'une lourde crainte et d'un grand poids, fit Jasper. Je ferai ce que vous me demandez.

Mr Crisparkle, ravi par la rapidité et la totalité de son succès, exprima sa reconnaissance dans les termes les plus chaleureux.

— Je le ferai, répéta Jasper, parce que je suis heureux de pouvoir opposer votre certitude à mes craintes vagues et imprécises. Vous allez rire de moi… Tenez-vous un journal?

— Une ligne par jour, pas davantage.

— Une ligne par jour serait bien assez pour ma vie monotone, le Ciel m'en soit témoin, fit Jasper en prenant un livre sur son bureau. Mais mon journal est aussi, en fait, le journal de la vie de Ned. Ce fragment vous fera rire. Mais vous pourrez deviner à quel moment je l'ai écrit:

> *Minuit passé. – Après ce que je viens de voir, il me vient une crainte morbide des horribles conséquences que pourrait avoir cette scène pour mon cher garçon. Cette crainte, il m'est impossible de la raisonner ou de lutter contre elle. Tous mes efforts sont vains. La démoniaque passion de Neville Landless, la force qu'il déploie quand il est en colère, et la rage brutale qu'il met à vouloir détruire ce qui en est l'objet m'épouvantent. Cette impression est tellement profonde que, depuis tout à l'heure, je suis entré deux fois dans la chambre de mon cher garçon pour m'assurer qu'il dormait en paix et que je n'allais pas le trouver baignant dans son sang.*

Et voici ce que j'écrivais le lendemain matin:

Ned s'est levé et il est parti. Il était insouciant et sans soupçon, comme toujours. Il a ri quand je l'ai mis en garde, et m'a dit qu'il prouverait n'importe quand qu'il valait bien Neville Landless. Je lui ai répondu que c'était possible, mais qu'il n'était certainement pas aussi mauvais. Il a continué à prendre les choses à la légère, mais je l'ai accompagné aussi loin que je l'ai pu, et je ne l'ai pas quitté sans appréhension. Je suis incapable de me débarrasser de mes sombres et vagues pressentiments, – si des impressions basées sur des faits aussi évidents peuvent être appelées ainsi.

— Sans cesse, fit Jasper en conclusion, en feuilletant son journal avant de le remettre en place, je suis retombé dans les mêmes pensées comme le montrent d'autres notes que j'ai écrites. Mais maintenant je me sens soutenu par votre conviction, et je vais la noter dans ce carnet pour qu'elle soit un antidote à mes humeurs noires.

— Et j'espère, répondit Mr Crisparkle, que cet antidote vous incitera, avant longtemps, à jeter au feu vos humeurs noires. Je devrais être le dernier à vous faire des reproches ce soir, alors que vous avez si volontiers accédé à mes désirs. Mais je dois dire, Jasper, que la dévotion que vous portez à votre neveu vous a, cette fois, porté à l'exagération.

— Vous avez été témoin, fit Jasper, en haussant les épaules, de l'état d'esprit dans lequel je me trouvais, ce soir-là avant de commencer à écrire, et vous avez entendu par quelles phrases j'ai exprimé mes craintes. Vous m'avez reproché, souvenez-vous-en, d'avoir employé un terme que vous jugiez trop fort. Dans mon journal, il n'y a aucun mot qui soit aussi violent que celui-là.

— Bon, bon. Essayez tout de même l'antidote, répondit Mr Crisparkle. Puisse-t-il vous donner une vue meilleure et plus claire de la situation! N'en discutons pas davantage. Mais il faut que je vous remercie pour moi, et je le fais très sincèrement.

— Vous verrez, fit Jasper en lui serrant la main, que je ne ferai pas les choses à moitié. Je veillerai à ce que Ned, puisqu'il faut qu'il cède, le fasse avec conviction.

Le troisième jour après cette conversation, il rendit visite à Mr Crisparkle pour lui montrer la lettre suivante :

Mon cher Jack,

J'ai été touché par le compte-rendu de ton entrevue avec Mr Crisparkle, pour qui j'ai le plus profond respect et la plus profonde estime. Je tiens à te déclarer tout de suite que j'ai eu autant de torts en cette occasion que Mr Landless. Je désire qu'on n'en parle plus et que tout soit oublié.

Écoute, mon cher vieux! Invite Mr Landless à dîner le soir de Noël (une telle soirée conviendra à un tel événement). Nous ne serons que nous trois, nous nous réconcilierons sur l'heure, et nous n'en parlerons plus jamais.

Mon cher Jack,
Ton très affectionné

EDWIN DROOD

P.S. – Ma tendresse à Miss Poussy lors de la prochaine leçon de musique.

— Vous attendrez donc Mr Neville? fit Mr Crisparkle.

— Je compte sur lui, fit Mr Jasper.

11

Un portrait et une bague

Derrière la plus ancienne partie de Holborn, à Londres, là où certaines maisons à pignons, vieilles de plusieurs siècles, continuent à regarder la voie publique comme si elles espéraient y voir couler l'Old Bourne, à sec depuis longtemps, il existe un petit coin, formé de deux quadrilatères irréguliers, qui se nomme Staple Inn. C'est l'un de ces coins qui donnent au piéton soulagé, lorsqu'il s'y est engagé après avoir quitté la rue bruyante, l'impression de s'être mis du coton dans les oreilles et des semelles de velours aux pieds. Un de ces coins où quelques moineaux enfumés pépient dans des arbres poussiéreux comme s'ils se disaient l'un à l'autre : « Si on jouait campagne ! » Quelques pieds de terreau, quelques tas de graviers leur permettent de se livrer à ce jeu rafraîchissant sans trop faire violence à leurs minuscules imaginations. Un de ces coins enfin qui ont une existence légale : on y trouve un petit bâtiment officiel dont le toit est surmonté d'une lanterne. Mais ce récit ne nous apprend pas aux frais de qui il avait été édifié, ni pour quelles manifestations d'obstruction administrative.

C'était l'époque où Cloisterham s'inquiétait de voir passer le chemin de fer à quelque distance et estimait que c'était une menace pour la sensible Constitution qui est l'apanage des Britanniques. Remarquons en passant le sort étrange de cette institution sacrée, dont on se plaint, pour laquelle on tremble et que l'on vante, dès que quelque chose arrive à n'importe quoi, en n'importe quel coin du monde. En ces jours-là, aucune encombrante architecture ne s'était élevée pour couvrir Staple Inn de son ombre. Le soleil couchant l'ornait encore de ses brillants éclats, et le vent du sud-ouest y soufflait sans encombre.

Cependant, un après-midi de décembre, vers six heures, il n'y avait ni vent ni soleil pour égayer Staple Inn enfoui dans le brouillard. Aux fenêtres de ses appartements, qui étaient alors tous occupés, on voyait briller la lueur faible et dansante des chandelles. Et notamment à celles d'un appartement de la maison qui faisait le coin du plus petit quadrilatère. Au-dessus d'une vilaine petite porte, on pouvait lire, en noir et blanc, cette mystérieuse inscription :

P
J T
1747

C'est là que Mr Grewgious, assis devant le feu, était occupé à écrire. Jamais il ne s'était torturé les méninges à propos de cette inscription, si ce n'est, lorsqu'il y jetait de temps à autre un regard, pour se dire qu'elle pouvait signifier Peut-être John Thomas ou Peut-être Joe Tyler.

On n'aurait pas pu dire, en regardant Mr Grewgious, s'il avait jamais connu l'ambition ou les désillusions. Il avait été formé pour le Barreau, mais il l'avait quitté pour exercer en chambre et pour dresser des actes (« faire acte de science » comme disait Pistolet). Mais la fonction notariale et lui avaient fait un mariage tellement indifférent qu'ils s'étaient séparés par consentement mutuel, si l'on peut parler de séparation là où il n'y a jamais eu d'union.

Non. La précieuse fonction notariale n'avait pas voulu s'unir à Mr Grewgious. Il lui avait fait la cour, mais ne l'avait pas conquise, et ils avaient tous deux suivi leurs voies divergentes. Puis, un arbitrage était venu s'offrir à lui, porté par un vent venu on ne sait d'où. Inlassable dans la recherche de l'équité, et habile à dire le droit, Mr Grewgious gagna dans cette affaire un crédit considérable. À la suite de quoi, un assez profitable emploi de percepteur de rentes vint à lui sur les ailes d'un vent dont il était plus facile, cette fois, de déceler la source. C'est ainsi que le hasard lui fit trouver sa niche. Devenu receveur et agent de deux riches domaines, et transmettant leur contentieux, contre une commission qui en valait la peine, à une société juridique sise à l'étage inférieur, il avait renoncé à toute autre ambition (à supposer qu'il en eût jamais connu). Et il s'était mis en veilleuse pour le reste de son existence sous la vigne et sous le figuier de P. J. T. qui les avait plantés en 1747.

La chambre de Mr Grewgious était garnie de nombreuses feuilles et de nombreux registres de comptes, de dossiers de correspondance et de coffrets. On ne peut pas dire qu'ils l'encombraient, car ils étaient rangés dans un ordre précis et méticuleux. La crainte de mourir brusquement en laissant des notes ou des chiffres dans un état incomplet ou obscur aurait suffi à faire tomber Mr Grewgious raide mort sur l'heure. La plus grande conscience dans les missions qu'on lui confiait était l'âme de cet homme. Il existe des âmes plus vives, plus gaies, plus attrayantes. Mais on n'en a pas encore mis de meilleures sur le marché.

La chambre n'offrait aucun luxe. Elle limitait même son confort à être sèche et chaude et à posséder un feu qui, malgré son peu d'éclat, répandait une douce chaleur. La vie privée de Mr Grewgious – ou du moins ce que l'on peut appeler ainsi – se confinait auprès du foyer. Après les heures de travail, un fauteuil et une table ronde de vieux modèle étaient placés sur la carpette. On retirait la table d'un coin où, à d'autres moments, elle était retournée comme un brillant bouclier d'acajou. Derrière elle, lorsqu'elle se dressait ainsi sur la défensive, il y avait un buffet qui contenait généralement d'excellentes choses à boire. La pièce voisine était celle du clerc. La chambre à coucher de Mr Grewgious se trouvait de l'autre côté de l'escalier. Au pied de cet escalier, il avait encore un petit cellier qui était loin d'être vide. Trois cents jours par an, au moins, il traversait la rue pour aller déjeuner à l'hôtel de Furnivals' Inn, et après le déjeuner, il revenait, satisfait de son simple repas et prêt à reprendre le travail de la journée, avec P. J. T. 1747.

Cet après-midi-là, pendant que Mr Grewgious écrivait à côté de son feu, son clerc, lui, écrivait à côté de son feu. C'était un personnage d'une trentaine d'années. Il avait le visage bouffi, des cheveux noirs et de grands yeux sombres, qui manquaient totalement d'éclat. Il avait une expression insatisfaite et son teint pâteux semblait exiger qu'il fût livré au boulanger. Cet employé était un être mystérieux qui avait une sorte d'étrange pouvoir sur Mr Grewgious. Comme s'il avait été appelé à la vie, comme un serviteur fabuleux, par un charme magique qui avait fait défaut lorsqu'on avait voulu s'en servir pour le renvoyer, il semblait définitivement vissé sur le tabouret de Mr Grewgious. Cependant, le confort et la facilité de Mr Grewgious eussent manifestement gagné à pouvoir l'en ôter. Cet individu terne, aux cheveux en broussaille, semblait avoir été rejeté à l'ombre de ce funeste arbre de Java qui avait abrité plus de mensonges que tout le royaume végétal. Néanmoins, Mr Grewgious le traitait avec une inexplicable considération.

— Eh bien, Bazzard, dit Mr Grewgious, en voyant entrer son clerc et en levant les yeux des papiers qu'il mettait en ordre pour la nuit, qu'y a-t-il dans l'air en dehors du brouillard?

— Mr Drood, fit Bazzard.

— Que se passe-t-il avec Mr Drood?

— Il est venu, fit Bazzard.

— Vous auriez pu le faire entrer.

— C'est ce que je fais, dit Bazzard.

En effet, le visiteur entra.

— Mon Dieu, fit Mr Grewgious, en regardant pardessus ses chandeliers, je pensais que vous étiez simplement venu en laissant votre nom et que vous étiez reparti. Comment va, Mr Edwin? Mais, ma parole, vous avez l'air d'être suffoqué.

— C'est le brouillard, répondit Edwin. Cela me pique les yeux comme du poivre de Cayenne.

— À ce point-là? Je vous en prie, débarrassez-vous. Il est heureux que j'aie un si bon feu. Mr Bazzard s'en est occupé.

— Non, pas du tout, dit Mr Bazzard sur le pas de la porte.

— Ah! Il s'ensuit donc que j'ai dû m'en occuper moi-même sans y faire attention, dit Mr Grewgious. Je vous en prie, prenez place dans mon fauteuil. Non, non, je vous en prie. Après avoir été dehors par ce temps, vous avez droit à *mon* fauteuil.

Edwin prit le fauteuil qui se trouvait au coin du feu. Le brouillard qu'il avait amené avec lui, et celui qu'il avait enlevé avec son manteau, furent rapidement avalés par les flammes affamées.

— J'ai l'air, dit Edwin en souriant, de m'installer.

— Au fait, dit Mr Grewgious, excusez-moi de vous interrompre, mais pourquoi ne vous installeriez-vous pas ? Dans une heure ou deux le brouillard se sera peut-être dissipé. Nous pouvons commander le dîner, juste en face, dans Holborn. Il vaut mieux que vous preniez votre poivre de Cayenne ici que dehors. Je vous en prie, restez dîner avec moi.

— C'est très aimable à vous, dit Edwin, apparemment séduit par l'idée nouvelle et attirante de ce repas de bohèmes.

— Pas du tout, fit Mr Grewgious, c'est vous qui êtes très aimable de bien vouloir partager la fortune du pot avec un célibataire casanier. Et je vais aussi, ajouta-t-il en baissant la voix et en faisant un clin d'œil comme si une brillante inspiration lui était venue, je vais aussi inviter Bazzard. Sans quoi il pourrait se froisser.

— Bazzard !

Bazzard reparut.

— Dînez donc avec Mr Drood et avec moi.

— Si vous m'ordonnez de dîner avec vous, monsieur, bien sûr, j'obéirai, répondit-il sur un ton d'ennui.

— Écoutez-le ! s'écria Mr Grewgious. Je ne vous ordonne rien. Je vous invite.

— Je vous remercie, monsieur, fit Bazzard. Dans ce cas, j'accepte volontiers.

— Dans ce cas, c'est réglé. Cela ne vous dérangerait-il pas trop, ajouta Mr Grewgious, d'aller jusqu'à l'hôtel de Furnival's Inn et de leur demander de venir dresser la table. Pour dîner, je voudrais une soupière de leur potage le plus épais et le plus chaud. Ensuite, la meilleure spécialité qu'ils puissent nous recommander. Après cela, une entrée : par exemple, une selle d'agneau. Puis une oie, une dinde ou n'importe quel volatile farci qui figure au menu… En bref, qu'ils nous servent ce qu'ils ont.

Mr Grewgious donna ces généreuses directives avec son air habituel, comme s'il lisait un inventaire, comme s'il répétait une leçon, ou comme s'il sacrifiait à n'importe quelle autre routine. Bazzard, après avoir déployé la table ronde, se retira pour exécuter ses instructions.

— Vous voyez, fit Mr Grewgious sur un ton plus bas, après le départ de son clerc, c'était un peu délicat de l'employer comme commissionnaire ou comme garçon de courses. Cela pourrait le vexer.

— Il semble n'en faire qu'à sa tête, monsieur, remarqua Edwin.

— À sa tête ? répliqua Mr Grewgious. Ciel, non ! Le pauvre garçon ! Vous vous trompez sur son compte. S'il n'en faisait qu'à sa tête, il ne serait pas ici.

« Je me demande où il serait ! », pensa Edwin. Mais il ne fit que le penser parce que Mr Grewgious s'était approché et se tenait le dos au feu, de l'autre côté de l'âtre, les omoplates contre le manteau de la cheminée. Les mains derrière les basques de son habit, il prit une attitude propice à la conversation.

— Sans avoir le don de prophétie, je parierais que vous m'avez fait l'honneur d'une visite pour me signaler que vous vous rendez là-bas – où je sais que vous êtes attendu – et pour vous charger, éventuellement, d'une commission pour ma charmante pupille. Peut-être aussi pour me demander de hâter quelque peu certaines formalités. N'est-ce pas, Mr Edwin ?

— Avant de me rendre là-bas, monsieur, je suis venu vous rendre une visite de courtoisie.

— De courtoisie! fit Mr Grewgious. Je croyais que c'était un peu par impatience.

— Par impatience, monsieur?

Mr Grewgious avait cru se montrer malicieux – non qu'il l'ait exprimé en aucune manière – et il s'était rapproché du feu à une distance à peine supportable pour que les flammes impriment en lui tout l'effet de sa malice, comme on grave de fines impressions dans les métaux résistants. Mais sa malice s'évanouit brusquement devant l'attitude et le visage sérieux de son visiteur. L'effet du feu agissant directement sur lui, il fit un bond et se frotta le dos.

— Je me suis rendu là-bas, il n'y a pas longtemps, fit Mr Grewgious en secouant ses basques, et c'est pourquoi je puis vous dire que vous êtes attendu.

— En effet, monsieur. C'est exact. Je sais que Poussy m'attend.

— Ah? Vous avez un chat là-bas?

Edwin rougit un peu en expliquant:

— C'est Rosa que j'appelle Poussy.

— Oh, vraiment? fit Mr Grewgious en se lissant le crâne. C'est très gentil.

Edwin leva les yeux vers son visage pour savoir s'il approuvait ou non cette appellation familière. Mais Edwin n'en aurait pas appris davantage en regardant le cadran d'une pendule.

— C'est un petit nom intime, monsieur, expliqua-t-il encore une fois.

— Hum, fit Mr Grewgious, en hochant la tête.

Son attitude révélait un extraordinaire compromis entre une approbation imprécise, et une très précise désapprobation. Son visiteur s'en trouva fort déconcerté.

— Est-ce que PRosa… commença Edwin pour se reprendre.

— PRosa? répéta Mr Grewgious.

— J'allais dire Poussy, et puis j'ai changé d'avis… vous a-t-elle dit quelque chose à propos des Landless?

— Non, dit Mr Grewgious. Que sont les Landless? Un domaine? Une villa? Une ferme?

— Un frère et une sœur. La sœur est au couvent des Nonnes, elle est devenue une grande amie de P…

— De PRosa, acheva Mr Grewgious, le visage impassible.

— C'est une très jolie fille, monsieur. Je pensais qu'on vous en avait parlé, ou peut-être qu'on vous l'avait présentée.

— Non, pas du tout, dit Mr Grewgious. Mais voici Bazzard.

Bazzard revenait accompagné par deux garçons. Un garçon impassible et un garçon volant. Tous les trois apportaient avec eux assez de brouillard pour faire à nouveau gronder le feu. Le garçon volant, qui avait tout amené sur ses épaules, mit la table avec une rapidité et une habileté surprenantes. Pendant que le garçon impassible, qui n'avait rien apporté du tout, se contentait de le prendre en défaut. Le garçon volant se mit alors à faire briller tous les verres qu'il avait apportés, et le garçon impassible se contenta de les regarder par transparence. Le garçon volant s'élança alors à travers Holborn pour aller chercher le potage, et il revint aussitôt. Il fit ensuite un autre bond pour aller chercher les spécialités, et revint tout aussi vite. Un troisième bond l'expédia vers l'entrée et la volaille qu'il rapporta immédiatement. Entre-temps, il fit quelques expéditions supplémentaires pour ramener de grandes variétés d'objets, parce que l'on découvrait de temps à autre que le garçon impassible les avait tous oubliés. Cependant, quelle que soit la vitesse avec laquelle il fendait l'air, il subissait, à chaque retour, les remarques du garçon impassible qui lui reprochait de ramener du brouillard et d'être hors d'haleine. À la fin du repas, au moment où le garçon volant se trouva hors de combat, le garçon impassible prit la nappe sous son bras avec un air de grande dignité. Il regarda le garçon volant d'un air sévère, pour ne pas dire indigné, pendant qu'il emballait les verres propres, et il lança un regard vengeur vers Mr Grewgious, comme pour dire : « Il est bien entendu que le pourboire me revient et que cet esclave n'a droit à rien. » Il poussa ensuite le garçon volant devant lui, hors de la pièce.

Cela ressemblait à quelque parfaite miniature représentant les Lords du Ministère du Baratin, de la Commanderie en Chef de n'Importe Quoi ou du Gouvernement. C'était un petit tableau édifiant qui aurait pu être accroché à la cimaise de la National Gallery.

Le brouillard, qui avait été la cause première de ce somptueux repas, servit également à l'assaisonner. Entendre les employés du dehors éternuer, se moucher et battre la semelle sur le gravier était un piment qui dépassait de loin celui du docteur Kitchener. Prier, avec un frisson, le malheureux garçon volant de fermer la porte avant même qu'il l'eût ouverte, était un condiment d'une plus profonde saveur que ceux de Harvey. Notons ici, par parenthèse, que la jambe de ce jeune homme, dans ses rapports avec la porte, faisait preuve d'un très subtil sens du toucher. Elle les précédait toujours, lui et son plateau, de quelques secondes à peine, et à un angle bien étudié. Et elle traînait toujours un peu après que son plateau et lui eurent disparu, comme la jambe de Macbeth lorsqu'elle quitte la scène à contrecœur avant l'assassinat de Duncan.

L'hôte était descendu à la cave, et il en avait ramené des bouteilles de breuvages pourpres, jaune et or, mûris depuis longtemps dans des pays où il n'existe pas de brouillard. Depuis, ils avaient sommeillé dans l'ombre. Après une aussi longue sieste, ils pétillaient et ils chantaient. Ils poussaient leurs bouchons pour aider le tire-bouchon (comme des prisonniers qui aident les émeutiers à forcer les portes de leur prison) et ils sortaient en dansant avec gaieté. Si P. J. T., en 1747, ou en quelque autre année de son existence, avait bu de tels vins, alors P. J. T. était certainement : Plutôt Joyeux Trinqueur.

Extérieurement, Mr Grewgious ne montrait aucun signe qui pût faire croire qu'il avait été adouci par ces vins éclatants. Il ne semblait même pas les boire. On aurait pu penser qu'ils étaient simplement versés sur sa masse de poussière impalpable et qu'ils s'y perdaient, car ils ne faisaient danser ni lumière ni ombre sur son visage. Son attitude n'en était pas influencée. Cependant, avec son air impassible, il observait Edwin d'un regard attentif. Après le dîner, il ramena le jeune homme vers son fauteuil devant l'âtre et Edwin s'y laissa tomber avec volupté après avoir un peu protesté pour la forme. Mr Grewgious tourna également sa chaise vers le feu. Il se lissa le crâne et le visage, et on aurait pu croire qu'il regardait son visiteur entre ses doigts caressants.

— Bazzard ! fit Mr Grewgious en se tournant soudainement vers lui.

— Je vous suis parfaitement, monsieur, répondit Bazzard, qui, jusqu'à présent, en travailleur consciencieux, avait accompli sa tâche d'engloutir nourriture et boisson sans dire grand-chose.

— Je bois à votre santé, Bazzard! Mr Edwin, au succès de Mr Bazzard!

— Au succès de Mr Bazzard! répondit Edwin avec un air d'enthousiasme absolument injustifié, et en ajoutant intérieurement: « Je me demande en quoi? »

— Et puisse! poursuivit Mr Grewgious. Je ne suis pas en état de préciser… Puisse!… Mon art de la conversation est tellement limité que je ne sais pas si je pourrai en sortir… Puisse!… Un peu d'imagination serait utile, mais je n'en ai pas… Puisse!… l'aiguillon de la crainte est la seule chose que je ressente… Puisse mon vœu s'exprimer enfin!

Avec un sourire renfrogné vers le feu, Mr Bazzard se passa la main dans sa toison désordonnée, comme s'il allait y trouver l'aiguillon de la crainte. Puis il fouilla ses poches en ayant l'air de vouloir le découvrir là. Les yeux d'Edwin le suivirent attentivement dans tous ses mouvements, comme si le jeune homme espérait enfin voir apparaître le fameux aiguillon. Cependant, cet instrument demeura introuvable et Bazzard dit simplement:

— Je vous suis parfaitement, monsieur, et je vous remercie.

— J'allais, poursuivit Mr Grewgious en faisant tinter son verre d'une main et en se penchant un peu pour se cacher derrière l'autre, j'allais boire à la santé de ma pupille, mais il fallait d'abord trinquer à Bazzard. Sans quoi, il aurait pu se vexer.

Il accompagna ces paroles d'un mystérieux clin d'œil. Ou plutôt de ce qui aurait pu être un clin d'œil s'il avait été assez rapide. Edwin répondit par un autre battement de paupières, sans avoir la moindre idée de ce qu'il pouvait signifier.

— Et maintenant, fit Mr Grewgious, je lève mon verre à la jolie et fascinante Miss Rosa. Bazzard à la jolie et fascinante Miss Rosa!

— Je vous suis parfaitement, monsieur, fit Bazzard, et je lève mon verre.

— Et moi aussi, fit Edwin.

— Dieu me pardonne! s'écria Mr Grewgious, en brisant le silence confus qui avait tout naturellement suivi (on se demande d'ailleurs pourquoi le silence suit toujours ces petits rites que l'on accomplit en société, alors qu'il ne signifie pas du tout qu'on s'interroge ou qu'on subisse quelque découragement). Je suis un homme particulièrement guindé, et cependant j'imagine (j'emploie le mot quoique je n'aie pas un atome d'imagination) que je pourrais ce soir décrire l'état d'esprit du parfait amoureux.

— Nous sommes prêts à vous suivre, monsieur, fit Bazzard, et à écouter votre description.

— Mr Edwin me reprendra si je me trompe, reprit Mr Grewgious, et il pourra ajouter à mon portrait quelques touches inspirées par la réalité. Je suppose que je me tromperai dans plusieurs détails, et qu'il sera nécessaire de me reprendre, car je suis né rugueux, et je n'ai connu ni de douces affections, ni de douces expériences. Eh bien, je suppose que l'esprit de l'amant véritable est complètement imprégné par l'objet bien-aimé de son sentiment. Je suppose que son cher nom lui est précieux, qu'il ne peut ni l'entendre ni le prononcer sans émotion, et qu'il lui demeure sacré. S'il lui donne un petit nom tendre, il le lui réserve exclusivement, et ne le livre pas à des oreilles vulgaires. Un nom dont il aurait le privilège de l'appeler lorsqu'il se trouve seul avec le brillant objet de son amour, il lui serait impossible de le galvauder ailleurs. C'est une liberté qu'il ne pourrait prendre. Ce serait de la froideur, de l'insensibilité, presque une entorse à la fidélité.

Il était extraordinaire de voir Mr Grewgious assis très droit, les mains sur les genoux, débiter d'une traite ce discours comme un élève, doué d'une très bonne mémoire, débiterait son catéchisme. Et tout cela sans manifester aucune émotion correspondante, si ce n'était, par moments, un petit frémissement du bout du nez.

— Mon portrait, poursuivit Mr Grewgious, représente encore (sous réserve des corrections que vous y apporterez, Mr Edwin) l'amant véritable comme un homme impatient de se trouver en présence ou à proximité de l'objet bien-aimé de ses affections. Il lui importe peu de se trouver bien dans une autre compagnie, et il ne cherche jamais que la sienne. Si je disais qu'il la cherche comme l'oiseau cherche son nid, je me montrerais stupide, car ce serait empiéter sur le domaine de ce que je crois être la poésie et je pense être tellement éloigné de ce domaine qu'à ma connaissance je ne m'en suis jamais approché à moins de dix mille miles. Et au surplus, je ne connais rien aux mœurs des oiseaux, si ce n'est des oiseaux de Staple Inn qui font leurs nids dans les corniches, dans les gouttières ou dans les cheminées, lesquelles n'ont pas été construites pour eux par la main bienveillante de la Nature. C'est pourquoi laissons de côté les nids des oiseaux. Je veux dire ceci : l'amant véritable n'a pas d'existence en dehors de l'objet bien-aimé de ses affections. Il mène à la fois une vie double et une vie incomplète. Et si je n'exprime pas clairement ce que j'entends par là, c'est ou bien parce que je ne possède pas l'art de la conversation et que je suis incapable d'exprimer ce que je pense, ou bien parce que je suis incapable de penser et que par conséquent je ne pense pas ce que je suis incapable d'exprimer. Et cela, j'ai la conviction que ce n'est pas le cas.

Edwin avait pâli et rougi à mesure que certains traits de ce portrait se dessinaient. Il demeura assis à regarder le feu et se mordit les lèvres.

— Les réflexions d'un homme guindé, poursuivit Mr Grewgious, toujours assis, et parlant sur le même ton que précédemment, sont probablement erronées, lorsqu'elles portent sur un sujet aussi universel. Mais j'imagine (sous réserve, toujours, des corrections de Mr Edwin) qu'il ne peut y avoir ni froideur, ni lassitude, ni doute, ni indifférence, ni indécision chez le véritable amant. Croyez-vous, je vous prie, que mon portrait se rapproche de la réalité?

Sa conclusion avait été aussi brusque que son exorde et que son développement. Il avait lancé sa question à Edwin alors qu'on aurait pu croire qu'il n'en était encore qu'à la moitié de son discours.

— Eh bien, monsieur, balbutia Edwin, puisque vous me posez la question…

— Oui, je vous la pose, parce que vous êtes une autorité en la matière.

— Eh bien, monsieur, dans ce cas, poursuivit Edwin avec embarras, je dirais que votre portrait est exact dans ses grands traits. Mais je pense que vous êtes peut-être un peu dur pour l'amant malheureux.

— C'est vraisemblable! fit Mr Grewgious. C'est vraisemblable. Je suis, au fond, un homme dur.

— Peut-être, fit Edwin, ne montre-t-il pas tout ce qu'il ressent. Peut-être ne peut-il pas…

Ici, il s'arrêta si longtemps pour trouver la suite de sa phrase, que Mr Grewgious augmenta mille fois son embarras en jetant brusquement:

— Bien sûr, il ne *peut* pas.

Après cela, ils demeurèrent tous silencieux, le silence de Mr Bazzard étant dû à l'assoupissement.

— Cependant, fit Mr Grewgious au bout d'un certain temps, les yeux fixés sur le feu, il a une grande responsabilité.

Edwin, les yeux également fixés sur le feu, hocha la tête en signe d'assentiment.

— Et soyez sûr, fit Mr Grewgious, qu'il ne trompe personne, ni lui ni qui que ce soit.

Edwin, à nouveau, se mordit les lèvres, et demeura immobile en regardant le feu.

— Il ne faut pas qu'il se fasse un jouet de son trésor, fit Mr Grewgious. Malheur à lui s'il agit ainsi ! Il faut qu'il se le mette bien en tête.

Il s'exprimait en courtes phrases, exactement comme l'élève imaginaire, dont nous venons de parler, aurait répété deux ou trois versets du Livre des Proverbes. Et cependant, pour un homme aussi pratique, il avait un air rêveur en secouant son index droit vers les braises ardentes du feu et en retombant dans son silence.

Mais ce silence ne dura pas longtemps. Pendant qu'il demeurait assis, droit et raide dans son fauteuil, il se frotta soudain les genoux comme une statue sculptée de quelque bouddah qui sortirait de sa rêverie, et dit :

— Nous devons terminer cette bouteille, Mr Edwin. Permettez-moi de vous servir. Je servirai Bazzard aussi, quoiqu'il soit réellement endormi. Mais si je ne le faisais pas, il pourrait se vexer.

Il les servit tous deux, se servit lui-même, vida son verre et le retourna sur la table comme s'il venait d'y emprisonner une mouche.

— Et maintenant, Mr Edwin, poursuivit-il en s'essuyant la bouche et les mains à son mouchoir, parlons un peu affaires. Vous avez reçu de moi, l'autre jour, une copie certifiée conforme du testament du père de Miss Rosa. Vous étiez déjà au courant de son contenu, mais je vous l'ai envoyée pour rester sur le plan des affaires. Je l'aurais remise à Mr Jasper si Miss Rosa n'avait exprimé le désir qu'elle vous soit, de préférence, transmise directement. Vous l'avez reçue?

— Oui, monsieur, je l'ai bien reçue.

— Vous auriez dû m'en accuser réception, fit Mr Grewgious. En toutes choses, les affaires sont les affaires. Cependant, vous ne l'avez pas fait.

— C'est précisément pour vous en accuser réception que je suis venu ce soir, monsieur.

— Ce n'est pas un accusé de réception régulier, répondit Mr Grewgious, mais passons. Dans ce document, vous aurez remarqué quelques mots qui font aimablement allusion à une petite mission que l'on m'avait confiée au cours d'une conversation, et dont je devais m'acquitter au moment où je le jugerais opportun.

— Oui, monsieur.

— Mr Edwin, pendant que je contemplais le feu, il m'est venu à l'idée qu'aucun moment ne pouvait être plus opportun que celui-ci. Je vous demande de m'accorder votre attention pendant une minute.

Il sortit de sa poche un trousseau de clés, choisit à la lumière de la chandelle la clé dont il avait besoin et, un chandelier à la main, il se dirigea vers un petit secrétaire qu'il ouvrit. Il toucha le ressort d'un petit tiroir secret et y prit un modeste écrin fait pour une seule bague. Il revint vers son fauteuil en le tenant à la main. Lorsqu'il l'éleva pour le montrer au jeune homme, sa main tremblait.

— Mr Edwin, cette rose de diamants et de rubis délicatement sertie dans une monture d'or est une bague qui appartenait à la mère de Miss Rosa. Elle fut retirée de sa main inerte, avec un chagrin si effrayant que j'espère ne plus jamais en voir de pareil. Si dur que je sois, je ne le suis pas assez pour supporter un pareil spectacle. Voyez comme ces pierres brillent! ajouta-t-il en ouvrant l'écrin. Et cependant les yeux qui les contemplaient si souvent d'un regard léger et fier, et qui étaient bien plus brillants encore, ne sont plus, depuis des années, que cendres parmi les cendres. Si j'avais quelque imagination (et il est inutile d'ajouter que je n'en ai pas) je pourrais dire que la durable beauté de ces pierres est presque cruelle.

Tout en parlant, il referma l'écrin.

— Cette bague fut offerte par son mari à la jeune dame qui s'est noyée à l'aube de sa belle et joyeuse carrière, lorsqu'ils se promirent pour la première fois une mutuelle fidélité. Ce fut lui qui la retira de sa main inerte, et ce fut lui aussi, lorsqu'il sentit que la mort le guettait, qui la mit dans la mienne. La mission qu'il me confia fut de vous la remettre pour que vous la passiez au doigt de Miss Rosa lorsque vous seriez devenus homme et femme et que votre union serait prête à s'accomplir. Si cette conclusion souhaitée ne se réalisait pas, la bague devait demeurer en ma possession.

Le visage du jeune homme marquait un certain trouble, et il y eut une hésitation dans le geste qu'il fit pour prendre la bague que Mr Grewgious lui tendait tout en le regardant fixement.

— En la passant à son doigt, fit Mr Grewgious, vous scellerez solennellement l'engagement de votre stricte fidélité aux vivants et aux morts. Vous allez la rejoindre pour mettre au point les derniers et irrévocables préparatifs de votre mariage. Prenez la bague avec vous.

Le jeune homme prit la bague, et la glissa dans sa poche intérieure.

— Si quelque chose n'allait pas, s'il y avait le moindre malentendu entre vous, fit Mr Grewgious, si vous aviez secrètement conscience de ne faire ce dernier pas que parce que vous vous êtes habitué à cette perspective, alors je vous conjure, par les vivants et par les morts, de me rapporter cette bague.

Ici, Bazzard, réveillé par ses propres ronflements, se mit à regarder dans le vague d'un air apoplectique, comme cela se passe généralement en pareil cas. Il sembla défier le vague de l'accuser de s'être endormi.

— Bazzard! fit Mr Grewgious, plus fort que jamais.

— Je vous suis parfaitement, monsieur, fit Bazzard, et je n'ai pas cessé de vous suivre.

— Je me suis acquitté d'une mission en remettant à Mr Edwin Drood une bague de diamants et de rubis. Vous voyez?

Edwin montra l'écrin et l'ouvrit. Bazzard en vérifia le contenu.

— Je vous suis tous les deux, monsieur, et je suis prêt à en témoigner.

Manifestement pressé de s'en aller et d'être seul, Edwin Drood reprit son manteau, murmura quelque chose à propos de l'heure et d'un rendez-vous. On apprit que le brouillard ne s'était pas dissipé (grâce au garçon volant qui avait fait une apparition furtive pour voir si l'on ne désirait pas de café). Malgré quoi, Edwin Drood décida de sortir. Et Bazzard, à sa manière, le « suivit parfaitement ».

Resté seul, Mr Grewgious marcha doucement et lentement de long en large, pendant plus d'une heure. Ce soir, il était agité et semblait découragé.

— J'espère que j'ai bien fait, dit-il. Il était nécessaire d'en appeler à sa conscience. C'était dur de me séparer de la bague. Pourtant, il fallait bien qu'elle me quitte tôt ou tard.

Il referma le petit tiroir secret avec un soupir, ferma et verrouilla le secrétaire et revint vers l'âtre solitaire.

— Sa bague, murmura-t-il. Me reviendra-t-elle? C'est curieux comme cette pensée me trouble, ce soir. Mais c'est explicable. Je l'ai eue tellement longtemps en ma possession, et j'y attachais un tel prix. Je me demande…

Son esprit n'était pas seulement agité. Il revenait toujours au même point. Il eut beau chasser cette idée de son esprit et reprendre sa promenade, lorsqu'il se fut rassis, il recommença à s'interroger.

— Je me demande… C'est fou! Je me demande pour la dix millième fois… Et à quoi bon, maintenant? Je me demande s'il m'a confié la garde de sa petite orpheline parce qu'il savait… Mon Dieu, comme elle est devenue semblable à sa mère!… Je me demande s'il a jamais soupçonné que quelqu'un l'aimait passionnément, sans oser l'approcher, et sans espoir, pendant qu'il s'employait à la conquérir. Et je me demande s'il a jamais imaginé qui pouvait être cet infortuné!… Je me demande si je dormirai cette nuit! À tout hasard, je vais m'isoler du monde sous mes couvertures et je vais essayer.

Il traversa le palier pour gagner sa chambre humide et nue. Il s'apprêta pour la nuit. Apercevant son visage dans le miroir terni, il éleva sa bougie pour le contempler pendant un moment.

— Crois-tu vraiment avoir l'aspect qui convienne pour t'imposer aux rêves de quelqu'un? s'écria-t-il. Va te coucher, pauvre homme, et cesse de radoter!

Sur ce, il éteignit sa lumière, tira les couvertures sur lui, avec un soupir, chassa le reste du monde. Et cependant, il y a de tels recoins romantiques inexplorés chez les êtres qui en paraissent le plus dénués, que même le vieux P.J.T. desséché. Probablement Jacassait Tout-aussi-bien au temps jadis, vers les années 1747.

12

Une nuit avec Durdles

Lorsque, vers la soirée, Mr Sapsea n'avait rien de mieux à faire, et lorsqu'il commençait à trouver, malgré l'ampleur du sujet, que la contemplation de sa propre profondeur devenait un peu monotone, il lui arrivait souvent d'aller prendre l'air dans l'enceinte de la cathédrale ou aux environs. Il aimait à traverser le cimetière avec l'air important d'un possesseur. Il fortifiait ainsi en son sein une sorte de sentiment de bienveillant propriétaire qui se serait montré généreux envers Mrs Sapsea, cette locataire méritante, et qui lui aurait donné sa récompense. Il aimait à voir un ou deux visages égarés regarder à travers les grilles, et peut-être, essayer de lire son épitaphe. S'il rencontrait un étranger qui sortait du cimetière d'un pas rapide, il était moralement convaincu qu'il s'agissait précisément de l'étranger apostrophé par le monument et qui se retirait en rougissant.

L'importance de Mr Sapsea avait reçu de l'avancement, car il était devenu maire de Cloisterham. Sans maires – sans de nombreux maires – toute la structure de la société tomberait en miettes. (Mr Sapsea était convaincu qu'il avait lui-même inventé cette suggestive image.) Certains maires avaient été faits chevaliers parce qu'ils avaient assuré leur ascension grâce à leurs discours : des engins explosifs portant avec intrépidité le fer et le feu au sein de la grammaire anglaise. Pourquoi Mr Sapsea n'aurait-il pas, lui aussi, assuré son élévation par un discours ? Élevez-vous, sir Thomas Sapsea ! Vos semblables sont le sel de la terre.

Mr Sapsea avait fait plus ample connaissance avec Mr Jasper, depuis cette première rencontre où ils avaient partagé le porto, l'épitaphe, le tric-trac, le bœuf et la salade. Mr Sapsea avait été reçu avec la plus cordiale hospitalité au logis de Jasper. Et à cette occasion, Mr Jasper s'était assis au piano et avait chanté pour lui, en lui chatouillant l'oreille – au figuré – assez longtemps pour que l'espace à chatouiller devînt considérable. Ce que Mr Sapsea appréciait en ce jeune homme, c'est qu'il était toujours prêt à profiter de la sagesse de ses aînés, et qu'il était sain, monsieur, jusqu'au fond de l'âme. La preuve, c'est que ce soir-là, il chanta pour Mr Sapsea, non de ces quelconques chansonnettes appréciées par les ennemis de la nation, mais d'authentiques chansons patriotiques de l'époque de George III. Des chansons qui, comme « Mes braves gars », exhortaient à réduire en poussière toutes les îles qui n'étaient pas britanniques, ainsi que les continents, péninsules, isthmes, promontoires et territoires de toutes autres formes géographiques et à déchaîner les océans dans toutes les directions. En bref, il exprima clairement la notion que la Providence avait commis une erreur caractérisée en faisant si petite une nation de cœurs valeureux à côté de tant d'autres peuples de vermine.

En cette humide soirée, Mr Sapsea, les mains derrière le dos, se promenait lentement près du cimetière à l'affût de l'étranger qui se retirerait en rougissant. Il tourna un coin, et se trouva en l'aimable présence du doyen qui conversait avec le bedeau et avec Mr Jasper. Mr Sapsea fit sa révérence, et eut instantanément une attitude bien plus ecclésiastique que n'importe quel archevêque d'York ou de Canterbury.

— Vous allez évidemment écrire un livre sur nous, Mr Jasper, fit le doyen. Écrire un livre sur nous ! Bon. Nous sommes très anciens, et nous devrions faire le sujet d'un bon livre. Nos richesses sont loin d'égaler notre âge, et peut-être pourriez-vous le dire dans votre livre, parmi d'autres choses, et attirer l'attention sur notre dénuement.

Mr Tope se crut obligé d'être très diverti par cette remarque.

— Vraiment, monsieur, répliqua Jasper, je n'ai pas l'intention de me faire auteur ou archéologue. Il ne s'agit que d'un caprice. Et ce caprice, Mr Sapsea, ici présent, en est plus responsable que moi.

— Comment cela, Mr le maire ? fit le doyen, en ayant aimablement l'air, par un signe de tête, de reconnaître son double, comment cela se fait-il, Mr le maire ?

— Je ne sais pas, remarqua Mr Sapsea, à quoi le très révérend monsieur le doyen me fait l'honneur de faire allusion.

Sur ce, il se mit à étudier son original dans ses plus petits détails.

— À Durdles ! insinua Mr Tope.

— C'est cela, répéta le doyen. À Durdles ! À Durdles !

— Il est exact, monsieur, répliqua Jasper, que c'est Mr Sapsea qui, le premier, a éveillé ma curiosité à l'égard de cet homme. La connaissance qu'a Mr Sapsea de l'humanité, et le pouvoir qu'il a d'évoquer tout ce qui est secret ou étrange autour de lui m'ont incité à réfléchir à deux fois en ce qui concerne Durdles. Jusque-là, je l'avais constamment croisé sans y prendre garde. Cela ne vous surprendrait pas, monsieur le doyen, si vous aviez vu comme moi la manière dont Mr Sapsea le traitait dans son propre salon.

— Oh! s'écria Mr Sapsea, saisissant avec une ineffable et pompeuse complaisance la perche qu'on lui tendait, oui, oui. C'est à cela que le très révérend monsieur le doyen faisait allusion? Oui. Il m'a été donné de mettre Durdles et Mr Jasper en présence. Je considère Durdles comme une personnalité.

— Une personnalité, Mr Sapsea, dont vous faites ce que vous voulez avec beaucoup de doigté, fit Jasper.

— Non, ce n'est pas exactement cela, fit le lourdaud. J'ai peut-être une certaine influence sur lui; et je connais peut-être assez bien son caractère. Le très révérend monsieur le doyen voudra bien se rappeler que je connais le monde.

Sur ce, Mr Sapsea vint se placer un peu derrière le doyen pour examiner les boutons de sa jaquette.

— Eh bien, fit le doyen en regardant autour de lui pour voir où était passé son plagiaire, j'espère, monsieur le maire, que vous mettrez à profit votre étude et votre connaissance de Durdles pour l'exhorter à ne pas rompre le cou de notre précieux et respecté maître de chorale. Nous ne pouvons pas nous permettre de le perdre. Sa tête et sa voix nous sont bien trop utiles.

Mr Tope, encore une fois, fut très amusé. Il fut pris d'un respectueux éclat de rire. Puis, dans un murmure de déférence, il déclara que tout homme considérerait comme un plaisir et un honneur de se rompre le cou pour mériter un tel compliment venant d'une telle bouche.

— Je prendrai sur moi, monsieur, fit Mr Sapsea avec suffisance, de répondre du cou de Mr Jasper. Je dirai à Durdles d'y faire attention. Et ce que je lui dirai, il se le tiendra pour dit. Mais en quoi le cou de Mr Jasper est-il en péril? demanda-t-il en regardant autour de lui d'un air magnifiquement protecteur.

— Simplement parce que je fais ce soir une expédition au clair de lune, avec Durdles, parmi les tombes, les voûtes, les tours et les ruines, répliqua Jasper. C'est vous-même, souvenez-vous-en qui avez suggéré, le soir de notre rencontre, que mon goût du pittoresque y trouverait son compte.

— Bien sûr que je me souviens! répliqua le commissaire-priseur.

Et le solennel idiot croyait réellement s'en souvenir.

— J'ai mis votre suggestion à profit, poursuivit Jasper. J'ai bavardé plusieurs fois avec cet extraordinaire vieux bonhomme, et ce soir, au clair de lune, nous allons explorer tous les recoins de la cathédrale.

— Tenez, le voici! fit le doyen.

Durdles, sa musette à la main, s'approchait en effet. En arrivant près de leur groupe, il aperçut le doyen, ôta son chapeau et poursuivit son chemin en le tenant sous le bras. Mais Mr Sapsea l'arrêta.

— N'oubliez pas de prendre soin de mon ami! lui lança-t-il d'un ton décidé.

— Vous avez un ami qui est mort? demanda Durdles. Je n'ai pas encore reçu d'instructions à propos d'un de vos amis.

— Je parle de mon ami vivant, qui est là devant vous.

— Oh, lui? fit Durdles. Vous en faites pas! Mr Jasper peut prendre soin de lui-même.

— Mais vous devez en prendre soin aussi, fit Mr Sapsea.

Durdles, agacé par son ton de commandement, le regarda des pieds à la tête.

— Sauf le respect que je dois à monsieur le doyen, si vous vous occupiez de vos propres affaires, Mr Sapsea, Durdles, lui, s'occuperait des siennes.

— Vous vous énervez, fit Mr Sapsea en clignant de l'œil vers la compagnie pour montrer avec quelle douceur il maniait Durdles. Les affaires de mes amis sont mes affaires, et Mr Jasper est mon ami. Et vous êtes mon ami.

— Perdez donc la sacrée habitude de vous vanter, répliqua Durdles en hochant gravement la tête en guise d'avertissement. Cela vous jouera un mauvais tour.

— Vous vous énervez, répéta Mr Sapsea en rougissant, mais en adressant un nouveau clin d'œil à la compagnie.

— Et alors? répliqua Durdles. Je n'aime pas qu'on prenne des libertés.

Mr Sapsea adressa un troisième clin d'œil à la compagnie, comme pour dire : « Vous conviendrez avec moi que je lui ai réglé son affaire ! » Puis il quitta majestueusement la controverse.

Durdles souhaita alors le bonsoir au doyen et ajouta, en remettant son chapeau :

— Vous me trouverez à la maison, Mr Jasper, comme convenu, quand vous le voudrez. Je rentre chez moi pour me faire propre.

Puis il s'éloigna. Cette manière de « rentrer chez lui pour se faire propre » était l'un des inexplicables compromis du bonhomme avec les faits inexorables. En fait, ni lui, ni son chapeau, ni ses chaussures, ni ses vêtements ne montraient jamais aucune trace de nettoyage, et ils étaient toujours uniformément dans le même état de poussière et de crasse.

L'allumeur de réverbères commençait à piquer des points de lumière dans l'obscurité de la tranquille enceinte. À de nombreuses reprises, il escaladait à toute allure sa petite échelle pour aller suspendre ses lueurs dans la nuit qui tombait et en redescendait tout aussi vite. Tout Cloisterham aurait été frappé de stupeur à l'idée d'abolir cet instrument peu pratique à l'ombre duquel tant de générations avaient grandi.

Le doyen se retira pour aller dîner, Mr Tope pour prendre son thé, et Mr Jasper pour jouer du piano. Sans autre lumière que celle du feu, il se mit à interpréter des chorals, et il chanta pendant deux ou trois heures de sa belle voix grave, jusqu'à ce que la nuit fût tombée depuis longtemps et que la lune commençât à monter dans le ciel.

Alors il ferma doucement son piano. En silence, il troqua sa jaquette contre un manteau court dans la plus grande poche duquel il glissa une bouteille de bel aspect enveloppée dans une gaine d'osier. Il se coiffa d'un chapeau plat à larges bords rabattus et sortit sans faire de bruit. Pourquoi tous ses mouvements étaient-ils si furtifs, ce soir? Ce n'était justifié par aucune raison apparente. Fallait-il en conclure qu'il nourrissait en lui quelque sombre projet?

Il se dirigea vers la demeure inachevée de Durdles, ou plutôt vers le trou du mur d'enceinte qui lui servait de logis. Il vit de la lumière à l'intérieur et traversa doucement la cour encombrée de pierres tombales, de monuments et de débris de toutes sortes que la lune naissante commençait à éclairer obliquement. Les deux ouvriers avaient abandonné leurs deux grandes scies encore fixées dans leurs blocs de pierre. Et peut-être deux ouvriers fantômes, sortis de la *Danse macabre*, grimaçaient-ils dans l'ombre de leurs guérites, prêts à bondir et à scier les pierres tombales des deux prochains habitants de Cloisterham destinés à mourir. Il est vraisemblable que ces deux victimes s'en inquiétaient fort peu, puisqu'elles étaient encore vivantes, et peut-être de fort joyeuse humeur. Il était curieux de deviner qui seraient ces deux-là. Mettons même un des deux.

— Eh ! Durdles !

La lumière se déplaça et Durdles apparut à la porte en la tenant à la main. S'il s'était « fait propre », ce devait être à l'aide d'une bouteille, d'un cruchon et d'un gobelet. Car aucun autre objet de toilette n'était visible dans la pièce nue aux murs de briques, et dont aucun plafond ne cachait les poutres, où il introduisit son visiteur.

— Vous êtes prêt ?

— Je suis prêt, Mr Jasper. Que les vieux bonzes se montrent, s'ils l'osent, lorsque nous circulerons au milieu de leurs tombes. J'ai ma protection spirituelle.

— Spirituelle ou spiritueuse ?

— Elles se valent, répondit Durdles. Je parle des deux.

Il prit une lanterne qui était pendue à un crochet et enfouit une ou deux allumettes dans sa poche pour l'allumer si c'était nécessaire. Puis ils sortirent ensemble, musette comprise.

C'était vraiment une étrange expédition ! Que Durdles lui-même, qui se promenait continuellement parmi les vieilles tombes et dans les ruines, comme une goule, passe son temps à grimper, à descendre et à flâner sans but n'avait en soi rien d'extraordinaire. Mais que le maître de chorale, ou n'importe qui d'autre, ait estimé que cela valait la peine de l'accompagner, et d'observer les effets du clair de lune en pareille compagnie, c'était une autre affaire. Voilà pourquoi c'était là une étrange expédition !

— Regardez ce tas près de la porte de la cour, Mr Jasper.

— Je vois. Qu'est-ce que c'est?

— De la chaux.

Mr Jasper s'arrêta, et attendit que Durdles, qui traînait, le rejoignît.

— C'est ce que vous appelez de la chaux vive?

— Oui, fit Durdles. Assez vive pour vous bouffer les chaussures. Et si on la remue adroitement, assez vive pour vous bouffer les os.

Ils poursuivirent leur chemin, et passèrent devant les rideaux rouges de l'Auberge des Deux Sous. Puis ils traversèrent le vignoble des Moines éclairé par la lune. Ensuite, ils atteignirent la place du chanoine mineur, dont la plus grande partie était encore dans l'ombre tant que la lune ne monterait pas plus haut dans le ciel.

Le son d'une porte qui se fermait frappa leurs oreilles, et deux hommes sortirent. C'étaient Mr Crisparkle et Neville. Jasper eut soudain un étrange sourire et, mettant la main sur la poitrine de Durdles, il le força à s'arrêter sur place.

À cet endroit de la place du chanoine mineur, l'ombre était épaisse tant que la lune était basse. Il s'y trouvait également un petit mur qui s'élevait à mi-corps. C'était tout ce qui restait de la clôture d'un ancien jardin que traversait maintenant la voie publique. L'instant d'après, Jasper et Durdles allaient en tourner le coin. Mais, comme ils s'étaient arrêtés, ils demeurèrent derrière.

— Ces deux-là ne font que flâner, murmura Jasper. Ils vont aller se promener sous le clair de lune. Ne nous montrons pas, sans quoi ils vont nous retarder, ou ils vont vouloir nous accompagner, ou que sais-je encore.

Durdles hocha la tête en signe d'assentiment et il se mit à mâchonner quelques reliefs qu'il venait de tirer de sa musette. Jasper posa les bras sur le sommet du mur et, le menton sur les mains, il observa. Il ne regardait pas le chanoine mineur, mais Neville, comme si ses yeux étaient des pistolets braqués sur lui et prêts à faire feu. Son visage exprimait une telle volonté de destruction que même Durdles s'arrêta de mâcher pour le regarder avec, dans la bouche, un morceau de victuaille qui lui enflait la joue.

Entre-temps, Mr Crisparkle et Neville se promenaient de long en large en discutant doucement. On ne pouvait entendre tout ce qu'ils disaient, mais à plusieurs reprises déjà, Mr Jasper avait pu distinguer son propre nom. Puis, comme ils revenaient, il put entendre Mr Crisparkle observer distinctement :

— Voici le premier jour de la semaine qui se terminera par le soir de Noël.

— Vous pouvez compter sur moi, monsieur.

À cet endroit, l'écho était favorable. Mais lorsque les deux hommes approchèrent, le son de leur conversation redevint confus. Le mot « confiance » brisé par les échos, mais que l'on arrivait encore à reconstituer, fut prononcé par Mr Crisparkle. Et comme ils approchaient encore, on entendit ce fragment de réplique :

— Je ne l'ai pas encore méritée, monsieur, mais cela viendra.

Puis, comme ils tournaient les talons, Jasper entendit encore une fois son nom associé à ces mots prononcés par Mr Crisparkle :

— Souvenez-vous-en : j'ai déclaré que je répondais de vous !

Ensuite, le son de leur conversation redevint confus. Ils s'arrêtèrent un instant. Neville eut un geste indistinct. Lorsqu'ils se remirent à marcher, on put voir Mr Crisparkle regarder le ciel et désigner quelque chose devant lui. Puis ils disparurent lentement et on les vit traverser le clair de lune à l'autre bout de la place.

Mr Jasper demeura immobile tant qu'ils ne furent pas partis. Alors il se tourna vers Durdles et partit d'un éclat de rire. Durdles, la joue toujours enflée par la bouchée qu'il ne mâchait plus, ne comprenait pas le motif de cette hilarité. Il regarda Mr Jasper jusqu'au moment où celui-ci s'enfuit la tête dans les bras pour pouvoir rire tout son saoul. Alors il se remit à mastiquer, avec l'air désespéré de quelqu'un qui se résigne à l'indigestion.

Une fois l'obscurité tombée, il y avait peu de mouvement ou de circulation dans ces petits coins retirés. Il n'y en avait déjà pas beaucoup aux heures de pointe de la journée, mais la nuit, autant dire qu'il n'y en avait plus. Sans compter que la High Street, joyeuse et fréquentée, était presque parallèle à la place dont elle n'était séparée que par la vieille cathédrale, et qu'elle constituait l'artère naturelle par où s'écoulait le trafic de Cloisterham, peu de gens aimaient à affronter, la nuit, le silence qui régnait autour des vieilles bâtisses, des cloîtres et du cimetière. Vous pourriez demander aux cent premiers habitants que vous rencontreriez à midi dans les rues de Cloisterham s'ils croient aux fantômes : ils vous répondraient que non. Mais donnez-leur à choisir, la nuit, entre ces lieux étranges et la rue éclairée par les vitrines des boutiques, vous en trouveriez quatre-vingt-quinze qui préféreraient la route la plus longue et la plus fréquentée. Il ne faudrait pas en chercher la raison dans quelque superstition locale qui s'attacherait à ces lieux, encore que quelques témoins, aussi vagues qu'elle-même, prétendaient avoir vu errer dans les environs une dame mystérieuse, une corde au cou, portant un enfant dans ses bras. Non. Il faut l'attribuer à la répulsion innée de la poussière animée d'un souffle de vie pour la poussière dont ce souffle de vie s'est enfui. Et aussi à cette réflexion aussi largement répandue que nullement vérifiée : « S'il arrive, en quelques circonstances, que les morts se montrent aux vivants, il existe pour cela des endroits tellement indiqués que moi, vivant, je m'en écarte aussi vite que je peux. »

C'est pourquoi, lorsque Mr Jasper et Durdles s'arrêtèrent pour regarder autour d'eux avant de descendre dans la crypte par une petite porte latérale dont le second avait la clé, tout l'espace qui s'étendait devant eux sous la lumière de la lune était parfaitement désert. On aurait pu imaginer que le flux de la vie était contenu par la propre maison de Mr Jasper. On pouvait entendre au-delà le vague murmure de cette marée, mais pas une vague ne franchissait la porte voûtée au-dessus de laquelle la lampe de Jasper avait des reflets rouges derrière les rideaux, comme si la maison était un phare.

Ils entrèrent, verrouillèrent la porte derrière eux, descendirent l'escalier aux marches inégales et se retrouvèrent dans la crypte. Ils n'avaient pas besoin d'allumer la lanterne. La clarté de la lune s'infiltrait par les fenêtres en ogives, démunies de carreaux, et dont les contours s'inscrivaient sur le sol. Les lourds piliers qui supportaient le toit créaient des masses d'ombre noire, mais il y avait entre eux des allées de lumière, que les deux hommes parcouraient en flânant. Durdles discourait sur les « vieux bonzes » qu'il comptait déterrer. Il frappa un mur où il pensait qu'on devait en trouver « une famille entière » qu'il déterrerait un jour et délivrerait de sa prison de pierre. Il en parlait comme s'il était un vieil ami de la famille. Car, petit à petit, le mutisme de Durdles avait été vaincu par la bouteille d'osier de Mr Japper, qui circulait librement. Entendez par là que son contenu se mélangeait librement à la circulation de Mr Durdles, alors que Mr Jasper se contentait de s'en rincer une fois la bouche et de le recracher.

Ils comptaient entreprendre l'ascension de la grande tour. Sur l'escalier qui les menait à la cathédrale, Durdles s'arrêta un instant pour reprendre son souffle. L'escalier était très sombre, mais au-delà, ils apercevaient les allées de lumière qu'ils venaient de parcourir. Durdles s'assit sur une marche, Mr Jasper sur une autre. L'odeur de la bouteille d'osier (qui, sans qu'on sache trop comment, était passée sous le contrôle de Durdles) révéla bientôt que le bouchon avait été enlevé. Mais le sens visuel ne permettait pas de s'en assurer, car aucun des deux ne pouvait apercevoir l'autre. Et cependant, en parlant, ils se tournaient l'un vers l'autre, comme si leurs visages pouvaient s'entretenir ensemble.

— C'est de la bonne marchandise, Mr Jasper.

— J'espère qu'elle est excellente. Je l'ai achetée spécialement pour cette occasion.

— Vous voyez bien, Mr Jasper, que les vieux bonzes ne se montrent pas.

— S'ils se montraient, le monde serait bien plus compliqué qu'il n'est.

— Ma foi, oui, cela mènerait à un drôle de méli-mélo, approuva Durdles.

Il parut réfléchir à cette remarque, comme si l'idée des fantômes ne s'était jamais présentée à lui sous le seul angle de ses inconvénients domestiques ou chronologiques.

— Mais ne croyez-vous pas qu'il existe des fantômes d'autres choses, qui ne soient pas des fantômes d'hommes ou de femmes?

— Quelles choses? Des parterres de fleurs et des arrosoirs? Des chevaux et des harnais?

— Non. Des sons.

— Quels sons?

— Des gémissements.

— De quels gémissements parlez-vous? Des chaises qui craquent?

— Non, je veux dire des cris. Je vais vous raconter, Mr Jasper. Attendez un instant que je dépose la bouteille.

Il était manifeste que le bouchon avait été enlevé une nouvelle fois et remis en place.

— Voilà, maintenant je l'ai déposée. À cette époque-ci de l'an dernier, peut-être quelques jours plus tard, j'avais souhaité la bienvenue à la saison, comme il convient de le faire. Mais les gamins de la ville, qui étaient déchaînés, se sont mis à me courir après. À la fin j'ai pu leur échapper, et je me suis réfugié ici. Et je me suis endormi. Et vous savez ce qui m'a réveillé? Le fantôme d'un cri. Le fantôme d'un cri effrayant, qui fut suivi par le fantôme d'un hurlement de chien: un de ces hurlements sinistres et désespérés comme les chiens en poussent quand quelqu'un est mort. Voilà ce qu'a été ma dernière nuit de Noël.

— Que voulez-vous dire? demanda Jasper d'un ton brusque, presque féroce.

— Je veux dire que je me suis renseigné partout, et que pas une personne vivante en dehors de moi n'avait entendu ce cri ou ce hurlement. C'est pourquoi je dis que c'étaient deux fantômes. Mais je n'ai jamais compris pourquoi ils s'étaient manifestés à moi.

— Je pensais que vous étiez une autre sorte d'homme, fit Jasper avec mépris.

— C'est ce que je pensais moi-même, répondit Durdles avec son calme habituel. Pourtant, c'est moi qu'ils ont choisi pour se faire entendre.

Jasper, en demandant ce qu'il voulait dire, s'était levé brusquement. Maintenant, il ajouta :

— Venez. Nous allons geler ici. Montrez le chemin.

Durdles obéit, mais il ne parut pas avoir beaucoup d'équilibre. Il ouvrit la porte, au haut de l'escalier, avec la clé qu'il avait déjà utilisée. Et il déboucha au niveau de la cathédrale, dans un passage qui se trouvait sur le côté du chœur. Ici, le clair de lune était à nouveau tellement brillant que les couleurs du plus proche vitrail se reflétaient sur leurs visages. L'aspect de Durdles, inconscient, qui tenait la porte ouverte pour son compagnon, comme s'il l'attendait au sortir de la tombe, était effrayant. Une bande pourpre lui barrait le front, et il avait une tache jaune sur les sourcils. Mais il demeura parfaitement insensible à la manière dont l'autre le scrutait. Cet examen se poursuivit pendant que Jasper fouillait ses poches à la recherche d'une clé qui lui avait été confiée et qui permettait d'ouvrir la grille conduisant à l'escalier de la grande tour.

— Avec la bouteille et ceci, dit-il en lui tendant la clé, vous êtes déjà suffisamment chargé. Passez-moi votre musette. Je suis plus jeune et j'ai plus de souffle que vous.

Durdles parut hésiter un moment entre la musette et la bouteille. Mais il accorda la préférence à la bouteille qui était une compagnie plus agréable. Et il tendit le fardeau sec à son co-explorateur.

Ils se mirent à grimper l'escalier en colimaçon de la grande tour. L'escalade était pénible. Ils tournaient sans arrêt et devaient baisser la tête pour éviter de se cogner aux marches supérieures ou au pivot de pierres rugueuses autour duquel ils paraissaient s'enrouler. Durdles avait allumé sa lanterne en tirant du mur froid et dur une étincelle de ce feu mystérieux qui se cache en toutes choses. Guidés par cette lueur, ils progressaient parmi la poussière et les toiles d'araignées. Leur chemin traversait d'étranges lieux. Deux ou trois fois, ils débouchèrent dans des galeries planes à voûte basse d'où ils apercevaient sous eux la nef éclairée par la lune. En agitant sa lanterne, Durdles faisait bouger les sombres têtes des anges sur les modillons du toit et il semblait surveiller leurs déplacements. Puis ils se mirent à tourner à nouveau dans des escaliers plus étroits et plus raides. L'air de la nuit commença à souffler sur eux. Le cri d'un hibou dérangé ou d'un corbeau effrayé fut suivi d'un lourd battement d'ailes qui s'agitaient dans un étroit espace. De la poussière et de la paille leur dégringola sur la tête. Enfin, après avoir déposé leur lanterne derrière une marche – car le vent froid soufflait violemment – ils purent contempler Cloisterham qui s'étendait sous eux. Sous la clarté de la lune, la ville était belle. À la base de la tour, on voyait les habitations en ruines et les sanctuaires des morts. Plus loin se groupaient les toits aux tuiles roses couverts de mousse et les maisons en briques rouges des vivants. Enfin, il y avait la rivière qui surgissait en serpentant de l'horizon de brume, où elle semblait prendre sa source, et qui commençait à se gonfler avec impatience aux approches de la mer.

Une fois de plus, c'était une étrange expédition ! Jasper (qui se mouvait toujours d'une manière furtive sans raison apparente) contemplait le paysage, et plus spécialement sa partie la plus tranquille, couverte par l'ombre de la cathédrale. Mais il semblait contempler Durdles avec autant de curiosité et, par moments, Durdles prenait conscience de ses regards inquisiteurs.

Par moments seulement, car Durdles commençait à s'assoupir. Tout en gravissant l'escalier, il avait progressivement allégé la bouteille d'osier de son contenu, comme les aéronautes qui allègent la charge qu'ils transportent lorsqu'ils désirent s'élever. Maintenant, des vagues de sommeil le surprenaient debout et interrompaient sa conversation. Un doux accès de fièvre s'empara de lui, et lui fit juger que le sol, pourtant si lointain, se trouvait au même niveau que la tour. De sorte qu'il aurait pu tout aussi bien quitter la tour en marchant dans les airs. Il se trouvait dans cet état lorsqu'ils s'en retournèrent. Et, comme les aéronautes qui se font plus lourds lorsqu'ils désirent descendre, Durdles se chargea d'une nouvelle quantité du liquide de la bouteille d'osier pour pouvoir s'enfoncer plus aisément.

Ils atteignirent la grille de fer, et la refermèrent derrière eux. Durdles avait déjà trébuché deux fois, et s'était ouvert l'arcade sourcilière. Puis ils redescendirent dans la crypte avec l'intention d'en ressortir comme ils étaient entrés. Mais une fois qu'ils se furent retrouvés dans les allées de lumière, Durdles se sentit le pied tellement incertain et la parole tellement brouillée qu'il se laissa tomber, à moitié volontairement, contre un des lourds piliers, d'ailleurs à peine plus lourds que lui. D'une voix indistincte, il supplia son compagnon de lui accorder une petite sieste de quelques minutes.

— Si vous le voulez, ou si vous en avez vraiment besoin, répliqua Jasper, je ne vais pas vous abandonner ici. Dormez donc. Pendant ce temps-là, je me promènerai.

Durdles s'endormit aussitôt. Et dans son sommeil, il fit un rêve.

Ce n'était pas un rêve très fameux si l'on considère le vaste domaine du Pays des Songes et ses merveilleuses créations. Mais il était remarquable par l'inquiétude inhabituelle qui s'en dégageait et par son exceptionnel accent de réalité. Il rêva qu'il était étendu là, endormi, mais qu'il comptait cependant les pas de son compagnon qui allait et qui venait. Il rêva que les pas s'évanouissaient dans un lointain de temps et d'espace, que quelque chose le touchait et que quelque chose lui tombait des mains. Puis il y eut un tintement et un bruit de farfouillement. Après cela, il rêva qu'il demeurait seul pendant tellement longtemps que les allées de lumière changeaient de direction avec la course de la lune. De son état d'inconscience, il passa progressivement à un sentiment de malaise causé par le froid. Il s'éveilla péniblement pour constater que les allées de lumière avaient réellement changé de place, presque exactement comme il l'avait rêvé. Il aperçut Jasper qui s'y promenait en se frottant les mains et en battant la semelle.

— Eh là ! s'écria Durdles avec une inquiétude irraisonnée.

— Vous voilà enfin éveillé, fit Jasper en s'approchant de lui. Vous savez que vos quelques minutes sont devenues des heures ?

— Non.

— C'est pourtant ainsi.

— Quelle heure est-il ?

— Écoutez ! Les cloches sonnent dans la tour.

Elles frappèrent quatre quarts, puis la grosse cloche mit en branle.

— Deux heures ! s'écria Durdles en se relevant. Pourquoi n'avez-vous pas essayé de me réveiller, Mr Jasper ?

— J'ai essayé. Mais j'aurais eu autant de chance à secouer les morts – votre propre famille de trépassés, là, dans le coin.

— Vous m'avez touché ?

— Touché ! Je pense bien. Je vous ai secoué.

Se souvenant que quelque chose l'avait heurté dans son rêve, Durdles regarda le sol autour de lui, et aperçut la clé de la crypte tout près de l'endroit où lui-même était étendu.

— Je t'ai laissée tomber, hein? fit-il en la ramassant et en se rappelant cette partie de son rêve.

Comme il tentait péniblement de se redresser, ou plutôt de se mettre aussi droit qu'il le pouvait, il eut à nouveau conscience d'être scruté par les yeux de son compagnon.

— Alors? fit Jasper en souriant. Êtes-vous presque prêt. Je vous en prie, ne vous dépêchez pas.

— Le temps d'arranger ma musette, Mr Jasper, et je suis à vous.

Pendant qu'il la ficelait, il eut une fois de plus conscience d'être très minutieusement observé.

— De quoi me soupçonnez-vous, Mr Jasper? demanda-t-il avec une mauvaise humeur d'ivrogne. Si quelqu'un a des soupçons sur Durdles, qu'il le dise !

— Je n'ai pas de soupçons à votre égard, mon bon Mr Durdles. Mais je soupçonne ma bouteille d'avoir été remplie d'un breuvage beaucoup plus fort que nous ne le pensions l'un et l'autre. Et je la soupçonne aussi, ajouta-t-il en la ramassant sur le sol et en la retournant, je la soupçonne d'être vide.

Durdles voulut bien rire de la plaisanterie. Lorsqu'il eut fini de rire, il continua à glousser comme s'il se reprochait à lui-même sa capacité d'ingurgitation.

Il tituba jusqu'à la porte et l'ouvrit. Tous deux sortirent. Durdles referma la porte et empocha la clé.

— Un grand merci pour cette curieuse et intéressante soirée, fit Jasper en lui tendant la main. Vous pourrez retrouver votre chemin?

— Et comment! répliqua Durdles. Si vous faisiez à Durdles l'affront de vouloir le reconduire chez lui il ne rentrerait pas.

Il ne rentrerait pas de la nuit
Et il serait trop tard alors
Pour encore rentrer chez lui.

— Et je vous dis qu'il ne rentrerait pas, ajouta-t-il sur un ton d'absolue méfiance.

— Dans ce cas, bonsoir.

— Bonsoir, Mr Jasper.

Ils s'apprêtaient à se séparer lorsqu'un coup de sifflet strident brisa le silence, suivi par cette chanson lancée à tue-tête:

Widdy, widdy, si par malheur
J'le trouve dehors après dix heures
Widdy, widdy, tant pis pour lui.
S'il ne veut pas rentrer, je le viserai.
Widdy, widdy, y n'a qu'à s'garer!

Immédiatement après, une volée de pierres s'écrasa sur le mur de la cathédrale et ils virent le hideux petit bonhomme qui dansait dans le clair de lune.

— Quoi? s'écria Jasper en fureur, ce diabolique gamin est encore à l'affût?

Sa rage était si soudaine et si violente qu'il semblait lui-même un démon plus âgé.

— Je vais égorger cette vermine du diable! Ma parole, je vais le faire!

Sans s'inquiéter du tir, qui, pourtant, le toucha à plusieurs reprises, il se rua sur Deputy, l'attrapa par le cou et tenta de le ramener. Mais Deputy n'était pas disposé à se laisser faire. Comprenant, avec une subtilité diabolique, où serait la vraie force de sa position, il ne fut pas plutôt pris par le cou qu'il souleva les jambes et força son assaillant à le tenir suspendu. Il se mit alors à haleter, à se tortiller et à se débattre, comme s'il souffrait des premières affres de la strangulation. Il ne restait plus à Jasper qu'à le lâcher. Aussitôt, il se remit debout et alla se réfugier derrière Durdles. Il se mit à hurler vers son assaillant, sa large bouche tordue de rage et de malice.

— J'te crèverai les yeux, je te les arracherai ! Que le diable m'emporte si je ne le fais pas !

En même temps, il se balançait derrière Durdles, grimaçant vers Jasper, une fois d'un côté, une fois de l'autre, prêt, si on se précipitait vers lui, à s'enfuir en zigzaguant et, si on arrivait à le rattraper, à se laisser tomber dans la poussière en criant : « C'est ça ! frappez-moi quand je suis à terre ! »

— Laissez le gamin tranquille, Mr Jasper, fit Durdles en le protégeant. Calmez-vous !

— Il nous espionne depuis que nous sommes arrivés ce soir !

— Tu mens ! Je n'espionne pas, fit Deputy en utilisant la seule forme polie de contradiction qu'il connût.

— Il n'a pas cessé de rôder près de nous.

— Tu mens ! Je ne rôdais pas. Je venais simplement prendre un peu l'air pour ma santé quand je vous ai vus sortir tous les deux de la cathédrale. Si...

J'le trouve dehors après dix heures

(quoique caché derrière Durdles, il chanta sur le rythme qui convenait en esquissant le pas de danse rituel) je n'y peux rien, n'est-ce pas?

— Dans ce cas, répliqua Jasper d'un ton féroce, mais en se maîtrisant, ramène-le chez lui! Et tâche de disparaître de ma vue.

Deputy émit un nouveau sifflement strident qui, cette fois, exprimait son soulagement. Son tir vers Mr Durdles reprit avec moins de vigueur, et il entreprit de ramener cet homme respectable chez lui, à coups de pierres, comme s'il s'agissait d'un bœuf peu docile. Mr Jasper se dirigea vers son logis en ruminant des idées noires. Et ainsi, comme toutes choses ont une fin, se termina – pour l'instant – l'étrange expédition.

13

Dans les meilleures dispositions

L'établissement de Miss Twinkleton allait bientôt connaître une ère de sereine tranquillité. On était à la veille des vacances de Noël. Le terme – il n'y avait pas bien longtemps que même l'érudite Miss Twinkleton l'appelait encore « le trimestre », mais on disait maintenant « le terme », ce qui était plus élégant et plus scolaire – le terme, donc, se terminerait le lendemain. Depuis quelques jours, déjà, la discipline s'était visiblement relâchée au couvent des Nonnes. Des soupers intimes s'étaient organisés dans les chambres à coucher. Une langue cuite avait été découpée avec une paire de ciseaux et distribuée à la ronde, à l'aide de fers à friser. Des portions de confiture avaient été également distribuées sur un service qui avait été confectionné à l'aide de papier à bigoudis. On avait bu du vin de primevères dans le petit verre gradué dans lequel la jeune Rickitts (une petite fille de faible constitution) prenait chaque jour sa potion fortifiante. On avait corrompu les servantes au moyen de divers fragments de rubans et de plusieurs paires de chaussures plus ou moins usées aux talons, sans compter les miettes qu'elles trouvaient dans les lits. Au cours de ces festivités, ces demoiselles avaient porté les costumes les plus extravagants. Et l'audacieuse Miss Ferdinand avait même surpris la compagnie en exécutant un brillant solo de coiffure et de papillotes, jusqu'au moment où elle avait été étouffée sous son propre oreiller par deux exécuteurs aux cheveux flottants.

Mais ce n'étaient pas là les seuls signes de la prochaine séparation. On vit apparaître dans les chambres des boîtes qui, en d'autres temps, étaient sévèrement proscrites. On se livra à une surprenante activité d'emballage, tout à fait hors de proportion avec le nombre de choses à emballer. Des largesses, sous formes de restes de cold-cream, de pommades, d'épingles à cheveux, furent généreusement distribuées aux domestiques. On échangea sous le couvert du secret le plus inviolable, des confidences sur la jeunesse dorée d'Angleterre dont on attendait la visite, à la maison, à la première occasion. Miss Giggles, qui était sentimentalement arriérée, déclara que, pour elle, elle répondrait par des grimaces aux hommages de la jeunesse dorée. Mais cette jeune demoiselle fut mise en minorité par un vote massif.

Le dernier soir avant un congé, tout le monde déclarait toujours qu'on se ferait un point d'honneur de ne pas aller se coucher et d'encourager l'apparition des fantômes par tous les moyens possibles. Mais comme toujours, cette conjuration échoua, et toutes les jeunes filles se mirent au lit sans tarder et s'éveillèrent très tôt.

La cérémonie de clôture eut lieu à midi le jour du départ. Miss Twinkleton, fortifiée par la présence de Mr Tisher, présida l'assemblée dans son propre appartement (où les globes avaient déjà été recouverts de toile brune). Sur la table, il y avait des verres de vin blanc et des plateaux de tranches de gâteau. Miss Twinkleton déclara :

— Mesdames ! Une autre année s'est écoulée en nous ramenant à cette période de fêtes pour laquelle les premiers sentiments de notre nature se sont éveillés en nos… — Ici, chaque année, Miss Twinkleton était sur le point d'ajouter « seins »; mais chaque année, elle s'arrêtait au bord du précipice et remplaçait le mot par « cœurs ». — Cœurs! Nos cœurs! Hem! Une autre année s'est écoulée et nous ramène à cette interruption de nos études – nos études déjà très avancées, espérons-le! Comme le marin dans sa barque, le guerrier sous sa tente, le prisonnier dans son donjon et le voyageur dans ses divers véhicules, nous aspirons à rentrer chez nous. Ferons-nous nôtres, en pareille occasion, les premiers mots de l'admirable tragédie de Mr Addison:

L'aube est assombrie; la lumière du matin diminue
et elle ramène parmi de lourds nuages,
le grand jour, le jour si important…?

Non. De l'horizon au zénith, tout a été couleur de rose, car tout était imprégné du parfum de nos parents et de nos amis. Puissions-nous les retrouver en bonne condition, comme nous l'espérons! Puissent-ils nous retrouver en bonne condition comme ils l'espèrent! Maintenant, mesdames, nous allons nous faire nos adieux, nous assurer de notre mutuelle affection et nous souhaiter de bonnes vacances jusqu'à ce que nous nous retrouvions. Et lorsque le temps viendra de reprendre les occupations qui… (ici, il y eut un grand froid dans l'assemblée) les occupations que… les occupations dont… alors, nous nous souviendrons de ce que disait le général spartiate, en mots trop connus pour qu'il faille les répéter, au cours de cette bataille dont il est inutile de spécifier le nom.

Les servantes de l'établissement, qui avaient mis leurs plus beaux bonnets, passèrent alors avec les plateaux.

Les jeunes demoiselles se mirent à grignoter et à siroter, et les voitures qui avaient été retenues commencèrent à encombrer la rue. Le moment de la séparation approchait. Miss Twinkleton embrassa chaque jeune fille sur la joue, en lui remettant une jolie enveloppe adressée à son plus proche parent « avec les compliments de Miss Twinkleton » calligraphiés dans un coin. Elle tendait la lettre avec un air qui laissait supposer que la missive n'avait rien de commun avec la note, mais qu'elle constituait une joyeuse et délicate surprise.

Rosa avait assisté tellement souvent à de pareilles séparations, et elle avait si peu conscience de ce que pouvait être une autre maison, qu'elle fut contente de demeurer où elle était. Elle était même plus heureuse que d'habitude, parce que cette fois, sa dernière amie restait avec elle. Et cependant, il y avait quelque chose de déconcertant dans sa dernière amitié. Helena Landless, ayant eu connaissance des révélations de son frère à propos de Rosa, et étant entrée avec Mr Crisparkle dans la conspiration du silence, évitait soigneusement toute allusion au nom d'Edwin Drood. La raison de ce mutisme demeurait mystérieuse pour Rosa, mais celle-ci constatait parfaitement le fait. Et cela l'empêchait de soulager son petit cœur perplexe en confiant à Helena certains de ses doutes et de ses hésitations. Mais les choses étant ce qu'elles étaient, elle n'avait même pas cette ressource. Elle ne pouvait que réfléchir à ses propres difficultés, et elle se demandait de plus en plus pourquoi Helena continuait à éviter le nom d'Edwin, maintenant qu'elle savait – par ce que son amie lui en avait dit – que les deux jeunes gens allaient se réconcilier lors du retour d'Edwin.

Le spectacle de toutes ces jolies filles qui embrassaient Rosa sous le porche glacial du couvent des

Nonnes aurait fait un joli tableau. Rosa passait dehors son joli petit visage ensoleillé, inconsciente d'être observée par les faces rusées sculptées sous les corniches et les gouttières et, de la main, elle faisait des signes d'adieu vers les voitures qui s'éloignaient. Elle semblait représenter l'esprit de la fraîche jeunesse qui demeurait sur place pour conserver à la vieille bâtisse sa chaleur et sa lumière pendant cette période d'abandon. L'austère High Street fut animée par la musique des voix cristallines qui criaient : « Au revoir, Rosebud chérie ! » Et au-dessus de la porte d'en face, l'effigie du père de Mr Sapsea semblait dire à l'humanité : « Messieurs, veuillez accorder votre attention à ce dernier lot invendu, et faites vos enchères en tenant compte de la valeur de l'occasion. » Puis la rue immuable qui, pendant quelques instants, était devenue, malgré elle, pleine d'éclat, de jeunesse et de fraîcheur, retrouva sa sécheresse, et Cloisterham redevint elle-même.

Si Bouton de Rose, dans son parterre, attendait Edwin Drood avec un cœur inquiet, Edwin Drood, de son côté, était inquiet également. Il avait beaucoup moins de force de caractère et d'à-propos que la juvénile beauté qui avait été élue reine de l'établissement de Miss Twinkleton. Mais il avait une conscience, et Mr Grewgious l'avait réveillée. Il ne s'agissait pas d'écarter d'un sourire ou d'un froncement de sourcils les fermes convictions qu'avait ce gentleman par rapport à ce qui était bien et à ce qui ne l'était pas dans le cas d'Edwin. Elles n'en auraient pas été ébranlées. Sans le dîner à Staple Inn et sans la bague qu'il portait dans la poche intérieure de son manteau, il serait arrivé au jour de leur mariage sans s'être arrêté un instant pour y réfléchir, en supposant négligemment que tout se passerait bien sans autre intervention. Mais que l'on ait fait appel à sa fidélité aux vivants et aux morts le mettait dans l'embarras. Il fallait qu'il donne la bague à Rosa ou qu'il la ramène. Maintenant qu'il se trouvait réduit à cette étroite alternative, il commença à considérer les plaintes de Rosa à son égard avec beaucoup moins d'égoïsme qu'il ne l'avait fait jusqu'alors, et il découvrit qu'il était moins sûr de lui qu'il ne l'avait jamais été au cours de ses jours d'insouciance.

— Je me laisserai guider par ce qu'elle dira et par la manière dont nous nous entendrons, décida-t-il, pendant qu'il se rendait de la maison de Jasper au couvent des Nonnes. Quoi qu'il en résulte, je me souviendrai des paroles de Mr Grewgious, et je tâcherai d'être sincère envers les morts et les vivants.

Rosa s'était habillée pour sortir. Elle l'attendait. La journée était froide et ensoleillée, et Miss Twinkleton avait gracieusement accordé une promenade au grand air. Ils sortirent donc ensemble avant qu'il soit nécessaire pour Miss Twinkleton ou pour sa grande-prêtresse déléguée Mrs Tisher de venir déposer ne fût-ce qu'une de leurs habituelles offrandes sur l'autel de la Propriété.

— Mon cher Eddy, fit Rosa lorsqu'ils eurent quitté la High Street et se furent engagés dans les tranquilles promenades des environs de la cathédrale et de la rivière, j'ai quelque chose de très sérieux à te dire. J'y ai pensé pendant très, très longtemps.

— Moi aussi, j'ai des choses sérieuses à te dire, Rosa chérie. C'est sérieux et c'est grave.

— Merci, Eddy. Tu ne trouveras pas que je manque de gentillesse parce que je commence, n'est-ce pas? Tu n'imagineras pas que je ne pense qu'à moi parce que je parle la première? Ce ne serait pas généreux, ne penses-tu pas? Et je sais que tu es généreux.

— J'espère que je ne manque pas de générosité envers toi, Rosa, dit-il.

Il ne l'appelait plus Poussy. Il ne l'appellerait plus jamais Poussy.

— Et nous ne devons plus craindre de nous quereller, n'est-ce pas? Parce que, vois-tu, Eddy, ajouta-t-elle en crispant la main sur son bras, nous avons toutes les raisons d'être patients l'un envers l'autre!

— Nous le serons, Rosa.

— Tu es gentil! Eddy, soyons courageux. Devenons frère et sœur à partir de maintenant.

— Nous ne serons jamais mari et femme.

— Jamais!

Pendant un petit bout de temps, ni l'un ni l'autre ne parla. Mais après ce silence, il dit, avec quelque effort:

— Bien sûr, je sais que nous y pensions tous les deux, Rosa. Et je suis obligé de t'avouer en toute liberté que ce n'est pas toi qui en es la cause.

— Ce n'est pas toi non plus, chéri, fit-elle avec un sérieux pathétique. C'est simplement né entre nous. Nos fiançailles ne te rendaient pas vraiment heureux. Et elles ne me rendaient pas vraiment heureuse non plus. Oh, je suis navrée, tellement navrée.

Sur ce, elle éclata en sanglots.

— Je suis profondément navré aussi, Rosa. Navré pour toi.

— Et moi, je le suis pour toi, mon pauvre garçon. Je le suis pour toi.

Ce pur sentiment de jeunesse, aimable et patiente sollicitude qu'ils éprouvaient l'un pour l'autre, portait en soi leur récompense. Une lumière apaisante parut éclairer leur situation. Sous cet éclairage nouveau, ils ne pensèrent plus que leurs relations fussent égoïstes ou capricieuses, ou qu'elles aient conduit à un échec.

Ils se sentirent emportés par un sentiment plus désintéressé, plus honorable, plus affectueux, plus vrai.

— Si nous savions, fit Rosa en séchant ses larmes – et nous le savions, et nous l'avons toujours su pendant tous ces jours passés –, si nous savions qu'il ne pouvait rien sortir de bon de ces relations qui nous étaient imposées, que pouvions-nous faire d'autre aujourd'hui que d'en changer la nature? Il est naturel que nous soyons désolés, et tu vois à quel point nous le sommes tous les deux. Mais il vaut tellement mieux d'être navrés maintenant que plus tard.

— Que quand, Rosa?

— Quand il serait trop tard. Et à ce moment-là, nous serions furieux, en plus.

Un nouveau silence tomba entre eux.

— Et tu sais, fit Rosa avec innocence, à ce moment-là, tu pourrais ne plus m'aimer. Tandis que maintenant, tu pourras m'aimer toujours, car je ne serai pour toi ni un fardeau ni un souci. Et je pourrai t'aimer toujours aussi. Ta sœur ne te taquinera pas et ne badinera pas avec toi. Je l'ai fait souvent quand je n'étais pas encore ta sœur, et je t'en demande pardon.

— N'allons pas jusque-là, Rosa. Sans quoi, je devrais te demander pardon de tant de choses que je n'ose pas y penser.

— Pas du tout, Eddy. Tu es beaucoup trop sévère pour toi-même, mon généreux Eddy. Asseyons-nous sur ces ruines, mon frère. Je vais te dire ce qu'il y a eu entre nous. Je crois que je le sais, parce que j'y ai beaucoup pensé depuis que tu es venu la dernière fois. Tu m'aimais bien, n'est-ce pas? Tu trouvais que j'étais une gentille petite chose?

— C'est ce que tout le monde pense, Rosa.

— Vraiment? fit-elle.

Elle fronça le sourcil en réfléchissant pendant un moment. Et puis, elle énonça cette brillante petite induction :

— Supposons qu'il en soit ainsi. Crois-tu qu'il était suffisant pour toi de penser de moi exactement ce qu'en pensaient les autres ?

Il n'y avait rien à répondre. Ce n'était évidemment pas suffisant.

— Eh bien, c'est exactement ce que je pense, fit Rosa. Voilà exactement ce qu'il y avait entre nous. Tu m'aimais bien, et tu t'étais habitué à moi. Et tu t'étais fait à l'idée que nous devions nous marier. Tu acceptais la situation comme une chose inévitable, n'est-ce pas ? Il fallait que ce soit ainsi, pensais-tu. Alors, à quoi bon en discuter ou se disputer à ce propos ?

C'était nouveau et étrange pour lui de se voir aussi clairement dans le miroir qu'elle lui tendait. Il avait toujours été un protecteur à son égard, avec le sentiment de sa supériorité sur son intelligence féminine. N'était-ce pas une nouvelle preuve qu'il y avait quelque chose d'anormal dans les conditions sous lesquelles ils étaient prêts à se lier pour la vie ?

— Tout ce que je dis de toi est vrai pour moi également, Eddy. Si ce ne l'était pas, je n'aurais pas eu le courage de t'en parler. La seule différence, c'est que chez moi l'idée d'y réfléchir au lieu de fermer les yeux s'est progressivement insinuée dans mes pensées. Tu vois, ma vie n'est pas aussi remplie que la tienne, et je n'ai pas tellement de choses auxquelles penser. C'est pourquoi j'y ai beaucoup réfléchi, et j'ai aussi beaucoup pleuré. Mais ce n'était pas ta faute, mon pauvre garçon. Lorsque soudain mon tuteur est venu pour préparer mon départ du couvent des Nonnes, j'ai essayé de lui faire comprendre que je n'étais pas encore tout à fait décidée. Mais il n'est pas arrivé à se faire à cette idée, et il ne m'a pas comprise. Pourtant, c'est un brave homme. Un très brave homme. Il m'a déclaré gentiment, mais avec force, que, dans notre situation, nous devions bien examiner le fond des choses. C'est pourquoi j'ai décidé de t'en parler dès que nous serions ensemble et disposés à discuter de choses sérieuses. Et si tout cela semble me venir tout naturellement, parce que j'ai pu tout dire d'une traite, ne pense pourtant pas que c'était ainsi en réalité, Eddy. Oh, non ! Cela m'a été très, très pénible et, oh oui ! je suis très, très navrée !

Sou cœur trop plein se brisa une fois de plus et elle éclata à nouveau en sanglots. Il lui passa un bras autour de la taille et ils se promenèrent côte à côte le long de la rive.

— Ton tuteur m'a parlé également, Rosa chérie. Je l'ai vu avant de quitter Londres.

Sa main droite était plongée dans sa poche intérieure pour y prendre la bague. Mais il arrêta son geste en pensant : « Si je dois la rapporter, à quoi bon lui en parler ? »

— Et c'est cela qui t'a fait réfléchir, n'est-ce pas, Eddy. Si je ne t'en avais pas parlé, comme je l'ai fait, c'est toi qui m'en aurais parlé ? J'espère qu'il en est ainsi. Je n'aimerais pas que tout soit arrivé par mon seul fait, quoique ce soit tellement mieux pour nous.

— Oui, je t'en aurais parlé. Je t'aurais exactement exposé la situation. J'étais venu dans cette intention. Mais je n'aurais jamais pu te parler comme tu viens de me parler, Rosa.

— Je t'en prie, ne me dis pas que je t'ai parlé avec froideur ou sans gentillesse, Eddy.

— Non, je veux dire que je n'aurais pas pu te parler avec tant de sensibilité et tant de délicatesse, avec tant de sagesse et d'affection.

— Tu es un gentil frère !

Elle lui embrassa la main avec transport.

— Les braves filles vont être affreusement désappointées, fit Rosa en riant.

Des gouttes de rosée scintillaient dans ses yeux clairs.

— Les pauvres chéries ! Elles attendaient l'événement avec tellement d'impatience, ajouta-t-elle.

— Hélas, je crains que ce soit encore un pire désappointement pour Jack, fit Edwin Drood en tressaillant. Je n'avais pas pensé à Jack !

Elle lui lança un regard rapide et intense lorsqu'il prononça ces mots. Un regard qu'elle n'aurait pas pu éteindre, pas plus qu'on ne peut éteindre l'éclair. Pourtant, elle l'aurait évité si elle l'avait pu, car aussitôt après elle regarda le sol d'un air confus, et sa respiration s'accéléra.

— Tu ne doutes pas que ce ne soit un coup pour Jack, Rosa ?

Elle répondit très vite et d'un ton évasif qu'elle ne se l'était pas demandé. Pourquoi s'en serait-elle inquiétée ? Cela n'avait rien à voir, ou si peu.

— Ma chère enfant ! Peux-tu imaginer que quelqu'un qui porte autant d'intérêt à quelqu'un d'autre que Jack en a pour moi – c'est Mrs Tope qui le dit, pas moi – puisse manquer d'être bouleversé par ce changement complet et soudain de mon existence ? Je dis « soudain », parce que, pour lui, c'est une décision inattendue.

Elle hocha deux ou trois fois la tête et ses lèvres s'entrouvrirent comme si elle allait approuver. Mais elle ne put émettre un son, et le rythme de sa respiration ne se ralentit pas.

— Comment vais-je le lui dire ? fit Edwin en réfléchissant.

Si cette pensée l'avait moins préoccupé, il n'aurait pu manquer de remarquer sa singulière émotion.

— Je n'avais pas pensé à Jack. Il faut lui en parler avant que le crieur public ne le proclame. Je dîne avec lui demain et après-demain, le soir de Noël et le jour de Noël. Je ne peux pourtant pas lui gâter ses jours de fête. Il se fait sans cesse du souci à mon égard et il marmonne à propos des plus insignifiantes bêtises. Cette nouvelle va le bouleverser. Comment diable vais-je le mettre au courant?

— Je suppose qu'il est indispensable de le lui dire? fit Rosa.

— Ma chère Rosa! qui pourrions-nous mettre dans la confidence, si ce n'est Jack?

— Mon tuteur m'a promis de venir si j'écrivais pour le lui demander. Je vais le faire. Aimerais-tu qu'on lui laisse ce soin?

— C'est une brillante idée, s'écria Edwin. L'autre curateur! Rien de plus naturel. Il vient, il va trouver Jack, il lui fait part de ce que nous avons convenu, et il explique notre situation mieux que nous ne pourrions le faire. Il t'a parlé avec tact, il m'a parlé avec tact. Il n'y a pas de raison qu'il n'expose pas toute l'affaire à Jack avec le même doigté. Voilà la solution! Je ne suis pas lâche, Rosa, mais je vais te confier un secret: j'ai un petit peu peur de Jack.

— Non, non, s'écria Rosa en joignant les mains et en pâlissant. Non, tu n'as pas peur de lui!

— Sœur Rosa, sœur Rosa, ne vois-tu rien venir? fit Edwin en se moquant d'elle. Ma chère petite!

— Tu m'as effrayée.

— C'est sans le vouloir, mais je suis aussi désolé que si je l'avais fait exprès. As-tu vraiment imaginé un seul instant, parce que je me suis mal exprimé, que je puisse être littéralement effrayé par ce pauvre cher vieux? Non. Cc que je voulais dire, c'est qu'il est sujet à des sortes de crises. J'ai assisté une fois à l'une d'elles. J'ai simplement peur qu'en lui faisant trop brutalement part de la nouvelle, alors qu'il m'est si attaché, je n'en provoque une autre. Voilà le secret que je voulais te confier. C'est une raison de plus pour que ce soit ton tuteur qui le mette au courant. Il est tellement ferme, tellement précis, tellement clair, qu'il arrivera instantanément à familiariser Jack avec cette idée. Avec moi, Jack est toujours trop vif, trop impulsif. J'oserais presque dire qu'il a des réactions féminines.

Rosa parut convaincue. Partant du point de vue qui était le sien à propos de « Jack », elle se sentait sans doute protégée et réconfortée à l'idée que Mr Grewgious s'interposerait ainsi entre elle et lui.

À nouveau, la main droite d'Edwin Drood se referma sur le petit écrin qui contenait la bague. Et, à nouveau, il fut arrêté par cette considération : « Il est certain, maintenant, que je vais devoir la rendre à celui qui me l'a confiée. Alors, à quoi bon lui en parler à elle? » Il était attendri par la jolie et sympathique enfant qui avait été tellement navrée par la destruction de leurs juvéniles espoirs de bonheur commun, qui ne s'effrayait pas de se sentir seule désormais dans un monde nouveau où elle tisserait des guirlandes fraîches avec les fleurs qu'elle y trouverait, puisque les fleurs de son ancien monde étaient fanées. Les tristes joyaux qu'il tenait à la main la chagrineraient. Et quoi bon? Pourquoi fallait-il lui en parler? Ils n'étaient plus qu'un symbole de joies brisées et de projets sans fondements. Dans leur réelle beauté, ils étaient presque (comme l'avait dit l'homme dont on attendait le moins une pareille image) une cruelle satire des amours, des espoirs et des plans de l'humanité, qui ne peuvent rien prévoir et ne sont que fragile poussière. Qu'ils restent donc ce qu'ils étaient ! Il les rendrait au tuteur de Rosa lorsqu'il reviendrait. Et lui les renfermerait dans le tiroir où il les avait pris sans enthousiasme. Là, ils connaîtraient le sort des vieilles lettres, des vieux serments et des autres souvenirs d'anciennes aspirations qui avaient tourné à rien, jusqu'au moment où, à cause de leur valeur, quelqu'un les revendrait. Alors, remis en circulation, ils recommenceraient le même cycle.

Qu'ils restent ce qu'ils étaient ! Qu'ils restent dans la poche de son manteau, et qu'on n'en parle pas ! Ses pensées, distinctes ou indistinctes, l'avaient amené à cette conclusion. Qu'ils restent ce qu'ils étaient ! Parmi l'immense quantité de chaînes étranges qui se forgent sans trêve, nuit et jour, dans les vastes aciéries du Temps et de l'Espace, il y eut une chaîne qui se forgea au moment de cette futile conclusion. Elle se riva aux fondements du Ciel et de la Terre, prête à porter ou à tirer son fardeau avec une force invincible.

Ils continuèrent à se promener le long de la rivière. Ils se mirent, chacun, à parler de leurs projets. Lui allait hâter son départ d'Angleterre. Elle resterait où elle était, aussi longtemps, du moins, qu'y resterait Helena. Elle s'arrangerait pour ne pas provoquer trop brutalement la déception des braves filles. Pour les y préparer, elle mettrait d'abord Miss Twinkleton dans la confidence, avant même le retour de Mr Grewgious. On proclamerait partout qu'elle et Edwin restaient les meilleurs amis du monde. Depuis le premier jour où ils avaient été fiancés, ils ne s'étaient jamais aussi bien entendus. Cependant, il y avait une réserve de part et d'autre. De son côté, elle était décidée à se débarrasser tout de suite des leçons de son professeur de musique. Elle chargerait Mr Grewgious de cette mission. Quant à lui, il commençait à se demander vaguement s'il ne serait pas bon d'en apprendre davantage sur Miss Landless.

Pendant qu'ils se promenaient en bavardant, le jour froid et brillant commença à décliner. Loin derrière eux, le soleil plongea dans la rivière, et la vieille cité qui s'étendait devant eux avait des reflets rouges. Leur promenade touchait à sa fin. L'eau bruissante poussait obscurément à leurs pieds ses algues marines. Ils décidèrent de rentrer et s'éloignèrent du rivage. Autour d'eux, les corbeaux voletaient en poussant des cris rauques et faisaient des taches noires dans la nuit qui tombait.

— Je vais avertir Jack que je partirai tôt, fit Edwin à voix basse. Lorsque ton tuteur viendra, je ne ferai que le voir, et je m'en irai avant le début de leur conversation. Tout se passera mieux si je ne suis pas là. Ne penses-tu pas?

— Oui.

— Nous avons bien fait, n'est-ce pas, Rosa?

— Oui.

— Même maintenant, nous nous sentons déjà mieux.

— Et nous nous sentirons mieux encore, beaucoup mieux, à mesure que le temps passera.

Il y avait cependant encore, dans leurs cœurs, un reste de tendresse pour l'ancienne situation à laquelle ils renonçaient. Ils retardaient le moment de leur séparation. Lorsqu'ils atteignirent, près de la cathédrale, l'endroit où ils s'étaient assis précédemment sous les ormes, ils s'arrêtèrent comme s'ils s'étaient donné le mot. Et Rosa leva son visage vers lui, comme elle ne l'avait jamais fait encore au cours des jours passés. Car c'étaient déjà les jours passés.

— Dieu te bénisse, chéri ! Au revoir !

— Dieu te bénisse, chérie ! Au revoir !

Ils s'embrassèrent avec ferveur.

— Maintenant, ramène-moi, Eddy, et laisse-moi seule.

— Ne te retourne pas, Rosa, lui conseilla-t-il tandis qu'elle passait son bras sous le sien et qu'il l'emmenait. Tu n'as pas vu Jack ?

— Non ! Où ?

— Sous les arbres. Il nous a vus au moment où nous nous quittions. Le pauvre vieux ! Il ne se doute pas que c'était une séparation. J'ai bien peur que ce ne soit un coup dur pour lui.

Elle se hâta délibérément et continua de se hâter jusqu'au moment où ils eurent franchi la porte voûtée et eurent atteint la rue. Là, elle demanda :

— Nous a-t-il suivis ? Tu peux regarder sans en avoir l'air. Est-il derrière nous ?

— Non ! Oui, il est là ! Il vient de passer sous la porte. Ce sympathique cher vieux aime à nous tenir à l'œil. J'ai bien peur qu'il ne soit affreusement déçu.

Elle tira vivement la poignée de la vieille sonnette fêlée et la grille s'ouvrit presque aussitôt. Avant de rentrer, elle lui lança un dernier et long regard surpris, comme si elle lui demandait avec une implorante énergie : « Oh, ne comprends-tu donc pas ? »

Et c'est sur ce regard qu'il disparut à sa vue.

14

Quand se retrouveront-ils tous les trois ?

C'était le soir de Noël à Cloisterham. Il y avait quelques figures étrangères dans les rues, et d'autres qui étaient à moitié étrangères et à moitié familières : c'étaient celles d'anciens enfants de Cloisterham, qui étaient maintenant des hommes et des femmes et qui revenaient de temps à autre du monde extérieur. Ils retrouvaient la cité étonnamment rétrécie et desséchée, comme si elle ne s'était pas bien lavée pendant tout ce temps-là. Pour eux, le son des cloches de la cathédrale, et le croassement des corbeaux de la tour étaient comme les voix de leur enfance. D'autres, qui étaient comme eux, avaient pu imaginer, à l'heure de leur mort dans des endroits lointains, que le sol de leur chambre se couvrait des feuilles d'automne tombées des ormes de l'enceinte. Ainsi, le bruissement et les senteurs de leurs premières impressions leur revenaient-ils au moment où le cercle de leur vie se fermait et où le commencement et la fin étaient près de se joindre.

Les indices de la saison se manifestaient partout. Des baies rouges brillaient çà et là dans les treillis de la place du chanoine mineur. Mr et Mrs Tope piquaient avec art des branches de houx dans les moulures et dans les chandeliers des stalles de la cathédrale, comme s'ils les piquaient dans les boutonnières du doyen et des membres du Chapitre. Les boutiques étalaient une abondante prodigalité, surtout en matière de corinthes, de raisins, d'épices, de sucre candi et de sirop. Il y avait partout une atmosphère inusitée de liesse et de dissipation. Elle se concrétait par une immense gerbe de gui qui pendait dans le porche de la boutique du fruitier, et par une pauvre petite pièce montée, dominée par un visage d'Arlequin, que l'on pouvait jouer à la rafle chez le pâtissier au taux d'un shilling par joueur. Mais c'était une si petite pièce montée qu'on aurait aussi pu l'appeler demi-portion ou portion congrue. Quant aux réjouissances publiques, elles ne manquaient pas. Le musée de cire, qui avait fait une telle impression sur l'esprit subtil de l'empereur de Chine, pouvait être visité par faveur particulière et uniquement pendant la semaine de Noël. Il occupait les écuries du loueur de chevaux en faillite, au bout de l'avenue. Une nouvelle grande pantomime comique de Noël avait été montée au théâtre. Au-dessus de l'entrée, il y avait un portrait de signor Jacksonini, le clown, qui disait : « Comment allez-vous demain ? » Le portrait était presque aussi grand que l'original, et tout aussi miteux. En bref, Cloisterham était bien éveillée et passablement excitée. Il fallait cependant exclure de ce tableau le collège et l'établissement de Miss Twinkleton. Les élèves du premier étaient rentrés chez eux, chacun d'eux étant amoureux de l'une des jeunes filles de Miss Twinkleton. Mais celle-ci n'en savait rien. Et dans le second, seules les servantes se montraient de temps à autre aux fenêtres. Il faut d'ailleurs remarquer en passant que ces demoiselles devenaient, dans les limites de la bienséance, plus ombrageuses lorsqu'elles se voyaient confier l'exclusive représentation de leur sexe que lorsqu'elles devaient la partager avec les jeunes filles de Miss Twinkleton.

C'était ce soir que trois personnes devaient se rencontrer chez Jasper. Comment chacune d'elles passa-t-elle la journée ?

Neville Landless, quoique Mr Crisparkle l'eût dispensé de ses études pour la journée – car la fraîche nature du chanoine mineur n'était pas du tout insensible aux charmes d'un jour de congé –, lut et écrivit dans sa paisible chambre, avec un air absorbé, jusqu'à ce qu'il fût deux heures. Il se mit alors à ranger sa table, à mettre de l'ordre dans ses livres, à déchirer et à brûler des papiers inutiles. Il fit un nettoyage de tout ce qui s'était accumulé de façon désordonnée, rangea ses tiroirs, détruisit toutes ses notes et ses morceaux de papier, à l'exception de ceux qui se rapportaient directement à ses études. Ceci fait, il se tourna vers son armoire, choisit quelques vêtements d'usage courant – notamment une paire de grosses chaussures de rechange et des chaussettes de marche – et il les rangea dans un sac à dos. C'était un nouveau sac qu'il avait acheté la veille dans High Street. Il avait également acheté en même temps, et au même endroit, une lourde canne ferrée, munie d'une poignée solide. Il l'essaya, la balança, la soupesa et la déposa, avec le sac à dos, sur une banquette de fenêtre. À ce moment, ses préparatifs furent terminés.

Il s'habilla pour sortir et il sortait effectivement – il avait quitté sa chambre et avait rencontré le chanoine mineur qui sortait de la sienne sur le même palier – lorsqu'il revint sur ses pas pour reprendre son bâton en se disant qu'il allait l'emporter pour sa promenade. Mr Crisparkle, qui l'avait attendu au haut de l'escalier, aperçut le bâton qu'il portait lorsqu'il ressortit de sa chambre. Il le lui prit des mains et demanda, en souriant, comment il choisissait une canne.

— Je n'ai aucune idée à ce sujet, répondit Neville. Je la choisis pour son poids.

— Elle est beaucoup trop lourde, Neville. *Beaucoup* trop lourde.

— Pour s'y appuyer pendant une longue marche, monsieur?

— S'y appuyer? répéta Mr Crisparkle, dont la nature de marcheur se manifestait. On ne s'y appuie pas, on la balance.

— J'apprendrai cela par la pratique, monsieur. Vous savez, j'ai vécu dans un pays où l'on ne marche guère.

— C'est exact, fit Mr Crisparkle. Faites un peu d'entraînement. Plus tard, nous ferons quelques dizaines de milles ensemble. Maintenant, je vous laisserais sur place. Rentrerez-vous avant le dîner?

— Je ne pense pas, car nous dînerons tôt.

Mr Crisparkle lui fit un grand salut et lui dit au revoir avec bonne humeur, en faisant montre, non sans intention, d'une confiance et d'une tranquillité absolues.

Neville se dirigea vers le couvent des Nonnes, et fit dire à Miss Landless que son frère était là, comme convenu. Il resta devant la porte, sans même franchir le seuil, fidèle à sa promesse de ne pas se trouver sur le chemin de Rosa.

Sa sœur était au moins aussi respectueuse que lui de l'engagement qu'ils avaient pris ensemble, et elle ne perdit pas un instant à le rejoindre. Ils s'accueillirent affectueusement, évitèrent de traîner dans les environs et partirent, en se promenant, vers la campagne avoisinante.

— Je n'ai pas l'intention de m'aventurer en terrain interdit, Helena, dit Neville après qu'ils se furent promenés à quelque distance et qu'ils s'en revenaient. Tu comprendras tout de suite qu'il m'est impossible de ne pas faire allusion à – comment dirais-je? – à ma folle passion.

— Ne ferais-tu pas mieux de t'en abstenir, Neville? Tu sais que je ne puis accepter de t'écouter.

— Tu peux écouter, ma chère, ce que Mr Crisparkle a écouté et ce qu'il a approuvé.

— Oui. Cela je peux l'entendre.

— Eh bien, voici: je ne suis pas seulement troublé et malheureux moi-même, mais j'ai conscience de troubler et de gêner les autres. Je sais parfaitement que, sans ma malheureuse présence, toi et… et… le reste de ceux qui ont été réunis à la résidence du chanoine mineur la première fois, à part notre précédent tuteur, pourraient y dîner demain joyeusement. C'est vraisemblablement ainsi que les choses se passeraient. Je me rends parfaitement compte que je ne suis pas dans les bonnes grâces de la vieille dame, et il est facile de comprendre que je suis un obstacle gênant pour les projets de leur hospitalière maison, surtout en cette période de l'année. Il faut que je me tienne éloigné de telle personne. Pour telle raison, je ne puis pas être mis en contact avec cette autre. Auprès de telle autre personne, j'ai une déplorable réputation. Et ainsi de suite. J'ai exposé tout cela très calmement à Mr Crisparkle. Tu sais en effet qu'il ne veut pas voir la situation en face. J'ai cependant insisté. En même temps, j'ai surtout mis l'accent sur le fait que je suis engagé dans un pénible combat contre moi-même, et que je pourrais mieux m'en sortir si je pouvais partir et changer un peu d'existence. C'est pourquoi, comme le temps est clair et vif, je vais entreprendre une longue excursion, et j'ai l'intention de m'en aller demain matin et de débarrasser les autres (et moi-même par la même occasion, je l'espère) de ma présence.

— Quand comptes-tu revenir?

— Dans une quinzaine.

— Et tu pars vraiment tout seul?

— Je me sentirai beaucoup mieux sans compagnie, même s'il se trouvait quelqu'un en dehors de toi, ma chère Helena, pour supporter ma présence.

— Mr Crisparkle est entièrement d'accord, as-tu dit?

— Entièrement. Je ne suis pas certain qu'il n'ait pas trouvé d'abord mon plan un peu fantasque, et de nature à faire le plus grand tort à un esprit chagrin. Mais lundi dernier nous nous sommes promenés sous le clair de lune, pour en parler à l'aise, et je lui ai présenté la situation exactement comme elle est. Je lui ai fait comprendre que je désire me dominer, et que, une fois que cette soirée sera passée, il vaudra certainement mieux, pour l'instant, me trouver ailleurs qu'ici. En demeurant sur place, je finirais certainement par voir certaines personnes se promener ensemble. Il ne peut rien en sortir de bien, et ce n'est certainement pas le moyen pour moi d'oublier. D'ici quinze jours, ils seront vraisemblablement séparés pour quelque temps. Et lorsqu'ils se réuniront à nouveau pour la dernière fois, eh bien, je pourrai m'en aller une fois de plus. En outre, j'ai réellement besoin d'exercice et de saine fatigue. Je sais que Mr Crisparkle accorde une grande importance à cette question pour se conserver l'intelligence claire dans un corps sain. Il a trop le sens de la justice pour se créer à lui une ligne de conduite et m'en imposer une autre. Il a finalement admis mon point de vue, lorsqu'il fut convaincu que je parlais sérieusement. C'est pourquoi, avec son consentement, je partirai demain matin. Assez tôt, de toute manière, pour être non seulement loin de la ville, mais pour être hors de portée du son des cloches, lorsqu'elles appelleront les fidèles à l'église.

Helena y réfléchit, et elle estima que la solution était bonne. Puisque Mr Crisparkle était de cet avis, elle pensait de même. Mais c'était tout de même par conviction personnelle qu'elle en pensait du bien. Elle trouvait que c'était un projet salutaire, qui dénotait chez Neville une sincère tentative et un effort actif d'amendement. Cependant, elle s'apitoyait en pensant au pauvre garçon qui allait partir, solitaire, pendant les grandes fêtes de Noël. Mais cette pitié la poussait encore davantage à l'encourager. Ce qu'elle fit.

Lui écrirait-il?

Il lui écrirait tous les deux jours et il lui raconterait ses aventures.

Allait-il expédier ses bagages à l'avance?

— Ma chère Helena, non. Je compte voyager comme un pèlerin, avec ma valise et mon bâton. Ma valise – ou plutôt mon sac à dos – est faite, et prête à être sanglée. Et voici mon bâton!

Il le lui tendit. Elle fit la même remarque que Mr Crisparkle, estimant qu'il était très lourd. Elle le lui rendit en lui demandant de quel bois il était fait? C'était du chêne.

Jusqu'à ce moment, il avait été de très bonne humeur. Le fait d'avoir dû lui exposer sa situation et, pour cela, de la lui présenter sous son plus bel aspect, avait peut-être excité son enthousiasme. Mais après y être arrivé avec succès, il en subit sans doute le contrecoup. Comme le jour baissait, et que les lumières de la ville commençaient à s'allumer devant eux, il devint morose.

— Je voudrais ne pas devoir assister à ce dîner, Helena.

— Cher Neville, cela ne vaut vraiment pas la peine de t'en inquiéter. Ce sera tellement vite passé.

— Ce sera tellement vite passé! répéta-t-il tristement. Oui. Mais cela ne me plaît pas...

Elle lui répondit joyeusement qu'il y aurait peut-être un peu de gêne au début, mais que cela ne durerait qu'un moment. N'était-il pas sûr de lui?

— Je voudrais me sentir aussi sûr de tout le reste que de moi-même, lui répondit-il.

— Comme tu parles étrangement, mon chéri! Que veux-tu dire?

— Helena, je ne sais pas. Tout ce que je sais c'est que cela ne me plaît pas. Il y a dans l'air comme une étrange et mortelle menace!

Elle attira son attention sur les nuages cuivrés qui s'amoncelaient au-delà de la rivière, et constata que le vent se levait. Après cela, il ne parla plus guère jusqu'au moment de la quitter, à la porte du couvent des Nonnes. Elle n'entra pas immédiatement lorsqu'ils se furent quittés, mais demeura longtemps à le suivre des yeux dans la rue. Deux fois, il passa devant la maison de Jasper, comme s'il hésitait à entrer. À la fin, comme la cloche de la cathédrale sonnait le quart, il se précipita vers l'entrée avec une brusque détermination.

Voilà comment il entra, lui, par la poterne.

Edwin Drood passa une journée solitaire. Ce qu'il venait de rayer de son existence avait plus d'importance qu'il ne l'avait pensé. Et, la nuit dernière, dans le silence de sa chambre, il avait pleuré ce qu'il venait de perdre. Quoique l'image de Miss Landless continuât à apparaître à l'arrière-plan de son esprit, la jolie et affectueuse petite créature, plus ferme et plus sage qu'il nc l'avait supposé, occupait ses pensées.

D'une certaine manière, en y pensant, il avait conscience de n'avoir pas été digne d'elle. Et il imaginait ce qu'ils auraient pu être l'un pour l'autre s'il avait pris les choses un peu plus au sérieux, s'il avait pu l'apprécier à sa juste valeur, si, au lieu d'accepter ce qui lui était donné comme un héritage naturel, il avait étudié la véritable façon d'en connaître le prix et de le faire fructifier. Cependant, malgré tout, et quoiqu'il éprouvât une véritable peine de cœur, la vanité et l'inconstance de la jeunesse continuaient à évoquer, à l'arrière-plan de son esprit, le beau visage de Miss Landless.

Lorsqu'ils s'étaient quittés à la grille, Rosa lui avait lancé un curieux regard. Signifiait-il qu'elle avait lu dans ses pensées les plus profondes? C'était peu probable. Ç'avait été plutôt un regard d'étonnement et de pénétrante curiosité. Il conclut qu'il n'y avait rien compris. Pourtant, c'était un regard remarquablement expressif.

Maintenant, il n'attendait plus que Mr Grewgious, et il partirait immédiatement après l'avoir vu. Aussi décida-t-il de faire une dernière promenade pour prendre congé de la vieille cité et de ses environs. Il se souvint du temps où il se promenait çà et là avec Rosa. Ils n'étaient alors que des enfants, tout gonflés de l'importance que leur accordait le fait d'être fiancés. Pauvres enfants! pensa-t-il avec une pitoyable tristesse.

Constatant que sa montre s'était arrêtée, il entra dans la boutique du bijoutier pour la faire réparer et remonter. Le bijoutier désirait lui parler d'un bracelet, et il demanda la permission de le lui montrer, sans aucune intention particulière. Il conviendrait parfaitement, considérait-il, à une jeune fiancée. Spécialement si elle était petite et jolie. Constatant que le bracelet n'éveillait pas un grand intérêt chez Edwin, le bijoutier lui montra un plateau de bagues pour messieurs. « Voici par exemple, remarqua-t-il, un style de bague – une très simple chevalière – que les messieurs achètent souvent lorsqu'ils changent d'état. C'était une bague qui soulignait le sens des responsabilités. Bien des messieurs préféraient à toute autre sorte de souvenir un pareil anneau avec la date de leur mariage gravée à l'intérieur. »

Edwin contempla les bagues avec autant d'indifférence que le bracelet. Il déclara au tentateur qu'il ne portait pas de bijoux, sinon sa montre et sa chaîne, qui étaient celles de son père, et son épingle de cravate.

— Je le sais, répondit le bijoutier, car Mr Jasper est venu l'autre jour pour remplacer un verre de montre, et, en fait, je lui ai déjà montré ces articles, en lui faisant remarquer que s'il avait besoin de faire un cadeau à l'un de ses parents, pour quelque occasion particulière… Mais il m'a répondu avec un sourire qu'il avait en mémoire un inventaire précis de tous les bijoux que son parent ait jamais portés : c'est-à-dire sa montre, sa chaîne et son épingle de cravate. Cependant, estima le bijoutier, si c'était vrai pour l'instant, ce ne le serait pas nécessairement toujours. Il est deux heures et vingt minutes, Mr Drood. Voilà, je remets votre montre à l'heure. Je vous conseille, monsieur, de la remonter désormais avant que le ressort ne soit à bout de course.

Edwin reprit sa montre, la remit dans son gousset et sortit en pensant : « Cher vieux Jack ! Je crois que si je faisais un pli supplémentaire dans mon foulard, il estimerait nécessaire d'en prendre note ! »

Il continua à flâner, pour passer le temps jusqu'à l'heure du dîner. Il lui semblait que Cloisterham, aujourd'hui, lui en voulait, qu'elle lui reprochait de n'avoir pas su profiter d'elle, mais qu'elle avait un air plus pensif que furieux. Il abandonna son insouciance délibérée, et se mit à considérer toutes les vieilles pierres avec attention et insistance. Bientôt, il serait loin, et peut-être ne les reverrait-il jamais, pensa-t-il. Le pauvre petit, le pauvre petit!

Comme le crépuscule tombait, il se mit à arpenter le vignoble des Moines. D'après le carillon de la cathédrale, il flânait depuis une demi-heure, et l'obscurité était tombée lorsqu'il prit conscience de la présence d'une femme qui était accroupie sur le sol dans l'encoignure d'une des portes de l'enceinte. La porte donnait accès à un sentier peu fréquenté une fois que le soir tombait. La femme devait avoir été là pendant tout ce temps, mais il ne s'était rendu compte de sa présence que progressivement et à la longue.

Il prit le sentier, marcha jusqu'à la porte. À la lueur d'une lampe qui se trouvait à côté, il vit que la femme avait un air hagard, que son menton pointu était posé sur ses mains, et que les yeux regardaient devant elle, les paupières immobiles, avec une sorte de fixité aveugle.

Il était généralement aimable, mais ce soir il se sentait disposé à l'être plus que jamais. Il avait eu des mots gentils pour les enfants et pour les vieillards qu'il avait rencontrés, et instantanément il se pencha et se mit à parler à la femme.

— Êtes-vous malade?

— Non, chéri, répondit-elle sans le regarder et sans se départir de cet étrange regard.

— Êtes-vous aveugle?

— Non, chéri.

— Êtes-vous perdue, n'avez-vous pas de maison, vous sentez-vous mal? Pourquoi restez-vous si longtemps dans le froid, sans bouger?

Elle parut faire un lent et pénible effort pour concentrer son regard et poser enfin les yeux sur lui. Soudain, on eût dit qu'un écran passait devant ses yeux et elle se mit à trembler.

Edwin sursauta et recula d'un pas. Il la regarda avec une surprise terrifiée, comme s'il paraissait la reconnaître.

« Seigneur! » pensa-t-il l'instant d'après. « C'est exactement comme Jack l'autre nuit! »

Comme il continuait à la regarder, elle leva les yeux vers lui, et se mit à se plaindre :

— Mes poumons sont faibles! Oh, ce que mes poumons sont malades! Pauvre de moi! Pauvre de moi! Et ma toux devient sèche!

Effectivement, elle se mit à tousser d'une façon horrible.

— D'où venez-vous?

— Je viens de Londres, chéri.

Sa toux continuait à la secouer.

— Et où allez-vous?

— Je retourne à Londres, chéri. Je suis venue ici chercher une aiguille dans une botte de foin, et je ne l'ai pas trouvée. Écoute, chéri : donne-moi un shilling et trois pence, et n'aie pas peur de moi. Je vais rentrer à Londres et je n'importunerai plus personne. Je suis dans les affaires, mais ça va mal, ça va mal, et les temps sont durs! J'arrive pourtant à en vivre.

— Prenez-vous de l'opium?

— J'en fume, répondit-elle avec peine, toujours secouée par sa toux. Donne-moi un shilling et trois pence, et je m'en tirerai. Je rentrerai chez moi. Si tu ne me donnes pas un shilling et trois pence, ce n'est pas la peine de me donner un liard. Mais si tu me les donnes, chéri, je te raconterai quelque chose.

Il compta la monnaie, et il lui déposa les pièces dans la main. Elle referma instantanément les doigts, et se mit debout en émettant un rire de satisfaction éraillé.

— Dieu te bénisse ! Écoute-moi, mon cher monsieur. Quel est ton prénom ?

— Edwin.

— Edwin, Edwin, Edwin, répéta-t-elle sur un ton monotone. Et soudain elle demanda : le diminutif de ton nom n'est-il pas Eddy ?

— Oui, parfois, répondit-il en rougissant.

— Les filles ne t'appellent-elles pas ainsi ? demanda-t-elle en réfléchissant.

— Comment le saurais-je ?

— Tu jures que tu n'as pas de petite amie ?

— Non, je n'en ai pas.

Elle s'éloignait déjà en répétant : « Dieu te bénisse et te le rende, chéri ! » lorsqu'il ajouta :

— Vous alliez me dire quelque chose. Pourquoi hésitez-vous ?

— Oui, j'allais te dire quelque chose. Eh bien, voilà : c'est un secret. Sois heureux de ne pas t'appeler Ned.

Il la regarda avec attention, et demanda :

— Pourquoi ?

— Parce que c'est un nom qu'il n'est pas bon de porter pour le moment.

— En quoi est-il mauvais ?

— C'est un nom sur lequel plane une menace. Un nom dangereux.

— Le proverbe dit que les gens menacés vivent longtemps, lui dit-il d'un ton léger.

— Dans ce cas, répliqua la femme, Ned devrait vivre pour l'éternité ! Où qu'il soit pendant que je te parle, chéri, il est menacé.

Elle s'était penchée en avant pour lui glisser ces mots à l'oreille, et elle agitait son index devant ses yeux. Puis elle se redressa, et après avoir répété deux fois : « Dieu te bénisse et te le rende ! », elle s'en fut dans la direction de « l'auberge de Deux Sous ».

Ce n'était pas là une fin encourageante pour cette sombre journée. Il y avait de quoi frissonner, seul, dans cet endroit désert, entouré par les ruines et les vestiges du temps passé. Edwin se dirigea vers les rues éclairées, et il décida, tout en se promenant, de ne rien dire de ceci ce soir, mais d'en parler demain à Jack, qui était le seul à l'appeler Ned, comme d'une étrange coïncidence. Comme une coïncidence, bien sûr, et non comme de quelque chose dont il y aurait lieu de tenir compte.

Cependant, l'incident l'avait frappé comme bien des choses qui, elles, méritaient qu'on s'y attarde, ne l'avaient jamais fait. Il lui restait encore à flâner pendant un ou deux milles jusqu'à l'heure du dîner. Et, lorsqu'il traversa le pont et atteignit le bord de la rivière, les mots de la femme continuaient à voler dans le vent qui se levait, dans le ciel tourmenté, dans l'eau trouble, dans les lumières tremblotantes. Il trouvait même une sorte d'écho solennel dans le carillon de la cathédrale dont le son éveilla en lui une soudaine surprise au moment où il franchissait la porte voûtée.

Et c'est ainsi qu'il entra, lui, par la poterne.

John Jasper passa une journée beaucoup plus agréable et plus joyeuse qu'aucun de ses deux invités. N'ayant pas de leçons de musique à donner pendant les vacances, son temps lui appartenait, en dehors des services de la cathédrale. Très tôt, il courut les boutiques pour commander, en vue du repas, quelques gâteries que son neveu aimait.

Son neveu ne devait plus rester avec lui très longtemps, disait-il aux boutiquiers, et c'est pourquoi il fallait le gâter et s'occuper tout spécialement de lui. Lorsqu'il eut terminé ses courses, il alla rendre visite à Mr Sapsea. Et il lui signala que le cher Ned et le susceptible élève de Mr Crisparkle devaient dîner chez lui ce soir et opérer leur réconciliation. Mr Sapsea n'appréciait pas du tout le susceptible élève. Il déclarait que son teint était « peu anglais ». Et lorsque Mr Sapsea avait une fois déclaré que quelque chose était « peu anglais », il considérait que cette chose devait s'enfoncer pour l'éternité dans un abîme sans fin.

John Jasper était véritablement navré d'entendre Mr Sapsea parler de la sorte, car il savait très bien que Mr Sapsea ne parlait jamais sans motif, et qu'il possédait l'art subtil d'avoir toujours raison. Mr Sapsea (par une coïncidence vraiment remarquable) était exactement de la même opinion.

Mr Jasper était très en voix aujourd'hui. Dans le psaume pathétique qui figurait au service du jour, il étonna ses compagnons par la puissance de son pouvoir mélodique. Jamais encore il n'avait chanté un morceau difficile avec l'habileté et l'harmonie qu'il mit dans l'interprétation des hymnes du jour. Son tempérament nerveux l'inclinait habituellement à attaquer trop rapidement les passages compliqués. Mais aujourd'hui, son tempo était parfait.

Ces résultats étaient vraisemblablement obtenus à force de maîtrise de soi. Car le mécanisme de sa gorge était fragile. En effet, il portait, tant avec sa robe de chantre qu'avec ses vêtements ordinaires, une large écharpe noire faite d'une soie finement tissée et qui lui entourait négligemment le cou. Mais sa maîtrise était tellement remarquable que Mr Crisparkle en parla lorsqu'ils sortirent ensemble après les vêpres.

— Je dois vous remercier, Jasper, pour le plaisir avec lequel je vous ai écouté aujourd'hui. C'était magnifique ! C'était délicieux ! Je suppose que vous n'auriez pas pu vous surpasser ainsi si vous n'étiez pas en excellente condition.

— Je suis en excellente condition.

— Rien n'était inégal, fit le chanoine mineur avec un léger mouvement de la main. Tout était soutenu, rien n'était forcé, aucune difficulté n'était évitée. Vous avez chanté d'une façon magistrale, avec un magnifique contrôle de vous.

— Merci. J'en suis heureux, s'il m'est permis de le dire moi-même.

— Vous donnez l'impression, Jasper, d'avoir essayé un nouveau remède contre ces malaises passagers dont vous souffriez.

— Vraiment ? Vous avez vu juste. C'est ce que j'ai fait.

— Dans ce cas, continuez la cure, mon bon ami, fit Mr Crisparkle en le frappant amicalement sur l'épaule. Continuez la cure.

— C'est ce que je compte faire.

— Je vous félicite, poursuivit Mr Crisparkle pendant qu'ils sortaient de la cathédrale. Je vous félicite pour tout.

— Encore merci. Je vous accompagne jusqu'au coin si vous le permettez. J'ai encore le temps avant l'arrivée de mes invités. Et je voudrais vous dire quelque chose qui, je pense, vous fera plaisir.

— De quoi s'agit-il ?

— Voici : nous parlions l'autre soir de mes humeurs noires.

Le visage de Mr Crisparkle s'assombrit, et il hocha la tête d'un air désapprobateur.

— J'ai dit, vous vous en souvenez, que je devrais chercher auprès de vous un antidote à mes sombres craintes. Et vous m'avez répondu que je ferais mieux de les jeter au feu.

— Et je le répète, Jasper.

— Vous avez tout à fait raison. J'ai l'intention de brûler mon journal avant la fin de l'année.

— Parce que vous...? commença Mr Crisparkle dont le visage s'était éclairé.

— Vous me coupez la parole. Oui, parce que j'ai compris que j'étais hors de moi, que j'étais cafardeux, bilieux, que j'avais l'esprit troublé. Appelez cela comme vous voulez. Vous m'avez dit que j'exagérais. C'est exact.

Le visage radieux de Mr Crisparkle s'éclaira davantage.

— Je ne m'en rendais pas compte à ce moment, parce que j'étais effectivement hors de moi. Mais maintenant, je suis en meilleure santé, et je reconnais avec un plaisir sans mélange que vous aviez raison. J'ai attaché de l'importance à des choses qui en avaient peu. C'est un fait.

— Cela me fait plaisir de vous entendre parler ainsi, s'écria Mr. Crisparkle.

— Quand un homme mène une vie monotone, poursuivit Jasper, qu'il a les nerfs malades ou qu'il souffre de maux d'estomac, il poursuit une idée fixe jusqu'à ce qu'elle perde toute proportion avec la réalité. C'est ce qui m'est arrivé avec mes craintes. C'est pourquoi je brûlerai le témoignage de mon aberration lorsque mon journal sera rempli. Et je commencerai celui de l'an prochain avec une plus claire notion des choses.

— C'est plus que je n'en osais espérer, fit Mr Crisparkle en s'arrêtant devant sa porte, et en lui serrant la main.

— Ma foi, c'est tout naturel, répondit Jasper. Vous aviez peu de raisons d'espérer que je puisse vous ressembler. Vous vous entraînez à être limpide comme du cristal, tant de corps que d'esprit. Vous l'êtes, et vous ne changerez pas. Moi je suis d'une nature trouble, solitaire et stupide. Mais cependant, j'ai surmonté ma stupidité. Voulez-vous que j'attende pour savoir si Mr Neville est déjà parti ? Si non, nous pourrions retourner ensemble.

— Je pense, fit Mr Crisparkle en ouvrant la porte avec sa clé, qu'il est déjà parti depuis quelque temps. Du moins, je sais qu'il est parti, mais j'ignore s'il n'est pas revenu. Je vais m'en assurer. Vous ne voulez pas entrer ?

— Mes invités m'attendent, fit Jasper avec un sourire.

Le chanoine mineur disparut et revint au bout de quelques instants. Comme il le pensait, Mr Neville n'était pas rentré. Et de fait, il s'en souvenait, il avait déclaré qu'il se rendrait directement chez Jasper.

— C'est très mal pour un hôte ! fit Jasper. Mes invités seront là avant moi. Vous voulez parier que je vais les trouver dans les bras l'un de l'autre ?

— Je parierais, fit Mr Crisparkle – ou du moins je parierais s'il m'arrivait de parier –, que vos invités auront ce soir un joyeux animateur.

Jasper hocha la tête et prit congé en riant.

Il revint jusqu'à la porte de la cathédrale et se dirigea de là vers le passage voûté. Tout en marchant, il chantait à voix basse avec une expressive délicatesse. Il semblait que, ce soir, il était incapable d'émettre une fausse note, comme si rien ne pouvait le faire se hâter ou le retarder. Arrivé sous la voûte qui abritait sa porte, il s'arrêta un instant sous cet abri pour enlever sa grande écharpe noire et l'accrocher à son poignet. Pendant un bref moment, son visage se fronça et prit un air sérieux. Mais il s'éclaira à nouveau lorsqu'il se remit en marche et recommença à chanter.

Ce fut ainsi qu'il entra, lui, par la poterne.

La lumière rouge brûla toute la soirée dans ce phare qui se dressait contre le flux de la vie agitée. Les sons étouffés et le murmure de la circulation s'infiltraient de temps à autre dans l'enceinte solitaire. Mais presque rien d'autre ne passait, sinon de puissantes rafales de vent. Une violente tempête finit par se lever.

Les abords de la cathédrale n'étaient jamais particulièrement bien éclairés. Mais ce soir, ils étaient particulièrement sombres, de violentes bourrasques ayant éteint plusieurs lampes et ayant même, dans certains cas, brisé les vitres des réverbères dont les éclats tintaient sur le pavement. L'obscurité était encore plus dense et plus impénétrable à cause des nuages de poussière que le vent soulevait de la terre, des brindilles mortes qui tombaient des arbres et des fragments de nids de corbeaux qui étaient arrachés du sommet de la tour. Les arbres eux-mêmes craquaient, secoués par ces tourbillons furieux d'obscurité opaque, et on aurait pu craindre qu'ils allaient être déracinés. De grosses branches se brisaient sous la poussée de la tempête et s'abattaient avec bruit sur le sol.

Il y avait longtemps qu'on n'avait plus vu souffler un vent d'hiver aussi violent. Des cheminées s'écrasaient dans les rues. Les gens s'agrippaient aux réverbères et aux angles des maisons, ou se soutenaient l'un l'autre pour pouvoir se tenir debout. Les violentes bourrasques ne se calmèrent pas, mais leur force et leur fréquence ne firent que croître. À minuit, alors que les rues s'étaient vidées, la tempête s'y rua dans un fracas assourdissant, secouant les loquets, arrachant les volets, comme pour avertir les gens qu'il valait mieux se lever et fuir avec le vent que de se laisser ensevelir sous les débris de leurs demeures.

Cependant, la lumière rouge continuait à brûler fermement. Rien n'était ferme que cette lampe rouge.

Le vent souffla toute la nuit sans désemparer. Au petit matin, alors qu'il n'y avait pas encore assez de lumière à l'est pour éteindre les étoiles, il commença à faiblir. À partir de ce moment, il se mit à céder et à tomber avec, de temps à autre, quelques sursauts sauvages comme ceux d'un monstre mourant. Il mourut avec la lumière du jour.

On s'aperçut alors que les aiguilles de l'horloge de la cathédrale avaient été arrachées. Des plaques de plomb du toit avaient été déchirées, tordues et précipitées dans l'enceinte. Au sommet de la grande tour, des blocs de pierre avaient été déplacés. Quoique ce fût le matin de Noël, il fut nécessaire d'envoyer des ouvriers là-haut pour examiner l'étendue des dégâts. Ils escaladèrent donc la tour sous la conduite de Durdles. Pendant ce temps, Mr Tope et une foule de badauds tôt levés s'étaient rassemblés sur la place du chanoine mineur et, une main en visière, ils regardaient vers le sommet pour guetter l'apparition des ouvriers.

Ce rassemblement fut soudain bousculé et dispersé par la main de Mr Jasper. Tous les regards levés vers la tour s'abaissèrent vers lui lorsqu'il cria à haute voix vers Mr Crisparkle, qui venait d'apparaître à une fenêtre ouverte :

— Où est mon neveu ?

— Il n'est pas venu ici. N'est-il pas chez vous ?

— Non, il est descendu vers la rivière la nuit dernière, avec Mr Neville, pour aller admirer la tempête, et il n'est pas rentré. Appelez Mr Neville !

— Il est parti tôt ce matin.

— Tôt ce matin? Laissez-moi entrer! Laissez-moi entrer!

Plus personne, maintenant, ne regardait la tour. Tous les yeux étaient fixés sur Mr Jasper, pâle, à peine habillé, tremblant, qui s'agrippait à la balustrade devant la maison du chanoine mineur.

15

Accusé

Neville Landless était parti si tôt et il avait marché d'un si bon pas qu'il avait déjà parcouru huit milles lorsque les cloches de Cloisterham commencèrent à sonner pour appeler les fidèles au service du matin. En partant, il n'avait mangé qu'un croûton de pain, et maintenant il avait envie de prendre son petit déjeuner. Il s'arrêta donc pour se restaurer à la première auberge qu'il rencontra le long de la route.

On n'avait guère l'habitude, à l'enseigne du Chariot Bâché, d'accueillir des voyageurs pour le petit déjeuner (sauf les chevaux et le bétail, pour lesquels tout était prévu en matière d'abreuvoir et de foin). Aussi fallut-il un bon bout de temps pour remettre le chariot sur le sentier du thé, des toasts et du bacon. Pendant ce temps, Neville, assis dans une salle dont le carrelage était couvert de sable, se demandait combien de temps il faudrait, après son départ, pour que le feu de fagots humides, qui crachait sa fumée, puisse commencer à réchauffer quelqu'un d'autre.

Le Chariot Bâché, situé au sommet d'une colline, n'était pas un établissement particulièrement chaud. Devant la porte, le sol était un bourbier couvert de paille piétinée par les sabots. Derrière le comptoir, une patronne grondeuse frappait un bébé humide, qui avait une chaussette rouge à un pied et pas de chaussette du tout à l'autre. Le fromage était déposé à même sur une étagère où il voisinait avec une nappe crasseuse et un couteau à manche vert dans une sorte d'écuelle de fonte. Un pain sans couleur se desséchait dans une autre écuelle où il répandait ses miettes comme des larmes de désespoir. Le linge de la famille, à moitié lavé et à moitié sec, participait à la vie publique et traînait un peu partout. Tout ce qu'on servait à boire devait être bu dans des tasses. Et le mot « tasse » appelait immédiatement une rime qui évoquait tout le reste. Aussi le Chariot Bâché ne tenait-il guère les promesses de son enseigne qui annonçait qu'hommes et bêtes pouvaient s'y délasser. Cependant, dans ce cas-ci, l'homme était de bonne composition, et il prit son délassement comme il se présentait. Il repartit après avoir perdu beaucoup plus de temps qu'il ne fallait.

À un quart de mille de là, il s'arrêta, ne sachant s'il allait continuer à suivre la route, ou s'il prendrait un sentier bordé de haies qui menait au sommet d'une plaine de bruyère battue par le vent. On devait manifestement rejoindre la route un peu plus loin. Il se décida pour le sentier et le gravit en peinant, car la pente était dure et le sol creusé de profondes ornières.

Il marchait péniblement lorsqu'il se rendit compte que d'autres promeneurs le suivaient. Comme ils avançaient d'un pas plus rapide que le sien, il se rangea de côté en s'appuyant contre le talus pour les laisser passer. Mais leur comportement était étrange. Quatre d'entre eux seulement passèrent. Quatre autres ralentirent le pas et traînèrent comme s'ils avaient l'intention de le suivre lorsqu'il se remettrait en marche. Le reste de la bande, une demi-douzaine environ, tourna les talons et s'éloigna d'un pas rapide.

Il regarda les quatre hommes qui étaient restés derrière, puis les quatre qui marchaient devant. Tous lui rendirent son regard. Il reprit son chemin. Les quatre qui étaient devant lui continuèrent à avancer, mais ils se retournaient constamment pour le regarder tandis que les quatre qui étaient derrière approchaient de plus en plus près.

Lorsqu'ils eurent tous débouché de l'étroit sentier sur l'étendue de la bruyère, Neville constata qu'il pouvait dévier à droite ou à gauche sans que cela change rien à leurs positions respectives. Il n'y avait donc aucun doute : ces hommes l'encerclaient délibérément. Il s'arrêta pour s'en assurer une dernière fois. Ils s'arrêtèrent tous avec lui.

— Pourquoi me suivez-vous de cette manière ? leur cria-t-il. Êtes-vous une bande de voleurs ?

— Ne lui répondez pas ! fit l'un des hommes, sans qu'il pût voir lequel. Il vaut mieux se tenir tranquille.

— Il vaut mieux se tenir tranquille ? répéta Neville. Qui a dit ça ?

Personne ne répondit.

— Qui que ce soit, c'est en tout cas un bon conseil, poursuivit-il d'un ton furieux. J'en ai assez d'être entouré de cette manière. Je désire passer devant vous quatre, là devant, et je passerai.

Personne ne bougea. Lui-même demeura immobile.

— Si huit hommes, ou quatre, ou deux s'attaquent à un seul, poursuivit-il d'un ton de plus en plus enragé, il ne lui reste d'autre chance que d'en blesser quelques-uns. Et je jure que c'est ce que je ferai si vous continuez à m'importuner.

Il prit son lourd bâton sur l'épaule et, hâtant le pas, il s'apprêta à dépasser les quatre hommes devant lui. Le plus grand et le plus fort d'entre eux se déplaça rapidement vers l'endroit où il se dirigeait. Il le ceintura adroitement et roula par terre avec lui. Pas assez vite cependant pour éviter la lourde canne qui s'était abattue.

— Laissez-moi faire, fit l'homme d'une voix étouffée pendant qu'ils luttaient sur l'herbe. Soyons fair-play. Comparé à moi, ce n'est qu'une mauviette et, en outre, il a un sac attaché aux épaules. Je m'en chargerai tout seul.

Ils se débattirent encore un peu dans une étroite mêlée au cours de laquelle leurs visages se couvrirent de sang. Puis l'homme retira son genou qui écrasait la poitrine de Neville, et il se leva en disant :

— Voilà ! Que deux d'entre vous le prennent par les bras !

Ce fut fait instantanément.

L'homme cracha un peu de sang et s'essuya le visage. Il ajouta :

— Quant à savoir si nous sommes une bande de voleurs, Mr Landless, ne cherchez pas midi à quatorze heures. Nous ne vous aurions pas touché si vous ne nous y aviez pas forcés. De toute manière, nous allons vous ramener à la grand-route, et là vous trouverez toute la protection désirable contre les voleurs, si vous le désirez... Que quelqu'un lui essuie le visage ! Voyez comme le sang lui coule.

Lorsqu'on lui eut nettoyé la face, Neville reconnut Joe, le conducteur de l'omnibus, dans l'homme qui venait de parler. Il ne l'avait vu qu'une seule fois, le jour de son arrivée à Cloisterham.

— Ce que je vous recommande pour l'instant, Mr Landless, c'est de ne rien dire. Sur la grand-route, vous trouverez un ami qui vous attend. Il a pris l'autre chemin lorsque nous nous sommes séparés en deux groupes. Il vaut mieux que vous ne parliez pas avant de l'avoir rencontré. Que quelqu'un prenne ce bâton, et partons!

Absolument surpris, Neville regardait autour de lui, et ne dit pas un mot. Il marchait entre ses deux guides qui lui tenaient les bras, et il avançait comme dans un rêve. Ils atteignirent ainsi la grand-route, où ils se retrouvèrent au milieu d'un petit groupe de gens. Les hommes qui avaient tourné les talons se trouvaient parmi eux. Au centre, il reconnut les silhouettes de Mr Jasper et de Mr Crisparkle. Les deux guides de Neville l'amenèrent près du chanoine mineur et là, le lâchèrent par déférence pour l'ecclésiastique.

— Que signifie tout ceci, monsieur? Que se passe-t-il? J'ai l'impression d'avoir perdu l'esprit, s'écria Neville comme le cercle se refermait autour de lui.

— Où est mon neveu? demanda Mr Jasper d'un ton sauvage.

— Où est votre neveu? répéta Neville. Pourquoi me posez-vous cette question?

— Je vous le demande, répondit Jasper, parce que vous êtes la dernière personne vue en sa compagnie, et on ne le trouve nulle part.

— On ne le trouve nulle part! s'écria Neville, abasourdi.

— Du calme, du calme! fit Mr Crisparkle. Excusez-moi, Jasper. Mr Neville, vous êtes désemparé. Rassemblez vos esprits. C'est très important. Écoutez-moi attentivement.

— Je veux bien essayer, monsieur, mais j'ai l'impression de devenir fou.

— La nuit dernière, vous avez quitté Mr Jasper en compagnie d'Edwin Drood?

— Oui.

— À quelle heure?

— Il pouvait être minuit? demanda Neville en se passant la main sur le front et en s'adressant à Jasper.

— Exact! fit Mr Crisparkle. C'est l'heure que m'a déjà citée Mr Jasper. Vous êtes descendus ensemble vers la rivière?

— Oui, c'est exact. Nous voulions contempler la tempête à cet endroit.

— Que s'est-il passé ensuite? Combien de temps êtes-vous restés là?

— Environ dix minutes. Je ne pense pas que ce fût davantage. Ensuite nous sommes revenus ensemble jusqu'à votre maison, et il m'a quitté devant la porte.

— Vous a-t-il dit qu'il allait retourner à la rivière?

— Non. Il m'a dit qu'il rentrait directement.

Les assistants se regardaient, et regardaient Mr Crisparkle. Mr Jasper, qui avait observé Neville avec attention, dit d'une voix basse, distincte et pleine de soupçon, en s'adressant au chanoine mineur:

— Quelles sont ces taches sur son costume?

Tous les regards se tournèrent vers le sang qui maculait ses vêtements.

— Et il y a des taches semblables sur son bâton, fit Jasper en prenant la canne des mains de l'homme qui la tenait. Je sais que c'est son bâton: il le portait hier soir. Qu'est-ce que cela signifie?

— Au nom du Seigneur, dites ce que cela signifie, Neville, insista Mr Crisparkle.

— Cet homme et moi, fit Neville en montrant du doigt son dernier adversaire, nous venons de nous battre à propos de ce bâton. Vous pouvez voir les mêmes marques sur lui, monsieur. Que pouvais-je supposer, lorsque je me suis vu attaqué par huit personnes? Pouvais-je deviner la raison de cette agression alors qu'ils ne voulaient me donner aucune explication?

Ils reconnurent qu'ils avaient trouvé préférable de ne rien dire et qu'il y avait eu un combat. Et pourtant les hommes mêmes qui y avaient assisté regardaient d'un air sombre les taches de sang que l'air vif et froid avait déjà séchées.

— Nous devons retourner, Neville, fit Mr Crisparkle. Je suis sûr que vous serez heureux de revenir avec nous pour vous disculper.

— Certainement, monsieur.

— Mr Landless marchera à côté de moi, poursuivit le chanoine mineur en regardant autour de lui. Venez, Neville!

Ils reprirent le chemin du retour. Les autres, à une exception près, les suivaient à des distances différentes. Jasper marcha de l'autre côté de Neville, et ne quitta pas cette position. Il demeura silencieux pendant que Mr Crisparkle, plus d'une fois, posa les mêmes questions et que Neville fit les mêmes réponses. Il ne parla pas davantage lorsque l'un et l'autre émirent quelques hypothèses qui auraient pu expliquer la situation. Il demeura taciturne avec obstination, car Mr Crisparkle s'adressait directement à lui pour qu'il prît part à la discussion. Mais rien ne put amener la moindre expression sur son visage ferme. Lorsqu'ils approchèrent de la ville et que le chanoine mineur suggéra qu'il serait bon de se rendre immédiatement chez le maire, il hocha la tête d'un air grave. Mais il ne prononça pas un mot jusqu'à ce qu'ils fussent dans le salon de Mr Sapsea.

Mr Crisparkle ayant informé Mr Sapsea des circonstances dans lesquelles ils désiraient faire une déposition volontaire devant lui, Mr Jasper sortit de son silence pour déclarer qu'il mettait toute sa confiance, sur le plan humain, dans la pénétration de Mr Sapsea. Il n'existait aucune raison plausible pour expliquer que son neveu ait brusquement disparu, à moins que Mr Sapsea n'en découvre une. Dans ce cas, il s'en remettrait à son opinion. Il n'était absolument pas vraisemblable que son neveu soit retourné à la rivière et que, dans l'obscurité, il se soit noyé accidentellement. À moins que cette hypothèse ne paraisse vraisemblable à Mr Sapsea, et dans ce cas également, Mr Jasper s'inclinerait. Il voulait se débarrasser dans toute la mesure du possible de ses horribles soupçons, à moins que Mr Sapsea n'estime que ceux-ci devaient être portés sur la dernière personne qui ait été en compagnie d'Edwin Drood avant sa disparition, et avec laquelle, précédemment, il n'était pas en bons termes. Là aussi, Jasper s'en remettait à l'opinion de Mr Sapsea. On ne pouvait pas faire confiance au jugement de Jasper, torturé par ses doutes et affolé par d'horribles appréhensions. Mais on pouvait faire confiance à Mr Sapsea.

Mr Sapsea exprima l'opinion que l'affaire se présentait sous un jour sombre. En bref (et ses yeux se posèrent sur Neville), elle avait un aspect « peu anglais ». Ayant établi ce point capital, il se perdit dans un brouillard de stupidité si dense qu'on ne pouvait pas croire que même un maire pût s'y enfoncer. Et il en sortit par cette brillante découverte que prendre la vie de son prochain, c'était prendre quelque chose qui ne vous appartient pas. Il déclara qu'il se demandait s'il allait immédiatement signer le mandat d'arrêt de Neville Landless, sur qui pesaient de graves présomptions. Et il l'aurait certainement fait si le chanoine mineur n'avait élevé une protestation indignée. Celui-ci déclara que le jeune homme demeurerait sous sa garde dans sa propre maison, et qu'il se chargeait personnellement de le faire comparaître s'il était cité. Mr Jasper comprit alors que Mr Sapsea ferait draguer la rivière, qu'il ferait minutieusement examiner le rivage et qu'il ferait envoyer des détails sur la disparition dans toutes les villes voisines et jusqu'à Londres. Des affiches et des annonces seraient largement diffusées afin de demander à Edwin Drood s'il avait quitté la maison et la société de son oncle pour quelque raison inconnue, d'avoir pitié de la détresse et de l'inquiétude de son affectionné parent et de lui faire savoir par quelque moyen que ce soit qu'il était encore en vie. Mr Sapsea déclara que Mr Jasper avait parfaitement compris, parce que telles étaient exactement ses intentions (encore qu'il n'en eût rien dit). Et des mesures furent prises sur-le-champ à cet égard.

Il aurait été difficile de déterminer qui, de Neville Landless ou de John Jasper, était le plus frappé d'horreur et d'étonnement. Tous deux étaient brisés et courbés sous les événements, et on ne pouvait les départager que par ceci : la situation de Jasper le forçait à agir, celle de Neville l'obligeait à subir.

Dès qu'il commença à faire clair le lendemain matin, des hommes se mirent au travail sur la rivière, et d'autres – pour la plupart des volontaires – se mirent à en examiner les rives. Pendant toute la journée, les recherches se poursuivirent. Sur la rivière, avec barques et perches, avec dragues et filets. Sur le rivage boueux et détrempé avec bottes, haches, pelles, cordes, chiens et tous les accessoires imaginables. Même lorsque la nuit fut tombée, les lumières des lanternes scintillèrent sur la rivière et la lueur blême des feux s'y refléta. On vit des groupes d'observateurs dans des criques éloignées que le flux baignait aux changements de marée. Ils écoutaient le clapotis du courant et ils scrutaient l'eau pour voir si elle ne transportait pas quelque fardeau ! Les lointains sentiers qui menaient à la mer et les endroits solitaires qu'arrosaient de petits canaux d'irrigation étaient encore éclairés par les vives lueurs des lanternes et parcourus par des silhouettes engoncées dans de gros manteaux lorsque l'aube du jour suivant se leva. Mais la lumière du soleil n'éclaira aucune trace d'Edwin Drood.

Pendant toute la journée, les recherches recommencèrent. Tantôt en barque ou en bateau, tantôt sur la rive, parmi les joncs, pataugeant dans la boue, entre les pieux ou sur les pierres glissantes, parcourant les berges basses où les échelles de niveau et les signaux de forme étrange ressemblaient à des spectres, John Jasper travailla et peina. Mais sans résultat. Car on ne vit toujours aucune trace d'Edwin Drood sous le soleil.

Il posta à nouveau des observateurs pour la nuit, de manière que des yeux vigilants continuent à observer les changements de marée. Alors, exténué, il rentra chez lui. Non peigné, accoutré n'importe comment, maculé de la boue qui avait séché sur lui, une partie de ses vêtements en lambeaux, il venait de se laisser tomber dans un fauteuil lorsque Mr Grewgious apparut devant lui.

— Quelles étranges nouvelles ! fit Mr Grewgious.

— Étranges et effrayantes !

Jasper avait simplement levé ses paupières alourdies pour prononcer ces mots et il les referma aussitôt en se laissant tomber, exténué, sur l'un des bras de son fauteuil.

Mr Grewgious se lissa le crâne et le visage, et demeura immobile à contempler le feu.

— Comment se porte votre pupille ? demanda Jasper, après un moment, d'une voix faible et fatiguée.

— Pauvre petite! Vous pouvez imaginer dans quel état elle se trouve.

— Avez-vous vu sa sœur? demanda Jasper sur le même ton.

— La sœur de qui?

À tout autre moment, la question et la manière glaciale dont Mr Grewgious, en la posant, avait tourné les yeux vers le visage de son interlocuteur, auraient été exaspérantes. Mais Jasper, exténué et déprimé, se contenta d'ouvrir les yeux pour dire:

— La sœur du suspect.

— Vous le soupçonnez? demanda Mr Grewgious.

— Je ne sais que penser. Je n'arrive pas à me faire une opinion.

— Ni moi, fit Mr Grewgious. Mais comme vous parliez du « suspect », je pensais que vous, vous vous étiez fait une opinion. Je viens de quitter Miss Landless.

— Dans quel état est-elle?

— Elle n'accepte aucun soupçon et elle a une foi absolue en son frère.

— Pauvre petite!

— De toute manière, poursuivit Mr Grewgious, ce n'est pas d'elle que je suis venu vous parler. C'est de ma pupille. J'ai une communication à vous faire qui vous surprendra. Du moins, m'a-t-elle surpris, moi.

Avec un soupir de contrariété, Jasper se tourna péniblement dans son fauteuil.

— Voulez-vous que nous en reparlions demain? fit Mr Grewgious. Je vous préviens: je crois que vous allez être surpris.

Comme Mr Grewgious se lissait à nouveau le crâne et regardait le feu, Jasper l'observa avec plus d'attention et de concentration. Sa bouche se pinça en un pli dur.

— Qu'est-ce? demanda-t-il en se redressant dans son fauteuil.

— En fait, fit Mr Grewgious, qui parlait délibérément avec lenteur, et presque pour lui seul, j'aurais pu m'en douter plus tôt. Elle me l'avait laissé entendre. Mais je suis un homme tellement guindé que cela ne m'a pas frappé. Je croyais que tout était réglé.

— De quoi s'agit-il? demanda encore une fois Jasper.

Mr Grewgious ouvrait et refermait les mains en les chauffant au-dessus du feu, et il lança à Jasper un regard en coin. Pendant tout le temps qui suivit, il ne changea ni son attitude ni ses gestes. Il répondit:

— Les deux jeunes gens, celui qui s'est perdu et ma pupille Rosa, quoique fiancés depuis si longtemps, quoiqu'ils fussent habitués à cette idée, quoiqu'ils fussent si près d'être mariés…

Mr Grewgious aperçut un visage blême tourné vers lui, des lèvres tremblantes. Jasper, dans son fauteuil, avait crispé les mains sur les accoudoirs. N'était ce mouvement des mains, il aurait pu ne pas prendre garde au visage.

— Ces jeunes gens sont arrivés progressivement à la découverte (et je pense qu'ils y sont arrivés en même temps) que la solution la meilleure et la plus heureuse pour eux, tant maintenant que dans leur existence future, était de rester de bons amis. Disons qu'ils ont décidé d'être frère et sœur plutôt que mari et femme.

Mr Grewgious vit dans le fauteuil un visage qui avait la couleur du plomb et qui se marbrait de taches grises comme de l'acier.

— À la longue, ces jeunes gens ont pris la bonne résolution de se communiquer leurs impressions avec franchise, avec bon sens et avec tendresse. Ils se sont rencontrés pour mettre les choses au point. Et ils ont convenu de commun accord, après en avoir parlé en toute innocence et en toute générosité, de rompre pour toujours les relations qui existaient entre eux.

Mr Grewgious vit un être hagard se lever du fauteuil et se prendre la tête entre les mains.

— L'un de ces jeunes gens, votre neveu, craignant que, dans votre affection pour lui, vous ne soyez cruellement désappointé de le voir changer aussi radicalement le cours de son existence, a décidé de vous cacher ce secret pendant quelques jours. Il m'a laissé le soin de vous en parler au moment où nous allions nous rencontrer et où il serait parti. Il est parti. Je vous en parle.

Mr Grewgious vit l'être hagard pencher la tête en arrière, se prendre les cheveux entre les mains et se détourner de lui en grimaçant.

— Voilà. J'ai dit tout ce que j'avais à dire, sauf que les jeunes gens se sont séparés, non sans larmes ni sans chagrin, le soir même où vous les avez vus ensemble pour la dernière fois.

Mr Grewgious entendit un cri terrible. Il n'y avait plus d'être hagard, ni debout, ni dans le fauteuil. Il n'y avait plus qu'un tas de vêtements boueux et déchirés étendu sur le plancher.

Même à ce moment, Mr Grewgious ne changea pas d'attitude. Il continua à ouvrir et à fermer les mains en se les chauffant au feu et en regardant le tas de vêtements qui gisait par terre.

16

Malédiction

Lorsque John Jasper revint à lui après sa crise, ou plutôt son évanouissement, il vit Mr et Mrs Tope qui le soignaient. Ils avaient été appelés par son visiteur. Celui-ci, assis tout droit sur une chaise, demeurait impassible, les mains sur les genoux, attendant que Jasper reprenne conscience.

— Voilà ! Vous revenez à vous, monsieur, fit Mrs Tope qui était en larmes. Vous étiez à bout de forces, et ce n'est pas étonnant.

— Un homme, fit Mr Grewgious qui avait, comme toujours, l'air de répéter une leçon, un homme doit nécessairement être à bout de forces s'il ne dort pas, si son esprit est cruellement tourmenté et si son corps est recru de fatigue.

— Je crains de vous avoir alarmé, fit Jasper en s'excusant d'une voix faible lorsqu'on le ramena vers son fauteuil.

— Pas du tout, je vous remercie, répondit Mr Grewgious.

— Vous êtes trop aimable.

— Pas du tout, je vous remercie, répondit encore Mr Grewgious.

— Il faut que vous preniez un peu de vin, monsieur, fit Mrs Tope, et ce bouillon que j'ai préparé pour vous, et auquel vous n'avez pas voulu goûter ce midi. Je vous avais pourtant prévenu de ce qui arriverait si vous vous refusiez à déjeuner. Vous prendrez aussi une aile de ce poulet que vous m'avez fait ramener à la cuisine plutôt vingt fois qu'une. Dans cinq minutes, tout sera sur table, et je suis certaine que ce bon monsieur va rester encore un peu pour assister à votre repas.

Le bon monsieur répondit par un grognement qui pouvait signifier n'importe quoi, rien, tout, oui, ou non, et que Mrs Tope aurait certainement trouvé ambigu si son attention n'avait pas été prise tout entière par le service.

— Vous prendrez quelque chose avec moi? fit Jasper lorsque la table fut mise.

— Merci. Je ne pourrais pas avaler une bouchée, répondit Mr Grewgious.

Jasper se mit à manger et à boire avec une sorte de voracité. Il avalait à une telle allure et en se préoccupant si peu du goût de ce qu'il absorbait qu'on devait bien admettre qu'il mangeait et buvait seulement pour se fortifier contre toute nouvelle défaillance, et pas du tout pour flatter son palais. Pendant ce temps, Mr Grewgious s'était levé, avec un air de réprobation polie mais imperturbable. C'était comme si on lui avait demandé de discourir et qu'il répondait: « Je ne vois vraiment pas par où je pourrais commencer une discussion sur quelque sujet que ce soit, merci. »

— Savez-vous, fit Jasper lorsqu'il eut repoussé son assiette et son verre et qu'il fut demeuré quelques instants à réfléchir, savez-vous que la surprenante communication que vous venez de me faire me tranquillise un peu?

— Vraiment? répondit Mr Grewgious avec l'air d'ajouter in petto: « Moi, elle ne me tranquillise pas. »

— Oui. Maintenant que le premier choc est passé, je suis un peu moins inquiet. La nouvelle était inattendue, et elle détruisait d'un coup toutes les espérances que j'avais nourries pour mon cher garçon. Mais depuis que j'ai eu le temps d'y penser, je suis plus tranquille.

— Je serais heureux de partager votre tranquillité, fit Mr Grewgious d'un ton sec.

— Ne peut-on pas espérer – si je me trompe, dites-le moi pour que je n'entretienne pas d'illusions –, ne peut-on pas espérer qu'il a fui simplement pour ne pas devoir se charger de donner partout des explications pénibles au sujet de la nouvelle situation dans laquelle il se trouve?

— Cela se pourrait, fit Mr Grewgious d'un air méditatif.

— De pareils cas se sont déjà produits. J'ai lu que des gens ont déjà disparu de la sorte et sont restés longtemps sans donner de nouvelles, simplement pour ne pas devoir subir les questions de leur entourage ou donner des explications aux curieux et aux impertinents.

— Je crois que c'est déjà arrivé, fit Mr Grewgious, toujours méditatif.

— Lorsque je ne soupçonnais pas, poursuivit Jasper en suivant fébrilement cette nouvelle piste, que le cher garçon avait pu me cacher quelque chose, surtout en une matière aussi importante, quelle lueur d'espérance pouvait-il y avoir pour moi dans ce ciel sombre? Lorsque je supposais qu'il laissait ici sa fiancée à quelques semaines de son mariage, comment pouvais-je imaginer qu'il avait volontairement disparu d'une manière aussi extraordinaire, aussi capricieuse et aussi cruelle? Mais maintenant que je sais ce que vous m'avez dit, n'y a-t-il pas quelque trouée par où le jour s'infiltre? Si on suppose qu'il a disparu de son propre gré, sa disparition n'est-elle pas moins extraordinaire et moins cruelle? Le fait qu'il vient de se séparer de votre pupille est en soi une raison qui expliquerait son départ. Cela ne me rend évidemment pas moins cruelle sa fuite mystérieuse, mais cela en épargne la cruauté à votre pupille.

Mr Grewgious ne put que se déclarer d'accord.

— Et même en ce qui me concerne, poursuivait Jasper, qui continuait à suivre la nouvelle piste avec ardeur, et dont le visage s'éclairait d'espoir, il savait que vous deviez venir me voir. Il savait que vous aviez pour mission de me communiquer ce que vous venez de me dire. Votre déclaration a orienté mes pensées dans une autre direction. Il en résulte qu'il a pu se douter qu'il en serait ainsi, et que j'en tirerais exactement ces conclusions. Je suis certain qu'il l'a prévu. Et ainsi la cruauté de sa fuite s'atténue même vis-à-vis de moi, John Jasper, qui ne suis rien qu'un maître de musique.

Une fois de plus, Mr Grewgious ne put que marquer son assentiment.

— J'ai eu des inquiétudes – et quelles inquiétudes! – fit Jasper. Mais vos révélations, qui m'ont d'abord secoué parce qu'elles me montraient que mon cher garçon m'avait caché quelque chose, à moi qui l'aimais tant! vos révélations m'ont redonné de l'espoir. Vous ne vous récriez pas lorsque je le dis, mais vous admettez au contraire qu'il s'agit d'un espoir raisonnable. Je commence à croire qu'il se pourrait – ici, Jasper joignit les mains – qu'il ait disparu de son plein gré et qu'il soit encore vivant et en bonne santé.

À ce moment, Mr Crisparkle fit son entrée, et Jasper répéta pour lui:

— Je commence à croire qu'il est vivant et en bonne santé.

Mr Crisparkle ayant pris un siège et ayant demandé pourquoi, Mr Jasper répéta les arguments qu'il venait de développer. Même s'ils avaient été moins vraisemblables, le brave chanoine mineur aurait été prêt à les accepter, puisqu'ils disculpaient son malheureux élève. Mais lui aussi attacha effectivement une très grande importance au fait que le jeune homme disparu avait été placé, juste avant sa disparition, dans une situation nouvelle et embarrassante vis-à-vis de tous ceux qui étaient au courant de ses projets et de ses affaires. Et il lui parut que ces faits présentaient le problème sous un jour nouveau.

— J'ai déclaré à Mr Sapsea, lorsque nous sommes allés le voir, fit Jasper – et c'était exact –, qu'il n'y avait eu aucune querelle ni discussion entre les deux jeunes gens lors de leur dernière rencontre. Nous savons tous que leur première entrevue avait malheureusement été loin d'être amicale. Mais lorsqu'ils se sont retrouvés chez moi la dernière fois, tout s'est passé doucement et paisiblement. Mon cher garçon n'était pas dans son état d'esprit habituel. Il était déprimé, et j'y insiste d'autant plus que je sais maintenant pour quelle raison il l'était. Et cette raison a très bien pu l'inciter à disparaître.

— Je prie le Ciel qu'il en soit vraiment ainsi ! fit Mr Crisparkle.

— Et moi également, je prie le Ciel qu'il en soit ainsi ! répéta Jasper. Vous savez – et il faut que Mr Grewgious le sache aussi – que je nourrissais une sérieuse prévention contre Mr Neville Landless à suite de sa conduite violente lors de notre première rencontre. Vous savez que je suis venu vous trouver avec beaucoup d'appréhension pour les conséquences de sa folle fureur envers mon neveu. Vous savez que j'avais noté dans mon journal – et je vous l'ai montré – que j'avais de sombres pressentiments contre lui. Il est indispensable que Mr Grewgious soit au courant de toute l'affaire. Il ne faut pas qu'il soit informé seulement d'une partie des événements et tenu dans l'ignorance d'une autre partie parce que je lui aurais caché quelque chose. Je voudrais en tout cas qu'il comprenne que ses révélations m'ont favorablement influencé, quoique j'eusse été profondément prévenu contre le jeune Landless avant que ne se produisent ces mystérieux événements.

Cette franchise troubla beaucoup le chanoine mineur. Il avait le sentiment de n'avoir pas été aussi franc lui-même. Il se reprochait d'avoir, jusque-là, eu deux points importants : le second accès de fureur de Neville contre Edwin Drood et l'éclat de jalousie qui, à sa connaissance, avait enflammé le cœur de Neville à l'égard du fiancé de Rosa. Il était convaincu de l'innocence de Neville en ce qui concernait cette fatale disparition. Mais tant de petites présomptions se dressaient contre lui que Mr Crisparkle craignait d'en ajouter deux autres à leur faisceau. Il était le plus sincère des hommes. Mais il se demandait, à son grand désespoir, si le fait de révéler de bonne foi ces deux fragments de vérité n'aboutirait pas à bâtir une hypothèse fausse à la place de la vérité.

Cependant, Jasper ne lui donnait-il pas l'exemple ? Il n'hésita pas davantage. S'adressant à Mr Grewgious, dont il reconnaissait l'autorité en la matière après les révélations qui avaient permis de percer le mystère (Mr Grewgious, placé dans cette situation inattendue, n'en devint que plus guindé). Mr Crisparkle rendit hommage au strict sens d'équité de Mr Jasper. Il répéta qu'il était certain que son élève serait lavé tôt ou tard du moindre soupçon. Il déclara que sa confiance s'était formée en dépit de cc qu'il savait à titre personnel de l'emportement de son caractère et de la fureur qui le dressait contre le neveu de Mr Jasper, parce qu'il croyait, dans un accès de romantisme, qu'il était amoureux de la même jeune fille. La réaction sanguine qui se manifesta sur le visage de Mr Jasper montra que cette déclaration était inopportune. Mr Jasper devint très pâle. Mais il déclara qu'il s'accrochait à l'espoir qu'avait fait naître en lui Mr Grewgious. Et que si aucun indice n'était découvert pour démontrer qu'on s'était débarrassé de son cher garçon, il continuerait à nourrir, jusqu'à la limite des possibilités, l'espoir qu'il avait disparu de son plein gré.

En quittant cette conférence, l'esprit toujours inquiet et troublé à propos du jeune homme qu'il devait garder chez lui comme une sorte de prisonnier, Mr Crisparkle fit une promenade nocturne qui eut les plus lourdes conséquences.

Il se promena jusqu'au barrage de Cloisterham.

Cela lui arrivait assez souvent. Il n'y avait donc rien de surprenant à ce que ses pas le conduisent de ce côté. Mais les préoccupations qui occupaient ses pensées laissaient si peu de place au souci de l'itinéraire ou à l'observation des endroits qu'il traversait qu'il ne prit conscience d'être près du barrage qu'en entendant le bruit tout proche d'une chute d'eau.

« Comment suis-je arrivé ici ? », fut sa première pensée lorsqu'il s'arrêta.

« Pourquoi suis-je venu ici ? », pensa-t-il ensuite.

Il écouta attentivement le bruit de l'eau. Un passage familier de ses leçons, à propos de langues aériennes qui prononcent des noms d'hommes, résonna à ses oreilles de façon tellement inattendue qu'il l'écarta de la main comme s'il s'agissait de quelque chose de tangible.

Les étoiles éclairaient la nuit. Le barrage était haut jusqu'à deux milles au-delà de l'emplacement où le jeune homme s'était arrêté pour observer la tempête. Ici, aucune recherche n'avait été entreprise, car à cette heure, pendant la nuit de Noël, la marée avait été descendante, et les lieux où il y avait le plus de chances de découvrir un cadavre, si un accident fatal s'était produit dans ces circonstances, se trouvaient tous entre cet endroit et la mer, aussi bien quand le flux montait que quand il descendait. L'eau passait au-dessus du barrage, avec le son qu'elle avait habituellement dans les nuits froides, piquées d'étoiles, et on n'en voyait presque rien. Cependant, Mr Crisparkle avait l'étrange impression que quelque chose d'anormal se passait en ce lieu.

Il se mit à raisonner. De quoi s'agissait-il? Où était-ce? Il fallait faire l'expérience. À quel sens cela s'adressait-il?

Aucun de ses sens ne lui révélait quelque chose d'inusité. À nouveau, il écouta, mais son ouïe ne perçut rien d'autre que le bruit de l'eau qui passait au-dessus du barrage avec le son qu'elle avait habituellement par les nuits froides piquées d'étoiles.

Sachant parfaitement que le mystère qui occupait son esprit pouvait en lui-même donner à l'endroit cet air hanté, il écarquilla ses yeux de lynx pour corriger sa vue. Il se rapprocha du barrage, et scruta les poteaux et les poutres qu'il connaissait si bien. Absolument rien d'anormal ne lui apparut. Mais il résolut de revenir tôt le lendemain matin.

Pendant toute la nuit, les eaux d'un barrage coulèrent dans son sommeil agité. Il revint dès que le soleil fut levé. Le matin était clair et glacial. Devant lui, tout le paysage, de l'endroit où il s'était tenu la nuit, était clairement visible dans ses moindres détails. Il l'avait attentivement surveillé pendant quelques minutes, et il était prêt à détourner les yeux, lorsqu'ils furent attirés de curieuse manière vers un point précis.

Il tourna le dos au barrage, et regarda très loin vers le ciel, puis vers la terre. Ensuite il ramena les yeux vers le point en question. Instantanément, la même chose attira son regard, et il y concentra sa vision. Maintenant, il ne pouvait plus le perdre, quoique ce ne fût qu'un point dans l'étendue du paysage. Son regard était fasciné. Ses mains commencèrent à déboutonner son manteau. Il venait de se rendre compte qu'à cet endroit – au bout du barrage – quelque chose brillait, et ce quelque chose ne bougeait pas et ne se déplaçait pas avec les gouttes d'eau brillantes, mais demeurait en place.

Il s'en assura une dernière fois, enleva ses vêtements, plongea dans l'eau glacée, et nagea dans cette direction. Grimpant sur les poutres, il en tira une montre d'or, sur le couvercle de laquelle étaient gravées les initiales « E. D. », et qui avait été retenue entre les interstices par sa chaîne.

Il ramena la montre sur la rive, nagea à nouveau jusqu'au barrage, l'escalada et plongea. Il connaissait chaque trou et chaque recoin de tous les gouffres. Il plongea, plongea, plongea jusqu'à ce qu'il lui fût impossible de supporter le froid davantage. Son but était de retrouver le cadavre. Mais il ne trouva qu'une épingle de cravate fichée dans la boue et les algues. Muni de ces découvertes, il retourna à Cloisterham, et, prenant Neville Landless avec lui, il alla tout droit chez le maire. On envoya chercher Mr Jasper, qui identifia la montre et l'épingle de cravate. Neville fut arrêté, et il dut subir l'hostilité la plus sauvage, et la stupidité des témoignages malveillants. Il était d'une nature violente et vindicative et il aurait été continuellement prêt à commettre un meurtre si sa pauvre sœur, qui seule avait de l'influence sur lui et hors de la vue de qui on ne pouvait lui faire confiance, ne l'en avait empêché. Avant de venir en Angleterre, il avait fait fouetter jusqu'à la mort divers « indigènes » – des nomades qui campaient tantôt en Asie, tantôt en Afrique, tantôt dans les Indes-Occidentales et tantôt au pôle Nord – dont Cloisterham pensait qu'ils étaient toujours noirs, qu'ils étaient toujours pleins de vertus, qu'ils se nommaient toujours eux-mêmes « moi », et tous les autres « *massa* » ou « *missie* » (selon le sexe), qu'ils lisaient dans un jargon d'anglais des tracts de la plus obscure signification, mais qu'ils les comprenaient toujours parfaitement dans leur plus pure langue maternelle. Par le chagrin qu'il lui avait causé il avait presque mené les cheveux blancs de Mrs Crisparkle à la tombe (ces expressions originales étaient de Mr Sapsea). Il avait répété à plusieurs reprises qu'il tuerait Mr Crisparkle. Il avait répété à plusieurs reprises qu'il tuerait tout le monde, et qu'il serait ainsi le dernier homme vivant. Il avait été amené de Londres à Cloisterham par un éminent philanthrope, et pourquoi? Parce que ce philanthrope avait déclaré expressément: « Je dois à mes semblables de faire en sorte qu'il se trouve, selon les mots de Bentham, placé dans un lieu où il ne soit un danger mortel que pour le plus petit nombre de gens. »

Ces coups de tromblons tirés par des tireurs maladroits ne risquaient pas de le toucher dans ses œuvres vives. Mais il devait également faire face à un tir précis et habile d'armes de précision. Chacun savait qu'il avait menacé le jeune homme disparu, et qu'il avait de puissantes raisons d'animosité contre le pauvre garçon au destin si tragique. Ces causes, il les avait créées et révélées lui-même, selon le témoignage de son fidèle ami et tuteur qui luttait si vaillamment pour lui. Il s'était lui-même armé d'une arme redoutable avant cette nuit fatale. Puis il était parti très tôt le matin, après avoir terminé tous ses préparatifs. Quand on l'avait trouvé, il portait sur lui des traces de sang. Bien sûr, ces taches pouvaient provenir de la lutte dont il avait parlé, mais elles pouvaient également avoir été causées par autre chose. Au cours de la fouille de sa chambre, de ses vêtements, et du reste, on avait découvert qu'il avait détruit tous ses papiers et rangé toutes ses affaires l'après-midi même de la disparition. Le bijoutier attestait que la montre trouvée au barrage avait été remontée et réglée pour Edwin Drood ce même après-midi à deux heures et vingt minutes. Elle avait été jusqu'au bout de sa course avant d'avoir été jetée à l'eau. Et le bijoutier estimait sans aucun doute qu'elle n'avait jamais été remontée. Ceci justifiait l'hypothèse que la montre lui avait été enlevée peu de temps après qu'il eut quitté la maison de Jasper à minuit, en compagnie de la dernière personne que l'on ait vue avec lui, et qu'elle n'avait été jetée qu'après avoir été gardée pendant plusieurs heures.

Pourquoi l'avait-on jetée? Si Edwin Drood avait été assassiné, et si habilement défiguré, ou caché, ou les deux, que le meurtrier espérait l'identification impossible, sauf d'après les objets qu'il portait sur lui, il fallait assurément qu'il retirât du corps les objets les plus indestructibles, les plus connus, et les plus facilement reconnaissables. Ces objets étaient évidemment la montre et l'épingle de cravate. Si les soupçons se portaient sur lui, il avait eu largement l'occasion de les jeter dans la rivière. Car plusieurs personnes l'avaient vu se promener de ce côté de la ville – en réalité on l'avait vu se promener de tous les côtés. Son attitude était misérable, et il paraissait à moitié fou. Pourquoi avait-il choisi cet endroit? Il était évident qu'il valait mieux courir la chance que l'on retrouve des indices aussi accusateurs n'importe où, plutôt que sur lui ou en sa possession. Enfin, en ce qui concernait la réunion au cours de laquelle les deux jeunes gens devaient se réconcilier, on ne pouvait vraiment rien en tirer en faveur du jeune Landless. Car il apparaissait clairement que cette réunion avait été provoquée, non par lui, mais par Mr Crisparkle. C'était Mr Crisparkle qui l'avait incité à s'y rendre. Mais qui pouvait dire avec quelle mauvaise volonté, ou dans quel déplorable état d'esprit, son élève, ainsi contraint, s'y était rendu? Plus on examinait son cas, plus sa situation devenait critique à tous les points de vue. Même l'hypothèse que le jeune homme disparu s'était volontairement caché était rendue plus improbable encore par le témoignage de la jeune fille dont il venait de se séparer. Interrogée, elle avait déclaré avec le plus grand sérieux et avec la plus grande tristesse qu'il avait décidé avec elle, de façon expresse et enthousiaste, qu'il attendrait l'arrivée de son tuteur, Mr Grewgious. Et cependant, remarqua-t-on, il avait disparu avant l'arrivée de ce gentleman.

En vertu des soupçons qui avaient été exprimés et des témoignages qui avaient été apportés, Neville fut arrêté. Les recherches furent poursuivies de toutes parts, et Jasper travailla jour et nuit. Mais on ne trouva plus rien. Comme on n'avait fait aucune découverte qui pût prouver que l'homme disparu était mort, il devint finalement nécessaire de relâcher celui qu'on soupçonnait de l'avoir assassiné. Et il fut libéré. Il en résulta unc conséquence que Mr Crisparkle n'avait que trop bien prévue : Neville devait quitter la ville, car la ville l'évitait et le rejetait. Même s'il n'en n'avait pas été ainsi, la chère vieille bergère de porcelaine aurait été mortellement inquiète pour son fils, et secouée par l'agitation générale qu'aurait provoquée la présence chez eux d'un tel hôte. Et même s'il n'y avait pas eu cela, l'autorité à laquelle le chanoine mineur obéissait officiellement aurait réglé la question.

— Mr Crisparkle, déclara le doyen, la justice des hommes peut se tromper, mais elle doit agir selon les indices dont elle dispose. Les temps où l'on cherchait refuge dans les sanctuaires sont révolus. Ce jeune homme ne doit pas chercher refuge dans notre sanctuaire à nous.

— Vous voulez dire qu'il doit quitter ma demeure, monsieur ?

— Mr Crisparkle, répondit le prudent doyen, je ne prétends pas user de mon autorité dans votre maison. Je discute simplement avec vous de la triste nécessité où vous vous trouvez de devoir priver ce jeune homme des grands avantages de vos conseils et de vos leçons.

— C'est tout à fait regrettable, monsieur, considéra Mr Crisparkle.

— Ce l'est en effet, admit le doyen.

— Si c'est vraiment nécessaire..., bégaya Mr Crisparkle.

— Ainsi que vous vous en rendez malheureusement compte vous-même, répondit le doyen.

Mr Crisparkle s'inclina avec soumission.

— Il est difficile de porter un jugement sur son cas, monsieur, mais je suis certain que...

— Exactement. Parfaitement. Comme vous dites, Mr Crisparkle, interrompit le doyen en hochant doucement la tête, il n'y a rien d'autre à faire. Il n'y a aucun doute, il n'y a vraiment aucun doute. Il n'y a pas d'alternative, comme votre bon sens vous l'a déjà fait comprendre.

— Néanmoins, monsieur, je suis absolument persuadé de sa totale innocence.

— Ooooui ! fit le doyen sur un ton plus confidentiel, et en regardant autour de lui à la dérobée. En tout cas, je n'en dirais pas autant. N… Non, en tout cas non. Il y a tellement de soupçons contre lui… non, je pense en tout cas que je n'en dirais pas autant.

Mr Crisparkle s'inclina à nouveau.

— Peut-être ne nous convient-il pas de prendre parti, poursuivit le doyen. Non, nous ne pouvons pas prendre parti. Nous, les ecclésiastiques, nous devons garder le cœur chaud et la tête froide et nous devons judicieusement tenir le juste milieu.

— J'espère que vous ne me reprocherez pas, monsieur, d'avoir déclaré publiquement et avec énergie qu'il reviendrait ici si quelque nouveau soupçon était formulé contre lui, ou si n'importe quelle circonstance nouvelle apparaissait dans cette affaire extraordinaire ?

— Pas du tout, répondit le doyen. Et cependant, voyez-vous, je ne pense pas – il appuya nettement sur ces deux mots –, je ne pense pas que je le déclarerais avec énergie. Le déclarer ? Oooui ! Mais avec énergie ? Nnnon ! Je ne pense pas. En fait, Mr Crisparkle, nous, les ecclésiastiques, pour garder le cœur chaud et la tête froide, nous ne devrions rien faire avec énergie.

C'est ainsi que l'avenue du chanoine mineur ignora désormais Neville Landless. Il n'avait plus qu'à partir où il voulait, où il pouvait, avec cette tache sur son nom et sur sa réputation.

Ce ne fut qu'à ce moment que John Jasper reprit silencieusement sa place parmi la chorale. Hagard et les yeux rouges, il avait perdu tout espoir. Son humeur enjouée avait disparu, et ses pires pressentiments étaient revenus. Un jour ou deux plus tard, après avoir enlevé sa robe, il prit son journal dans une poche de son manteau, tourna les pages et, sans un mot, mais avec un regard empreint de gravité, il tendit cette note à Mr Crisparkle pour qu'il la lise :

> *Mon cher enfant a été assassiné. La découverte de la montre et de l'épingle de cravate me convainquent qu'il a été assassiné cette nuit-là, et que ses bijoux lui ont été enlevés pour éviter toute identification par ce moyen. Je sème à tous vents les espoirs insensés que j'avais fondés sur le fait qu'il s'était séparé de sa fiancée. Ils sont morts depuis cette fatale découverte. Je jure aujourd'hui, et je confie ce serment à ces pages, que je ne discuterai plus jamais de ce mystère avec aucun être humain jusqu'à ce que j'en tienne la clé. Je jure que j'en garderai le secret, et que je poursuivrai mes recherches, je jure que j'imputerai le meurtre de mon cher enfant mort à son meurtrier. Et je jure que je me consacre désormais à la destruction du coupable.*

17

Philanthropie professionnelle et philanthropie privée

Plus de six mois avaient passé. Mr Crisparkle, assis dans la salle d'attente du siège social, à Londres, du Havre de Philanthropie, attendait d'être reçu par Mr Honeythunder.

Lorsqu'il s'adonnait à la pratique des exercices d'athlétisme, Mr Crisparkle avait connu des professeurs du noble art des coups de poing et il avait assisté à deux ou trois de ces réunions où l'on portait des gants crème. Il avait maintenant l'occasion d'observer que les philanthropes actifs étaient extraordinairement semblables aux pugilistes par la formation phrénologique de la base de leur crâne. En effet, les philanthropes étaient remarquablement favorisés en ce qui concernait le développement de tous ces organes qui font naître ou qui entretiennent une propension à se ruer sur ses semblables. Plusieurs professeurs entrèrent et sortirent et ils avaient exactement cet air agressif qui semblait les prédisposer à chercher noise à tous les novices qui pourraient se trouver sur leur chemin. Mr Crisparkle se souvenait d'avoir déjà observé cet air lorsqu'il fréquentait les cercles de pugilistes. Les préparatifs étaient en cours pour l'organisation d'un combat moral dans le secteur rural, et d'autres professeurs entraînaient l'un ou l'autre poids lourd qui leur paraissait convenir pour assener les meilleurs coups oratoires. Cela ressemblait si fort à la manière habituelle des publicains sportifs que les résolutions à adopter auraient aussi bien pu être des rounds. Dans l'un des managers de l'organisation, célèbre pour sa tactique de l'estrade, Mr Crisparkle reconnut (dans un complet noir) la réplique d'un bienfaiteur du même genre, aujourd'hui décédé, et qui était un éminent personnage public, connu jadis sous le nom réputé de Fogo Tête-de-Lard. En ce temps-là, il dirigeait l'organisation du cercle magique fermé par des cordes et des piquets. Trois points de ressemblance seulement manquaient entre les professeurs d'ici et ceux de la boxe. D'abord, les philanthropes étaient très mal entraînés : ils étaient trop gras, et ils présentaient, tant dans le visage que dans l'aspect général, une surabondance de ce que les experts pugilistiques appellent un amas de mauvaise graisse. Ensuite, les philanthropes n'avaient pas la bonne humeur des boxeurs, et ils proféraient des gros mots. Enfin, leurs règles de combat avaient absolument besoin d'être revues. Elles ne les autorisaient pas seulement à jeter leur homme dans les cordes, mais à le rendre à moitié fou. Elles leur permettaient aussi de le frapper quand il était à terre, de le frapper n'importe où et n'importe comment, de lui donner des coups de pied, de le piétiner, de lui porter de mauvais coups et de l'attaquer par-derrière sans rémission. Sur tous ces points, les professeurs du noble art étaient beaucoup plus nobles que les professeurs de philanthropie.

Mr Crisparkle était complètement perdu dans ses réflexions sur ces diverses dissemblances et ressemblances. En même temps, il observait la foule qui entrait et qui sortait. Il semblait que tous ces gens étaient toujours porteurs de messages belliqueux destinés à arracher quelque chose à quelqu'un, et jamais à donner quelque chose à qui que ce soit; distrait par tout cela, Mr Crisparkle n'entendit pas qu'on l'appelait. Lorsqu'il finit par répondre, il fut introduit dans le bureau de Mr Honeythunder par un misérable philanthrope stipendié, aux vêtements en lambeaux et mal payé, qui n'aurait pas pu se trouver dans une pire situation s'il avait été au service d'un ennemi déclaré de la race humaine.

— Monsieur, fit Mr Honeythunder de sa voix tonitruante, comme un professeur qui donnerait des ordres à un élève dont il avait la plus mauvaise opinion, asseyez-vous!

Mr Crisparkle s'assit.

Mr Honeythunder signa d'abord les quelques douzaines de circulaires qui restaient sur les quelques milliers qui lui avaient été soumises. Elles enjoignaient à autant de familles, sans leur laisser d'échappatoire, d'avoir à casquer instantanément pour devenir philanthrope, ou d'aller au diable. Un autre philanthrope, stipendié et en guenilles (complètement désintéressé s'il prenait son rôle au sérieux), rassembla ces papiers dans une corbeille et les emporta.

— Eh bien, Mr Crisparkle, fit Mr Honeythunder, en tournant sa chaise vers lui lorsqu'ils furent seuls, en se croisant les bras sur les genoux, et en fronçant les sourcils comme s'il ajoutait: « Je vais rapidement en finir avec vous! » Eh bien, Mr Crisparkle, nous avons, vous et moi, monsieur, des points de vue différents en ce qui concerne le caractère sacré de la vie humaine.

— Vraiment? répondit le chanoine mineur.

— C'est ainsi, monsieur.

— Puis-je vous demander, dit le chanoine mineur, quel est votre point de vue à ce sujet?

— Je pense que la vie humaine est une chose sacrée, monsieur.

— Puis-je vous demander, poursuivit le chanoine mineur sur le même ton, quel est d'après vous mon point de vue à ce sujet?

— Seigneur, monsieur! répondit le philanthrope, en croisant davantage les bras et en fronçant un peu plus les sourcils, vous devez le savoir mieux que moi.

— J'en conviens volontiers. Mais, voyez-vous, vous avez commencé par dire que nous avions des points de vue différents. C'est pourquoi vous devez m'attribuer une opinion bien déterminée, ou vous n'auriez pas pu parler de la sorte. Alors, je vous le demande, quelle est l'opinion que vous m'attribuez?

— Voici un homme... un jeune homme, fit Mr Honeythunder, comme si cela rendait le cas infiniment plus grave et comme s'il avait pu supporter plus facilement la perte d'un vieillard, voici un jeune homme qui a été balayé de la surface de la terre par un acte de violence. Comment appelez-vous cela?

— C'est un meurtre, fit le chanoine mineur.

— Et comment appelez-vous l'auteur de cet acte, monsieur?

— C'est un meurtrier, fit le chanoine mineur.

— Je suis heureux que vous en conveniez, monsieur, répondit Mr Honeythunder de son ton le plus agressif. Et je vous avoue, dans ma candeur, que je ne m'y attendais pas.

À nouveau il fronça les sourcils vers Mr Crisparkle.

— Voulez-vous avoir la bonté de m'expliquer ce que vous entendez par des expressions absolument injustifiables?

— Monsieur, répondit le philanthrope en haussant le ton jusqu'au rugissement, je ne me laisserai pas intimider.

— En tant que seul spectateur, je m'en rends parfaitement compte, répondit calmement le chanoine mineur. Mais j'ai interrompu vos explications.

— Un meurtre ! poursuivit Mr Honeythunder dans une sorte de tonitruante méditation, en prenant une attitude de bateleur avec ses bras croisés et les hochements de tête horrifiés dont il ponctuait chaque mot, un meurtre ! Le sang versé ! Abel ! Caïn ! Je n'accepte pas de compromis avec Caïn. Je refuse avec un frisson la main sanglante qu'il me tend !

Au lieu de se dresser instantanément dans son fauteuil, et d'acclamer l'orateur, comme l'auraient immanquablement fait les assistants d'un meeting après une telle péroraison, Mr Crisparkle se contenta de se croiser les jambes dans l'autre sens et de dire d'une voix douce :

— Continuez ! Je ne veux pas interrompre vos explications.

— Les Commandements nous disent : pas de meurtre ! *Pas* de meurtre ! poursuivit Mr Honeythunder en s'arrêtant ensuite d'une manière théâtrale comme s'il avait clairement entendu Mr Crisparkle prétendre : « Vous pouvez commettre un petit meurtre par-ci par-là, mais il ne faut pas exagérer. »

— Les Commandements disent aussi, observa Mr Crisparkle : « Tu ne porteras pas de faux témoignage. »

— C'en est assez ! hurla Mr Honeythunder de ce ton solennel et sévère qui, dans un meeting, aurait fait s'écrouler la salle. C'en est assez ! Mes anciens pupilles ont atteint leur majorité, et je suis débarrassé d'une mission à laquelle je ne puis penser sans un frisson d'horreur. Voici donc les comptes dont vous avez accepté de vous charger pour les leur remettre, et voici le bilan que vous désiriez recevoir, et dont j'ai hâte de me défaire. Laissez-moi cependant vous dire, monsieur, fit-il en hochant la tête, que je souhaiterais vous voir remplir un autre rôle, en tant qu'homme et en tant que chanoine mineur. Un autre rôle ! – il eut un nouveau hochement de tête. UN AUTRE RÔLE ! cette fois, avec un triple hochement de tête.

Mr Crisparkle se leva. Le sang lui était un peu monté au visage, mais il était parfaitement maître de lui.

— Mr Honeythunder, dit-il, en prenant les papiers qu'il lui tendait, la question de savoir si je joue un beau ou un vilain rôle est une question de goût et d'opinion. Vous pouvez évidemment penser que je jouerais un plus beau rôle si je m'affiliais à votre société.

— Mais certainement, monsieur ! répondit Mr Honeythunder en hochant la tête d'une manière menaçante. Cela aurait beaucoup mieux valu pour vous si vous l'aviez fait depuis longtemps !

— Permettez-moi d'être d'un autre avis.

— Ou du moins, dit Mr Honeythunder, en hochant toujours la tête, je pourrais estimer que quelqu'un qui exerce votre profession remplirait mieux son rôle en poursuivant et en châtiant les coupables qu'en laissant ce soin à des laïques.

— Permettez-moi de considérer ma profession d'un autre point de vue. Elle m'enseigne que mon premier devoir est d'aider ceux qui sont malheureux et abandonnés, qui sont désespérés et opprimés, fit Mr Crisparkle. Cependant, comme j'ai décidé une fois pour toutes que ma profession ne consiste pas à faire des professions de foi, je n'en dirai pas davantage. Mais je dois à Mr Neville, et à la sœur de Mr Neville (et à un degré moindre je me dois à moi-même) de vous dire ceci : je sais qu'au moment de cet événement, j'avais une complète connaissance de ce qui se passait dans le cœur et dans l'esprit de Mr Neville. J'ai l'assurance que son récit est sincère. Je ne cache cependant pas qu'il a de graves défauts qui doivent être corrigés. Mais sachant qu'il ne ment pas, je le protège. Et aussi longtemps que j'aurai cette certitude, je le protégerai. Si une autre considération devait affaiblir en moi cette résolution, j'en serais tellement honteux que la bonne opinion que les autres, hommes ou femmes, pourraient avoir de moi, ne me consolerait pas d'avoir perdu le respect de moi-même.

Le brave homme ! Comme il était humain ! Et comme il était modeste ! Il n'y avait pas plus de prétention chez le chanoine mineur qu'il n'y en avait eu chez l'écolier qui, dans les plaines de jeux, avait supporté le froid pour garder opiniâtrement son goal. Il était ainsi simplement et fermement fidèle à son devoir dans les grandes choses et dans les petites. C'est ainsi que sont toujours les cœurs sincères. Ils l'ont toujours été, ils le sont toujours, et ils le seront toujours. Rien n'est peu important pour grands cœurs.

— Dans ce cas, qui selon vous a commis le meurtre ? demanda Mr Honeythunder, en se tournant brusquement vers lui.

— Le Ciel me préserve, fit Mr Crisparkle, d'accuser quelqu'un à la légère, dans mon désir de disculper quelqu'un d'autre. Je n'accuse personne.

— Tcha ! fit Mr Honeythunder, d'un air profondément dégoûté.

En effet, ce n'était généralement pas en vertu de pareils principes qu'agissait la communauté philanthropique.

— D'ailleurs, monsieur, vous n'êtes pas un témoin désintéressé, souvenez-vous-en.

— En quoi suis-je intéressé? demanda Mr Crisparkle, en souriant innocemment sans pouvoir imaginer le motif qui lui serait donné.

— Monsieur, on vous payait une certaine pension pour votre élève. Cela a pu influencer votre jugement, dit Mr Honeythunder, d'un air sévère.

— Peut-être pensez-vous aussi que j'espère continuer à la toucher? répondit Mr Crisparkle, le visage illuminé.

— Ma foi, monsieur, répondit le philanthrope professionnel en se levant et en enfonçant ses mains dans les poches de son pantalon, il n'entre pas dans mon rôle de prendre la mesure des gens. S'ils prennent pour eux ce que je leur dis, qu'ils en fassent leur profit! C'est leur affaire. Pas la mienne.

Mr Crisparkle le regarda avec une juste indignation, et le prit directement à partie.

— Mr Honeythunder, lorsque je suis venu ici, j'espérais que je ne me trouverais pas dans la nécessité de commenter la manière dont vous introduisez les mœurs et les manœuvres électorales dans les événements de la vie privée. Et vous venez de me donner un tel exemple des unes et des autres, que je serais véritablement un cobaye idéal si je me taisais et si je me laissais faire. Vos manières sont détestables.

— Elles ne vous conviennent pas, monsieur, ce n'est pas pareil.

— Elles sont détestables, répéta Mr Crisparkle, sans s'arrêter à cette interruption. Elles violent tout autant la justice qui devrait inspirer les chrétiens, que la réserve qui devrait inspirer les gens bien élevés. Vous pensez qu'un crime épouvantable a été commis par quelqu'un que je crois fermement être innocent, parce que je connais les circonstances de l'événement, et que j'ai pour cela les meilleures raisons du monde. Parce que nous différons d'avis sur ce point important, vous vous croyez obligé d'utiliser des procédés de réunion publique. Instantanément, vous m'attaquez, et vous m'accusez de n'avoir aucune notion de l'énormité du crime, mais au contraire d'y avoir aidé, et de l'avoir inspiré. Une autre fois – supposons que je représente vos adversaires dans d'autres cas –, vous entraînez artificiellement la crédulité publique dans une profession de foi inspirée, aidée, et unanimement acceptée envers quelque ridicule utopie ou quelque malveillante imposture. Je refuse d'y croire. Vous déclarez aussitôt publiquement que je ne crois rien. Et parce que je refuse de m'incliner devant le faux dieu que vous venez de créer, je renie le vrai Dieu ! Une autre fois, vous découvrez soudain que la guerre est une calamité, et vous proposez de l'abolir par un cordon de résolutions tarabiscotées que vous jetez en l'air comme la queue d'un cerf-volant. Je refuse d'admettre que vous ayez été le premier à découvrir cette calamité, et je n'ai pas l'ombre d'une confiance dans vos remèdes. Aussitôt, vous m'accusez publiquement de me complaire dans les horreurs du champ de bataille, comme un diable incarné. Une autre fois, vous vous livrez à une nouvelle agression publique inconsidérée, et vous voulez punir les gens sobres pour les ivrognes. Je demande que l'on tienne compte du confort, des aises et de la soif légitime des premiers. Vous proclamez instantanément que je suis dépravé, et que je désire faire des créatures du bon Dieu des cochons et des fauves ! Dans tous ces cas, vos inspirateurs, vos adjoints et vos supporters, vos professeurs diplômés de tous les degrés, se livrent à une danse échevelée, comme des Malais sous l'influence de l'amok. Ils attribuent tranquillement à leurs adversaires les motifs les plus bas et les plus méprisables, sans la moindre discrimination. (Permettez-moi d'attirer votre attention sur un récent exemple qui vous est arrivé, et dont vous devriez avoir honte.) Ils citent des chiffres dont vous savez pertinemment qu'ils sont volontairement troqués, comme s'il s'agissait d'un bilan compliqué où tous les postes figureraient dans la colonne « crédit » et aucun dans la colonne « débit », ou inversement. C'est pour ces raisons, Mr Honeythunder, que je considère vos procédés de meeting comme un exemple déplorable et comme un détestable enseignement, même lorsqu'il s'agit de la vie publique. Mais si vous les introduisez également dans la vie privée, ils deviennent une intolérable calamité.

— Monsieur, s'exclama le philanthrope, vos paroles sont dures !

— Je l'espère bien, fit Mr Crisparkle. Au revoir.

Il sortit du Havre de Philanthropie en courant presque. Mais il reprit ensuite un pas plus normal, et bientôt, comme il poursuivait sa route, un sourire éclaira son visage, et il songea à ce qu'aurait pu penser la bergère de porcelaine si elle l'avait vu assener ses coups à Mr Honeythunder, dans cette dernière et vive discussion. Car Mr Crisparkle avait tout juste une assez innocente vanité pour espérer qu'il avait frappé fort, et pour se réjouir de la certitude qu'il avait durement secoué le philanthrope.

Il se rendit à Staple Inn, mais ce n'était pas pour rendre visite à P. J. T. ou à Mr Grewgious. Il grimpa de nombreux escaliers branlants avant d'atteindre une mansarde, au bout d'un couloir. Il tourna la poignée d'une porte qui n'était pas verrouillée, et se trouva devant la table de Neville Landless.

La chambre et son habitant avaient un air de retraite et de solitude. Il était très fatigué. La chambre aussi. Le plafond incliné, les lourdes ferrures et les lourds barreaux rouillés, les épaisses poutres et les gros élançons de bois qui se désagrégeaient un peu partout donnaient à la pièce un air de prison. Lui, il avait le visage hagard du prisonnier. Cependant, les rayons du soleil brillaient à travers la vilaine petite fenêtre à tabatière, qui s'ouvrait entre les tuiles. Et sur le parapet délabré et noirci de fumée qui se trouvait juste en dessous, quelques moineaux de trompeuse apparence sautillaient, comme s'ils avaient des rhumatismes, et ils avaient l'air de petits infirmes emplumés, qui venaient d'abandonner leurs béquilles dans leur nid. Et non loin de là, des feuilles vivantes jouaient dans le vent. L'atmosphère en était changée. Leur bruissement composait une sorte de musique imparfaite qui aurait pu être une mélodie à la campagne.

La chambre était pauvrement meublée, mais elle avait un bon assortiment de livres. Tout dénotait le logement d'un étudiant pauvre. À voir la manière amicale dont les yeux de Mr Crisparkle se posèrent sur les livres, lorsqu'il entra, on pouvait déduire qu'il les avait choisis, qu'il les avait prêtés ou qu'il les avait donnés. Ou peut-être qu'il avait combiné les trois manières d'en doter Neville.

— Comment allez-vous, Neville?

— Je me sens dans de bonnes dispositions, Mr Crisparkle, et je travaille ferme.

— Je voudrais que vos yeux ne soient pas aussi grands et qu'ils ne soient pas aussi brillants, fit le chanoine mineur, en lâchant lentement la main qu'il avait prise.

— Ils s'éclairent en vous voyant, répondit Neville. Si vous m'abandonniez, ils deviendraient rapidement ternes.

— Ne vous laissez pas abattre! répliqua Mr Crisparkle, d'un ton encourageant. Vous devez lutter, Neuville!

— Si j'étais mourant, un seul mot de vous me réconforterait. Si mon pouls s'arrêtait, je crois qu'il vous suffirait de le toucher pour qu'il se remette à battre, fit Neville. Mais j'ai repris courage, et je me sens plein de forces.

Mr Crisparkle tourna le visage du jeune homme un petit peu plus vers la lumière.

— Je voudrais voir des taches un peu plus rouges, ici, dit-il en montrant comme exemple ses joues saines. Je voudrais qu'il y ait plus de soleil sur vous.

Le courage de Neville sembla soudain s'écrouler, et il répliqua à voix basse :

— Je n'en suis pas encore là, cependant. Ça viendra peut-être, mais pour l'instant, je ne puis pas le supporter. Si vous vous étiez promené dans les rues de Cloisterham comme je l'ai fait, si vous aviez vu, comme moi, ces yeux qui se détournaient, et les meilleures gens me laisser beaucoup trop de place pour passer, pour que je ne puisse pas les toucher ou m'approcher d'eux, vous ne penseriez pas qu'il est tellement déraisonnable de ne pas me promener pendant le jour.

— Mon pauvre ami! fit le chanoine mineur d'un ton si sympathique que le jeune homme lui prit la main, je n'ai jamais dit que c'était déraisonnable. Je ne l'ai jamais pensé. Mais j'aimerais tout de même que vous le fassiez.

— C'est le meilleur motif que vous puissiez me donner pour que je le fasse. Mais je ne puis pas encore m'y résoudre. Je n'arrive pas encore à me persuader que les yeux de tous ces étrangers, que je croise dans cette grande ville, me regardent sans soupçons.

J'ai l'impression d'être marqué et désigné, même lorsque je sors le soir. Et je ne sors que le soir. Ce qui me donne du courage à ce moment-là, c'est d'être caché par l'obscurité.

Mr Crisparkle posa une main sur son épaule, et le regarda pendant quelques instants.

— Si j'avais pu changer de nom, fit Neville, je l'aurais fait. Mais comme vous me l'avez sagement fait remarquer je ne puis pas agir ainsi, car j'aurais l'air d'être coupable. Si j'avais pu me rendre dans un endroit éloigné, j'aurais pu y trouver un motif de soulagement. Mais il ne faut pas y penser davantage, pour la même raison. Les gens concluraient que je me suis caché ou que je me suis échappé. C'est dur d'être ainsi attaché au pilori, et d'être innocent. Mais je ne me plains pas.

— Et vous ne devez attendre l'aide d'aucun miracle, Neville, fit Mr Crisparkle avec compassion.

— Non, monsieur, je le sais. Le déroulement normal du temps et les circonstances sont les seules choses auxquelles je puisse me fier.

— Le temps et les circonstances finiront par travailler pour vous, Neville.

— Je le crois, et j'espère vivre assez longtemps pour le voir.

Constatant que l'humeur morose dans laquelle il était tombé jetait une ombre sur le visage du chanoine mineur, et sentant peut-être que la large main sur son épaule n'était plus aussi ferme qu'elle l'avait été naturellement lorsqu'elle s'y était posée, son visage s'éclaira et il dit :

— Vous savez, Mr Crisparkle, combien j'ai besoin d'étudier. Sans compter que vous m'avez conseillé d'entreprendre les difficiles études de droit, plus spécialement, et que bien entendu je suis les avis qui me sont donnés par un tel ami et un tel conseiller. Un tel ami et un tel conseiller !

Il prit la main protectrice qui était appuyée sur son épaule et l'embrassa. Mr Crisparkle regarda les livres, mais plus avec le même enthousiasme que quand il était entré.

— Je déduis de votre silence sur ce sujet que mon ancien tuteur est contre moi, Mr Crisparkle ?

Le chanoine mineur répondit :

— Votre ancien tuteur est... est un être extrêmement borné, et ce qu'il est ne doit avoir aucune importance pour les gens raisonnables.

— Il est heureux que j'aie suffisamment d'économies pour pouvoir vivre, soupira Neville, d'un air mi-fâché, mi-joyeux, aussi longtemps que je dois continuer à étudier et attendre qu'on me rende justice. Sans quoi j'aurais donné raison au proverbe qui dit que le cheval meurt pendant que l'herbe pousse.

Tout en parlant, il avait ouvert ses livres, et il fut bientôt plongé dans ses notes et dans ses commentaires. Mr Crisparkle, assis à côté de lui, corrigeait ses erreurs, lui donnait des explications ou des conseils. Le service du chanoine mineur à la cathédrale rendait ses visites compliquées et il ne pouvait les effectuer qu'à des intervalles de plusieurs semaines. Mais il les faisait avec dévouement, et elles étaient précieuses pour Neville Landless.

Lorsqu'ils eurent parcouru les matières qu'il voulait étudier, ils se penchèrent sur l'appui de la fenêtre, et regardèrent le coin de jardin qui s'étendait au pied de la maison.

— La semaine prochaine, dit Mr Crisparkle, vous cesserez d'être seul, et vous aurez une compagne dévouée.

— Et cependant, répliqua Neville, cet endroit ne me paraît guère indiqué pour y amener ma sœur.

— Je ne pense pas, dit le chanoine mineur. Il y a ici des tas de choses à faire, et vous avez besoin du courage, de la compréhension et du bon sens d'une femme.

— Je voulais dire, expliqua Neville, que ces lieux sont tristes, qu'ils ne conviennent pas à une femme, et qu'Helena ne trouvera ici aucune amie convenable, ni aucune société.

— Souvenez-vous seulement, dit Mr Crisparkle, que vous vous y trouvez vous-même, et que c'est à elle qu'il incombe de vous ramener à la lumière.

Ils se turent pendant un instant, et puis Mr Crisparkle recommença :

— Lorsque nous avons eu notre première conversation ensemble, Neville, vous m'avez dit que votre sœur, malgré les inconvénients de vos existences passées, avait acquis sur vous autant de supériorité qu'il y a de différence entre la tour de la cathédrale de Cloisterham et les cheminées de la résidence du chanoine mineur. Vous vous en souvenez ?

— Parfaitement !

— À l'époque, j'avais tendance à considérer qu'il s'agissait d'une déclaration trop enthousiaste. Ce que je pense maintenant importe peu. Mais je voudrais insister sur ceci : sur le plan de la fierté, votre sœur doit être pour vous un grand exemple, un exemple opportun.

— Sur tous les plans, par tout ce qui crée une riche personnalité, elle est un exemple pour moi.

— Vous pouvez le dire. Mais cet exemple-ci, il faut que vous le suiviez. Votre sœur a appris à dominer sa fierté naturelle. Elle peut la maîtriser même lorsque cette fierté est blessée à cause de la sympathie qu'elle éprouve pour vous. Il ne fait pas de doute qu'elle ait profondément souffert dans ces mêmes rues de Cloisterham où vous avez souffert vous-même. Il ne fait pas de doute que sa vie soit assombrie par le nuage qui assombrit la vôtre. Mais elle a su plier sa fierté dans une attitude qui n'est ni hautaine ni agressive, mais qui constitue une confiance totale en vous et dans la vérité, elle a pu se frayer un chemin dans ces rues et elle les parcourt en inspirant autant de respect que n'importe lequel des passants qu'on y rencontre. À chaque heure et à chaque jour de son existence, depuis la disparition d'Edwin Drood, elle a dû faire face à la méchanceté et à la folie, pour vous, comme seule peut le faire une nature courageuse et capable de se dominer. Elle sera ainsi jusqu'au bout. Certaines sortes de fierté peuvent être abattues, mais pas une fierté comme la sienne : une fierté qui ne cède pas, et qui ne peut pas la dominer.

Les joues pâles de Neville se colorèrent devant cette comparaison, et devant l'allusion qu'elle contenait.

— Je ferai tout mon possible pour l'imiter, dit-il.

— C'est ce qu'il faut faire. Vous devez être courageux comme elle est courageuse, répondit gravement Mr Crisparkle. Il commence à faire noir. Voulez-vous m'accompagner lorsqu'il fera tout à fait sombre ? Remarquez que ce n'est pas moi qui attends l'obscurité.

Neville répondit qu'il l'accompagnerait immédiatement. Mais Mr Crisparkle dit qu'il fallait d'abord qu'il rende à Mr Grewgious une courte visite de courtoisie, et qu'il allait d'abord faire un saut jusqu'à son appartement. Il rejoindrait ensuite Neville sur le seuil de la porte, s'il voulait l'y attendre.

Mr Grewgious, droit comme un *i*, ainsi qu'il l'était habituellement, était assis, et prenait son vin, dans le crépuscule, devant sa fenêtre ouverte. Son verre et son carafon étaient posés sur la table ronde, près de son coude. Lui-même avait les jambes étendues sur la banquette de la fenêtre, et son corps ne faisait qu'un angle, comme un tire-botte.

— Comment allez-vous, mon révérend? fit Mr Grewgious, en offrant à son visiteur tout ce que l'hospitalité lui commandait. Mr Crisparkle déclina l'offre, avec la même cordialité.

— Et comment se porte votre élève, poursuivit Mr Grewgious, dans l'appartement que j'ai eu le plaisir de vous recommander de l'autre côté de la rue?

Mr Crisparkle répondit que tout allait bien.

— Je suis heureux que cette situation vous plaise, dit Mr Grewgious, parce que j'ai un certain plaisir à le tenir à l'œil.

Comme Mr Grewgious aurait dû tourner considérablement les yeux avant de pouvoir observer l'intérieur de la chambre de Neville, il fallait prendre cette phrase au sens figuré et non pas au sens littéral.

— Et comment avez-vous quitté Mr Jasper, mon révérend? fit Mr Grewgious.

Mr Crisparkle dit qu'il l'avait fort bien quitté.

— Et où avez-vous quitté Mr Jasper, mon révérend?

Mr Crisparkle l'avait quitté à Cloisterham.

— Et quand avez-vous quitté Mr Jasper, mon révérend?

— Ce matin même.

— Hum! fit Mr Grewgious. Ne vous a-t-il pas dit qu'il venait?

— Qu'il venait où?

— N'importe où par exemple?

— Non.

— Parce qu'il est ici, fit Mr Grewgious, qui avait posé toutes ces questions sans cesser de regarder par la fenêtre d'un air préoccupé. Et il n'a pas l'air joyeux, n'est-ce pas?

Mr Crisparkle s'approcha de la fenêtre, mais Mr Grewgious ajouta :

— Si vous voulez bien venir vous placer derrière moi, dans l'ombre de la chambre, et jeter un regard à la fenêtre du palier du second étage de cette maison là-bas, je pense que vous ne pourrez manquer de voir un individu qui s'y dissimule et en qui je reconnais notre ami de Cloisterham.

— Vous avez raison ! s'écria Mr Crisparkle.

— Hum ! fit Mr Grewgious.

Il ajouta, tournant son visage si brusquement que sa tête entra presque en collision avec celle de Mr Crisparkle.

— Que pensez-vous que notre ami de Cloisterham soit venu faire ici?

Le dernier passage qu'il avait lu dans le journal de Jasper s'imposa avec force à l'esprit de Mr Crisparkle. Il demanda à Mr Grewgious s'il croyait que son but était de pousser Neville à bout en exerçant sur lui une surveillance constante.

— Une surveillance? répéta Mr Grewgious d'un air méditatif. Eh ! Eh !

— Une surveillance, qui contribuerait non seulement à le torturer et à hanter ses pensées, fit Mr Crisparkle, avec chaleur, mais qui l'exposerait également aux perpétuels tourments d'un incessant soupçon, quoi qu'il fasse et où qu'il aille.

— Eh ! Eh ! fit Mr Grewgious, toujours méditatif. Est-ce lui qui vous attend devant sa porte?

— C'est lui, en effet.

— Dans ce cas, voulez-vous me permettre de me lever et de vous reconduire? Je voudrais que vous le rejoigniez, et que vous alliez avec lui où vous aviez l'intention d'aller, sans vous préoccuper de notre ami de Cloisterham, fit Mr Grewgious. Ce soir, c'est lui que j'ai envie de tenir à l'œil.

Mr Crisparkle eut un signe de tête approbateur. Il rejoignit Neville et partit avec lui. Ils dînèrent ensemble, et se séparèrent à la nouvelle station du chemin de fer qui n'était pas encore terminée. Mr Crisparkle rentrait chez lui. Neville avait l'intention de parcourir les rues, de traverser les ponts, de faire un large tour de la ville dans l'obscurité propice, et de se dérouiller les jambes.

Il était minuit lorsqu'il rentra de son expédition solitaire et escalada son escalier. La nuit était chaude, et les fenêtres de l'escalier étaient toutes largement ouvertes. En arrivant au dernier étage, il eut un choc en apercevant un étranger qui était assis sur le seuil de la fenêtre. En effet, il n'y avait pas d'autre chambre que la sienne à cet endroit. L'homme avait plus l'air d'être un vitrier téméraire qu'un amateur soucieux de ne pas se briser le cou. Il se trouvait plus à l'extérieur qu'à l'intérieur, de sorte qu'on pouvait imaginer qu'il était entré par la gouttière plutôt que par les escaliers.

L'étranger ne dit rien jusqu'au moment où Neville mit sa clé dans la serrure. Ce ne fut qu'alors qu'il parla, comme s'il avait attendu ce geste pour être certain de l'identité de son interlocuteur.

— Excusez-moi, dit-il, en sortant de la fenêtre avec une remarquable adresse et en arborant un large sourire, c'est à propos des haricots.

Neville se demanda ce qu'il voulait.

— Les plantes grimpantes, fit le visiteur. Les fèves d'Espagne. Je suis votre voisin de derrière.

— Oh, répondit Neville, le réséda et la giroflée?

— Exactement, fit le visiteur.

— Je vous en prie, entrez.

— Merci.

Neville alluma ses chandelles et le visiteur s'assit. C'était un bel homme, au visage jeune, et qui paraissait plus âgé que son âge, à cause de sa robustesse et de la largeur de ses épaules. C'était un homme d'environ vingt-huit ans, trente ans tout au plus. Il était tellement hâlé par le soleil, que le contraste entre son visage bronzé et la blancheur de son front, qui avait dû être protégé par le bord de son chapeau, ainsi que son cou tout blanc sous le foulard, aurait pu lui donner un air burlesque. Mais ses tempes larges, ses grands yeux bleus, ses cheveux bruns frisés, et ses dents éclatantes, corrigeaient cette impression.

— J'avais remarqué, fit-il… À propos, je me nomme Tartar.

Neville inclina la tête.

— J'avais remarqué (excusez-moi) que vous vous enfermiez presque toujours, et que vous sembliez prendre plaisir à regarder mon jardin suspendu. Si vous désirez en jouir davantage, je puis tendre quelques fils et quelques piquets supplémentaires, entre mes fenêtres et les vôtres, de manière que les plantes grimpantes puissent s'y accrocher. J'ai également quelques caisses de résédas et de giroflées que je pourrais pousser vers vos fenêtres par la gouttière au moyen d'une gaffe que je possède. Je les retirerais quand elles auraient besoin d'être arrosées et entretenues, et vous les ramènerais lorsqu'elles seraient arrangées. De cette manière, elles ne vous causeraient aucun souci. Mais je ne pourrais prendre cette liberté sans vous en demander la permission, c'est pourquoi je suis venu vous le demander. Permettez-moi de vous rappeler mon nom : Tartar, appartement voisin.

— Vous êtes très aimable.

— Pas du tout. Je devrais m'excuser d'avoir mis tant de temps à vous rendre visite. Mais comme j'avais remarqué (excusez-moi), que vous vous promeniez généralement le soir, j'ai pensé que je vous importunerais moins en attendant votre retour. J'ai toujours peur d'importuner les gens occupés, étant moi-même un être oisif.

— À vous voir, je ne l'aurais pas cru.

— Non? Je considère ceci comme un compliment. En fait, j'appartenais à la marine royale, et j'étais premier lieutenant lorsque je l'ai quittée. Un de mes oncles, qui n'aimait pas de me voir servir, m'a légué sa propriété à condition que je quitte la marine. J'ai accepté la fortune et j'ai donné ma démission.

— Il n'y a pas longtemps, je suppose?

— Ma foi, j'ai roulé ma bosse un peu partout pendant douze ou quinze ans. Je ne me suis installé ici qu'il y a neuf mois. J'ai déjà eu une récolte avant que vous n'arriviez, j'ai choisi cet endroit, parce que j'avais servi en dernier lieu dans une petite corvette, et je savais que je me sentirais plus à l'aise là où j'aurais continuellement l'occasion de me cogner la tête contre le plafond. En outre, il n'est pas bon pour un homme qui s'est trouvé sur des bateaux depuis son enfance de s'installer tout à coup dans des appartements luxueux. Enfin, ayant été habitué toute ma vie à ne disposer que de peu d'espace, j'ai pensé qu'avant de diriger une grande propriété, il valait mieux que je m'enferme dans un lieu plus restreint.

Quoiqu'il eût prononcé ces paroles sur un ton de plaisanterie, elles contenaient une touche de sérieux qui faisait douter de leur ironie.

— Mais je n'ai que trop parlé de moi, fit le lieutenant. Ce n'est pas mon habitude, je pense. C'est d'ailleurs simplement dans l'intention de me faire connaître à vous. Si vous m'autorisez à prendre la liberté dont je vous parlais, vous me rendriez service, car cela me donnerait quelque chose de plus à faire. Ne pensez surtout pas que j'y trouverais des raisons de vous importuner. Ce n'est pas du tout dans mes intentions.

Neville répondit qu'il lui était très reconnaissant, qu'il acceptait avec gratitude cette aimable proposition.

— Cela me fait plaisir de pouvoir prendre vos fenêtres à la remorque, fit le lieutenant. D'après ce que j'ai vu de vous pendant que je soignais mes plantes, et que vous regardiez ici, j'ai pensé (excusez-moi) que vous étiez trop studieux et trop délicat. Puis-je vous demander si vous êtes en mauvaise santé?

— J'ai subi un sérieux choc moral, fit Neville avec confusion, et c'est tout aussi grave qu'une maladie.

— Excusez-moi, fit Mr Tartar.

Avec beaucoup de tact, il se remit à parler des fenêtres, et demanda s'il pouvait en regarder une. Neville l'ouvrit. Instantanément, Mr Tartar sauta à l'extérieur comme si dans le péril il prenait la tête de l'équipage, et voulait donner un brillant exemple.

— Pour l'amour de Dieu, ne faites pas cela, Mr Tartar, s'écria Neville. Où allez-vous? Vous allez vous rompre le cou!

— C'est parfait! fit le lieutenant, en regardant calmement autour de lui, sur le toit. Tout me paraît propre et bien entretenu. Les fils et les tuteurs seront placés avant que vous ne vous leviez demain matin. Me permettez-vous de prendre ce raccourci pour rentrer chez moi et de vous souhaiter le bonsoir?

— Mr Tartar! s'écria Neville, je vous en prie! j'ai le vertige, rien qu'à vous voir!

Mais Mr Tartar, après avoir agité la main, avait déjà plongé avec l'agilité d'un chat parmi ses caisses de fèves d'Espagne, et il était descendu, sans en déranger une feuille.

Mr Grewgious, qui soulevait d'une main le rideau de sa chambre, tenait pour la dernière fois, cette nuit, l'appartement de Neville à l'œil. C'était heureux que son regard fut dirigé vers la façade de la maison, et non vers l'arrière, car les surprenantes apparitions et disparitions de Mr Tartar auraient suffi à troubler son repos. Mais Mr Grewgious, ne voyant rien, pas même une lumière à la fenêtre, se contenta de lever les yeux vers les étoiles, comme s'il pouvait y lire quelque chose qui lui était caché. Nous ferions tous de même, si nous le pouvions. Mais personne d'entre nous ne connaît les premières lettres de ce qui est écrit dans les étoiles. Et il est peu probable que nous puissions y arriver à ce stade de notre existence. Comment pourrions-nous lire une langue dont nous n'avons pas appris l'alphabet?

18

Un étranger s'installe à Cloisterham

Ce fut vers cette époque qu'un étranger apparut à Cloisterham. C'était un personnage aux cheveux blancs et aux sourcils noirs. Habillé d'un manteau bleu, boutonné jusqu'au cou, d'une tunique de cuir et de pantalons gris, il avait l'apparence d'un ancien militaire. Mais au Crozier, l'hôtel orthodoxe où il était descendu avec sa malle, il s'était présenté comme un oisif qui vivait de ses revenus. Il annonça ensuite qu'il envisageait de prendre un appartement dans la pittoresque vieille cité pour un mois ou deux, avec l'intention de s'y installer peut-être définitivement. Ces deux déclarations furent faites au bar du Crozier, à tous ceux que cela pouvait intéresser ou ne pas intéresser. L'étranger se tenait debout, le dos tourné vers l'âtre éteint, attendant qu'on lui serve sa sole frite, sa côtelette de veau, et sa pinte de sherry. Comme les affaires étaient peu brillantes au Crozier en ce moment, le garçon représentait en fait toute la foule de ceux que cela pouvait intéresser et de ceux que cela ne pouvait pas intéresser. Il absorba donc la totalité de l'information.

La tête blanche de ce monsieur était extraordinairement large, et sa tignasse de cheveux gris était extraordinairement épaisse et touffue.

— Je suppose, garçon, dit-il, en secouant cette tignasse comme aurait pu le faire un fox-terrier, avant de s'installer devant son repas, qu'il est possible de trouver, par ici, un bon appartement, pour un vieux célibataire ?

Le garçon en était sûr.

— Il me faudrait quelque chose de vieux, fit le monsieur. Voulez-vous enlever un instant mon chapeau de cette patère ? Oh non, je n'en ai pas besoin. Je veux seulement que vous regardiez à l'intérieur, Qu'y lisez-vous ?

Le garçon lut : « Datchery. »

— Maintenant vous connaissez mon nom, fit le monsieur. Dick Datchery. Remettez mon chapeau en place. Je disais donc que je préférerais quelque chose de vieux, quelque chose d'original et d'extraordinaire. Quelque chose qui soit vénérable, architectural et inconfortable.

— Pour cela, monsieur, je pense que nous avons un grand choix d'appartements inconfortables dans cette ville, répliqua le garçon avec une confiance mitigée dans les ressources qu'elle offrait. Si c'est cela que vous cherchez, je suis persuadé qu'on pourra vous satisfaire, si difficile que vous soyez. Mais un appartement architectural !

Ce point sembla sérieusement troubler la tête du garçon, et il se mit à la hocher gravement.

— Vous voyez ce que je veux dire, suggéra Mr Datchery, quelque chose qui soit dans le style de la cathédrale.

— Mr Tope, fit le garçon, dont le visage s'éclaira, et qui se caressa le menton, est certainement le mieux placé pour vous donner des renseignements à cet égard.

— Qui est Mr Tope ? demanda Mr Datchery.

Le garçon expliqua que c'était le bedeau, et que Mrs Tope avait jadis offert des appartements en location ou s'était chargé d'en louer. Cependant, personne ne s'était jamais présenté pour les occuper, et si l'affichette que Mrs Tope avait placée à sa fenêtre avait longtemps constitué une institution à Cloisterham, elle avait disparu. Elle était probablement tombée un beau jour, et n'avait jamais été remise en place.

— J'irai rendre visite à Mrs Tope, fit Mr Datchery, après le dîner.

Lorsqu'il eut fini de manger, on lui indiqua comment s'y rendre, et il partit dans cette direction. Mais le Crozier était un hôtel retiré. Et comme les indications du garçon avaient été dangereusement précises, Mr Datchery se trompa. Il se mit à errer dans les environs de la tour de la cathédrale et put la contempler sous tous ses angles en ayant la vague impression que Mrs Tope ne devait pas habiter très loin et que, comme dans les jeux de son enfance, il brûlait lorsqu'il apercevait la tour, et devenait froid lorsqu'il ne la voyait plus.

Il faisait tout à fait froid lorsqu'il atteignit un morceau de cimetière dans lequel un malheureux mouton était occupé à brouter. Nous disons malheureux parce qu'un hideux petit bonhomme s'amusait à lui lancer des pierres à travers les grilles. Il avait déjà réussi à le blesser à une patte, et il semblait très excité à l'idée de pouvoir hâtivement lui briser les trois autres et le forcer ainsi à s'effondrer.

— Encore une fois touché! s'écria le gamin en voyant la pauvre bête faire un nouveau bond. J'ai fait un trou dans sa toison!

— Laisse-le tranquille, fit Mr Datchery. Ne vois-tu pas que tu l'as blessé?

— Tu mens, répondit le sportif. Il s'est blessé lui-même. Je l'ai vu faire et je l'avertis simplement qu'il devrait cesser de blesser le mouton de son maître.

— Viens ici.

— Non. Je viendrai si tu peux m'attraper.

— Reste là dans ce cas, mais montre-moi où est la maison de Mr Tope.

— Comment puis-je te montrer où est la maison de Mr Tope en restant ici, alors que la maison de Mr Tope est de l'autre côté de la cathédrale, au-delà du carrefour, et derrière tout un tas de coins ? C'est stupide ! Ah ! Ah ! Ah !

— Montre-moi où elle se trouve, et je te donnerai quelque chose.

— Alors, donne.

Cet énergique marché étant conclu, le gamin montra le chemin, et en passant, il s'arrêta à une certaine distance d'une porte voûtée, et la montra du doigt.

— Regarde là-bas. Tu vois cette fenêtre et cette porte ?

— C'est la maison de Tope ?

— Tu mens. Ce n'est pas la maison de Tope. C'est celle de Jasper.

— Vraiment ? fit Mr Datchery, et il la regarda une seconde fois, avec une certaine marque d'intérêt.

— Oui, et je te jure que je ne m'en approcherai pas davantage.

— Pourquoi pas ?

— Parce que je n'ai pas envie d'être soulevé par le cou, d'avoir les bretelles déchirées, et d'être étouffé. Pas si je peux l'éviter, et sûrement pas à cause de lui. Attends voir ! L'un de ces jours je vais lui envoyer une de ces bonnes petites pierres à l'arrière de son beau vieux crâne. Bon. Regarde de l'autre côté de la voûte.

Pas le côté où se trouve la porte de Jasper, non, l'autre côté.

— Je vois.

— Un petit peu plus loin, il y a une porte basse précédée par deux marches. C'est la demeure de Tope. Tu verras leur nom inscrit sur une plaque ovale.

— Bien. Voilà, fit Mr Datchery, en sortant de sa poche un shilling. Tu m'en dois la moitié.

— Tu mens. Je ne te dois rien. Je ne t'ai jamais vu.

— Je te dis que tu me dois la moitié de ce shilling, parce que je n'ai pas six pence dans ma poche. Aussi, la prochaine fois que tu me rencontreras, tu feras quelque chose pour moi, afin de me payer ta dette.

— C'est bien, donne-le-moi.

— Quel est ton nom, et où habites-tu?

— Deputy. J'habite à l'« auberge de Deux Sous », de l'autre côté de la pelouse.

Le gamin s'éloigna aussitôt qu'il eut le shilling, de peur que Mr Datchery ne change d'idée. Il s'arrêta lorsqu'il s'estima en sécurité, et pour se soulager de l'inquiétude qu'il avait eue, il exécuta une danse démoniaque destinée à aiguillonner Mr Datchery et à lui faire comprendre que son geste était irrévocable.

Mr Datchery, ayant ôté son chapeau pour pouvoir secouer une nouvelle fois sa toison blanche, se dirigea vers l'endroit que le gamin lui avait désigné.

Le domicile de Mr Tope, qui communiquait avec l'appartement de Mr Jasper par un escalier (ce qui explique que Mrs Tope était au service de ce gentleman), était de proportions très modestes, et ressemblait à un donjon glacial. Ses antiques murs étaient massifs, et il semblait que ses pièces y avaient été creusées, plutôt que d'avoir été dessinées à l'avance en tenant compte de leurs dispositions. La porte principale s'ouvrait sur une chambre dont il était impossible de décrire la forme, avec un plafond en ogives. Cette pièce ouvrait sur une autre chambre dont on ne pouvait pas davantage en décrire la forme, et dont le plafond était également en ogives. Les fenêtres étaient petites, et creusées dans l'épaisseur des murs. Ces deux pièces, à l'atmosphère renfermée, et sombrement éclairées par la lumière naturelle, constituaient l'appartement que Mrs Tope avait si longtemps offert en location à une ville qui ne pouvait en apprécier les avantages. Mr Datchery, cependant, les apprécia beaucoup mieux. Il constata que s'il laissait la porte principale ouverte, il pourrait jouir de la société de tous les passants qui emprunteraient la porte voûtée. Et de cette manière, il aurait toute la lumière désirable. Il découvrit que si Mr et Mrs Tope, qui vivaient à l'étage supérieur, utilisaient pour leurs entrées et leurs sorties le petit escalier latéral qui débouchait directement dans l'enceinte par une petite porte qui s'ouvrait sur l'extérieur, à la surprise et au désagrément des rares piétons qui employaient cet étroit passage, il pourrait être seul, comme s'il habitait une résidence séparée. Il trouva que le loyer était modéré, et que tout était aussi étrangement inconfortable qu'il le désirait. Il convint donc, pour ces raisons, de prendre l'appartement sur-le-champ, de payer d'avance, et de prendre possession de son logement ce soir même. Il y mit, comme seule condition, de pouvoir en référer à Mr Jasper, qui occupait le logement de la porte voûtée, dont le logis du bedeau, de l'autre côté du passage, n'était qu'une dépendance ou une partie subsidiaire.

Mrs Tope déclara que le pauvre gentleman était très solitaire et très triste, mais elle ne se doutait pas qu'il ne veuille « parler pour elle ». Mr Datchery avait peut-être entendu parler de ce qui lui était arrivé l'hiver dernier?

Mr Datchery, en essayant de se souvenir de l'événement en question, montra qu'il n'en avait qu'une très vague notion. Il pria Mrs Tope de le corriger si elle estimait que son résumé des faits n'était pas correct. Il n'était après tout qu'un célibataire endurci qui vivait de ses rentes sans se compliquer l'existence. Tant de gens se débarrassaient constamment de tant d'autres gens, qu'il était difficile pour un garçon d'humeur peu compliquée de se souvenir des circonstances des nombreux cas qui se mélangeaient dans son esprit.

Mr Jasper ayant déclaré qu'il était prêt à parler pour Mrs Tope, Mr Datchery, après lui avoir envoyé sa carte, fut invité à grimper l'escalier derrière la poterne. Le maire était là, déclara Mrs Tope. Mais il ne fallait pas se déranger pour lui, car Mr Jasper et lui étaient de grands amis.

— Je vous demande pardon, fit Mr Datchery, avec une révérence, et en tenant son chapeau sous le bras, en s'adressant en même temps aux deux hommes. Je vous demande pardon de vous déranger pour ce qui n'est qu'une précaution égoïste de ma part, et qui ne présente d'intérêt que pour moi-même. Je suis un garçon qui vit de ses rentes, et comme j'ai l'intention de le faire désormais, pour le reste de mon existence, dans cette charmante ville, et d'y vivre dans la paix et la quiétude, je voudrais savoir si on peut considérer la famille Tope comme une famille respectable?

Mr Jasper pouvait en répondre sans la moindre hésitation.

— Cela suffit, monsieur, fit Mr Datchery.

— Mon ami le maire, ajouta Mr Jasper en présentant Mr Datchery et en désignant cette autorité d'un gracieux geste de la main, mon ami le maire dont la recommandation est réellement beaucoup plus importante pour un étranger que celle d'un personnage aussi obscur que moi, témoignera certainement en leur faveur.

— Le respectable monsieur le maire, fit Mr Datchery en s'inclinant très bas, m'oblige à une infinie reconnaissance.

— Mr et Mrs Tope sont de très braves gens, monsieur, déclara Mr Sapsea avec condescendance. Ils ont des opinions convenables. Ils se conduisent très bien. Ils sont parfaitement respectables. Le doyen et le chapitre ont beaucoup de considération pour eux.

— Le respectable monsieur le maire leur reconnaît une réelle personnalité, fit Mr Datchery, et ils peuvent assurément en être fiers. Je voudrais demander à Son Honneur (si ce m'est permis) s'il existe beaucoup de choses particulièrement intéressantes dans la ville qui se trouve sous sa bienfaisante autorité?

— Nous sommes, monsieur, répondit Mr Sapsea, une très vieille ville, et une ville ecclésiastique. Nous sommes une ville constitutionnelle comme il convient que soit une pareille ville, et nous maintenons bien haut nos glorieux privilèges.

— Son Honneur, fit Mr Datchery en s'inclinant, me donne le désir de connaître cette ville davantage et me confirme dans mes projets d'y finir mes jours.

— Vous êtes un militaire pensionné, monsieur? suggéra Mr Sapsea.

— Son Honneur le maire me fait beaucoup trop d'honneur, répondit Mr Datchery.

— À moins que vous n'ayez appartenu à la marine, monsieur? suggéra encore Mr Sapsea.

— Encore une fois, répéta Mr Datchery. Son Honneur le maire me fait beaucoup trop d'honneur.

— La diplomatie est une intéressante carrière, fit Mr Sapsea, comme s'il émettait une idée générale.

— En cela, je le confesse, Son Honneur le maire me comble beaucoup trop, fit Mr Datchery, avec un aimable sourire et une aimable inclination. Un pareil fusil devrait abattre même un oiseau diplomatique.

Tout cela était très agréable. Ce monsieur avait beaucoup d'adresse, pour ne pas dire une adresse remarquable. Il était manifestement habitué aux gens de qualité et de rang élevé, et il donnait certainement l'exemple de la manière dont il convient de se comporter devant un maire. Dans sa manière de s'exprimer à la troisième personne, Mr Sapsea trouvait qu'il rendait exactement l'hommage qui convenait à ses mérites et à sa position.

— Mais je vous demande pardon, fit Mr Datchery. Son Honneur le maire ne m'en voudra pas si pendant quelques minutes je lui ai pris son temps. J'oubliais aussi que mon propre temps a ses humbles exigences, et qu'il faut que je retourne à mon hôtel, le Crozier.

— Mais pas du tout, monsieur, fit Mr Sapsea. Je rentre moi-même chez moi, et si vous désirez avoir une vue sur l'extérieur de notre cathédrale, en passant, je serais heureux de vous la faire voir.

— Son Honneur le maire, fit Mr Datchery, est vraiment trop aimable et trop serviable.

Ayant pris congé de Mr Jasper, Mr Datchery ne pouvait évidemment accepter de quitter la pièce avant le Respectable. Le Respectable montra le chemin. Mr Datchery le suivit, son chapeau sous le bras, et sa toison de cheveux blancs flottant dans le vent du soir.

— Puis-je demander à Son Honneur, fit Mr Datchery, si le monsieur que nous venons de quitter était celui dont j'ai entendu dire dans le voisinage qu'il a été si terriblement affligé par la perte d'un neveu, et qui a voué sa vie à venger cette perte?

— C'est bien ce monsieur. Il s'appelle John Jasper, monsieur.

— Son Honneur me permettrait-il de demander s'il y a de lourds soupçons contre quelqu'un?

— Plus que des soupçons, monsieur, répondit Mr Sapsea. Ce sont des certitudes.

— Ce n'est pas possible! s'écria Mr Datchery.

— Mais la preuve, monsieur, la preuve doit être bâtie pierre par pierre, dit le maire. Comme je le dis toujours, c'est l'achèvement qui couronne l'œuvre. Il ne suffit pas que la justice soit moralement certaine, elle doit aussi l'être immoralement... c'est-à-dire, légalement.

— Son Honneur, fit Mr Datchery, me rappelle opportunément la nature de la loi. Immorale. Comme c'est vrai!

— Comme je le dis toujours, monsieur, poursuivit pompeusement le maire, le bras de la justice est un bras puissant et un bras long. C'est ainsi que j'exprime toujours cette idée. Un bras puissant, et un bras long.

— Quelle remarquable image! Et cependant, encore une fois, comme c'est vrai! murmura Mr Datchery.

— Et sans trahir ce que j'appelle les secrets de la prison, fit Mr Sapsea... les secrets de la prison, c'est le terme que j'ai employé au tribunal.

— Quels autres termes que ceux de Son Honneur pourraient exprimer cette idée? fit Mr Datchery.

— Sans, dis-je, les trahir, je vous prédis, connaissant la volonté de fer du gentleman que nous venons de quitter (je puis avoir l'audace de dire « volonté de fer », étant donné sa force), je puis donc vous prédire que, dans ce cas, le long bras atteindra son but, et que le bras puissant frappera.

— Voici notre cathédrale, monsieur. Les meilleurs juges s'accordent à l'admirer, et les meilleurs de nos citoyens ont le droit d'en être quelque peu fiers.

Pendant tout ce temps, Mr Datchery s'était promené avec son chapeau sous le bras. Pendant un moment, il parut avoir oublié qu'il en possédait un, et Mr Sapsea le toucha. Puis il porta la main à la tête de Mr Datchery, comme s'il s'attendait vaguement à y trouver un second chapeau.

— Je vous en prie, monsieur, restez couvert, fit Mr Sapsea.

Ce qui, dans son esprit, impliquait avec condescendance : « Je ne m'en formaliserai pas, je vous assure. »

— Son Honneur est très bon, mais j'aime la fraîcheur, fit Mr Datchery.

Mr Datchery se mit alors à admirer la cathédrale et Mr Sapsea lui en montra les détails comme si c'était lui-même qui l'avait imaginée et construite. Il y avait bien certains détails qu'il n'approuvait pas, mais il ne s'y attarda pas, comme s'il s'agissait seulement d'erreurs que les ouvriers avaient commises pendant son absence. En ayant terminé avec la cathédrale, il mena son compagnon vers le cimetière, et il s'arrêta pour vanter la beauté de la soirée – par chance, elle était belle – dans le voisinage immédiat de l'épitaphe de Mrs Sapsea.

— À propos, fit Mr Sapsea qui parut descendre des sommets pour s'en souvenir tout à coup (comme Apollon jaillissant de l'Olympe pour venir ramasser la lyre qu'il avait oubliée), voici l'une de nos petites curiosités. Le parti pris de nos concitoyens en a décidé ainsi. Et on a vu de temps à autre des étrangers qui en prenaient copie. Je suis moi-même mauvais juge, car il s'agit d'une petite œuvre que j'ai composée. Mais elle n'a pas été composée sans mal, monsieur. J'ose dire qu'il était compliqué de la rédiger avec élégance.

Mr Datchery fut pris d'un tel enthousiasme pour l'œuvre de Mr Sapsea qu'il s'apprêtait à la transcrire sur-le-champ dans son carnet de notes malgré le fait qu'il avait l'intention de terminer ses jours à Cloisterham, et qu'il aurait eu par conséquent de nombreuses occasions de la recopier. Mais à ce moment Durdles, qui était le créateur matériel de l'ouvrage et qui était chargé de l'entretenir, s'approcha d'eux. Mr Sapsea l'interpella, pas fâché de pouvoir lui montrer un brillant exemple de la manière dont il convenait de se comporter envers ses supérieurs.

— Ah, Durdles ! Voici le maçon, monsieur. C'est l'une de nos célébrités de Cloisterham. Ici chacun connaît Durdles. Monsieur Datchery, Durdles. Ce monsieur va venir s'installer chez nous.

— Je n'en ferais rien si j'étais lui, grogna Durdles. Nous constituons une gênante compagnie.

— Ce n'est certainement pas de vous que vous parlez ainsi, Mr Durdles, répliqua Mr Datchery, et ce n'est certainement pas non plus de Son Honneur.

— Qui est Son Honneur ? demanda Durdles.

— Son Honneur le maire.

— Je n'ai jamais été cité devant lui, fit Durdles, avec un regard qui n'était en rien celui d'un loyal sujet du mayorat. Il sera bien temps de lui donner de Son Honneur lorsque ça arrivera. Jusque-là,

Mister Sapsea est son nom
l'Angleterre sa nation,
À Cloisterham est sa maison,
Commissaire-priseur est sa profession.

À ce moment, Deputy (précédé par le vol d'une coquille d'huître) apparut sur la scène et réclama la somme de trois pence que Mr Durdles était prié de lui allonger sur-le-champ. Il avait vainement cherché son débiteur de tous les côtés, et il s'agissait d'un supplément légal de gages. Pendant que Durdles, sa musette sous le bras, cherchait et comptait lentement sa monnaie, Mr Sapsea donna au nouvel habitant de Cloisterham toutes les informations sur les habitudes, les travaux, le domicile et la réputation de Durdles.

— Je suppose qu'un étranger curieux a le droit, à certains moments, de venir vous voir, et de s'intéresser à vos travaux, Mr Durdles, fit Mr Datchery en réponse aux informations du maire.

— N'importe qui est le bienvenu et peut venir me voir tous les soirs s'il apporte avec lui de la liqueur pour deux, répondit Durdles, qui tenait un penny entre les dents et quelques pièces d'un demi-penny dans la main. Et s'il veut venir deux fois, il sera doublement le bienvenu.

— Je viendrai, Master Deputy, que me dois-tu ?

— Un boulot.

— Eh bien, c'est parfait. Tu pourras me payer en toute honnêteté en me montrant la maison de Mr Durdles lorsque j'aurai envie de m'y rendre.

En guise de quittance pour tous les arriérés, Deputy lança un sifflement perçant à travers tout l'orifice de sa bouche et il disparut.

Le Respectable et le Respectueux poursuivirent alors leur chemin jusqu'à la porte du Respectable. Ils se séparèrent là avec beaucoup de cérémonie. Et même après cela, le Respectueux continua à porter son chapeau sous le bras et à laisser flotter à l'air libre son abondante chevelure blanche.

Ce soir-là, dans la salle à manger du Crozier, Mr Datchery se dit à lui-même, en regardant ses cheveux blancs à la lueur d'un bec de gaz dans le miroir qui se dressait au-dessus du manteau de la cheminée :

— Pour un célibataire endurci, d'un caractère avenant, et qui vit de ses rentes, j'ai eu un après-midi diablement occupé !

19

Ombres sur le cadran solaire

Une fois de plus, Miss Twinkleton avait prononcé son discours d'adieux, avec accompagnement de vins blancs et de cakes, et une fois de plus les jeunes demoiselles s'en étaient allées vers leurs demeures respectives. Helena Landless avait quitté le couvent des Nonnes pour partager le sort de son frère, et la jolie Rosa était toute seule.

Par ces jours d'été, Cloisterham était si brillante et si ensoleillée que les solides murs de la cathédrale et des ruines du monastère semblaient être transparents. Une douce lueur semblait émaner d'eux plutôt qu'elle ne paraissait les éclairer, tant ils avaient de douceur au-dessus des champs de blé rongés de soleil et des routes poussiéreuses qui sinuaient entre eux. Les jardins de Cloisterham étaient gonflés de fruits mûrs. C'était l'époque où des pèlerins, marqués par les fatigues du voyage, se promenaient en groupes bruyants parmi les ombres bienfaisantes de la ville. C'était l'époque où des vagabonds, menant une vie de bohème entre la moisson et les foins, et semblant avoir été faits de la poussière du sol, tellement ils étaient poussiéreux, flânaient le long des porches frais, essayaient de réparer des semelles irréparables ou les jetaient au ruisseau lorsqu'il n'y avait plus d'espoir, en cherchaient d'autres dans les sacs qu'ils portaient en même temps que leurs faucilles encore inemployées, enveloppées dans des fourreaux de paille.

À toutes les pompes publiques, tous ces Bédouins rafraîchissaient leurs pieds nus, se gargarisaient avec entrain, buvaient dans le creux de la main et faisaient jaillir l'eau de toutes parts. Pendant ce temps, la police de Cloisterham, extrêmement soupçonneuse, multipliait ses rondes et attendait avec une impatience manifeste que les intrus quittent les limites de la ville et aillent se faire frire une fois de plus sur les routes étouffantes.

Ce fut par un pareil après-midi, alors que le dernier service venait de se terminer à la cathédrale, et que la partie de la High Street où se trouvait le couvent des Nonnes baignait dans une ombre bienfaisante, à part l'endroit où son étrange vieux jardin s'ouvrait à l'ouest entre les voûtes des arbres, ce fut par un pareil après-midi qu'une servante vint annoncer à Rosa, à sa grande terreur, que Mr Jasper désirait la voir.

S'il avait choisi son moment pour la trouver sans défense, il n'aurait pas pu faire mieux. Mais peut-être avait-il choisi son moment. Mrs Tisher était en congé, Miss Twinkleton (dans la phase n° 2 de son existence) s'était jointe à un pique-nique en compagnie d'un pâté de veau.

— Pourquoi, pourquoi, pourquoi avez-vous dit que j'étais à la maison? s'écria Rosa qui ne savait à quel saint se vouer.

La servante répliqua que Mr Jasper n'avait pas posé la question. Il avait simplement déclaré qu'il savait qu'elle était là et il avait prié la servante de lui faire dire qu'il désirait la voir.

« Que vais-je faire! que vais-je faire! », pensa Rosa en joignant les mains.

Prise par une sorte de désespoir, elle ajouta dans un souffle qu'elle irait voir Mr Jasper au jardin. Elle tremblait à l'idée d'être enfermée avec lui dans la maison. Mais comme beaucoup de fenêtres s'ouvraient sur le jardin, elle avait l'impression que là on pourrait la voir et l'entendre, qu'elle pourrait crier à pleins poumons et s'enfuir. Ce furent là les idées violentes qui lui passèrent par la tête.

Elle ne l'avait plus jamais rencontré depuis cette nuit fatale, lorsqu'elle avait été interrogée devant le maire. Il avait été présent à l'entrevue, et il l'avait observée d'un air sombre, comme s'il représentait son neveu disparu et qu'il brûlait de le venger. Rosa suspendit son chapeau de soleil à son bras, et sortit. Au moment où, du porche, elle l'aperçut penché sur le cadran solaire, l'ancien et horrible sentiment qu'elle avait d'être à sa merci reprit possession d'elle. Elle avait l'impression qu'elle désirait retourner sur ses pas mais qu'il l'attirait invinciblement vers lui. Elle était incapable de résister, et elle s'assit, la tête penchée, sur le fauteuil de jardin qui était installé à côté du cadran solaire. Elle avait une telle horreur de lui qu'elle ne pouvait le regarder, mais elle avait eu le temps de constater qu'il était habillé en grand deuil. Elle l'était également. Au début elle ne s'y était pas résolue. Mais maintenant, depuis longtemps, le disparu était considéré comme mort, et on portait son deuil.

En commençant l'entretien, il voulut lui toucher la main. Elle sentit son intention et retira le bras. Elle sut qu'il avait les yeux fixés sur elle, quoique son propre regard ne quittât pas la pelouse.

— J'ai attendu quelque temps, commença-t-il, que vous m'appeliez pour reprendre mes devoirs à vos côtés.

Après avoir vainement essayé de faire articuler par ses lèvres, dont elle savait qu'il les observait attentivement, quelque autre réponse hésitante, après être restée silencieuse pendant un moment, elle répondit :

— Vos devoirs, monsieur?

— Le devoir que j'ai de vous enseigner, et de vous servir comme un fidèle professeur de musique.

— J'ai abandonné ces études.

— Je ne pense pas que vous les ayez abandonnées. Vous les avez interrompues. Votre tuteur m'avait dit que vous les interrompiez à cause du choc que nous avons tous ressenti avec tant d'acuité. Quand reprendrez-vous vos leçons?

— Jamais, monsieur.

— Jamais? Vous n'agiriez pas autrement si vous aviez vraiment aimé mon cher garçon.

— Je l'aimais! s'écria Rosa, dans un sursaut de rage.

— Oui. Mais pas exactement... pas exactement de la manière qui convenait, si je puis dire? pas de la manière qui était prévue et à laquelle on pouvait s'attendre. Mon cher garçon, lui, était malheureusement trop certain et trop heureux de vous aimer, comme il fallait qu'il vous aime, comme n'importe qui à sa place vous aurait aimée... devait vous aimer! À cet égard, il n'y a pas de comparaison entre vous.

Elle demeura assise dans la même attitude, et se recroquevilla un peu plus.

— Je dois donc conclure que lorsqu'on m'a dit que vous interrompiez vos études, c'était une façon polie de me dire que vous les abandonniez définitivement? demanda-t-il.

— Oui, fit Rosa avec une soudaine fermeté. C'est mon tuteur qui a voulu vous le dire d'une manière polie, pas moi. Je lui ai clairement dit que je désirais abandonner, et que j'entendais m'en tenir à cette décision.

— Et vous continuez à vous y tenir?

— Je m'y tiendrai, monsieur. Et je vous prie de ne plus m'interroger à ce sujet. De toute manière, je ne répondrai plus. Cela, c'est en mon pouvoir.

Son air de colère, l'éclat et l'animation qu'il lui conférait, firent qu'il la regarda avec une brûlante admiration. Elle en eut conscience. La fermeté qu'elle venait de manifester retomba, et elle dut lutter contre la honte, l'humiliation et la terreur, exactement de la même manière que le soir où il l'avait accompagnée au piano.

— Je ne vous interrogerai plus, puisque vous vous y opposez aussi fermement. Il faut cependant que je vous avoue...

— Je ne désire pas vous écouter davantage, monsieur, s'écria Rosa en se levant.

Cette fois, il la toucha de sa main tendue. En reculant pour échapper à ce contact, elle retomba assise sur son siège.

— Parfois, dit-il à voix basse, il est nécessaire d'agir en opposition avec ses désirs. C'est ce que vous allez devoir faire, pour ne pas faire plus de tort aux autres que vous ne pouvez leur faire de bien.

— Quel tort?

— Un instant, un instant! Voyez-vous, c'est vous qui m'interrogez. Ce n'est pas de bonne guerre, alors que vous me défendez de vous questionner. Cependant, je vais vous répondre immédiatement. Ma très chère Rosa! ma charmante Rosa!

Elle se leva de nouveau d'un bond.

Cette fois il ne la toucha pas. Mais son visage eut une expression si mauvaise et si menaçante, tandis qu'il s'appuyait contre le cadran solaire et qu'il étendait son ombre noire sur la clarté même du jour, que sa fuite fut arrêtée par l'horreur qui s'empara d'elle lorsqu'elle le regarda.

— Je n'oublie pas que beaucoup de fenêtres nous observent, dit-il en regardant dans leur direction. Je ne vous toucherai plus. Je ne m'approcherai pas plus près que je ne suis. Asseyez-vous, et personne ne s'étonnera outre mesure de voir votre professeur de musique s'appuyer paresseusement sur un socle et parler avec vous. Ceux qui pourraient nous voir se souviendront de ce qui est arrivé et qui nous concerne tous les deux. Asseyez-vous, mon amour.

Une fois de plus, elle aurait voulu s'enfuir, et elle était sur le point de partir, mais une fois de plus son visage, où se lisait la sombre menace de ce qui arriverait si elle s'en allait, l'avait arrêtée. En le regardant, elle parut être instantanément paralysée, et elle se rassit sur le siège.

— Rosa, même quand mon cher garçon était fiancé avec vous, je vous ai aimée comme un fou. Même lorsque je pensais que son bonheur de vous avoir pour femme était certain, je vous ai aimée comme lorsque j'ai lutté pour le rendre plus ardemment amoureux de vous, je vous ai aimée comme un fou. Même lorsqu'il m'a donné le portrait de votre charmant visage, qu'il avait peint si négligemment, et lorsque j'ai fait semblant de ne l'accrocher dans mon salon que pour lui faire plaisir, alors que pendant toutes ces années, je vous adorais avec un incessant tourment, je vous ai aimée comme un fou. Je vous ai aimée dans l'ennuyeux labeur de tous les jours, dans la misérable insomnie de mes nuits, entouré par de sordides réalités. Je vous ai aimée comme un fou en traversant les Paradis et les Enfers des visions auxquelles je m'adonnais, et au milieu desquelles j'emportais votre image dans mes bras.

Si quelque chose était capable de lui rendre ces paroles encore plus haïssables qu'elles ne l'étaient, c'était le contraste qu'il y avait entre la violence de son regard et de son comportement, et le contrôle de l'attitude qu'il affectait de prendre.

— J'ai tout enduré en silence. Aussi longtemps que vous étiez à lui, ou aussi longtemps que j'ai pensé que vous étiez à lui, j'ai loyalement caché mon secret. Ah oui, je l'ai caché !

Ce mensonge, si grossier, alors que les simples mots dans lesquels il le proférait étaient si vrais, était plus que Rosa n'en pouvait supporter. Elle lui répondit avec une brûlante indignation :

— Monsieur, vous n'avez pas cessé d'être aussi hypocrite à ce moment-là que vous l'êtes maintenant. Chaque heure, et chaque jour, vous avez été hypocrite envers lui. Vous saviez qu'en me poursuivant comme vous le faisiez, vous rendiez ma vie insupportable. Vous saviez que j'avais peur de lui ouvrir les yeux, lui, si généreux, et que vous me forciez pour son propre salut, alors qu'il était si confiant, à lui cacher la vérité. Pouvais-je lui dire que vous étiez mauvais, mauvais jusqu'au fond de l'âme ?

Ses traits convulsés et ses mains agitées étaient rendus absolument diaboliques par l'effort qu'il faisait pour garder une attitude calme. Il répondit dans un paroxysme de furieuse admiration :

— Comme vous êtes belle ! Vous êtes encore plus belle quand vous êtes en colère que quand vous êtes calme ! Je ne vous demande pas votre amour. Je ne veux que vous, même avec votre haine. Je vous veux avec cette adorable rage. Je vous veux avec ce mépris qui m'enchante. Cela me suffit.

Des larmes d'impatience montèrent aux yeux de la jolie enfant tremblante, et son visage s'empourpra. Mais, comme elle se levait de nouveau pour le quitter, dans un mouvement, d'indignation, et pour chercher protection à l'intérieur de la maison, il étendit la main vers le porche comme s'il l'invitait à y entrer.

— Je vous ai dit, espèce d'exceptionnelle charmeuse, espèce de douce sorcière, que vous deviez rester ici et m'écouter, sans quoi vous feriez plus de tort que vous n'en pourriez jamais réparer. Vous me demandiez de quel tort il s'agit? Restez, et je vais vous le dire. Partez, et je le ferai!

À nouveau, Rosa se mit à trembler devant son visage menaçant quoique impénétrable, et elle demeura. Sa respiration haletante l'oppressait comme si elle allait étouffer. Mais, se comprimant la poitrine de la main, elle demeura.

— Je vous ai fait l'aveu que mon amour était insensé. Il est tellement insensé que, si les liens qui m'unissaient à mon cher garçon disparu n'avaient été qu'un fil de soie moins fort, j'aurais même été capable de le détruire et de vous l'arracher lorsque vous lui accordiez vos faveurs.

Comme elle levait les yeux vers lui pour un instant, un voile sembla les couvrir, comme s'il l'avait poussée au bord de l'évanouissement.

— Même lui! répéta-t-il. Oui, même lui! Rosa, vous voyez et vous m'entendez. Jugez vous-même si un autre admirateur pourrait vous aimer et demeurer en vie, alors que sa vie est entre mes mains.

— Que voulez-vous dire, monsieur?

— Je veux vous montrer à quel point mon amour est insensé. J'ai appris, en interrogeant récemment Mr Crisparkle, que le jeune Landless lui avait avoué qu'il avait été le rival de mon pauvre garçon disparu. À mes yeux, c'est une offense inexpiable. Le même Mr Crisparkle sait par moi que je vouais ma vie à la découverte du meurtrier et à sa destruction, quel qu'il soit, et que j'ai décidé de ne plus discuter de ce mystère avec quiconque jusqu'à ce que j'en tienne la clé et que je puisse y enfermer le meurtrier comme dans un filet. Depuis lors, j'ai patiemment travaillé à tresser et à tresser ce filet autour de lui. Et il se referme lentement pendant que je parle.

— Votre certitude, si vous croyez à la culpabilité de Mr Landless, répondit Rosa, n'est pas partagée par Mr Crisparkle, et c'est un brave homme.

— Ma certitude m'appartient, et j'en fais ce que je veux, mon adorable amour ! Les circonstances peuvent se liguer si fortement *même contre un innocent*, qu'elles suffisent à l'abattre lorsqu'elles sont dirigées, mises en valeur et bien montrées. Un seul maillon découvert à force de persévérance contre un coupable peut prouver sa culpabilité, si légères qu'aient été les preuves antérieures, et il doit mourir. D'une manière comme de l'autre, le jeune Landless se trouve dans un péril mortel.

— Si vous supposez réellement, dit Rosa en essayant de le convaincre et en pâlissant, que j'ai encouragé Mr Landless, ou que Mr Landless se soit déclaré à moi de quelque manière que ce soit, vous vous trompez.

Avec une moue et un léger mouvement de la main, il écarta de lui cette affirmation.

— Je voulais vous montrer de quelle manière insensée je vous aime. Et maintenant, mon amour est encore plus insensé que jamais, car je suis prêt à renoncer au second but auquel j'ai voué ma vie et d'y renoncer pour vous. Désormais, je ne veux plus avoir d'autre but dans l'existence que vous. Miss Landless est devenue votre meilleure amie. Vous désirez qu'elle conserve sa tranquillité d'esprit?

— Je l'aime tendrement.

— Vous vous souciez de sa réputation?

— Je vous l'ai dit, monsieur, je l'aime tendrement.

Il l'observa avec un sourire, croisa les mains sur le cadran solaire, et y appuya le menton, de manière que, vu des fenêtres, sa conversation pouvait paraître légère et enjouée. Car de temps à autre des visages apparaissaient derrière les vitres.

— Sans le vouloir, je vous déplais en vous interrogeant. Aussi me contenterai-je d'affirmer, et je ne vous poserai par de questions. Vous vous souciez de la réputation de votre meilleure amie, et vous désirez lui garder sa tranquillité d'esprit. Dans ce cas, ma chérie, il ne tient qu'à vous d'éloigner d'elle l'ombre de la potence.

— Vous osez me proposer…

— Chérie, j'ose vous le proposer. N'en dites pas plus. Si c'est une mauvaise action de vous adorer, je suis le pire des hommes. Si c'est un bien, je suis l'être le meilleur qui soit. Mon amour pour vous surpasse tout autre amour, et la foi que j'ai pour vous dépasse toute autre foi. Donnez-moi de l'espoir, accordez-moi vos faveurs, et je me consacrerai à votre salut.

Rosa porta les mains à ses tempes et, rejetant ses cheveux en arrière, le regarda avec rage et avec horreur, comme si elle tentait de reconstituer les débris de la vérité qu'il s'efforçait de ne lui présenter qu'en fragments.

— Pour le moment, mon ange, ne pensez à rien d'autre qu'au sacrifice que je dépose à vos pieds adorés.

Je serais capable de m'agenouiller parmi les cendres les plus immondes pour les embrasser, et d'y poser la tête comme le ferait un pauvre sauvage. Je vous sacrifie la fidélité que je devais à mon cher garçon après sa mort. Vous pouvez la piétiner!

Il eut un grand geste des mains comme s'il rejetait loin de lui une chose précieuse.

— Et voici l'inexpiable tort que me vaut l'adoration que je vous porte! Vous pouvez la mépriser!

Il eut encore une fois un geste identique.

— Voici toutes les peines que j'ai prises pendant six mois pour servir la cause de ma juste vengeance. Vous pouvez les mettre en pièces!

Une troisième fois, son geste balaya l'air.

— Voici le passé et le présent de mon existence gâchée. Voici la désolation de mon cœur et de mon âme. Voici ma tranquillité. Voici mon désespoir. Vous pouvez les piétiner dans la poussière, du moment que vous m'acceptez, même si vous me haïssez mortellement!

L'effrayante véhémence de cet homme atteignit alors toute sa puissance, et elle terrifia Rosa à un tel point qu'elle brisa le charme qui l'avait maintenue sur place. Elle s'éloigna rapidement vers le porche. Mais en un instant, il fut à ses côtés, et il se mit à lui parler à l'oreille.

— Rosa, j'ai repris le contrôle de moi-même. Je marche calmement à vos côtés jusqu'à la maison. J'attendrai que vous m'encouragiez et que vous me donniez de l'espoir. Je ne frapperai pas trop rapidement. Faites-moi signe quand vous serez prête à m'obéir.

D'un air contraint, elle agita doucement la main.

— Vous ne direz pas un mot de ceci à âme qui vive, ou le coup en résultera aussi certainement que la nuit succède au jour. Ce sera un autre signe de votre obéissance.

Une fois de plus, elle agita la main.

— Je vous aime, je vous aime, je vous aime ! Si vous me jetiez dehors maintenant – mais vous ne le ferez pas – vous ne seriez plus jamais débarrassée de moi. Personne ne pourra s'interposer entre nous. Je vous poursuivrai jusqu'à la mort.

Comme la servante arrivait pour lui ouvrir la grille, il ôta tranquillement son chapeau en guise de salut d'adieu, et il s'en alla sans montrer plus d'agitation qu'on en pouvait voir sur l'effigie du père de Mr Sapsea de l'autre côté de la rue. En montant l'escalier, Rosa s'évanouit, et on la transporta avec précaution jusqu'à sa chambre pour la déposer sur son lit. « Il y a un orage qui se prépare », déclara la servante. « L'atmosphère lourde et étouffante a épuisé la chère petite. Ce n'est pas étonnant. Tout le monde s'est senti les jambes tremblantes pendant toute la journée. »

20

Une fuite

Dès que Rosa revint à elle, elle eut une complète vision de sa dernière entrevue. Il semblait même qu'elle l'avait poursuivie pendant son évanouissement, et que pas un moment elle n'en avait été inconsciente. Avec terreur, elle se demandait ce qu'il lui fallait faire. Mais la seule pensée claire qu'elle avait à l'esprit était qu'il lui fallait fuir le plus rapidement possible cet homme terrifiant.

Mais où pourrait-elle se réfugier, et comment pourrait-elle partir? Elle n'avait jamais parlé à personne de la terreur qu'il lui inspirait, sinon à Helena. Si elle partait pour rejoindre Helena, et si elle lui racontait ce qui s'était passé, peut-être déclencherait-elle cet irréparable tort dont il l'avait menacée. Il prétendait qu'il en avait le pouvoir, et elle savait qu'il en avait la volonté. Plus sa mémoire agitée et son imagination le rendaient effrayant, plus elle découvrait que sa propre responsabilité était inquiétante. Elle sentait que la plus petite erreur de sa part, tant en ce qui concernait ses actes que le délai dont elle disposait, risquait de déchaîner sa malveillance contre le frère d'Helena.

Durant les derniers six mois, l'esprit de Rosa avait été secoué par une véritable tempête. Un soupçon y était né, à demi formé, et complètement inexprimé.

Parfois il se développait, et parfois il disparaissait dans les profondeurs. Parfois il devenait palpable et parfois il redevenait inconsistant. L'amour exclusif de Jasper pour son neveu, lorsque celui-ci était vivant, et l'incessante poursuite de son enquête pour savoir comment il était mort constituaient des thèmes tellement admis que personne ne semblait pouvoir soupçonner la possibilité d'une tricherie de sa part. Rosa s'était elle-même posé la question : « Ai-je l'esprit tellement dépravé que je puisse concevoir une dépravation que les autres ne pourraient pas imaginer ? » Puis elle s'était demandé si ses soupçons ne venaient pas de l'horreur qu'il lui inspirait, avant même la disparition d'Edwin Drood. S'il en était ainsi, n'était-ce pas une preuve que ses soupçons n'étaient pas fondés ? Elle s'était demandé ensuite : « En l'accusant, quel mobile puis-je lui attribuer ? » À sa honte, elle répondait en pensée : « Son mobile ? me conquérir ! » Alors, elle se couvrait le visage, comme si la plus petite ombre de cette idée qui consistait à asseoir un meurtre sur un mobile qui relevait d'une aussi mesquine vanité était en soi un crime presque aussi grand.

À nouveau, elle repassa dans son esprit tout ce qu'il avait déclaré dans le jardin, à côté du cadran solaire. Il n'avait pas cessé de considérer la disparition comme un meurtre, en insistant sur tout le développement des événements depuis qu'on avait retrouvé la montre et l'épingle de cravate. S'il avait eu peur que l'on soupçonne un crime, n'aurait-il pas plutôt encouragé l'idée d'une disparition volontaire ? Il avait même déclaré que si les liens entre lui et son neveu avaient été moins forts, il aurait pu le balayer « même lui » et l'arracher à Rosa. Aurait-il parlé ainsi s'il avait réellement agi de la sorte ? Il avait parlé de déposer à ses pieds ses six mois de labeur pour la cause d'une juste vengeance. Aurait-il pu le faire, avec une telle violence et une telle passion, si ses sentiments avaient été feints? Aurait-il mis ses travaux sur le même pied que son cœur et son âme désolée, que sa vie gâchée, que sa tranquillité et que son désespoir? Car le premier sacrifice qu'il prétendait faire pour elle, était celui de sa fidélité envers son cher garçon après sa mort. C'étaient là des faits qui paraissaient solides en face d'hypothèses qui osaient à peine se déclarer. Mais cependant, c'était un homme tellement terrifiant! En bref, la pauvre enfant n'entrevoyait pas d'autre conclusion que de convenir qu'il était un homme terrifiant, et qu'elle devait le fuir. Car que pouvait-elle savoir de l'intelligence d'un criminel? Même ceux qui l'étudient par profession se trompent sans cesse, uniquement parce qu'ils persistent à essayer de la comparer à l'intelligence moyenne de gens moyens, plutôt que de considérer qu'il s'agit d'une chose exceptionnellement horrible et monstrueuse.

Tout le temps, elle avait été le soutien et le réconfort d'Helena. Sans cesse, elle l'avait assurée de sa totale conviction de l'innocence de son frère, et de la sympathie qu'elle lui portait dans son malheur. Mais depuis la disparition d'Edwin Drood, elle ne l'avait jamais vu, et jamais Helena ne lui avait dit un seul mot de l'aveu qu'il avait fait à Mr Crisparkle au sujet de Rosa, quoique cet aveu ait été largement connu partout étant donné l'importance qu'il avait dans l'affaire. Pour elle, il était le malheureux frère d'Helena, et rien d'autre. L'assurance qu'elle avait donnée à son odieux persécuteur était strictement vraie. Elle en était pourtant arrivée à se dire maintenant qu'il eût mieux valu ne pas la lui donner. La jolie et délicate enfant avait peur de lui, et elle était d'autant plus effrayée à la pensée qu'il avait appris de ses propres lèvres ce qu'il savait.

Et où fallait-il qu'elle aille? Il ne suffisait pas de répondre à cette question en disant simplement qu'elle devait se rendre en n'importe quel lieu où il ne pourrait pas l'atteindre. Il était nécessaire de penser à un endroit bien déterminé. Elle décida de se rendre chez son tuteur, et de partir immédiatement. Les sentiments dont elle avait fait part à Helena, le soir de leur première conversation, étaient tellement forts en elle qu'aucun raisonnement ne pouvait calmer sa terreur. Elle avait l'impression d'être à sa merci, et il lui paraissait que les solides murs du couvent étaient impuissants à la protéger de sa fantomatique présence. Même maintenant, pendant qu'elle s'habillait et qu'elle regardait par la fenêtre, la vue du cadran solaire sur lequel il s'était appuyé lorsqu'il lui avait déclaré son amour lui donna des frissons et elle eut un geste de répulsion, comme s'il avait communiqué à cet objet quelque affreuse influence de sa propre nature.

Elle écrivit rapidement un mot à Miss Twinkleton, pour lui dire qu'elle avait d'impérieuses raisons pour aller voir immédiatement son tuteur, et qu'elle était partie pour le rencontrer. Elle pria la bonne dame de ne pas s'inquiéter, car tout allait très bien. Elle empila quelques objets inutiles dans son petit sac, laissa sa lettre en un endroit visible, et s'en alla en refermant doucement la grille derrière elle.

C'était la première fois qu'elle se trouvait seule dans la High Street de Cloisterham. Mais connaissant très bien tous ses tours et détours, elle se hâta directement vers le coin d'où partait l'omnibus. Il se mettait en route au moment où elle y arriva.

— Joe, s'il vous plaît, arrêtez et emmenez-moi. Il faut que j'aille à Londres.

L'instant d'après elle roulait en direction du chemin de fer sous la protection de Joe. Joe s'occupa d'elle lorsqu'elle arriva, la conduisit jusqu'à l'intérieur du wagon, et il y déposa son tout petit sac comme s'il s'agissait d'une énorme malle lourde de plusieurs tonnes, qu'en aucun cas elle ne devait essayer de soulever.

— Pouvez-vous faire un détour en rentrant et dire à Miss Twinkleton que vous m'avez vue partir en toute sécurité, Joe ?

— Ce sera fait, Miss.

— Vous lui transmettrez mon affection, s'il vous plaît, Joe.

— Oui, Miss... et je serais heureux d'en avoir ma part !

Mais Joe ne prononça pas la dernière phrase. Il se contenta de la penser.

Maintenant qu'elle roulait vraiment vers Londres, Rosa avait tout le loisir de reprendre les pensées que sa hâte avait interrompues. L'indignation qu'elle ressentait à l'idée que cette déclaration d'amour la souillait, qu'elle ne pouvait être lavée de cette tache impure qu'en faisant appel aux gens honnêtes et sincères, la soutinrent pendant un temps contre ses craintes, et la confirmèrent dans sa hâtive résolution. Mais comme le soir tombait de plus en plus vite et comme on approchait de plus en plus de la grande ville, elle commença à éprouver de ces doutes qui sont normaux en pareils cas. Sa manière d'agir n'était-elle pas folle ? Mr Grewgious l'approuverait-il ? Le trouverait-elle au bout de son voyage ? Que ferait-elle s'il était absent ? Que deviendrait-elle dans ce cas, seule dans un endroit aussi étranger et aussi peuplé ? N'aurait-il pas mieux valu attendre et demander d'abord conseil ? Si elle pouvait revenir sur ses pas maintenant, ne le ferait-elle pas volontiers ? Toutes ces réflexions inquiètes la troublèrent, et la troublèrent de plus en plus comme leur nombre croissait.

À la fin, le train entra à Londres par-dessus les toits. En dessous, s'allongeaient les rues poussiéreuses avec la lueur encore superflue de leurs lampes dans la chaude et claire soirée d'été.

« Hiram Grewgious, Esquire, Staple Inn, Londres. » C'était tout ce que Rosa connaissait de sa destination. Mais c'était suffisant pour lui permettre de se faire cahoter par un fiacre, à travers les étendues de rues poussiéreuses, où de nombreuses personnes se massaient aux coins des ruelles et des impasses pour prendre l'air, et où beaucoup d'autres gens se promenaient avec le bruit monotone de leurs pieds qui traînaient sur les pavés brûlants, et où tous les êtres et tout ce qui les entourait paraissaient tellement sales et tellement mal soignés !

À certains endroits, on jouait de la musique, mais cela ne rendait pas l'atmosphère plus légère. Les orgues de barbarie n'arrangeaient rien, et les battements du tambour ne chassaient pas l'ennui. Comme les cloches des chapelles qu'on entendait également de temps à autre, ces sons ne semblaient éveiller d'échos que sur des surfaces de briques, et secouaient la poussière de partout. Quant aux instruments à vent, ils semblaient avoir brisé leurs cœurs et leurs âmes en rêvant avec langueur à la campagne.

Son fiacre cahotant l'arrêta finalement devant un porche hermétiquement fermé. Il semblait appartenir à quelqu'un qui était allé se coucher très tôt, et qui avait peur des cambrioleurs. Rosa, après avoir renvoyé sa voiture, frappa timidement à cette porte, et elle fut introduite, elle et son petit sac, par un portier.

— Mr Grewgious habite-t-il ici?

— Mr Grewgious habite ici, Miss, fit le portier en montrant du doigt la direction à prendre.

Rosa prit donc le chemin qu'il lui indiquait, et, comme les cloches sonnaient 10 heures, elle se trouva au bas des marches de P. J. T. en se demandant ce que P. J. T. avait fait de sa porte d'entrée.

Guidée par le nom de Mr Grewgious qui était peint au bas de l'escalier, elle monta à l'étage et frappa doucement à diverses reprises. Personne ne répondant, et la poignée de la porte cédant lorsqu'elle la toucha, elle entra et vit son tuteur qui était assis sur la banquette de la fenêtre ouverte, avec une lampe veilleuse qui se trouvait loin de lui sur une table placée dans un coin.

Rosa s'approcha de lui dans la pénombre de la pièce. Il la vit, et il dit à voix basse : « Bonté du Ciel ! »

Rosa se jeta à son cou, en larmes, et il lui dit alors, en l'embrassant à son tour :

— Mon enfant, mon enfant ! j'ai cru que c'était ta mère ! Mais que s'est-il donc passé, que s'est-il donc passé ? ajouta-t-il doucement. Ma chérie, qu'est-ce qui t'amène ici ? Qui t'a amenée ici ?

— Personne. Je suis venue seule.

— Dieu me pardonne ! s'écria Mr Grewgious. Tu es venue seule ! Pourquoi ne m'as-tu pas écrit de venir te chercher ?

— Je n'avais pas le temps. J'ai pris une brusque décision. Pauvre Eddy, pauvre Eddy !

— Oui, le pauvre garçon ! le pauvre garçon !

— Son oncle m'a fait la cour. Je n'ai pas pu le supporter, fit Rosa en éclatant en larmes et en frappant du pied. Il me fait horreur, et je suis venue vers vous pour que vous nous protégiez, moi et tous les autres, si vous le voulez.

— Si je le veux ? s'écria Mr Grewgious dans un brusque élan de surprenante énergie. Que le diable l'emporte !

Qu'il dérange ses projets!
Qu'il fasse échouer ses tours de fripon!
S'il met en lui ses espoirs,
Que le diable l'emporte!

Après cet extraordinaire éclat, Mr Grewgious, qui semblait hors de lui, se mit à arpenter la pièce sans savoir lui-même s'il était mû par un sentiment de loyal enthousiasme ou animé par un esprit de fureur combative.

Il s'arrêta et dit en s'essuyant le visage:

— Je te demande pardon, mais sache que je me sens mieux. Ne me dis plus rien, ou je pourrais recommencer. Il faut que je te réconforte et que je t'égaye. Qu'as-tu pris en dernier lieu? Le petit déjeuner, le lunch, le dîner, le thé ou le souper? Que vas-tu prendre maintenant? Un petit déjeuner, un lunch, le dîner, le thé ou le souper?

La respectueuse tendresse avec laquelle, agenouillé devant elle, il l'aida à enlever son chapeau et le détacher de ses jolis cheveux, semblait extrêmement chevaleresque. Cependant, qui aurait pu imaginer que Mr Grewgious était chevaleresque, en ne le connaissant qu'extérieurement?

— Il faut aussi que je m'occupe de te loger, poursuivit-il. Je te ferai donner la plus belle chambre de Furnival's Inn. Il faudra aussi que je m'occupe de ta toilette. Je te ferai donner tout ce qu'une chambrière aux pouvoirs illimités pourra te procurer. (J'entends par là une femme de chambre qui ne sera pas obligée de regarder à la dépense.) Est-ce un sac? fit-il en regardant l'objet attentivement.

Il faut dire qu'il était nécessaire de le regarder attentivement pour qu'on puisse le voir dans la pièce mal éclairée.

— Ce sac t'appartient-il, ma chérie?

— Oui, monsieur. Je l'ai emmené avec moi.

— Ce n'est vraiment pas un très grand sac, fit Mr Grewgious avec candeur. Et il paraît avoir été admirablement calculé pour pouvoir contenir la pitance quotidienne d'un canari. Aurais-tu emmené un canari avec toi?

Rosa sourit et secoua la tête.

— Si tu l'avais fait, je lui aurais souhaité la bienvenue, fit Mr Grewgious, et je pense qu'il aurait été très heureux d'être suspendu dehors à un clou et de soutenir la comparaison avec nos moineaux de Staple Inn. Ceux-ci, il faut bien l'admettre, ont plus de prétention que de qualités. Ce qui est d'ailleurs le cas de pas mal d'entre nous. Tu ne m'as pas dit quel genre de repas tu désirais prendre, ma chérie. Si nous faisions un judicieux mélange de tous les repas?

Rosa le remercia, mais déclara qu'elle ne pourrait prendre qu'une tasse de thé. Mr Grewgious sortit et revint à plusieurs reprises, se souvenant chaque fois qu'il avait oublié de commander quelques articles supplémentaires tels que marmelade, œufs, cresson, poisson salé et jambon frit. Aussi, sans prendre la peine de mettre son chapeau, il sortit à diverses reprises pour aller donner ses instructions. Celles-ci furent rapidement exécutées, et la table fut mise.

— Dieu me bénisse! s'écria Mr Grewgious, en déposant la lampe sur la table, et en prenant place en face de Rosa. Voici certainement un nouveau genre de sensation pour un vieux célibataire guindé comme moi.

Les expressifs petits sourcils de Rosa lui demandèrent ce qu'il entendait par là?

— La sensation d'avoir ici une aussi jeune et une aussi douce présence, fit Mr Grewgious. Une présence qui éclaire tout, qui peint tout, qui décore tout, qui dore tout, et qui rend tout glorieux ! Mon Dieu, mon Dieu !

Ce soupir avait quelque chose de triste. Rosa le toucha de sa tasse de thé et, en même temps, l'effleura de sa douce main.

— Je te remercie, ma chérie, fit Mr Grewgious. Hem ! Bavardons un peu !

— C'est ici que vous vivez, monsieur ? demanda Rosa.

— Oui, ma chérie.

— Et vous vivez seul ?

— Tout seul. Sauf que j'ai chaque jour la compagnie d'un monsieur qui se nomme Bazzard et qui est mon clerc.

— Mais lui ne vit pas ici ?

— Non, après les heures de bureau, il vit comme il l'entend. En fait, il se trouve que, pour l'instant, il est en congé. Une société, qui s'est installée à l'étage inférieur et avec laquelle je suis en relations d'affaires, me prête un remplaçant. Mais il est extrêmement difficile de remplacer Mr Bazzard.

— Il doit beaucoup vous apprécier, fit Rosa.

— S'il m'apprécie, il lutte contre ce sentiment avec beaucoup de courage, fit Mr Grewgious après avoir réfléchi à la question. Je doute qu'il m'apprécie. Non, il ne doit pas m'apprécier particulièrement. Vois-tu, le pauvre garçon n'est pas content.

— Pourquoi n'est-il pas content ? demanda-t-elle tout naturellement.

— Parce qu'il n'occupe pas la place qui lui revient, fit Mr Grewgious avec un air mystérieux.

Les sourcils de Rosa reprirent leur expression perplexe et interrogative.

— Il est si peu à sa place, poursuivit Mr Grewgious, que j'ai toujours envie de m'excuser auprès de lui. Et il se rend compte (quoiqu'il n'en dise rien) que je devrais avoir de bonnes raisons de m'excuser.

Le ton de Mr Grewgious était, cette fois, devenu tellement mystérieux, que Rosa ne sut comment poursuivre. Pendant qu'elle en cherchait le moyen, Mr Grewgious, pour la seconde fois, parut sortir de lui-même.

— Bavardons. Parlons de Mr Bazzard. C'est un secret, et au surplus, c'est le secret de Bazzard. Mais ta douce présence à ma table me rend plus expansif que d'habitude, et je vais t'en faire part. Mais il faut que cela reste entre nous. Que penses-tu qu'ait fait Mr Bazzard?

— Seigneur! s'écria Rosa, en approchant un peu sa chaise et en songeant brusquement à Jasper. J'espère qu'il n'a rien fait d'abominable?

— Il a écrit une pièce, fit Mr Grewgious dans un murmure solennel. Une tragédie.

Rosa parut soulagée.

— Et personne, poursuivit Mr Grewgious sur le même ton, ne veut accepter en aucune manière de la publier. Rosa parut songeuse, et hocha lentement la tête. Comme si elle avait voulu dire : « On se demande pourquoi de pareilles choses arrivent! »

— Quant à moi, vois-tu, fit Mr Grewgious, je serais incapable d'écrire une pièce.

— Pas même une mauvaise pièce, monsieur? fit Rosa avec innocence, les sourcils à nouveau levés.

— Si j'étais condamné à avoir la tête tranchée, si j'étais sur le point d'être décapité sur-le-champ et qu'un message arrive, accordant la grâce du condamné Grewgious à condition qu'il écrive une pièce, je me trouverais dans la nécessité de poser la tête sur le billot et de demander au bourreau de me raccourcir... c'est-à-dire, fit Mr Grewgious en se passant la main sous le menton, de me raccourcir de ce côté-ci.

Rosa sembla se demander ce qu'elle ferait, elle, si cette horrible éventualité lui était présentée.

— Par conséquent, fit Mr Grewgious, Mr Bazzard devrait avoir en toutes circonstances le sentiment de mon infériorité sur lui. Et tu comprendras que l'affaire est d'autant plus grave que je suis son patron.

Mr Grewgious hocha sérieusement la tête, comme s'il considérait que cette offense était vraiment trop grande, encore qu'il en fût le responsable.

— Comment êtes-vous devenu son patron, monsieur? demanda Rosa.

— C'est une question toute naturelle, répondit Mr Grewgious. Je vais t'expliquer. Le père de Mr Bazzard est fermier dans le Norfolk. S'il avait soupçonné le moins du monde que son fils ait écrit une pièce, il se serait jeté sur lui avec un fléau, une fourche, ou tout autre instrument agricole pouvant servir d'arme offensive. C'est ainsi que le fils, en m'apportant le loyer de son père (que je suis chargé de percevoir), me communiqua son secret. Il me fit comprendre qu'il était bien décidé à poursuivre sa géniale vocation, que cette décision lui faisait courir le danger de mourir de faim, et qu'il n'était pas fait pour cela.

— Pour poursuivre sa géniale vocation, monsieur?

— Non, ma chérie, fit Mr Grewgious. Qu'il n'était pas fait pour mourir de faim. Je fus bien obligé d'admettre le point de vue que Mr Bazzard n'avait pas été créé pour mourir de faim. Mr Bazzard me fit alors comprendre qu'il était souhaitable que je m'interpose entre lui et un destin aussi peu conforme à sa formation. C'est ainsi que Mr Bazzard devint mon clerc, et il s'en soucie beaucoup.

— Je suis heureuse qu'il vous soit reconnaissant, fit Rosa.

— Ce n'est pas tout à fait ce que je voulais dire, ma chérie. J'entends qu'il se soucie beaucoup d'une situation dégradante. Mr Bazzard a fait la connaissance de quelques autres génies, qui ont également écrit des tragédies que personne, à aucun prix, ne veut envisager de publier, exactement comme pour Mr Bazzard. Ces esprits choisis se dédicacent mutuellement leurs pièces d'une manière hautement panégyrique. Mr Bazzard a été l'objet de l'une de ces dédicaces. Maintenant, vois-tu, personne ne m'a jamais dédicacé de pièce, *à moi.*

Rosa le regarda comme si elle eût désiré qu'il fût l'objet de milliers de dédicaces.

— Naturellement, ceci hérisse encore davantage Mr Bazzard, fit Mr Grewgious. Il est parfois très bref avec moi, et je sens alors qu'il doit se dire : « Cette tête de mule est mon patron ! Un type qui ne pourrait même pas écrire une tragédie sous peine de mort, et à qui personne ne dédicacera jamais une pièce avec les plus vives félicitations pour la situation qu'il occupe aux yeux de la postérité ! » C'est très pénible pour lui, très pénible. Cependant, lorsque je lui donne des instructions, j'y réfléchis toujours soigneusement : « Peut-être n'aimera-t-il pas ceci », ou : « Si je lui demandais cela, il pourrait le prendre mal. » De cette manière, nous nous entendons très bien. Nous nous entendons même mieux que je ne l'aurais espéré.

— Sa tragédie porte-t-elle un titre, monsieur ? demanda Rosa.

— Strictement entre nous, répondit Mr Grewgious, elle a un titre qui lui convient terriblement. Elle s'intitule : *L'Épine de l'Inquiétude.* Et Mr Bazzard espère – et je l'espère aussi – qu'elle finira par être publiée.

Il n'était pas difficile de deviner que Mr Grewgious avait raconté l'histoire de Mr Bazzard d'une façon aussi complète, au moins autant pour distraire l'esprit de sa pupille du sujet qui l'avait amenée chez lui, que pour satisfaire sa propre tendance à être sociable et communicatif.

— Et maintenant, ma chérie, dit-il, après cela, si tu n'es pas trop fatiguée pour me raconter un peu plus en détail ce qui s'est passé aujourd'hui... Mais seulement si tu t'en sens capable... Je serai heureux de t'écouter. Je m'en imprégnerai mieux si je peux dormir une nuit là-dessus.

Rosa, qui s'était maintenant calmée, lui fit un fidèle compte rendu de l'entrevue. Mr Grewgious se lissa souvent le crâne pendant qu'elle poursuivait son récit, et il la pria de lui raconter une seconde fois ce qui se rapportait à Helena et à Neville. Lorsque Rosa eut fini, il demeura assis, grave, silencieux et méditatif pendant tout un temps.

— C'est très clairement raconté, fut la seule remarque qu'il émit à la fin, et j'espère que je l'ai clairement emmagasiné ici, ajouta-t-il en se lissant à nouveau le crâne. Regarde, ma chérie, dit-il en l'amenant près de la fenêtre ouverte, voilà où ils habitent! Ces fenêtres sombres que tu vois là-bas.

— Pourrais-je aller voir Helena demain? demanda Rosa.

— Je désirerais aussi dormir sur cette question cette nuit, répondit-il d'un air hésitant. Je vais t'emmener à ton hôtel, car tu dois en avoir besoin.

Sur ce, Mr Grewgious l'aida à remettre son chapeau, suspendit à son bras le très petit sac qui ne pouvait avoir aucune utilité en ce monde, et il la conduisit par la main (avec une sorte de majestueuse lourdeur, comme s'il s'apprêtait à danser un menuet). Il lui fit traverser Holborn, et l'emmena à Furnival's Inn. À la porte de l'hôtel, il la confia à la femme-de-chambre-aux-pouvoirs-illimités. Il déclara qu'il l'attendrait en bas pendant qu'elle irait voir sa chambre, pour le cas où elle désirerait en changer, ou découvrirait qu'il lui manquait quelque chose.

La chambre de Rosa était aérée, propre, confortable, presque gaie. La femme-de-chambre-aux-pouvoirs-illimités y avait déposé tout ce qui manquait dans le très petit sac (c'est-à-dire tout ce dont elle avait réellement besoin). Et Rosa redescendit toute une volée d'escaliers pour venir remercier son tuteur de la manière affectueuse et réfléchie dont il avait pris soin d'elle.

— Pas du tout, ma chérie, fit Mr Grewgious, infiniment touché. C'est moi qui te remercie pour la charmante confiance et pour ta charmante compagnie. On te servira ton petit déjeuner dans un petit salon propre, intime et charmant qui semble avoir été fait pour toi. Je viendrai te voir demain matin à dix heures. J'espère que tu ne te sentiras pas trop dépaysée dans cet endroit inconnu.

— Oh non, je me sens en sécurité !

— Oui, tu peux être tranquille, les escaliers sont incombustibles, fit Mr Grewgious. Et la plus petite apparition du feu serait immédiatement décelée et combattue par les veilleurs.

— Ce n'est pas de cela que je parlais, répondit Rosa. Je veux dire que je me sens en sécurité parce que je suis loin de lui.

— Il y a une solide grille de fer pour l'empêcher d'entrer, fit Mr Grewgious en souriant. Furnival's Inn est à l'abri du feu, elle est bien surveillée et éclairée, et moi, j'habite de l'autre côté de la rue !

Dans la force de son esprit chevaleresque, il paraissait croire que cette dernière protection était largement suffisante. C'est dans le même esprit qu'il déclara au portier en sortant :

— Si quelqu'un de l'hôtel désirait me faire chercher de l'autre côté de la rue pendant la nuit, il y aurait une couronne pour le messager.

C'est dans le même esprit également qu'il se promena avec sollicitude pendant près d'une heure devant la grille. De temps en temps, il regardait entre les barreaux, comme s'il avait posé une colombe sur un perchoir élevé dans la cage aux lions, et qu'il était inquiet à l'idée qu'elle pourrait en tomber.

21

Une vieille connaissance

Durant la nuit, rien ne vint troubler le sommeil de la colombe épuisée. Et la colombe se réveilla fraîche et dispose. Lorsque l'horloge sonna dix heures, Mr Grewgious s'amena en compagnie de Mr Crisparkle qui était venu immédiatement après son plongeon matinal dans la rivière de Cloisterham.

— Miss Twinkleton était tellement inquiète, Miss Rosa, expliqua-t-il. Elle est venue nous trouver, maman et moi, avec votre mot. Elle était dans un tel état d'étonnement que, pour la calmer, j'ai accepté de prendre le premier train, ce matin. Je regrettais d'abord que vous ne fussiez pas venue me trouver. Mais maintenant, je pense qu'il valait mieux faire ce que vous avez fait et venir trouver votre tuteur.

— J'avais pensé à vous, lui dit Rosa, mais la place du chanoine mineur était tellement proche de lui…

— Je comprends. C'était tout à fait naturel.

— J'ai raconté à Mr Crisparkle, fit Mr Grewgious, tout ce que tu m'as raconté hier, ma chérie. Bien sûr, je lui aurais écrit aujourd'hui même. Mais il valait encore mieux qu'il vienne. Et c'est particulièrement aimable de sa part d'être venu, étant donné qu'il venait à peine de partir.

— Avez-vous décidé, fit Rosa en s'adressant à tous les deux, ce qu'il y a lieu de faire pour Helena et pour son frère?

— Ma foi, fit Mr Crisparkle, je suis très perplexe. Si Mr Grewgious, qui a beaucoup plus de tête que moi, et qui a pris toute une nuit d'avance pour réfléchir, est indécis, comment pourrais-je, moi, avoir une opinion?

À ce moment, la femme-de-chambre-aux-pouvoirs-illimités passa la tête à la porte – après avoir frappé et après y avoir été autorisée, bien entendu. Elle annonça qu'un monsieur désirait dire un mot à un autre monsieur nommé Crisparkle, si ce monsieur était là. Si ce monsieur n'était pas là, c'est qu'il s'était trompé, et il s'en excusait.

— Ce monsieur est ici, fit Mr Crisparkle, mais, pour l'instant, il est occupé.

— S'agit-il d'un homme noir? demanda Rosa en se rapprochant de son tuteur.

— Non, Miss, il est plutôt châtain.

— Vous êtes sûre qu'il n'a pas les cheveux noirs? demanda Rosa qui reprenait courage.

— Tout à fait sûre, Miss. Il a les cheveux châtains et les yeux bleus.

— Peut-être, fit Mr Grewgious, toujours prudent, vaudrait-il mieux le voir, mon révérend, si vous n'y voyez pas d'objection. Lorsqu'on se trouve dans l'embarras ou en difficulté, on ne peut pas prévoir où l'on trouvera une issue. C'est un principe que j'applique toujours en affaires: ne jamais se fermer une porte de sortie, et ne négliger aucune des possibilités qui peuvent s'offrir. Je pourrais vous raconter une anecdote à ce propos, mais ce serait prématuré.

— Eh bien, alors, si Miss Rosa le permet, faites entrer ce monsieur, fit Mr Crisparkle.

Le monsieur entra. Il s'excusa, avec franchise et modestie, de déranger Mr Crisparkle alors qu'il n'était pas seul. Il se tourna vers Mr Crisparkle et, en souriant, il posa cette question inattendue :

— Qui suis-je ?

— Vous êtes le monsieur que j'ai vu, il y a quelques minutes, en train de fumer sous les arbres de Staple Inn.

— Exact. C'est là que je vous ai vu. Mais qui suis-je encore ?

Mr Crisparkle concentra son attention sur le beau visage hâlé par le soleil. Et le fantôme d'un garçon qu'il avait connu jadis sembla se matérialiser vaguement et graduellement dans la pièce.

Le monsieur vit, sur les traits du chanoine mineur, que des souvenirs s'agitaient en lui et il dit, en souriant à nouveau :

— Que prendrez-vous pour votre petit déjeuner ce matin ? Nous n'avons plus de confitures.

— Attendez ! fit Mr Crisparkle en levant la main droite. Encore un moment… Tartar !

Ils se serrèrent les mains avec la plus grande cordialité, et puis ils firent cet effort surprenant – pour des Anglais – de se poser mutuellement les mains sur les épaules et de se regarder joyeusement dans les yeux.

— Mon vieil esclave[1] ! fit Mr Crisparkle.

— Mon ancien protecteur ! fit Mr Tartar.

— Vous m'avez sauvé de la noyade ! fit Mr Crisparkle.

— Après quoi, vous vous êtes mis à nager, vous vous souvenez ? fit Mr Tartar.

— Dieu me bénisse ! fit Mr Crisparkle.

---

1. Dans certains collèges anglais, chaque élève des petites classes est au service d'un « grand » qui, en retour, lui accorde sa protection. *(NdT)*

— Amen ! fit Mr Tartar.

Et ils recommencèrent à se serrer les mains avec la plus grande cordialité.

— Pouvez-vous imaginer, s'écria Mr Crisparkle, les yeux brillants, pouvez-vous imaginer, Miss Rosa Bud et Mr Grewgious, que Mr Tartar, qui était alors le plus fluet des « petits », ait plongé après moi, m'ait attrapé, moi qui étais grand et lourd, m'ait pris par les cheveux et m'ait ramené au rivage comme un génie des eaux ?

— Pouvez-vous imaginer que je l'aurais laissé couler alors que j'étais à son service ? fit Mr Tartar. La vérité, c'est qu'il était mon plus sûr protecteur et mon meilleur ami. Il me faisait plus de bien que tous les maîtres ensemble. Aussi fus-je pris de l'impulsion irraisonnée de le sauver ou de me noyer avec lui.

— Hem ! Monsieur, veuillez me faire l'honneur..., fit Mr Grewgious en s'avançant, la main tendue. Car j'estime que c'est un honneur. Je suis fier de faire votre connaissance. J'espère que vous n'avez pas pris froid. J'espère que vous n'avez pas subi trop d'inconvénients d'avoir avalé tant d'eau. Comment vous portez-vous depuis ?

Il n'était pas du tout clair que Mr Grewgious sût ce qu'il disait, mais il était clair qu'il entendait dire quelque chose d'aimable et de flatteur.

« Ah ! pensa Rosa, si le Ciel avait pu envoyer un être aussi courageux et aussi adroit au secours de sa pauvre mère ! Et dire qu'il était si jeune et si frêle à cette époque ! »

— Je ne désire pas être félicité, je vous remercie. Mais je crois que j'ai une idée, annonça Mr Grewgious après avoir traversé une ou deux fois la pièce en sautillant, de manière si inattendue et si extraordinaire que tous le regardèrent en se demandant s'il avait une crampe ou s'il étouffait... Je *crois* que j'ai une idée. Si je ne me trompe, j'ai vu le nom de Mr Tartar comme locataire de l'appartement du dessus dans la maison voisine de celle du coin?

— Oui, monsieur, c'est exact, fit Mr Tartar.

— C'est donc exact, fit Mr Grewgious. Un point à effacer (ce qu'il fit, en faisant glisser son pouce droit sur son pouce gauche). Connaîtriez-vous par hasard le nom de votre voisin qui occupe l'appartement du dessus au-delà du mur mitoyen? poursuivit-il en se rapprochant le plus possible de Mr Tartar pour ne rien perdre de l'expression de son visage malgré sa myopie.

— Landless.

— Un point à effacer, fit Mr Grewgious en accomplissant un nouveau galop et en revenant. Je suppose que vous ne le connaissez pas personnellement, monsieur?

— Si, un peu. Pas beaucoup.

— Un point à effacer, fit Mr Grewgious avec un nouveau galop aller-retour. De quelle manière le connaissez-vous, Mr Tartar?

— Je trouvais que ce jeune homme semblait malheureux et, il y a un jour ou deux, je lui ai demandé l'autorisation de partager avec lui les fleurs que je cultive là-haut. C'est-à-dire d'étendre mon jardin suspendu jusqu'à ses fenêtres.

— Voudriez-vous avoir l'amabilité de vous asseoir, fit Mr Grewgious. Réellement, j'ai une idée.

Ils obéirent, même Mr Tartar qui ne parut pas moins enthousiaste pour n'être pas du tout au courant de l'affaire. Et Mr Grewgious, assis au centre du groupe, les mains sur les genoux, exposa ainsi son idée, avec cet air qu'il avait toujours d'avoir appris sa communication par cœur:

— Jusqu'à présent, je n'arrive pas à décider s'il est prudent ou non, dans les circonstances actuelle, que la jeune personne qui est parmi nous se tienne ouvertement en rapport avec Mr Neville ou avec Miss Helena. J'ai de bonnes raisons de savoir qu'un de nos amis de Cloisterham (auquel, en passant, je désire accorder ma cordiale malédiction, avec la permission de notre révérend ami) circule dans les environs et se faufile de tous les côtés. S'il ne le fait pas lui-même, il peut avoir un informateur qui traîne un peu partout. Ce peut être un veilleur, un portier ou quelque autre habitué de Staple Inn. D'autre part, Miss Rosa éprouve le désir naturel de voir son amie Miss Helena, et il serait important que Miss Helena (et même son frère, par elle) apprenne personnellement des lèvres de Miss Rosa ce qui s'est passé et les menaces qui ont été proférées. Êtes-vous d'accord, d'une manière générale, sur ce que je viens de dire ?

— Tout à fait d'accord, fit Mr Crisparkle, qui avait écouté très attentivement.

— Je le serais également, ajouta Mr Tartar en souriant, si j'y comprenais quelque chose.

— C'est une remarque toute naturelle, monsieur, fit Mr Grewgious. Nous allons tout de suite vous confier toute l'affaire, si vous voulez bien nous le permettre. Maintenant, si notre ami de Cloisterham a un informateur sur place, il est tout à fait clair qu'un tel espion ne peut surveiller que l'appartement occupé par Mr Neville. S'il rapporte à notre ami qui y entre et qui en sort, notre ami pourra deviner par lui-même l'identité des intéressés dans la mesure où il les connaissait précédemment. Mais personne ne peut surveiller tout Staple Inn, et s'occuper des visiteurs de tous les appartements, à part le mien.

— Je commence à comprendre où vous voulez en venir, fit Mr Crisparkle, et j'approuve entièrement votre prudence.

— Je n'ai pas besoin de répéter que je ne sais toujours rien du comment et du pourquoi, fit Mr Tartar, mais je commence également à comprendre où vous voulez en venir. Aussi, permettez-moi de vous dire tout de suite que mon appartement est à votre entière disposition.

— Voilà ! s'écria Mr Grewgious, en se caressant triomphalement la tête, tout le monde a compris mon idée. Toi aussi, ma chérie ?

— Je pense que oui, fit Rosa en rougissant un peu comme Mr Tartar lui lançait un rapide regard.

— Tu comprends, fit Mr Grewgious, tu te rends à Staple Inn en compagnie de Mr Crisparkle et de Mr Tartar. Moi, j'entre et je sors comme je le fais d'habitude, tout seul. Tu montes avec ces messieurs à l'appartement de Mr Tartar. Tu vas admirer le jardin suspendu de Mr Tartar et tu attends là qu'apparaisse Miss Helena, ou tu lui fais savoir que tu te trouves tout près. Tu communiques librement avec elle, et aucun espion ne sera capable de déjouer la ruse.

— J'ai très peur d'être…

— D'être quoi, ma chérie ? fit Mr Grewgious comme elle hésitait. Pas d'être effrayée ?

— Non, pas cela, fit timidement Rosa, J'ai peur d'être importune et d'encombrer Mr Tartar. Ne trouvez-vous pas que nous disposons un peu cavalièrement de son appartement ?

— Je puis vous assurer, répondit Mr Tartar, que si j'entends une seule fois le son de votre voix dans mon appartement, ce sera un aimable souvenir que je n'oublierai jamais.

Rosa, ne sachant que répondre, baissa les yeux. Elle se tourna vers Mr Grewgious et lui demanda d'un air soumis si elle devait mettre son chapeau. Mr Grewgious estimant que c'était ce qu'elle avait de mieux à faire, elle se retira pour aller s'arranger un peu. Mr Crisparkle profita de l'occasion pour mettre rapidement Mr Tartar au courant de la détresse de Neville et de sa sœur. Et l'occasion fut largement suffisante, car il apparut que le chapeau exigeait, cette fois, plus de soins que d'habitude.

« Pauvre, pauvre Eddy! », songea Rosa tandis qu'ils s'éloignaient.

Mais Mr Tartar agitait la main droite en baissant la tête vers Rosa pour lui parler avec animation.

« Cette main n'était ni aussi ferme ni aussi hâlée lorsqu'elle sauva Mr Crisparkle », songea Rosa en la regardant. « Mais même alors, elle devait déjà être forte et courageuse. »

Mr Tartar lui dit qu'il avait été marin et qu'il avait bourlingué pendant des années.

— Quand reprendrez-vous la mer? demanda Rosa.

— Jamais.

Rosa se demanda ce que diraient les filles si elles pouvaient la voir, traversant la large rue au bras du marin. Elle supposa que les passants devaient la trouver très frêle et très pitoyable à côté de l'imposante silhouette qui aurait pu la prendre dans ses bras et la transporter loin de tout danger, à des milles de là, sans jamais devoir se reposer.

Elle songea aussi que ses perçants yeux bleus avaient dû être habitués à apercevoir le danger de très loin et à le regarder en face sans faiblesse pendant qu'il approchait. Mais, levant ses propres yeux, elle découvrit qu'en réalité c'est à eux qu'il semblait penser.

Ceci plongea la petite Rosebud dans une certaine confusion, ce qui explique qu'elle ne sut pas très bien comment, avec son aide, elle atteignit le jardin suspendu et sembla pénétrer dans une contrée merveilleuse qui s'épanouit tout à coup comme le Pays des Merveilles au haut de la perche magique.

Puisse-t-elle s'être épanouie pour toujours !

22

La situation se corse

L'appartement de Mr Tartar était le plus frais, le plus propre et le mieux rangé qu'on eût jamais vu sous le soleil, sous la lune et sous les étoiles. Les planchers étaient récurés à un tel point qu'on aurait pu supposer que les fumées de Londres s'étaient évanouies et qu'elles avaient quitté le pays pour toujours. Chaque centimètre carré du cuivre que possédait Mr Tartar avait été frotté et poli jusqu'à ressembler à un miroir d'airain. Les dieux lares de Mr Tartar n'étaient souillés par aucune tache, par aucune marque, par aucune salissure, ni grande, ni petite, ni moyenne. Son salon était comme la cabine de l'amiral, sa salle de bains comme une laiterie, sa chambre à coucher, entièrement garnie de placards et de tiroirs, était comme la boutique d'un grainetier. Et son hamac, joliment suspendu, bougeait simplement en son centre, comme s'il respirait. Tout ce qui appartenait à Mr Tartar : ses cartes et ses plans, ses livres, ses brosses, ses bottes, ses vêtements, ses porte-bouteilles, ses télescopes et ses autres instruments, tout avait ses propres quartiers clairement désignés. Tout était d'accès facile. Les étagères, les consoles, les placards, les crochets et les tiroirs étaient également à portée de la main et avaient été également conçus de manière à éviter toute perte de place et à donner un emplacement confortable à des objets qui n'auraient pu trouver place nulle part ailleurs. Son étincelant petit service de table était disposé de telle manière sur son buffet qu'une cuiller à sel mal rangée se fût immédiatement trahie. Ses affaires de toilette étaient si minutieusement alignées sur leur table qu'un cure-dents qui se serait mal tenu aurait été repéré d'un seul regard. Il en était de même avec les curiosités qu'il avait rapportées de ses divers voyages. Empaillés, séchés, repolis ou conservés par tout autre procédé, selon leur nature, les oiseaux, les poissons, les reptiles, les armes, les articles d'habillement, les écailles, les coquillages ou les fragments de récifs de corail, tout était mis à sa place particulière, et rien n'aurait pu être mis à une place mieux appropriée. Les peintures et les vernis semblaient être conservés dans un endroit invisible, mais toujours prêts à effacer toute tache de doigt qui pourrait apparaître dans l'appartement de Mr Tartar. Aucun cuirassé n'avait jamais été conservé aussi flambant neuf, à l'abri de toute négligente souillure. Par ce brillant jour d'été, une fraîche petite bâche avait été tendue au-dessus du jardin suspendu de Mr Tartar, comme seul un marin aurait pu la serrer. L'ensemble avait un air de navigation si délicieusement complet que le jardin aurait pu être celui des fenêtres de poupe sur un navire et que toute la construction aurait pu se mettre à naviguer sur les flots avec tout le monde à bord si Mr Tartar avait seulement embouché le porte-voix qui pendait dans un coin et avait lancé quelques ordres rauques : « Levez l'ancre ! Démenez-vous un peu, les gars, et déployez toute la toile ! »

Mr Tartar, en faisant les honneurs de ce brave navire, s'adaptait parfaitement au cadre. Lorsqu'un homme chevauche un aimable dada, qui ne fait de mal à rien ni à personne, il est agréable de voir qu'il le chevauche avec humour et en ayant parfaitement conscience du caractère drolatique de l'animal. Lorsque cet homme est, par nature, cordial et sérieux et qu'en outre il est frais et spontané, on peut se demander s'il est possible de le voir sous un meilleur jour que dans ces circonstances. C'est pourquoi Rosa aurait tout naturellement pensé (même si elle n'avait pas été conduite par tout le navire comme si elle était la Première Lady de l'Amirauté ou la Première Fée de la Mer) qu'il était charmant de voir et d'entendre Mr Tartar parler de ses inventions d'un air mi-rieur et mi-triomphant. C'est pourquoi aussi Rosa pensa tout naturellement, en tout état de cause, que le marin hâlé se montrait sous son meilleur jour, lorsque, l'inspection terminée, il se retira délicatement de la cabine de l'amiral, en la priant de s'en considérer comme la Reine et en lui faisant signe, avec la main qui avait tenu en elle la vie de Mr Crisparkle, de se pencher sur son jardin suspendu.

— Helena ! Helena Landless ! Es-tu là ?

— Qui m'appelle ? Ce n'est pas Rosa ?

Un second joli visage apparut sur la scène.

— Oui, ma chérie, c'est moi.

— Ma chère petite ! Comment es-tu arrivée ici ?

— Je… Je ne sais pas exactement, fit Rosa en rougissant, à moins que ce ne soit dans un rêve !

Pourquoi rougissait-elle ? Leurs deux visages étaient seuls parmi les autres fleurs. À moins que la rougeur ne compte parmi les fruits du Pays des Merveilles ?

— Moi, je ne rêve pas, fit Helena en souriant. Et pourtant, il serait plus vraisemblable que je rêve. Comment se fait-il que nous soyons ensemble… ou du moins si près l'une de l'autre, d'une manière inattendue ?

Le spectacle était en effet inattendu, parmi les pignons sales et les cheminées du domaine de P.J.T. et parmi les fleurs qui avaient jailli du sel de la mer. Mais Rosa, revenant à elle, raconta rapidement comment il se faisait qu'elles s'étaient retrouvées et exposa les tenants et les aboutissants de toute l'affaire.

— Et Mr Crisparkle est ici, fit Rosa en concluant rapidement. Et, le croirais-tu ? il y a longtemps, il lui a sauvé la vie !

— De la part de Mr Crisparkle, cela ne m'étonne pas, répondit Helena, le visage rougissant.

Ce qui ajouta quelques rougeurs au Pays des Merveilles.

— Oui, mais il ne s'agit pas de Mr Crisparkle, fit Rosa en se hâtant de rectifier.

— Je ne comprends pas, mon amour.

— C'est très gentil de la part de Mr Crisparkle d'avoir été sauvé, et il n'aurait pas pu mieux exprimer la haute opinion qu'il a de Mr Tartar. Mais c'est Mr Tartar qui l'a sauvé.

Les yeux sombres d'Helena regardèrent attentivement le radieux visage qui apparaissait entre les feuilles, et elle ajouta, sur un ton plus lent et plus songeur :

— Est-ce que Mr Tartar est près de toi, ma chérie ?

— Non. Il m'a cédé son appartement… Il nous a cédé son appartement, je veux dire. C'est un endroit magnifique.

— Vraiment.

— Cela ressemble à l'intérieur du plus joli navire qui ait jamais navigué. Cela ressemble à… cela ressemble à…

— À un rêve ? suggéra Helena.

Rosa répondit par un petit hochement de tête et se mit à respirer les fleurs.

Helena reprit, après un court silence pendant lequel elle avait semblé (ou n'était-ce que l'imagination de Rosa ?) prendre quelqu'un en pitié :

— Mon pauvre Neville est occupé à étudier dans sa chambre, parce que le soleil est trop fort de ce côté-ci pour l'instant. Je pense qu'il vaut mieux qu'il ignore ta présence.

— Oh, je le pense aussi ! fit Rosa avec beaucoup de conviction.

— Je suppose, poursuivit Helena d'un ton indécis, qu'il devra finir par apprendre tout ce que tu viens de me dire. Mais je n'en suis pas certaine. Demande l'avis de Mr Crisparkle, ma chérie. Demande-lui si je puis raconter à Neville ce que je jugerai bon parmi les choses que tu viens de me confier.

Rosa disparut dans sa cabine et transmit la question. Le chanoine mineur estima qu'il fallait laisser Helena agir, selon son jugement.

— Je le remercie beaucoup, fit Helena lorsque Rosa reparut avec son message. Demande-lui s'il ne vaut pas mieux attendre que ce misérable dévoile les nouveaux tours qu'il prépare contre Neville, ou s'il faut essayer de les déjouer à l'avance : je veux dire en tâchant de découvrir s'il rôde autour de nous.

Le chanoine mineur trouva qu'il était compliqué de formuler une opinion judicieuse à cet égard et, après avoir tenté deux ou trois fois de donner une réponse satisfaisante, il suggéra de s'en référer à Mr Grewgious. Helena ayant marqué son accord, il traversa la cour intérieure en cherchant vainement à prendre une allure indifférente et gagna l'appartement de P.J.T. Il posa la question à Mr Grewgious. Celui-ci s'en tint résolument au principe général que, si l'on avait l'occasion de prendre de l'avance sur un brigand ou sur une bête féroce, il valait mieux le faire. Et il s'en tint aussi résolument au principe particulier que John Jasper était un mélange de brigand et de bête féroce.

Nanti de ce conseil, Mr Crisparkle revint, transmit cette opinion à Rosa qui, à son tour, la transmit à Helena. Celle-ci, à sa fenêtre, poursuivit le cours de ses pensées, et se mit à réfléchir à la situation.

— Pouvons-nous compter sur l'aide de Mr Tartar, Rosa ? demanda-t-elle.

Rosa pensait timidement qu'on le pouvait. Rosa était timidement persuadée qu'elle pouvait presque en répondre. Mais peut-être valait-il mieux qu'elle demande à Mr Crisparkle ?

— Je pense, ma chérie, que ton opinion sur ce point vaut bien la sienne, fit tranquillement Helena, et il est inutile que tu disparaisses une fois de plus pour cela.

Comme c'était curieux de la part d'Helena !

— Vois-tu, poursuivit Helena après un nouveau temps de réflexion, Neville ne connaît personne d'autre ici, et il n'a jamais échangé un mot avec personne d'autre. Si Mr Tartar venait le voir ouvertement et souvent, s'il voulait fréquemment consacrer une minute à cette visite, et même s'il voulait la faire presque quotidiennement, je crois qu'il pourrait en sortir quelque chose.

— Il pourrait en sortir quelque chose ? répéta Rosa en examinant le joli visage de son amie d'un air fort perplexe. Il pourrait en sortir quelque chose ? Que veux-tu dire ?

— Si quelqu'un surveille vraiment tous les mouvements de Neville, et si le but réel de cet espionnage est de l'isoler de ses amis, de ses connaissances et de lui empoisonner lentement son existence quotidienne (ce qui semble bien être le sens de la menace qui t'a été faite), n'est-il pas vraisemblable, fit Helena, que son ennemi finisse par communiquer d'une manière ou de l'autre avec Mr Tartar pour le mettre en garde contre Neville? Dans ce cas, nous n'aurons pas seulement connaissance du fait en lui-même, mais nous pourrons apprendre par Mr Tartar quels ont été les termes de la communication.

— Je vois, s'écria Rosa, qui se replongea immédiatement dans sa cabine.

Tout de suite son joli visage reparut, et il avait un teint très animé. Elle déclara qu'elle avait parlé à Mr Crisparkle, que Mr Crisparkle avait fait chercher Mr Tartar et que Mr Tartar, « qui attend pour le cas où tu désirerais lui parler », ajouta Rosa, le regard à moitié tourné vers la cabine sans qu'elle sût s'il fallait le laisser dedans ou dehors; que Mr Tartar donc s'était déclaré prêt à agir dans le sens où Helena le suggérait et à entreprendre sa mission le jour même.

— Je le remercie de tout cœur, fit Helena. Je t'en prie, dis-le-lui.

À nouveau tiraillée entre le jardin suspendu et la cabine, Rosa plongea avec son message, reparut avec les assurances les plus formelles de Mr Tartar et demeura indécise, divisée entre Helena et lui. Ce qui prouve que la confusion n'est pas toujours nécessairement un état empreint de gaucherie, mais qu'elle peut aussi présenter un aspect très plaisant.

— Et maintenant, chérie, fit Helena, nous devons songer à la prudence qui nous a poussées, pour l'instant, à nous limiter à cette entrevue. Nous devons nous séparer. Vas-tu retourner?

— Chez Miss Twinkleton? demanda Rosa.

— Oui.

— Oh, je ne pourrais plus jamais retourner là-bas. Non, pas après cette horrible entrevue, fit Rosa.

— Alors, ma jolie, où iras-tu?

— Eh bien, maintenant que tu m'y fais penser, fit Rosa, je ne sais pas. Je n'ai rien décidé jusqu'à présent, mais mon tuteur s'occupera de moi. Ne t'inquiète pas, ma chérie. J'irai sûrement quelque part.

Ce qui paraissait vraisemblable.

— Et j'aurai des nouvelles de ma Rosebud par Mr Tartar? demanda Helena.

— Oui, je suppose. Par… (Rosa regarda derrière elle d'un air un peu agité au lieu de prononcer le nom). Mais il faut que tu me dises quelque chose avant que nous nous séparions, chère Helena. Dis-moi que tu es certaine, absolument certaine que je ne pourrais pas l'empêcher.

— L'empêcher, ma chérie?

— Oui, l'empêcher d'être mauvais et vindicatif. Je ne pouvais pas accepter ses conditions, n'est-ce pas?

— Tu sais combien je t'aime, chérie, répondit Helena avec indignation. Mais j'aurais préféré te voir morte à ses pieds infâmes.

— C'est une grande consolation pour moi! Et tu le diras à ton pauvre frère, n'est-ce pas? Tu lui transmettras mon bon souvenir et ma sympathie? Tu lui demanderas de ne pas me haïr?

Helena hocha tristement la tête, comme s'il s'agissait là d'une mission superflue. Des deux mains, elle envoya un baiser à son amie, et son amie eut le même geste envers elle. Alors, elle vit une troisième main (une main brune) jaillir entre les feuilles et les fleurs et aider son amie à se retirer.

La collation que Mr Tartar fit apparaître dans la cabine de l'amiral en touchant simplement le ressort d'un placard et la poignée d'un tiroir constitua un repas surprenant et enchanteur. En un instant, de merveilleux macarons, d'étincelantes liqueurs, des épices tropicales qui avaient été magiquement conservées, et de célestes gelées de fruits exotiques se déployèrent à profusion. Mais Mr Tartar était incapable de faire s'arrêter le temps. Et le temps, qui s'écoulait sans pitié, passa si rapidement que Rosa fut obligée de quitter le Pays des Merveilles pour la terre et pour l'appartement de son tuteur.

— Et maintenant, ma chérie, dit Mr Grewgious, qu'allons-nous faire? Ou plutôt, posons la question d'une autre manière : qu'allons-nous faire de toi?

Rosa n'en savait rien. Elle ne pouvait que regretter d'être aussi encombrante pour elle et pour tout le monde. La seule chose qui lui vint à l'esprit et qui ressemblait à un plan était la vague idée de vivre, à l'abri du feu, au-dessus de toute une volée d'escaliers à Furnival's Inn pour le reste de sa vie.

— J'ai pensé, fit Mr Grewgious, comme cette respectable Miss Twinkleton se rend de temps à autre à Londres durant les vacances, pour étendre ses relations, et pour pouvoir rencontrer des parents qui habitent la ville, s'il s'en trouve... je me suis demandé si nous ne pourrions pas inviter Miss Twinkleton à venir passer un mois avec toi jusqu'à ce que nous ayons eu le temps de nous retourner?

— À passer un mois où, monsieur?

— Ne pourrions-nous pas, expliqua Mr Grewgious, louer pour un mois un appartement meublé en ville et inviter Miss Twinkleton à s'y occuper de toi pendant cette période?

— Et ensuite? demanda Rosa.

— Et ensuite, fit Mr Grewgious, nous ne serons pas plus embarrassés que nous ne le sommes maintenant.

— Je pense que ce serait une solution, reconnut Rosa.

— Dans ce cas, fit Mr Grewgious en se levant, partons à la recherche d'un appartement meublé. Rien ne me serait plus agréable que la douce présence qui m'a été accordée hier soir, pour toutes les soirées qui doivent encore meubler mon existence. Malheureusement, ce n'est pas un endroit convenable pour une jeune dame. Allons à l'aventure, et cherchons un appartement meublé. Entre-temps, Mr Crisparkle, qui est prêt à rentrer immédiatement chez lui, aura certainement l'obligeance d'aller rendre visite à Miss Twinkleton et de l'inviter à participer à notre plan.

Mr Crisparkle accepta volontiers cette mission et prit congé. Mr Grewgious et sa pupille entreprirent leur expédition. Mais ils n'allèrent pas vite. Mr Grewgious avait une manière toute spéciale de chercher un appartement meublé. Lorsqu'il voyait une maison qui en affichait un à la fenêtre, il traversait la rue et contemplait le bâtiment. Ensuite, il se frayait un chemin jusqu'à l'arrière de la maison, et il la contemplait de ce côté-là. Ceci fait, il n'entrait pas, mais il se livrait à un examen similaire d'une autre maison, avec le même résultat. À la fin, il songea à une cousine de Mr Bazzard, une veuve, qu'il avait plusieurs fois éconduite et qui lui avait demandé une fois d'user de son influence en matière de locations. Elle habitait Southampton Street, Bloomsbury Square. Le nom de cette dame, écrit en grandes capitales, non compromettantes, sur une plaque de cuivre, qui ne donnait aucune indication quant à son sexe ou à son état, était BILLICKIN.

Les traits distinctifs de la personnalité de Mrs Billickin étaient une faiblesse personnelle et une dominante sincérité. Elle sortit d'un air languissant du salon qui lui était exclusivement réservé, avec l'air d'avoir été spécialement tirée pour l'occasion d'une succession d'évanouissements.

— Comment vous portez-vous, monsieur? fit Mrs Billickin en reconnaissant son visiteur et en inclinant la tête.

— Merci, je me porte très bien. Et vous, madame? répondit Mr Grewgious.

— Je me porte aussi bien, fit Mrs Billickin qu'un excès de faiblesse faisait haleter, qu'il m'est possible de me porter.

— Ma pupille et une dame d'un certain âge, fit Mr Grewgious, désirent trouver un coquet appartement pour un mois ou deux. Avez-vous des appartements disponibles, madame?

— Mr Grewgious, répondit Mrs Billickin, je ne veux pas vous tromper, loin de là. Je possède des appartements disponibles.

Elle prononça ces mots comme si elle ajoutait: « Vous pouvez me mener au supplice si vous le désirez. Tant que je vivrai, je serai sincère. »

— Quel genre d'appartements, madame? demanda Mr Grewgious d'un aimable. Ceci pour atténuer l'évidente sévérité qui se manifestait chez Mrs Billickin.

— Ici, vous avez le salon… vous pouvez l'appeler comme vous voulez, Miss, mais c'est le salon de devant, dit Mrs Billickin, en mêlant Rosa à la conversation. Je ne quitte jamais le salon de derrière, et j'y tiens. Au sommet de la maison, vous avez deux chambres à coucher, avec le gaz. Je ne vous dirai pas que les planchers de votre chambre à coucher sont très solides, car ils ne sont pas solides. Le plombier lui-même a reconnu que pour faire du travail solide, il aurait dû travailler sous le plancher mais cela ne valait pas la dépense pour un locataire. Aussi les tuyaux passent-ils au-dessus du plancher, et il vaut mieux que vous le sachiez.

Mr Grewgious et Rosa échangèrent des regards de désappointement, quoiqu'ils n'eussent pas la moindre idée des horreurs latentes qui devaient résulter de cette manière de placer les tuyaux. Mrs Billickin porta la main à son cœur, comme si elle l'avait déchargé d'un grand poids.

— Parfait ! je suppose que le toit est en bon état ? fit Mr Grewgious à tout hasard.

— Mr Grewgious, répondit Mrs Billickin, si je vous disais qu'il y a un étage au-dessus de vous alors qu'il n'y a rien, je vous préparerais une déception, ce que je ne veux pas faire. Non, monsieur. Par vent d'hiver, à cette hauteur, les ardoises ne tiennent pas très bien et elles font du bruit, quoi qu'on fasse. Je vous défie, monsieur, qui que vous soyez, de faire tenir des ardoises. Vous pouvez essayer de n'importe quelle manière.

Ici, Mrs Billickin, ayant montré une certaine véhémence à l'égard de Mr Grewgious, se calma un petit peu, pour ne pas abuser du pouvoir moral qu'elle venait de gagner sur lui.

— Par conséquent, poursuivit-elle sur un ton plus doux, mais toujours aussi ferme dans son incorruptible franchise, par conséquent, il serait tout à fait inutile que je grimpe avec vous jusqu'au sommet de la maison pour m'entendre dire : « Mrs Billickin, quelle est cette tache au plafond, car je considère que c'est une tache ? » et pour que je sois obligée de vous répondre : « Je ne vous comprends pas, monsieur. » Non, monsieur, je ne veux pas agir de cette manière. Je vous comprends parfaitement avant même que vous ne parliez. C'est l'humidité, monsieur, il y a des moments où il fait humide et il y a des moments où il ne fait pas humide. Pendant la moitié de votre vie, vous pouvez rester parfaitement sec. Mais un moment vient, il vaut mieux que vous le sachiez, où cela se met à dégouliner de partout et où vous êtes trempé comme une soupe.

Mr Grewgious parut très malheureux à l'idée de se voir promis à un pareil état.

— Avez-vous d'autres appartements, madame? demanda-t-il.

— Mr Grewgious, répondit Mrs Billickin d'un ton solennel, j'en ai. Vous me demandez si j'en ai? Je vous réponds franchement et honnêtement que j'en ai. Le premier et le second étage sont libres, et ce sont de très belles chambres.

— Eh bien, voilà qui est parfait! Je suppose qu'il n'y a rien à leur reprocher? fit Mr Grewgious qui se consolait comme il pouvait.

— Mr Grewgious, répliqua Mrs Billickin, excusez-moi: il y a les escaliers. Si vous ne vous attendez pas aux escaliers, vous allez à un désappointement inévitable. Il ne vous est pas possible, Miss, fit Mrs Billickin en s'adressant à Rosa d'un ton de reproche, de placer un premier étage et encore beaucoup moins un second étage au même niveau que le rez-de-chaussée. Non, vous ne pouvez pas y arriver, Miss, c'est hors de votre pouvoir. Alors pourquoi essayer?

Mrs Billickin fit cette remarque avec beaucoup de conviction, comme si Rosa avait fait preuve d'une détermination têtue et avait voulu soutenir une position aussi indéfendable.

— Pouvons-nous voir ces chambres, madame? demanda son tuteur.

— Mr Grewgious, répondit Mrs Billickin, vous le pouvez. Je ne désire pas vous le cacher: vous pouvez.

Mrs Billickin se dirigea alors vers son salon pour y prendre son châle. Une légende dorée, remontant à la plus haute antiquité, affirmait qu'elle ne pouvait se rendre nulle part sans s'en envelopper. Lorsque sa servante l'y eut enroulée, elle montra le chemin. Dans les escaliers, elle s'arrêta à diverses reprises pour reprendre son souffle, et, lorsqu'ils furent dans le salon, elle agrippa son cœur comme si elle avait été sur le point de le perdre et avait réussi à le rattraper au moment où il s'envolait.

— Et le second étage? fit Mr Grewgious, après avoir trouvé que le premier était satisfaisant.

— Mr Grewgious, répondit Mrs Billickin, en se tournant cérémonieusement vers lui, comme si le moment était venu de bien s'entendre sur un point difficile et qu'il était nécessaire de le traiter en toute confiance, le second étage se trouve au-dessus de celui-ci.

— Pouvons-nous le voir également, madame?

— Oui, monsieur, répondit Mrs Billickin, il est ouvert à tous les vents.

Le second étage lui paraissant également satisfaisant, Mr Grewgious se retira dans un coin avec Rosa pour une courte consultation, puis, demandant une plume et de l'encre, il rédigea quelques lignes d'accord. Entre-temps, Mrs Billickin avait pris un siège, et se mit à exposer les conditions générales.

— Quarante-cinq shillings par semaine, pour un mois ferme, à cette époque de l'année, fit Mrs Billickin, est un prix raisonnable pour les deux parties. Nous ne sommes pas à Bond Street ni même à St. Jame's Palace. Mais je ne prétends pas non plus que nous y soyons. Je ne prétends pas nier davantage – pourquoi le nierais-je? – que la porte de derrière donne sur les écuries. Il faut qu'il y ait des écuries. En ce qui concerne les domestiques, il y en a deux. Leurs gages sont laissés à votre appréciation. Il est arrivé qu'il y ait eu des mots avec eux à propos des commerçants, ou des taches laissées sur le pavement par des locataires qui ne s'essuyaient pas les pieds. En tout cas, il ne faut pas leur donner de commissions sur les courses de ménage. Le charbon vous est livré soit par feux, soit en seaux.

Elle insista sur les prépositions comme si cela faisait une subtile mais énorme différence.

— Je n'aime pas qu'on amène des chiens. Outre qu'ils laissent des saletés partout, ils volent, ce qui provoque des soupçons et rend les relations désagréables.

Pendant ce temps, Mr Grewgious avait terminé la rédaction de son contrat, et il avait préparé l'argent.

— J'ai signé pour ces dames, dit-il. Voulez-vous, madame, avoir l'obligeance de signer pour vous? Ici, votre nom et votre prénom, s'il vous plaît.

— Mr Grewgious, fit Mrs Billickin, dans un nouvel accès de sincérité, je vous dis non, monsieur! Excusez-moi, mais je n'indiquerai pas mon prénom.

Mr Grewgious la regarda fixement.

— La plaque qui se trouve sur la porte me sert de protection, fit Mrs Billickin, et elle remplit son rôle. Je ne veux pas en détruire l'effet.

Mr Grewgious regarda fixement Rosa.

— Non, Mr Grewgious, il faut m'excuser. Tant que cette maison est connue de manière indéterminée comme celle de Billickin, et aussi longtemps qu'il y a un doute quant à l'endroit où Billickin se cache, près de la porte ou au sommet de l'escalier, tant que l'on ignore quel est son poids et quelle est sa taille, je me sens en sécurité. Mais pour rien au monde je ne puis révéler que je suis une femme seule, non, Miss! Et vous n'accepteriez certainement pas, fit Mrs Billickin avec un sens aigu de l'injustice qui lui était faite, de revendiquer les avantages de votre sexe, si vous n'y étiez pas amenée par un exemple inconsidéré.

Rosa rougit comme si elle avait honteusement tenté de prendre le meilleur sur la brave dame. Aussi pria-t-elle Mr Grewgious de se contenter de n'importe quelle signature. En vertu de quoi, la signature « BILLICKIN » fut apposée au bas du document, d'une manière seigneuriale.

On se mit alors d'accord sur les détails de l'emménagement qui devait avoir lieu le surlendemain, lorsque Miss Twinkleton pourrait raisonnablement être attendue. Rosa retourna à Furnival's Inn au bras de son tuteur.

Étrange coïncidence, Mr Tartar se promenait de long en large dans Furnival's Inn lorsqu'il les vit arriver et il s'élança vers eux.

— J'ai pensé, suggéra Mr Tartar que nous pourrions aller sur la rivière. Le temps est magnifique, et la marée est favorable. J'ai un bateau qui est amarré à Temple Stairs.

— Il y a bien longtemps que je n'ai plus été sur la rivière, fit Mr Grewgious, tenté par la proposition.

— Je n'ai jamais été sur la rivière, ajouta Rosa.

Une demi-heure plus tard, l'affaire était réglée et ils remontaient la Tamise. Le flux les entraînait, l'après-midi était charmant. Le bateau de Mr Tartar était parfait. Mr Tartar et Lobley (l'homme de Mr Tartar) maniaient les avirons. Ils apprirent que Mr Tartar avait un yacht qui était amarré quelque part près de Greenhithe. L'homme de Mr Tartar était chargé d'en prendre soin, mais pour l'instant il avait été mandé pour accomplir cet autre service. C'était un homme de bonne mine, avec des cheveux sombres et des favoris, et un gros visage rouge. Il ressemblait à une image du soleil sculptée dans de vieux morceaux de bois, ses cheveux et ses favoris représentant les rayons qui l'entouraient. Assis au fond du bateau, il avait un air resplendissant, et il constituait un brillant spectacle. Il portait une vareuse de matelot de cuirassé. Ses bras et sa poitrine étaient tatoués de toutes sortes de dessins. Lobley semblait ramer sans aucune difficulté, de même que Mr Tartar. Et cependant leurs avirons se pliaient lorsqu'ils tiraient dessus, et le bateau bondissait sous eux. Mr Tartar, comme s'il ne faisait rien, parlait à Rosa, qui, elle, ne faisait rien, et à Mr Grewgious, qui faisait quelque chose en ce sens qu'il gouvernait tout de travers. Mais quelle importance cela avait-il, alors qu'il suffisait d'un simple mouvement de l'habile poigne de Mr Tartar, ou d'une simple grimace de Mr Lobley pour tout remettre en ordre ? Le flux les porta de la manière la plus gaie et la plus charmante, jusqu'à ce qu'ils s'arrêtent pour dîner, dans une sorte de jardin perpétuellement vert qui n'avait pas besoin d'être mieux identifié. Ensuite, le flux tourna avec beaucoup d'obligeance, comme si, ce jour-là, il s'était uniquement consacré à leur groupe.

Et comme ils glissaient paresseusement parmi les roseaux, Rosa essaya de faire ce qu'elle pouvait en matière d'aviron, et elle s'en sortit admirablement, avec l'aide considérable qui lui fut dispensée. Mr Grewgious, lui aussi, essaya de faire ce qu'il pouvait, et il en sortit sur le dos, coincé sous un aviron qui lui passait sur le cou, sans être aidé en aucune manière. Après cela, il y eut une période de repos sous les branches (et quel repos !) pendant que Mr Lobley lavait le bateau, arrangeait les coussins, les banquettes et le reste, en faisant de la corde raide tout au long de l'embarcation, comme un homme pour qui les chaussures étaient une superstition et les chaussettes un esclavage. Ensuite, ce fut le délicieux retour parmi les douces senteurs des tilleuls en fleurs et le bruissement musical de l'eau. Trop vite, la grande ville jeta ses ombres sur la rivière et ses sombres ponts étreignirent les eaux comme la mort étreint la vie. Et le jardin perpétuellement vert parut être perdu pour toujours, trop loin désormais pour qu'on puisse jamais le retrouver.

« Les gens ne peuvent-ils traverser l'existence sans être grincheux? Je me le demande? », songea Rosa, le lendemain, lorsque la ville lui apparut à nouveau avec son aspect maussade. Tout, autour d'elle, lui semblait avoir l'air étrange et inconfortable d'attendre quelque chose qui ne venait pas. Qui ne viendrait plus. Elle commença à penser que la douceur des jours passés à l'école de Cloisterham s'était enfuie pour toujours, que les heures maussades deviendraient de plus en plus fréquentes et que leur poids serait de plus en plus lourd.

En fait, qu'espérait Rosa? Espérait-elle l'arrivée de Miss Twinkleton? Miss Twinkleton vint, comme il était prévu. La Billickin sortit de son salon personnel pour la recevoir, et, dès ce fatal instant, la guerre fut inscrite dans son regard.

Miss Twinkleton apporta avec elle une incroyable quantité de bagages, qui comprenait tous ceux de Rosa aussi bien que les siens. La Billickin prit très mal le fait que Miss Twinkleton, préoccupée par tous ses colis, négligea de décliner son identité personnelle avec toute la précision que requérait une demande formelle. En conséquence, une dignité offensée se manifesta dans la ligne des sourcils de la Billickin. Et lorsque Miss Twinkleton, très agitée, se mit à faire le compte de ses colis et de ses malles – il y en avait dix-sept – et eut l'outrecuidance de donner à la Billickin elle-même le numéro onze, la Billickin trouva qu'il était temps de protester.

— Il vaut mieux mettre les choses au point tout de suite, dit-elle avec une sincérité si démonstrative qu'elle en imposait. La maîtresse de maison n'est ni un colis ni un paquet, ni un sac de voyage. Je vous remercie, infiniment, Miss Twinkleton, mais je ne suis pas une mendiante.

Cette dernière remarque était provoquée par le fait que Miss Twinkleton, distraite, venait de lui glisser deux shillings et demi dans la main au lieu de les donner au cocher.

Ainsi repoussée, Miss Twinkleton demanda avec affolement quel était « le monsieur » qu'il fallait payer. Il y avait deux messieurs dans cette situation, car Miss Twinkleton était arrivée avec deux fiacres. Et chacun de ces messieurs, une fois payé, garda la main tendue en montrant les deux shillings et demi qu'elle y avait déposés, avec un regard muet et un visage allongé, comme pour prendre le ciel et la terre à témoin de son infortune. Terrifiée par ce spectacle alarmant, Miss Twinkleton déposa un autre shilling dans chaque main. En même temps, elle en appela à la loi avec des accents impétueux, et se mit à recompter ses bagages, cette fois en présence des deux messieurs, ce qui provoqua de nouvelles complications dans l'établissement du total. Entre-temps, les deux messieurs, chacun regardant fixement et désespérément son shilling supplémentaire comme s'il pouvait devenir dix-huit pence si on le tenait à l'œil, descendirent le perron, grimpèrent dans leurs fiacres et s'en furent, laissant Miss Twinkleton en larmes sur un carton à chapeaux.

La Billickin contempla sans sympathie cette manifestation de faiblesse et donna des instructions « pour qu'on aille chercher un jeune homme », chargé d'en découdre avec les bagages. La paix revint lorsque ce gladiateur fut sorti de l'arène, et les deux nouveaux locataires prirent leur repas.

Cependant la Billickin était arrivée à savoir, Dieu sait comment, que Miss Twinkleton dirigeait une école. De cette connaissance il n'y avait qu'un pas à franchir pour estimer que Miss Twinkleton s'était promis de lui apprendre quelque chose. « Mais ça ne marchera pas, soliloqua la Billickin. Je ne suis pas votre élève. Ce n'est pas comme elle (il s'agissait de Rosa), la pauvre enfant ! »

D'autre part, Miss Twinkleton, ayant changé de robe et retrouvé ses esprits, était animée par le ferme désir de profiter de l'occasion dans toute la mesure du possible et d'être un exemple de sérénité. Dans un heureux compromis entre les deux stades de son existence, elle était devenue, sa boîte à ouvrage posée devant elle, la vive et spirituelle compagne prête à parler de tout. C'est à ce moment que la Billickin se fit annoncer.

— Je ne vous cacherai pas, mesdames, fit la Billickin, enveloppée dans le châle de sa splendeur, car il n'est pas dans mon caractère de cacher mes sentiments ou mes actes, je ne vous cacherai donc pas que je prends la liberté de vous rendre visite dans l'espoir que votre dîner vous convenait. Quoique la cuisinière ne soit pas professionnelle et que ce soit une cuisinière bourgeoise, les gages que je lui paie doivent suffire à la stimuler et à lui faire faire mieux que de la cuisine courante.

— Nous avons vraiment très bien dîné, fit Rosa, merci.

— Habituée, fit Miss Twinkleton avec un air condescendant qui fit croire à la susceptibilité de la Billickin qu'elle allait ajouter « ma brave femme », habituée à un régime varié et nourrissant, quoique bourgeois et sans complications, nous n'avons pas trouvé de raisons de regretter notre absence de notre antique cité, ni la méthodique organisation ménagère dans laquelle notre paisible existence s'est déroulée jusqu'à présent.

— J'ai cru bon de prévenir ma cuisinière, observa la Billickin dans un accès de sincérité, et j'espère, Miss Twinkleton, que vous conviendrez que c'était une sage précaution, j'ai donc prévenu ma cuisinière que la jeune dame avait été habituée à un régime que nous devons considérer comme assez misérable, et qu'il valait donc mieux ne la gaver que progressivement. Le trop brusque passage d'une nourriture parcimonieuse à un régime généreux, et de ce que nous pourrions appeler les mélanges à ce que nous pourrions appeler l'alimentation rationnelle, ne peut être supporté que par une forte constitution. Une constitution qui est rarement celle de la jeunesse, surtout lorsqu'elle a été sous-alimentée par le régime de la pension.

On constatera que la Billickin s'était immédiatement dressée contre Miss Twinkleton, comme quelqu'un qui avait la pleine certitude d'être son ennemi naturel.

— Vos remarques, répondit Miss Twinkleton du haut d'une lointaine supériorité morale, partent de bonnes intentions, je n'en doute pas. Mais vous me permettrez d'observer qu'elles développent des vues tout à fait erronées sur le sujet. Votre erreur ne peut provenir que d'un manque total d'informations exactes.

— Mes informations, répondit la Billickin en soulignant avec une force polie mais ferme qu'il s'agissait bien des siennes, mes informations, Miss Twinkleton, me viennent de ma propre expérience. Je pense que l'on peut généralement considérer cette source comme bonne. Mais quoi qu'il en soit, j'ai été placée, dans ma jeunesse, dans une très bonne pension dont la directrice était une dame comme vous, à peu près de votre âge ou peut-être un peu plus jeune. Eh bien, le régime que j'y ai connu m'a appauvri le sang pour le reste de mon existence.

— Cela me paraît très vraisemblable, dit Miss Twinkleton qui parlait toujours du haut de sa grandeur, et je le regrette sincèrement. – Rosa, ma chérie, comment va ton travail ?

— Miss Twinkleton, reprit la Billickin, sur un ton courtois, avant de me retirer après cette remarque, comme il convient qu'une dame le fasse, je tiens à vous demander, en faisant appel à votre éducation, si je dois considérer que vous mettez mes paroles en doute ?

— Je ne vois pas ce qui vous permet de nourrir de telles suppositions, commença Miss Twinkleton... Mais la Billickin l'interrompit carrément.

— Je vous en prie, ne m'attribuez pas des suppositions alors que je n'en ai pas formulé. Vous m'étourdissez sous un flot de paroles, Miss Twinkleton, et c'est là ce qu'attendent de vous vos élèves. Elles considèrent certainement que vous devez leur en donner pour leur argent. Cela ne fait pas de doute, j'en suis certaine. Mais comme je ne vous paie pas pour obtenir un flot de paroles, et comme je ne vous demande pas d'en bénéficier, je désire répéter ma question.

— Si vous faites allusion à la pauvreté de votre circulation, commença Miss Twinkleton... Mais la Billickin l'interrompit de nouveau carrément.

— Je n'ai pas employé une telle expression.

— Si vous faites allusion, dans ce cas, à la pauvreté de votre sang…

— Que je dois, précisa fermement la Billickin, au régime de la pension…

— Dans ce cas, reprit Miss Twinkleton, tout ce que je puis dire, c'est qu'à vous voir je suis obligée de considérer qu'il est effectivement très pauvre. Je me sens contrainte d'ajouter que si cette malheureuse circonstance a une influence sur votre conversation, il y a lieu de le regretter, et il serait éminemment désirable que votre sang soit plus riche. – Rosa, ma chérie, comment va ton travail?

— Hum! Avant de me retirer, Miss, proclama la Billickin en s'adressant à Rosa, et en ignorant délibérément Miss Twinkleton, je voudrais qu'il soit bien entendu entre nous que je ne désire plus traiter à l'avenir qu'avec vous seule. Je ne connais pas ici de dame d'un certain âge, Miss, je n'en connais pas de plus âgée que vous.

— C'est là un excellent arrangement, Rosa, ma chérie, observa Miss Twinkleton.

— Cela ne signifie pas, Miss, fit la Billickin avec un sourire sarcastique, que je possède ce moulin magique dont j'ai entendu parler, et dans lequel on peut moudre de vieilles femmes pour en faire de jeunes (quel magnifique don ce serait pour certaines d'entre nous!). Cela signifie que je ne désire plus connaître que vous.

— Lorsque j'aurai quelque chose à demander à la maîtresse de maison, Rosa, ma chérie, observa Miss Twinkleton, avec une majestueuse bonne humeur, je te le ferai savoir, et tu voudras bien te charger, j'en suis sûre, de transmettre mes demandes à leur destination.

— Bonsoir, Miss, fit la Billickin sur un ton à la fois affectueux et distant. Comme je ne vois que vous, je désire vous souhaiter le bonsoir avec mes meilleurs vœux, et je ne me sens pas obligée, je suis heureuse de le dire, d'exprimer mon mépris pour quelqu'un qui, malheureusement pour vous, est à votre service.

La Billickin se retira élégamment sur ces mots d'adieu, et dès ce moment, Rosa occupa la désagréable situation de bouclier entre ces deux combattantes. Plus rien ne pouvait se faire sans que ne se joue une partie serrée. C'est ainsi que, chaque jour, lorsque se posait le problème du dîner, Miss Twinkleton disait, alors que les trois femmes étaient réunies :

— Peut-être, ma chérie, pourrais-tu demander à la maîtresse de maison si elle pourrait nous procurer un gigot d'agneau. S'il n'y en avait pas, nous pourrions peut-être demander une volaille rôtie.

À quoi la Billickin répondait (Rosa n'ayant pas ouvert la bouche) :

— Si vous étiez mieux habituée à la viande que servent les bouchers, Miss, vous ne songeriez pas à un gigot d'agneau. D'abord, parce que les agneaux sont depuis longtemps devenus des moutons, et ensuite, parce qu'il y a des jours où on les abat et des jours où on ne les abat point. En ce qui concerne la volaille rôtie, Miss, vous en seriez parfaitement dégoûtée si vous faisiez les courses vous-même. Vous ne pourriez trouver que de vieilles poules, exactement comme si on ne les achetait que parce qu'elles sont bon marché. Ayez un peu plus d'imagination, Miss. Habituez-vous un peu à tenir le ménage. Allez-y, pensez à autre chose.

À cet encouragement, donné avec la tolérante indulgence d'un sage et libéral expert, Miss Twinkleton répondait en rougissant :

— Tu pourrais aussi, ma chérie, proposer à la maîtresse de la maison qu'elle nous serve un canard.

— Mon Dieu, Miss ! s'exclamait alors la Billickin (Rosa n'ayant toujours pas dit un mot), vous me surprenez quand vous parlez de canard ! Sans compter que ce n'est pas la saison et qu'ils sont hors de prix, cela me fendrait réellement le cœur de vous servir un canard. Car le blanc, qui est le seul morceau délicat dans un canard, disparaît toujours dans une direction que je n'arrive pas à déterminer, et on ne trouve sur votre propre assiette que de la peau et des os ! Essayez autre chose, Miss. Réfléchissez un petit peu par vous-même, et ne laissez pas réfléchir les autres à votre place. Que diriez-vous d'un plat de ris de veau, ou d'un morceau de mouton ? Quelque chose où vous puissiez avoir une chance égale dans le partage.

Par moments, le jeu devenait véritablement serré, et il était soutenu avec une vivacité qui rendait ces rencontres extrêmement dures. Mais la Billickin marquait presque invariablement le plus grand nombre de points. Et elle reprenait le dessus par des attaques latérales inattendues et extraordinaires, au moment où elle semblait ne plus avoir de chances.

Tout ceci ne contribuait pas à améliorer l'atmosphère maussade de Londres, ou du moins l'atmosphère que Londres avait acquise aux yeux de Rosa et qui consistait à attendre quelque chose qui ne venait pas. Lorsqu'elle en avait assez de travailler et de bavarder avec Miss Twinkleton, elle suggérait que Miss Twinkleton lui lise quelque chose pendant qu'elle travaillait. Miss Twinkleton était toujours prête à le faire, et c'était une admirable lectrice dont les pouvoirs étaient éprouvés. Mais Rosa découvrit rapidement qu'en réalité Miss Twinkleton ne lisait pas d'une manière honnête. Elle coupait les scènes d'amour, ajoutait des passages à la louange du célibat féminin, et se rendait coupable de toute une série d'autres pieuses fraudes. À titre d'exemple, prenez cette brillante citation :

« Ô toi, ma chérie, que j'adore, fit Édouard en serrant contre son sein la tête adorée, en caressant de ses doigts ses cheveux soyeux, et en les laissant retomber comme une pluie d'or, toi, ma chérie, que j'adore, fuis avec moi ce monde odieux et la stérile froideur des méchants, pour gagner le riche et chaud paradis de la Confiance et de l'Amour. » La version frauduleuse de Miss Twinkleton donnait froidement ceci : « Ô toi qui m'es fiancée avec le consentement de nos parents tous les deux, et avec l'approbation de notre pasteur aux cheveux blancs, dit Édouard, en portant respectueusement à ses lèvres les jolis doigts si habiles en matière de broderie, de tambour, de crochet et d'autres convenables ouvrages de dames, laisse-moi rendre visite à ton papa avant que le crépuscule de demain se soit évanoui à l'ouest, et lui proposer que nous nous établissions en dehors de la ville, peut-être sans luxe, mais selon nos moyens, dans une maison où il sera toujours le bienvenu parce que nous l'inviterons le soir, où nous ferons tout ce qu'il faut pour mettre de l'argent de côté, et où nous ajouterons perpétuellement les joies de la connaissance à celles que nous apportera l'ange du bonheur domestique. »

Les jours se succédant, et rien ne se passant, les voisins commencèrent à dire que la jolie fille, qui habitait chez Billickin et dont le visage pensif apparaissait si souvent aux ternes fenêtres du salon, semblait perdre l'esprit. Et en fait, la jolie fille aurait pu le perdre, si elle n'avait trouvé par hasard quelques livres de voyages et d'aventures maritimes. Pour compenser leur caractère romantique, Miss Twinkleton, en lisant tout haut, insistait surtout sur les latitudes et sur les longitudes, sur les positions, sur les vents, sur les courants, sur les calculs, et sur les autres statistiques (qu'elle ne trouvait pas moins éducatives parce qu'elles ne signifiaient absolument rien pour elle). Et Rosa, qui écoutait avec attention, tirait le meilleur parti de tout ce qui se rapprochait le plus de ses sentiments. Ainsi, chacune d'elles agissait mieux qu'avant.

23

C'est à nouveau l'aurore

Quoique Mr Crisparkle et John Jasper se rencontrassent chaque jour dans la cathédrale, ils n'avaient plus jamais fait allusion entre eux à Edwin Drood depuis le moment, vieux de plus de six mois, où Jasper avait silencieusement montré au chanoine mineur l'observation qu'il avait notée en conclusion dans son journal. Il était peu vraisemblable, alors qu'ils se voyaient si souvent, que leurs pensées ne les ramenassent pas vers ce sujet. Chacun d'eux, au fil de leurs nombreuses rencontres, devait considérer que l'autre constituait pour lui un mystère. Jasper, qui avait dénoncé et fait poursuivre Neville Landless, et Mr Crisparkle, qui n'avait pas cessé de le défendre et de le protéger, avaient des points de vue suffisamment opposés pour pouvoir se demander avec un vif intérêt quel était le cours des pensées de l'autre. Mais jamais aucun d'eux n'aborda le sujet.

Comme la nature du chanoine mineur ne le prédisposait pas à la dissimulation, il devait certainement montrer ouvertement qu'il était toujours disposé à revenir sur le sujet. Mais cela ne suffisait pas à venir à bout du mutisme délibéré de Jasper. Impassible, sombre, solitaire, résolu, il s'en tenait à son idée fixe et à la résolution qu'il avait prise de ne plus parler à personne de cette affaire. Il ne prenait plus part à l'existence de ceux qui l'entouraient. Il était étrange de constater que cet homme n'avait aucune communion d'esprit avec personne autour de lui, alors que la pratique de son art l'obligeait à être constamment en harmonie avec les autres, et qu'il n'aurait pas pu l'exercer si ses relations avec eux n'avaient toujours été marquées par un parfait accord mécanique et s'il n'avait été sans cesse à l'unisson. Ne l'avait-il pas d'ailleurs confié à son neveu disparu avant que les événements ne l'aient poussé à sa présente inflexibilité?

Il était certain qu'il était au courant du brusque départ de Rosa et qu'il en connaissait la cause. S'imaginait-il qu'il l'avait terrifiée au point de la contraindre au silence? Ou pensait-il qu'elle avait confié à quelqu'un – à Mr Crisparkle, par exemple – les détails de la dernière entrevue qu'il avait eue avec elle? Mr Crisparkle n'arrivait pas à le deviner. Cependant, son sens de la justice le poussait à admettre que ce n'était pas, en soi, un crime d'être tombé amoureux de Rosa, pas plus que ce n'était un crime de vouloir placer l'amour au-dessus de la vengeance.

L'horrible soupçon que Rosa avait conçu, avec une sorte d'effroi, contre Jasper, ne semblait pas avoir frappé l'esprit de Mr Crisparkle. S'il avait hanté les pensées d'Helena ou de Neville, aucun d'eux ne lui en avait ouvertement parlé. Mr Grewgious ne cachait pas l'implacable aversion qu'il avait pour Jasper. Mais il ne l'attribuait pas, même indirectement, à un pareil motif. Cependant, il était aussi réticent qu'excentrique. Et il n'avait pas fait davantage allusion à certain soir où il s'était chauffé les mains au feu de Jasper en regardant sans émotion un tas de vêtements boueux et déchirés étendus sur le plancher.

Chaque fois que Cloisterham l'Endormie s'éveillait un peu pour réfléchir à cette histoire, maintenant vieille de six mois et qui avait été classée par la Justice, l'opinion se divisait à peu près également entre ceux qui pensaient que le neveu bien-aimé de Jasper avait été tué par son impétueux rival, ou au cours d'une lutte ouverte, et ceux qui estimaient qu'il avait volontairement disparu pour des raisons connues de lui seul. Cloisterham l'Endormie levait alors la tête pour constater que Jasper continuait à se consacrer à la découverte du criminel et à sa volonté de vengeance. Ensuite, elle se rendormait. Telle était la situation des choses au moment auquel ce récit est arrivé.

Les portes de la cathédrale venaient de se fermer pour la nuit. Le maître de chorale, qui avait obtenu congé pour deux ou trois services, se mit en route pour Londres. Il voyagea par l'itinéraire que Rosa avait emprunté avant lui et, comme Rosa, il arriva dans la capitale par un après-midi étouffant et poussiéreux.

Sa valise n'était pas lourde. La portant à la main, il se rendit à pied jusqu'à un hôtel hybride situé dans un petit square derrière Aldersgate Street, près du bureau central des Postes. C'était un hôtel, une pension ou un meublé, au choix des voyageurs. Dans le Guide des Chemins de Fer, il se présentait comme un nouvel établissement qui commençait timidement à se développer. Modestement, et presque en s'excusant, il faisait comprendre au voyageur qu'il ne devait pas s'attendre, selon les vieilles règles constitutionnelles du tourisme, à pouvoir commander une pinte de cirage noir comme boisson et à la jeter ensuite. Mais on laissait entendre que ses chaussures seraient cirées plutôt que son estomac, qu'il pouvait même obtenir un lit, un petit déjeuner et un service convenable moyennant un tarif bien établi. Ce sont des choses pareilles qui faisaient dire à bien d'authentiques Anglais que l'époque avait tendance à tout niveler, sauf en ce qui concernait les grand-routes dont il n'y aurait bientôt plus une seule en Angleterre.

Jasper mangea sans appétit et ressortit bientôt. Marchant vers l'est et encore vers l'est parmi les vieilles rues, il parvint bientôt à destination : une misérable venelle, plus misérable encore parmi tant d'autres. Il grimpa un escalier branlant, ouvrit une porte et jeta un regard à l'intérieur d'une pièce sombre et enfumée.

— Êtes-vous seule ? demanda-t-il.

— Je suis seule, chéri. C'est malheureux pour moi, mais c'est une chance pour toi, répondit une voix éraillée. Entre, entre donc, qui que tu sois. Il faut que je gratte une allumette pour te voir, mais j'ai l'impression de connaître le son de ta voix. On s'est déjà rencontrés, n'est-ce pas ?

— Allume ton allumette : tu verras.

— C'est ce que je vais faire, chéri, c'est ce que je vais faire. Mes mains tremblent tellement que je n'arrive pas à en prendre une. Et je tousse tellement que je ne les retrouve jamais à l'endroit où je les ai mises. Elles sautent et elles volent chaque fois que je tousse, comme des êtres vivants. Tu reviens de voyage, chéri ?

— Non.

— Tu n'as pas navigué ?

— Non.

— Bien sûr, parmi mes clients il y en a qui sont marins, et il y en a qui ne le sont pas. Mais je suis une mère pour tous. Ce n'est pas comme Jack le Chinois de l'autre côté de la rue. Il n'est un père pour personne. Ce n'est pas dans sa nature. Et il ne connaît pas le vrai secret du mélange. Pourtant, il fait payer aussi cher que moi, et même plus quand il peut. Ah, voici une allumette. Où est la chandelle ? Si je commence à tousser, je vais éteindre vingt allumettes avant d'avoir de la lumière.

Mais elle trouva la chandelle et put allumer avant que sa toux ne la reprenne. Elle lui revint au moment où le succès venait de couronner ses efforts, et elle s'assit en se dandinant et en soupirant entre ses quintes :

— Oh, ce que mes poumons sont malades ! Je dois les avoir comme une éponge.

Elle se plaignit ainsi jusqu'à ce que la crise fût passée. Pendant qu'elle la subissait, elle n'avait pas pu regarder ni faire quoi que ce soit. Elle avait été entièrement absorbée par les efforts qu'elle faisait pour la surmonter. Mais maintenant que c'était fini, elle écarquilla les yeux et, dès qu'elle fut en état d'articuler, elle s'écria, le regard fixe :

— Comment ? C'est toi ?

— Es-tu tellement surprise de me voir ?

— J'ai pensé que je ne te reverrais plus jamais, chéri. J'ai pensé que tu étais mort et que tu étais au Ciel.

— Pourquoi ?

— Je ne pensais pas que, vivant, tu aurais pu demeurer aussi longtemps sans venir voir la pauvre vieille âme qui détient le véritable secret du mélange. Et tu es en deuil ? Pourquoi n'es-tu pas venu fumer une ou deux pipes pour te consoler ? Peut-être t'ont-ils laissé un héritage, de sorte que tu n'avais pas besoin de réconfort ?

— Non.

— Qui c'est qui est mort, chéri ?

— Un parent.

— Il est mort de quoi, chéri ?

— Probablement de sa belle mort.

— On n'est pas bavard, ce soir ! s'écria la femme avec un rire sans rancune. On n'est pas bavard et on est bref ! Mais tu es hors de toi parce que tu as été privé de drogue. Tu te sens mal à l'aise dans tout le corps, n'est-ce pas ? C'est ici qu'on guérit ce genre de malaises. C'est ici qu'on les fait s'envoler en fumée.

— Alors, prépare-moi une pipe dès que tu voudras.

Il ôta ses chaussures, desserra sa cravate et s'étendit en travers du lit sordide, la tête appuyée sur sa main gauche.

— Maintenant au moins, tu commences à ressembler à toi-même, fit la femme d'un ton approbateur. Maintenant, je reconnais mon vieux client. Tu n'as pas essayé de faire le mélange toi-même pendant tout ce temps-là, mon chou ?

— J'ai fumé de temps à autre à ma manière.

— Il ne faut jamais essayer de faire le mélange à ta manière. C'est pour le commerce, et c'est mauvais pour toi. Où est ma bouteille à encre, où est mon dé et où est ma petite cuiller ? Là ! Mon chéri va enfin pouvoir fumer une mixture préparée dans les formes.

Elle se consacra à ses préparatifs, soufflant et tirant pour entretenir la faible étincelle qu'elle protégeait dans le creux de ses mains. De temps à autre, sans interrompre son travail, elle parlait sur un ton de nasillarde satisfaction. Lui, il lui répondait sans même la regarder, comme si ses pensées s'égaraient déjà par anticipation.

— Je t'en aurai déjà préparé, des pipes, depuis que tu viens ici, n'est-ce pas, mon lapin ?

— Un bon nombre, en effet.

— Quand tu es venu la première fois, c'était tout nouveau pour toi, n'est-ce pas ?

— Oui. J'étais tout de suite assommé, à cette époque.

— Mais tu t'y es bien habitué et, à la longue, tu es devenu capable d'en remontrer aux meilleurs, hein?

— Eh oui, et aux pires!

— Voilà, c'est prêt! Comme tu chantais bien quand tu es venu la première fois! Tu laissais tomber la tête, et tu chantais jusqu'à épuisement, comme un oiseau. Voilà, chéri, ta pipe est prête.

Il la lui prit avec précaution et porta le tuyau à ses lèvres. Elle s'assit derrière lui, prête à la remplir à nouveau. Après avoir inhalé quelques bouffées, il apostropha la femme en ces termes:

— Est-ce aussi fort que d'habitude?

— De quoi parles-tu, chéri?

— De quoi parlerais-je si ce n'est de ce que j'ai à la bouche?

— C'est exactement pareil! C'est toujours la même mixture.

— Elle n'a pas le même goût. Et elle agit moins vite.

— Eh bien, vois-tu, c'est que tu t'y habitues mieux.

— Oui, c'est certainement pour cela. Écoute-moi!

Il s'arrêta, devint rêveur et parut oublier qu'il avait réclamé son attention. Elle se pencha sur lui et lui parla à l'oreille.

— Je t'écoute! Tu viens de me dire: « Écoute-moi. » Et moi je réponds que je t'écoute. Nous parlions du fait que tu t'y habituais mieux.

— Je sais. Je réfléchissais. Écoute-moi: suppose que tu aies quelque chose à l'esprit. Quelque chose que tu t'apprêtes à faire.

— Oui, chéri. Quelque chose que je vais faire? Et ensuite?

— Mais que tu n'es pas encore tout à fait décidée à accomplir.

— Oui, chéri.

— Quelque chose que tu peux encore faire ou ne pas faire, tu comprends?

Avec la pointe d'une aiguille, elle mélangea le contenu du fourneau.

— Le ferais-tu en imagination pendant que tu serais étendue, occupée à fumer?

Elle hocha la tête.

— Je n'arrêterais pas de le faire.

— C'est exactement comme moi. Je l'ai refait sans cesse. Je l'ai fait des centaines de milliers de fois dans cette même chambre.

— J'espère qu'il s'agissait de quelque chose d'agréable, chéri?

— Oui, c'était quelque chose d'agréable.

Il prononça ces mots d'un air sauvage et, en même temps, il esquissa un mouvement comme s'il voulait lui sauter à la gorge. Sans s'émouvoir, la femme reprit un peu de mélange et remplit la pipe avec sa petite spatule. La voyant absorbée par cette occupation, il retomba dans sa première attitude.

— C'était une expédition. Une expédition difficile et dangereuse. Je ne prisais qu'à cela. Une expédition périlleuse et pleine de risques, au-dessus des abîmes. Le moindre faux pas, c'était l'anéantissement. Regarde vers le bas, regarde! Tu vois ce qui gît, au fond, là-bas?

Il s'était redressé pour prononcer ces mots et son doigt tendu montrait quelque chose sur le sol, comme s'il s'agissait d'un objet imaginaire qui se trouverait beaucoup plus bas. La femme le regarda tandis que son visage crispé se rapprochait du sien et n'eut pas un regard pour ce qu'il montrait. Elle semblait savoir quelle serait l'influence de sa parfaite quiétude. Elle ne se trompait pas, car il se laissa retomber sur sa couche.

— Je te disais que je l'avais fait des centaines de milliers de fois. Que dis-je? Je l'ai fait des millions et des centaines de millions de fois. Je l'ai fait si souvent et si longtemps que lorsque c'est arrivé dans la réalité, cela m'a paru ne plus en valoir la peine. C'était fini beaucoup trop vite.

— C'est cela, le voyage que tu as fait? remarqua-t-elle.

Tout en fumant, il la regarda fixement. Puis, une sorte de voile lui passa devant les yeux et il répondit :

— C'était mon voyage.

Il y eut un silence. Parfois, ses yeux étaient fermés, et parfois il les rouvrait. La femme était assise à côté de lui, sans cesser de faire attention à la pipe qu'il tenait constamment aux lèvres.

— Je parie, fit-elle, en voyant qu'il la regardait fixement pendant plusieurs minutes comme si elle était à des centaines de lieues et non tout près de lui, je parie que tu as accompli ce voyage de bien des manières différentes pour l'avoir fait si souvent?

— Non. Je l'ai toujours fait de la même manière.

— Exactement de la même manière?

— Oui!

— Toujours comme tu l'as réellement accompli à la fin?

— Oui.

— Et tu as toujours pris le même plaisir à ressasser la même chose?

— Oui.

Pour l'instant, il semblait incapable de donner une autre réponse que cette paresseuse approbation monosyllabique. Voulant s'assurer qu'il ne s'agissait pas d'une réponse purement automatique, elle renversa la forme de sa dernière question.

— Tu ne t'en es jamais fatigué, chéri ? Tu n'as pas essayé d'évoquer autre chose, pour changer ?

Avec l'effort, il se redressa sur son séant et lui répondit :

— Qu'est-ce que tu imagines ? Qu'est-ce que tu crois que je voulais ? Pourquoi penses-tu que je venais ici ?

Doucement, elle le força à se recoucher et, avant de lui rendre la pipe qu'il avait laissé tomber, elle en ranima le feu en soufflant dessus. Puis elle lui dit d'un ton caressant :

— Mais oui, mais oui, mais oui, bien sûr ! Je te suis maintenant. Tu parlais trop vite pour moi. Mais maintenant, je comprends. Tu venais ici pour faire ton voyage ? À force de t'écouter, j'aurais dû m'en douter.

Il éclata de rire, puis répondit en serrant les dents :

— Oui, je venais exprès ! Quand je ne pouvais plus supporter mon existence, je venais chercher ici ma consolation, et je la trouvais. Car c'était une consolation ! Oui, c'en était une !

Il répéta ces mots avec une extraordinaire véhémence, dans un cri qui ressemblait à l'aboiement d'un loup.

Elle l'observa attentivement, comme si elle cherchait la manière d'amener sa prochaine remarque. Elle dit :

— Tu avais un compagnon pour ce voyage, chéri ?

— Ha, ha, ha !

Il éclata d'un rire sonore qui ressemblait à un cri.

— Penser, s'écria-t-il, qu'il m'accompagnait si souvent et qu'il ne le savait pas ! Penser au nombre de fois où il m'a accompagné sans voir où je l'emmenais !

La femme s'agenouilla sur le plancher, croisa les bras sur le couvre-lit, tout près de lui, et y appuya le menton. Dans cette attitude accroupie, elle l'observa. La pipe lui étant tombée de la bouche, elle la remit en place et, posant la main sur sa poitrine, elle le secoua doucement de gauche à droite. Il se remit à parler, comme si elle lui avait posé une nouvelle question.

— Oui, je commençais toujours par faire ce voyage avant que ne viennent les changements de couleurs, les grands paysages et les brillantes processions. La fantasmagorie ne commençait pas avant que je sois débarrassé de cette obsession. Jusqu'à ce moment, il n'y avait pas place en moi pour une autre vision.

Une fois de plus, il retomba dans le silence. Une fois de plus, elle posa la main sur sa poitrine et le secoua doucement comme ferait un chat d'une souris à moitié étourdie. Une fois de plus, il se remit à parler comme si elle l'avait interrogé.

— Quoi? Je te l'ai déjà dit. Lorsque cela s'est réellement produit, ce fut si court que j'ai eu l'impression, pour la première fois, que c'était irréel. Écoute-moi!

— Oui, chéri, j'écoute.

— C'était le temps et le lieu d'agir.

Il s'était mis debout, et il parlait dans un murmure, comme s'il se trouvait dans l'obscurité.

— C'était le temps et le lieu d'agir, et ton compagnon était avec toi, suggéra-t-elle en adoptant le même ton que lui, et en le tenant doucement par le bras.

— Comment aurait-ce été le temps d'agir s'il n'avait été là? Ouf! L'expédition est terminée. C'est fini!

— Si vite?

— Je te l'ai déjà dit. Trop vite! Attends un instant! C'est une vision. Il faut que je la revoie entièrement en rêve. C'était trop rapide et trop facile. Il me faut une meilleure vision que celle-là. C'était la plus pauvre de toutes. Il n'y a pas eu de lutte. Il n'a pas eu conscience du péril. Il n'a pas eu une supplication. Et pourtant, je n'ai jamais rien vu de pareil.

Il eut un tressaillement.

— Pareil à quoi, chéri?

— Regarde! C'est une pauvre chose, mesquine, misérable. Et c'est *ça*, la réalité! C'est déjà fini!

Il avait débité ces propos incohérents en les accompagnant de gestes sauvages et sans signification. Mais ils l'amenèrent progressivement à un état d'hébétude et d'immobilité, et il retomba sur le lit comme une souche.

Cependant, la femme continuait à l'interroger. Comme un chat, elle recommença à le secouer doucement et écouta. Elle le secoua encore et écouta à nouveau. Elle se mit à murmurer et, une troisième fois, tendit l'oreille. Sentant qu'il ne pouvait plus parler, elle se remit lentement sur ses pieds d'un air désappointé, le gifla du revers de la main et s'éloigna. Mais elle n'alla pas plus loin que le fauteuil, près du foyer. Elle s'y assit, le coude sur l'un des accoudoirs, le menton dans la main, et elle continua à l'observer.

— Je te l'ai déjà entendu dire une fois! marmonna-t-elle dans un souffle, je te l'ai entendu dire avant, alors que j'étais couchée à la place où tu es maintenant, et que tu te demandais si j'avais compris. « Inintelligible! », disais-tu. Tu l'as dit aussi à propos de deux autres que moi. Mais n'en sois pas trop sûr, mon joli! N'en sois pas trop sûr!

Sans un tressaillement des paupières, comme un chat à l'affût, le regard fixe, elle ajouta:

— La drogue n'était pas aussi forte qu'avant? Peut-être pas au début. Là, tu pourrais avoir raison. La pratique conduit à la perfection. Il se pourrait que j'aie trouvé le moyen de te faire parler, chéri.

Que ce soit vrai ou non, Jasper ne dit plus rien. De temps à autre, d'affreux spasmes lui crispaient le visage et lui tiraillaient les jambes. Absolument silencieux, il gisait de tout son poids. La pauvre chandelle achevait de se consumer. La femme prit entre ses doigts le bout qui brûlait encore et en alluma une autre. Elle enfonça le morceau grésillant et presque fondu dans le chandelier et y ficha la nouvelle chandelle. Elle avait l'air de charger ainsi quelque sinistre et redoutable arme de sorcière. À son tour, la nouvelle chandelle se consuma entièrement. Jasper était toujours sans mouvement. À la fin, ce qui restait de la dernière chandelle s'éteignit et le jour pénétra dans la pièce.

Il ne brillait pas depuis très longtemps lorsque Jasper se mit sur son séant, transi et frissonnant. Il reprit lentement conscience de l'endroit où il se trouvait et se prépara à partir. La femme reçut son dû en murmurant : « Dieu te bénisse ! chéri, Dieu te bénisse ! » et, lorsqu'il quitta la chambre, elle avait l'air d'être harassée et de s'apprêter à se mettre au lit.

Mais les apparences peuvent être trompeuses. Elles l'étaient dans ce cas-ci. Car dès que l'escalier eut cessé de craquer sous son pas, elle se glissa derrière lui en murmurant avec énergie : « Je ne te raterai pas deux fois ! »

La venelle n'avait d'autre issue que son entrée, La femme jeta un bref coup d'œil sous le porche pour voir s'il ne regardait pas derrière lui. Mais il ne se retourna pas tandis qu'il s'éloignait d'un pas chancelant. Elle le suivit, lança un nouveau regard en atteignant le coin de la ruelle, vit qu'il continuait son chemin en titubant, sans regarder derrière lui, et elle le tint à l'œil.

Il retourna jusque derrière Aldersgate Street. Il frappa à une porte qui s'ouvrit immédiatement. Elle se dissimula sous un autre porche en observant celui où il venait de disparaître et comprit que c'était là qu'il logeait provisoirement. Elle demeura patiemment à son poste pendant des heures. Pour se sustenter, elle alla chercher du pain dans une boutique située à une centaine de mètres de là, et acheta du lait à un laitier qui passait.

Vers midi, Jasper ressortit. Il avait changé de vêtements, mais il ne portait pas de valise, et aucun porteur ne l'accompagnait. Elle en déduisit qu'il ne rentrait pas immédiatement chez lui. Elle le suivit pendant un bout de chemin, hésita, puis revint sans crainte sur ses pas. Elle entra tout droit dans la maison qu'il venait de quitter.

— Est-ce que le monsieur de Cloisterham est là ?

— Il vient de sortir.

— Pas de chance ? Quand retourne-t-il à Cloisterham ?

— Ce soir à six heures.

— Merci. Dieu vous bénisse ! Que le Seigneur accorde la prospérité à une maison où l'on répond aussi poliment à une question polie, même quand elle est posée par une pauvresse comme moi !

« Je ne te raterai pas une deuxième fois », répéta la pauvresse lorsqu'elle fut dans la rue, et plus du tout aussi poliment. « Je t'ai perdu la dernière fois, là où tu as pris cet omnibus vers la fin de ton voyage. Je t'ai perdu entre la gare et ton lieu de destination. Je n'étais pas certaine que c'était là que tu allais. Maintenant, je le sais, mon bon monsieur de Cloisterham. Cette fois, j'y serai avant toi, et j'attendrai que tu arrives. J'ai juré que je ne te raterais pas une seconde fois. »

Effectivement, le soir même, la pauvresse flânait dans la High Street à Cloisterham, regardant les étranges pignons du couvent des Nonnes et tuant le temps comme elle pouvait jusqu'à ce qu'il soit neuf heures. À ce moment, elle supposa que les passagers de l'omnibus qui venait d'arriver pouvaient présenter un intérêt pour elle. L'obscurité propice, à cette heure, lui facilita la tâche et lui permit de s'en assurer. Il en était bien ainsi, car le passager qu'elle s'était promis de ne pas rater une seconde fois se trouvait parmi les autres.

— Voyons maintenant où tu iras… Vas-y!

C'était une recommandation en l'air, mais on aurait pu croire qu'elle l'avait faite directement au voyageur, tant il suivit docilement la High Street jusqu'au moment où il atteignit une porte voûtée, sous laquelle il disparut subitement. La pauvresse hâta le pas. Elle avait été rapide, et atteignit le porche presque immédiatement après lui. Mais elle ne vit qu'une poterne avec un escalier d'un côté et, en face, une antique chambre voûtée dans laquelle un monsieur à grosse tête et à cheveux gris était occupé à écrire. Sa situation était étrange, car la pièce était ouverte sur la rue, et il regardait tous ceux qui passaient, comme s'il était le contrôleur de l'octroi. Cependant le passage était libre.

— Eh là, s'écria-t-il à voix basse en voyant qu'elle s'était arrêtée. Qui cherchez-vous?

— N'y a-t-il pas un homme qui est passé par ici il y a un instant, monsieur?

— Certainement. Que lui voulez-vous?

— Où habite-t-il, chéri?

— Où il habite? Au haut de cet escalier.

— Dieu te bénisse! fit-elle dans un souffle. Comment se nomme-t-il, chéri?

— Son nom est Jasper. Son prénom John. Mr John Jasper.

— A-t-il une profession, mon bon monsieur?

— Une profession? Oui. Il chante dans la chorale.

— Dans la querelle?

— Chorale!

— Qu'est-ce que c'est?

Mr Datchery se leva de sa table et vint jusqu'à la porte.

— Savez-vous ce qu'est une cathédrale? demanda-t-il d'un ton plaisant.

La femme hocha la tête.

— Qu'est-ce que c'est?

Elle parut troublée, cherchant dans sa tête une définition, avant de trouver qu'il était plus facile de désigner l'imposant objet lui-même, qui se découpait massivement sur le ciel sombre où s'allumaient les premières étoiles.

— C'est bien cela. Allez-y demain matin à sept heures, et vous verrez Mr John Jasper. Vous pourrez même l'écouter.

— Merci bien! Merci bien!

L'éclat de triomphe qu'elle eut en le remerciant n'échappa pas à l'attention du célibataire endurci, d'humeur avenante, qui vivait tranquillement de ses rentes. Il la regarda, se croisa les mains derrière le dos comme font souvent les célibataires endurcis et accompagna la femme le long du parvis plein d'échos.

— Ou bien, fit-il en tournant la tête en arrière, vous pourriez monter directement à l'appartement de Mr Jasper.

La femme lui lança un regard rusé et secoua la tête.

— Oh, je vois. Vous ne désirez pas lui parler.

Elle répéta sa muette réponse et ses lèvres formèrent un « non » qu'elle n'articula pas.

— Vous pouvez l'admirer à distance trois fois par jour, chaque fois que vous le désirerez. Mais c'est venir de loin pour peu de chose.

La femme lui lança un rapide regard. Si Mr Datchery s'était imaginé pouvoir lui faire dire ainsi d'où elle venait, c'est qu'il avait l'esprit moins compliqué qu'elle. Mais elle ne lui attribua pas une pensée aussi subtile, tandis qu'elle le regardait se promener à côté d'elle comme l'ennui de la ville, ses cheveux gris flottant au vent et ses mains faisant sonner sans but précis les pièces de monnaie au fond des poches de son pantalon.

Le son de la monnaie eut un effet immédiat sur ses oreilles avides.

— Vous ne voudriez pas m'aider à payer ma chambre à l'auberge de Deux Sous, mon bon monsieur, et à me donner le prix de mon retour? Je suis une pauvresse, croyez-moi, et je suis affligée d'une mauvaise toux.

— Vous connaissez l'auberge de Deux Sous, je vois, et vous vous y dirigez tout droit, commenta froidement Mr Datchery tout en faisant toujours sonner sa monnaie. Vous êtes venue souvent ici, ma brave femme?

— Une seule fois dans mon existence.

Ils étaient arrivés à l'entrée du Vignoble des Moines. La vue de l'endroit ranima chez la femme un opportun souvenir qu'elle était toute prête à faire revivre.

— C'est exactement ici, croyez-moi si vous le voulez, qu'un jeune homme m'a donné un shilling et trois pence, alors que j'étais occupée à cracher mes poumons sur l'herbe. Je lui ai demandé un shilling et trois pence, et il me les a donnés!

— N'était-ce pas un peu osé de fixer vous-même la somme, fit Mr Datchery. D'habitude on laisse le montant au choix du donateur. Le jeune homme – le jeune homme seulement, bien sûr – n'a-t-il pas pu avoir l'impression qu'on lui forçait la main?

— Écoute, chéri, répliqua-t-elle sur un ton confidentiel et persuasif, j'avais besoin de cet argent pour m'acheter un médicament qui me fait du bien et dont je fais commerce. C'est ce que j'ai dit au jeune homme, et il m'a donné ce que je lui demandais, je l'ai dépensé pour le médicament jusqu'au dernier sou. Maintenant, j'ai besoin de la même somme pour le même usage, et tu vas me la donner. Sur mon âme, je jure que je l'emploierai entièrement et uniquement à ça.

— De quel médicament s'agit-il?

— Je serai honnête avec toi avant comme après. C'est de l'opium.

Mr Datchery lui lança un rapide regard. Son attitude changea.

— C'est de l'opium, chéri, ni plus ni moins. C'est exactement comme pour les humains : on est prêt à entendre le mal qu'on en dit, mais on accepte rarement d'écouter ses louanges.

Mr Datchery se mit lentement à compter la somme qu'elle demandait. Tout en observant avidement ses mains, la femme continua à parler du providentiel exemple qu'elle venait de lui donner.

— C'était pendant la dernière nuit de Noël, juste après la tombée du jour, que je suis venue ici la dernière fois, quand le jeune homme m'a donné un shilling et trois pence.

Mr Datchery s'arrêta de compter, découvrit qu'il s'était trompé, secoua sa monnaie et recommença.

— Et le nom du jeune homme, ajouta-t-elle, était Edwin.

Mr Datchery laissa tomber quelques pièces, se baissa pour les ramasser et rougit sous l'effort. Il demanda :

— Comment connaissez-vous son nom?

— Je lui ai demandé, et il me l'a dit. Je lui ai juste posé deux questions : quel était son prénom, et s'il avait une petite amie. Il m'a répondu : « Edwin », et qu'il n'en avait pas.

Mr Datchery s'arrêta en tenant à la main les pièces qu'il avait choisies et en les regardant comme s'il se livrait à une sérieuse étude de leur valeur et ne pouvait se résoudre à s'en séparer. La femme le regarda avec méfiance, et déjà elle sentait la colère monter en elle à l'idée qu'il hésitait à lui faire ce cadeau. Mais il le lui tendit comme s'il venait de décider d'en faire le sacrifice et elle poursuivit son chemin non sans avoir obséquieusement remercié le donateur.

La lampe de Jasper était allumée et son phare brillait lorsque Mr Datchery retourna seul dans cette direction. Lorsque les marins, au cours d'un périlleux voyage, approchent d'une côte pleine de récifs, la lumière du phare qui les met en garde leur permet de regarder le port qu'ils n'atteindront peut-être jamais. Ainsi, Mr Datchery regardait le signal de la porte voûtée, et son regard errait au-delà.

Le seul motif de son retour chez lui était de venir mettre son chapeau qui semblait un objet tellement inutile dans sa garde-robe. La cloche de la cathédrale sonnait dix heures et demie lorsqu'il revint à l'intérieur de l'enceinte. Il se mit à flâner et à regarder autour de lui. C'était l'heure enchantée où il était permis de reconduire Mr Durdles chez lui à coups de pierres, et on pouvait s'attendre à rencontrer le lutin qui était payé pour remplir cette mission.

Effectivement, cette puissance du Mal rôdait sur les lieux. N'ayant rien de vivant à lapider pour l'instant, il fut découvert par Mr Datchery dans l'exercice d'une occupation sacrilège : il lapidait les morts à travers les grilles du cimetière. Le lutin semblait trouver que c'était là une délicieuse et piquante agression. D'abord parce que ce lieu de repos était considéré comme sacré. Ensuite parce que les grands bustes ressemblaient suffisamment à leurs modèles, lorsqu'ils étaient frappés dans l'obscurité, pour justifier la délicieuse impression qu'ils étaient blessés quand on les atteignait.

Mr Datchery l'interrompit en criant :

— Eh là, Winks !

Il répondit à l'appel en criant :

— Eh là, Dick.

Il semblait bien que leurs relations s'étaient établies sur un pied de grande familiarité.

— Mais, écoute, ajouta-t-il, cesse un peu de m'appeler comme ça en public. Comprends-moi bien : je ne réclame aucun nom. À la prison, quand ils veulent m'inscrire dans leur livre et qu'ils me demandent : « Comment t'appelles-tu ? », je leur réponds : « Devinez ! » Et quand ils me demandent : « Quelle est ta religion ? », je réponds également : « Devinez ! »

Soit dit en passant, malgré son goût des statistiques, l'État devait avoir du mal à y arriver.

— Au surplus, ajouta le gamin, aucune famille ne s'appelle Winks.

— Moi je crois que si.

— Tu mens, ça n'existe pas. Les voyageurs me donnent ce nom parce que je ne dors jamais que d'un œil et qu'on vient m'éveiller à toutes les heures de la nuit. C'est pourquoi j'ai toujours un œil ouvert avant d'avoir le temps de fermer l'autre. C'est cela que veut dire Winks[1]. Le nom qui me va le mieux, c'est Deputy. Mais je ne le revendique pas davantage.

— Bon. Alors, disons désormais Deputy. Nous sommes deux bons amis, hein, Deputy ?

— De très bons amis.

1. Clins d'yeux. *(NdT)*

— Je t'ai fait quitte de la dette que tu as contractée la première fois que nous nous sommes rencontrés, et depuis, n'est-ce pas Deputy, pas mal de mes pièces de six pence ont pris le chemin de ta poche?

— Eh oui! Et ce qui est encore beaucoup mieux, c'est que tu n'es pas un ami de Jasper. Tu pourrais me dire pourquoi il m'a soulevé par le cou?

— Oui, pourquoi? Mais cesse de te faire du souci à cause de lui. Ce soir, il y a un de mes shillings qui va se diriger vers toi, Deputy. Il y a une voyageuse, à qui je viens de parler, qui s'est installée chez toi. Une infirme qui tousse.

— La Fumeuse, fit Deputy avec un malicieux regard d'assentiment, et en faisant mine de fumer une pipe imaginaire, en penchant la tête de côté et en louchant. La Fumeuse d'opium!

— Comment s'appelle-t-elle?

— Son Altesse Royale la princesse Bouffarde.

— Elle doit avoir un autre nom que ça. Où habite-t-elle?

— À Londres, parmi les Jacks.

— Les marins?

— C'est ce que je dis. Les Jacks, les Chinois et tous les types qui jouent du couteau.

— J'aimerais que tu me dises exactement où elle habite.

— Ça va! Donne-moi le fric!

Un shilling changea de main. L'affaire fut donc considérée comme conclue, dans cet esprit de confiance qui devrait toujours présider aux transactions entre gens d'honneur.

— Mais je vais te donner un tuyau, s'écria Deputy. Où penses-tu que Son Altesse Royale va se rendre demain matin? Dieu me damne si elle ne va pas à la Ca-de-ri-de-rale!

Dans son enthousiasme, il traîna sur le mot, frappa du pied et éclata d'un rire perçant.

— Comment le sais-tu, Deputy?

— Parce qu'elle vient de me le dire. Elle m'a dit qu'elle devait se lever et sortir dans ce but. Elle m'a dit: « Deputy, je devrai me laver tôt demain matin et me faire aussi belle que possible, car je vais aller faire un tour à la Ca-de-ri-de-rale!!! »

Il sépara les syllabes avec la même satisfaction et, estimant que la bouffonnerie de la chose n'était pas suffisamment soulignée par ses battements de pieds sur le sol, il se mit à exécuter une danse hiératique dont il supposait peut-être qu'elle était dansée par le doyen.

Mr Datchery accepta cette communication avec un visage satisfait quoique méditatif, et mit un terme à l'entretien. Il retourna vers son bizarre logis et s'attarda longtemps devant le souper que Mrs Tope lui avait préparé: du pain, du fromage, de la salade et de la bière. Le repas terminé, il demeura assis. Finalement, il se leva, ouvrit la porte d'un placard et considéra quelques grossiers traits de craie qui avaient été tracés à l'intérieur.

— J'aime, fit Mr Datchery, cette vieille manière d'inscrire les marques comme dans les tavernes. Ce n'est compréhensible que pour celui qui marque. Il ne risque rien. Et le consommateur doit ce qu'on a inscrit. Hum! Ah! L'addition n'est pas très élevée. C'est une pauvre addition!

Il soupira en considérant la pauvreté de la récolte, prit un morceau de craie sur l'une des étagères du placard et le tint à la main sans terminer son geste. Il se demandait ce qu'il convenait d'ajouter au compte.

— Je crois, conclut-il, que je ne puis rien ajouter de plus qu'un trait moyen.

Il joignit le geste à la parole, ferma le placard, et alla se coucher.

Le lendemain matin, le ciel était brillant au-dessus de la vieille cité. Ses vieilles pierres et ses ruines étaient exceptionnellement belles. Le lierre vigoureux étincelait dans le soleil, et les arbres touffus s'agitaient doucement dans l'air embaumé. Une glorieuse lumière qui changeait avec le mouvement des branches, le chant des oiseaux, l'odeur des jardins, des bois et des champs – ou plutôt de ce seul grand jardin qu'était l'île fertile au moment de la récolte –, tout cela envahissait la cathédrale, triomphait de son odeur d'humus et prêchait la Résurrection et la Vie. Les pierres tombales, froides depuis des siècles, retrouvaient leur chaleur et des pointes de clarté s'infiltraient dans les plus sombres recoins de marbre du monument et elles y battaient comme des ailes.

On vit arriver Mr Tope avec ses immenses clés. Il déverrouilla la porte en bâillant, et l'ouvrit toute grande. On vit arriver Mrs Tope avec les esprits balayeurs. On vit arriver, en temps voulu, l'organiste et le petit souffleur qui observa la nef à travers les interstices du rideau rouge et qui, de cette hauteur, secoua sans crainte la poussière des livres et la fit s'envoler de la soufflerie et des pédales. On vit venir, de tous les coins du ciel, une bande de corbeaux qui rejoignaient la grande tour. Peut-être appréciaient-ils les vibrations et savaient-ils que les cloches et les orgues allaient leur en donner. On vit arriver de petits groupes dispersés, principalement de la place du chanoine mineur et des abords de la cathédrale. On vit arriver Mr Crisparkle, frais et radieux, et ses confrères, moins frais et moins radieux. On vit arriver les choristes qui se hâtaient. (Ils se hâtaient toujours, et s'emmêlaient dans leurs robes à la dernière minute, comme des enfants au saut du lit.) On vit arriver John Jasper qui conduisait leur rang. On vit arriver enfin, bon dernier, Mr Datchery qui prit place dans une stalle appartenant à une collection de stalles vides qui semblaient mises à sa disposition. Instantanément, il se mit à regarder autour de lui pour chercher Son Altesse Royale Bouffarde.

L'office était déjà très avancé et Mr Datchery n'avait pas encore aperçu Son Altesse Royale. Mais alors, il la découvrit enfin dans l'ombre. Elle se tenait derrière un pilier, en prenant bien soin de ne pas être vue par le maître de chorale, qu'elle observait avec la plus minutieuse attention. Il chantait et dirigeait sans se douter le moins du monde de sa présence. Elle, elle grimaçait quand son chant devenait plus ardent – Mr Datchery lui vit faire le geste –, et elle lui montra le poing derrière l'abri propice du pilier.

Mr Datchery regarda une seconde fois pour être sûr de ne pas se tromper. Oui, elle brandit une nouvelle fois le poing. Laide et ratatinée comme l'une des fantastiques sculptures qui ornaient les montants des sièges des stalles, mauvaise comme le Malin, dure comme le grand aigle de bronze qui soutenait les livres sacrés (et qui, si l'on en jugeait par l'air féroce que lui avait donné le sculpteur, n'avait pas dû être converti par leurs enseignements), elle s'était entourée de ses deux maigres bras. Et puis, soudain, elle brandit les deux poings vers le maître de chorale.

À ce même moment, derrière la porte grillagée du chœur ayant échappé à la vigilance de Mr Tope par quelque tour rusé dont il avait le secret, Deputy regardait, les yeux perçants, à travers les barreaux. Son regard surpris alla de la femme menaçante à l'homme qu'elle menaçait.

Le service se termina, et les officiants se dispersèrent pour aller déjeuner. Mr Datchery accosta dehors sa dernière connaissance en date, au moment où les choristes (plus pressés encore pour enlever leurs robes qu'ils ne l'avaient été pour y entrer) s'étaient déjà éloignés.

— Alors, madame ? Bonjour. Vous l'avez vu ?

— Je l'ai vu, chéri ! Je l'ai vu !

— Et vous le connaissez ?

— Si je le connais ? Je le connais mieux que ne le connaissent tous les révérends pères pris ensemble.

Les bons soins de Mrs Tope avaient valu à son locataire un appétissant petit déjeuner. Avant de s'asseoir à table, il ouvrit son placard, prit son morceau de craie sur l'étagère et ajouta à son tableau une grosse ligne qui traversait le panneau de haut en bas. Ensuite, il se mit à manger de grand appétit[1].

Il achevait d'anéantir la dernière tranche d'une avant-garde de bacon lorsqu'un coup léger fut frappé à la porte, qu'il avait laissée entrouverte, et que la tête grimaçante de Deputy apparut dans l'entrebâillement.

— Hé, Dick !

— Hé, Deputy ! C'est bien ainsi que tu veux que je t'appelle ?

---

1. « *and then falls to with an appetite* » : derniers mots qu'écrivit Charles Dickens. Les ayant écrits dans la soirée du 8 juin 1870, il déposa la plume pour aller dîner, sans se douter qu'il ne la reprendrait plus. Dans la matinée du 9, il mourut, laissant *Le Mystère d'Edwin Drood* inachevé sur l'appétit de Mr Datchery et sur la faim du lecteur. (Dernière note du traducteur qui, à partir d'ici, se substitue à l'auteur.)

Le hideux petit bonhomme secoua la tête, qui seule dépassait de la porte. De sorte qu'il ressemblait plus que jamais à un diable jailli d'une boîte.

— C'est plus facile. Comme ça, je ne risque pas de me tromper. T'as vu la princesse Bouffarde?

Ici, le bras de Deputy sortit à son tour de derrière l'écran et il le leva vers Mr Datchery en brandissant son poing fermé.

— J'ai vu. Entre. Qu'est-ce qui t'amène?

Tout le corps de l'extraordinaire gamin se glissa entre la porte et son montant, comme s'il avait été impossible de l'ouvrir davantage et, du pied, il la referma bruyamment derrière lui.

— Je viens payer mes dettes.

Il se mit à se dandiner lentement d'une jambe sur l'autre, comme si un tel événement méritait d'être souligné par une danse appropriée. Mr Datchery déposa la tasse de thé qu'il tenait à la main, parut réfléchir un moment et dit:

— Je croyais que nos comptes étaient à jour?

— Tu mens. Je te dois un shilling d'information.

— Ah! C'est bien. Donne.

Mr Datchery tendit la main comme s'il attendait que l'information y fût déposée sous une forme solide.

— Son Altesse Royale habite Black Raven Court, près de Upper Thames Street. Tous les Jacks du port te diront où c'est.

Le visage de Mr Datchery prit un air d'intense satisfaction.

— Ah, ah, dit-il. Je vois. Comment as-tu fait pour avoir son adresse?

Un sifflement strident se heurta aux murs épais de la pièce, qui n'avait certainement plus entendu un pareil son depuis l'époque lointaine où des moines paillards l'habitaient et y menaient une studieuse existence.

— Comment j'ai fait? fit Deputy lorsque l'écho se fut calmé. Comme on fait quand on veut savoir quelque chose. Je lui ai demandé.

— Et elle t'a répondu?

— Si elle avait eu dix adresses, elle m'en aurait donné dix. J'y ai dit que j'avais parfois des clients, à l'auberge de Deux Sous, qui me demandaient où ils pouvaient aller fumer une pipe et que je ne savais pas où les envoyer.

Il fit le geste de sucer un tuyau imaginaire et se gonfla les joues.

— Elle avait l'air de regretter de n'avoir qu'une adresse à me donner.

Mr Datchery renversa la tête en arrière sur ses deux mains jointes et se mit à rire. Lorsqu'il se fut calmé, il pointa le doigt en direction du garnement.

— Mr Deputy, c'est bien. Cela vaut plus qu'un shilling. Je t'offre de partager mon petit déjeuner.

Deputy se mit à courir autour de la table en sautillant et en levant les bras en l'air. C'était un pas nettement inspiré de la danse du scalp des Sioux.

— Assieds-toi! fit Mr Datchery. Qu'est-ce que tu veux? Marmelade, jambon, poisson salé?

— Tout! fit Mr Deputy en se laissant tomber sur un siège.

Mr Datchery se leva, ouvrit son placard pour y prendre une assiette, une tasse et un couvert. Mais avant de refermer la porte, il contempla les traits qui y figuraient et, prenant son morceau de craie, il traça, sans hésiter, une nouvelle ligne parallèle à celle qu'il avait faite avant de se mettre à table.

La récolte commençait à donner des promesses.

24

Les manières théâtrales de Mr Bazzard

Mr Grewgious était assis, pensif, devant la fenêtre ouverte. On aurait pu croire qu'il n'était là que pour jouir du charme d'une journée ensoleillée et pour admirer les jeux de la lumière d'été sur les vieux murs de Staple Inn comme aurait pu le faire P.J.T. Peut-être Jamais Tourmenté en 1747, puisque la même maison, le même soleil et les mêmes murs offraient depuis cette date le même spectacle à des imaginations diverses. Mais de toutes les imaginations qui avaient successivement tissé leur toile devant cette fenêtre ouverte, celle de Mr Grewgious était sans doute la plus guindée. Elle ne se complaisait guère aux images que pouvait évoquer le gracieux mouvement des feuilles de la vigne et du figuier agitées par une brise légère ou les jeux de l'ombre et de la lumière. Non. L'imagination de Mr Grewgious était de celles qui s'agrippent aux faits et qui, une fois qu'elles les tiennent, ne les lâchent pas plus qu'un naufragé n'abandonne la bouée qu'il a miraculeusement trouvée. Le menton dans la main, tout en gardant à l'œil l'appartement d'en face, Mr Grewgious pensait que le hasard fait parfois bien les choses et qu'il ne faut pas toujours chasser loin pour trouver du gibier. Il était si absorbé par ses pensées qu'il n'avait pas entendu s'ouvrir la porte et que Mr Bazzard se trouva devant lui sans qu'il sût comment il était entré.

— J'ai frappé, monsieur, fit Bazzard d'un ton résigné, mais je n'ai pas dû frapper assez fort.

L'air de dire : « Si je pousse la complaisance jusqu'à frapper avant d'entrer, vous pourriez faire l'effort de répondre. »

— Vous m'avez manqué, Bazzard, fit Mr Grewgious avec un soupir qui aurait pu signifier simplement qu'il s'était fort bien habitué à ne pas avoir de clerc et que son confort ne gagnait rien à ce retour. Comment avez-vous passé votre congé ? ajouta-t-il en se souvenant brusquement que Bazzard aurait pu se vexer s'il avait omis de poser la question.

— Fort bien, monsieur. J'ai mis ces quelques jours à profit pour composer le plan d'une nouvelle tragédie.

— Seigneur ! fit Mr Grewgious en se levant. Qu'on puisse écrire une tragédie me paraît déjà extraordinaire ! Personnellement, j'en serais tout à fait incapable. Mais deux ! Si, par miracle, j'étais arrivé à en écrire une un jour – ce n'est là qu'une manière de parler, Bazzard, car ce domaine m'est aussi étranger que le pôle Nord pour un Zoulou – si donc j'étais arrivé à en écrire une, il me semble qu'elle aurait épuisé d'un coup toutes mes facultés créatrices, et qu'il ne me resterait pas une once d'énergie pour en imaginer une autre. Je serais comme le cygne et je mourrais tout de suite après avoir chanté. Mais ce que j'en dis n'a évidemment aucun sens, puisque je n'écrirai jamais de tragédie.

Mr Bazzard paraissait tout à fait convaincu de cette vérité première. Le génie n'est pas une chose que l'on peut percevoir comme un loyer. On l'a ou on ne l'a pas.

— Je vous suis parfaitement, monsieur, répondit-il (ce qui constituait la phrase la plus aimable qu'il pût trouver). Si tout le monde écrivait des tragédies, il n'y aurait plus personne pour les publier, pour les jouer ni pour assister aux représentations des théâtres.

Il dit ces quelques mots sur un ton qui laissait clairement entendre : « Seuls les êtres exceptionnels peuvent écrire des tragédies, et je n'y puis rien si vous appartenez au commun des mortels. »

— Voyez-vous, Bazzard, fit Mr Grewgious, je suis content que vous soyez revenu. Prenez ce fauteuil, là, près de la fenêtre, et bavardons. Parfois, j'aime bavarder un peu. Puis-je vous offrir un verre de sherry ?

La table ronde était posée près de la fenêtre, et Mr Grewgious n'eut qu'à la contourner pour prendre, dans le placard, un carafon et deux verres.

— Si je puis vous obliger en acceptant, monsieur, fit Bazzard en s'asseyant dans le fauteuil qui lui avait été désigné, j'accepte.

— Mon cher Bazzard, j'espérais vous obliger, dit Mr Grewgious, impassible, en posant les verres sur la table et en les remplissant. De cette manière, nous pouvons considérer que nous nous obligeons mutuellement, et c'est fort bien. À votre santé, Bazzard, et au succès de votre nouvelle tragédie.

— À votre santé, monsieur.

— À propos, fit Mr Grewgious en s'asseyant sur la banquette, votre nouvelle tragédie a-t-elle un titre ?

Mr Bazzard ne pensait pas qu'il fût urgent de lui donner un titre. Ce n'était encore qu'une idée qui lui était venue, et qu'il fallait mûrir et développer avant d'entreprendre une tâche aussi précise que de lui donner le nom qui la ferait connaître à la postérité.

— Voyez-vous, fit Mr Grewgious qui se tenait assis très droit sur la banquette de la fenêtre et qui se pencha un peu en avant pour mieux observer le visage de Bazzard comme s'il espérait y reconnaître la lueur du génie, voyez-vous, je suis surpris que l'idée d'une tragédie puisse venir à quelqu'un. Je suis un homme particulièrement guindé, ce qui explique peut-être que je ne rencontre jamais de tragédies sur mon chemin. Non, poursuivit-il en hochant la tête après un instant de réflexion, lorsque je me promène dans la rue et que je regarde autour de moi, j'observe toute une série d'événements qui ne constituent jamais des tragédies. Évidemment, c'est une question de point de vue. Nous avons tous tendance à faire des drames des petits désagréments de notre vie quotidienne. Ainsi, l'autre jour, dans Holborn, j'ai vu un petit garçon qui portait un panier d'œufs, et qui, en trébuchant, en a répandu le contenu sur la chaussée. Devant ce désastre irréparable et les conséquences qu'il ne manquerait pas d'avoir sur ses rapports ultérieurs avec ses parents, le pauvre enfant pleurait toutes les larmes de son corps. Pour lui, c'était assurément une tragédie plus sombre que celle de Macbeth qui ne le touche en rien. Je me suis approché de lui, et je lui ai donné un shilling. Du coup, au prix où sont les œufs, sa tragédie s'était muée en jour de fête. Mais je manque d'imagination, bien entendu, et je n'affirmerais pas qu'il n'y avait pas là un *véritable* sujet de tragédie.

Comme d'habitude, il avait débité tout cela d'un ton inexpressif, comme quelqu'un qui lirait très vite quelque chose d'ennuyeux. Bazzard avait cependant écouté avec attention, et il hocha la tête avec un air de commisération tellement visible que Mr Grewgious eut peur de l'avoir vexé.

— Pourtant, monsieur, fit Bazzard, si l'on ouvre les yeux et les oreilles (ceci dit sur un ton qui impliquait : « bien entendu, je ne vous en demande pas tant »), tout peut être le sujet d'un drame. Que pensez-vous lorsque vous voyez un chat croquer une souris?

Mr Grewgious leva les sourcils. C'était une question qu'il ne s'était jamais posée.

— Eh bien, fit-il après un moment de réflexion, je me dis : « Voilà un chat qui croque une souris. C'est dommage pour la souris, mais c'est heureux pour le chat dont la nature exige qu'il puisse croquer des souris. » Étant un homme qui s'efforce de conserver un minimum de raison, je ne puis pas exiger de la souris qu'elle adopte en cette matière le même point de vue que le chat. Et elle considère certainement qu'il s'agit là d'une tragédie.

— C'est bien ce que je dis, monsieur, fit Bazzard d'un air sombre, et en hochant la tête, la vie est une tragédie.

— Personnellement, fit Mr Grewgious qui ne parut pas avoir entendu la dernière remarque de son clerc, je n'ai connu que deux tragédies dans mon existence. La première est celle d'une jeune femme qui s'est noyée accidentellement. Mais on n'aurait pas pu en faire le sujet d'une pièce. Elle s'est noyée, c'est tout. Pour elle, cela n'a été sans doute qu'une chose insignifiante, la moins importante peut-être de toute son existence. Il n'y a eu de tragédie que dans le cœur de ceux qui l'ont aimée.

Il se tut et regarda dehors les fenêtres de Staple Inn qui commençaient à flamboyer sous les rayons du soleil couchant. Son silence dura si longtemps que Bazzard dut avoir l'impression qu'il avait oublié jusqu'à son existence et qu'à la fin, il toussa pour s'éclaircir la voix :

— Et la seconde, monsieur? demanda-t-il.

Mr Grewgious tourna la tête. Il avait l'expression dépaysée d'un voyageur qui revient d'un très lointain voyage.

— La seconde? dit-il d'une voix qui n'était plus tout à fait la même. La seconde? C'est celle de notre jeune ami Mr Drood. Mais là aussi, la tragédie n'est peut-être pas où l'on pense.

Il prit le carafon de sherry et remplit les deux verres avec des gestes si lents qu'il semblait accomplir quelque rite. Mr Bazzard, lorsqu'il fut servi, leva son verre à la lumière comme s'il espérait, par transparence, y découvrir un nouveau sujet de tragédie.

— Précisément, monsieur, dit-il au bout d'un moment, le cas du jeune Mr Drood n'est pas étranger à l'idée qui m'est venue.

— Vraiment? fit Mr Grewgious en levant les sourcils.

— Voyez-vous, monsieur, l'élément central d'une tragédie, c'est la Fatalité. C'est quelque chose contre quoi se brise notre volonté, contre quoi nous ne pouvons rien et qui déjoue nos plans. Un simple objet peut jouer le rôle de la Fatalité. Disons, par exemple, une bague.

Mr Grewgious plissa les paupières pour mieux scruter le visage de Bazzard, et il se leva brusquement.

— Une bague? fit-il. Je n'y pensais plus. Vous ne voulez pas dire…

— Vous me suivez parfaitement, monsieur, fit Bazzard. Vous m'avez pris à témoin de la remise d'une bague à Mr Edwin Drood. Savez-vous ce qu'elle est devenue?

— En fait, non, s'écria Mr Grewgious.

Il se mit à arpenter la pièce dans un état d'extraordinaire agitation. Au bout d'un moment, il s'arrêta devant Mr Bazzard et dit:

— Qu'en pense notre ami?

— Ce que vous êtes en train d'en penser vous-même, monsieur. Mr Drood avait gardé la bague par-devers lui, mais son meurtrier l'ignorait. Il a retiré la montre et l'épingle de cravate, pour empêcher toute identification ultérieure, mais pas la bague puisqu'il en ignorait l'existence. C'est Mr Datchery qui m'a dit : « Quel beau sujet de tragédie cela ferait, Mr Bazzard ! »

— Ainsi donc, fit Mr Grewgious avec une sorte d'exaltation, en venant se rasseoir près de la fenêtre, ainsi donc, nous avons une arme contre lui !

— Je vous suis parfaitement, monsieur, fit Bazzard. Il suffit de pouvoir s'en servir.

— Par Dieu, je m'en servirai ! s'écria Mr Grewgious avec véhémence. Je suis content, Bazzard, que vous ayez accepté, pendant votre congé, de remplir la mission que je vous avais confiée. Comment se porte notre ami ?

— Fort bien, monsieur. Il m'a chargé de vous transmettre son bon souvenir. Mais il n'aime pas l'air de Cloisterham.

— Il y a du travail qui vous attend demain, fit Mr Grewgious en se levant à nouveau (il paraissait ne pouvoir tenir en place). Nous ne devons pas négliger les affaires, Bazzard. Il faut maintenant que je vous mette dehors, car j'ai promis de rendre visite à ma pupille, et je ne veux pas la faire attendre. Bonsoir, Bazzard.

— Bonsoir, monsieur, fit Bazzard en se levant. Ah, j'allais oublier ! ajouta-t-il en prenant vivement le verre de sherry qu'il n'avait pas eu le temps d'achever et en le vidant d'un trait. Voilà. Bonsoir, monsieur.

Lorsqu'il fut parti, Mr Grewgious se mit à marcher de long en large dans l'appartement. Il n'arrivait pas à se calmer. « Sa bague ! », murmura-t-il à diverses reprises. « Sa bague ! Ainsi donc, elle m'aura tout de même servi à quelque chose. Et je sais maintenant qu'elle me reviendra. »

Brusquement, il s'arrêta de marcher, prit son chapeau qui était accroché à une patère et descendit l'escalier de P. J. T., patiné par tous les pas qui l'avaient poli depuis 1747, plus vite qu'il ne l'avait jamais descendu.

Dehors, le soir commençait à tomber, et l'air était extraordinairement doux. En passant, Mr Grewgious leva les yeux vers les fenêtres des Landless où une lumière venait de s'allumer, et il se dirigea d'un pas rapide vers Bloomsbury Square.

Ce fut la Billickin elle-même qui, répondant à son coup de sonnette, vint lui ouvrir. Elle était serrée dans son châle, comme si l'hiver était à sa porte et comme si elle s'était spécialement équipée pour l'accueillir.

— Bonsoir, madame, fit Mr Grewgious. Ravi de vous voir en bonne santé.

— Je ne suis *pas* en bonne santé, Mr Grewgious, fit-elle sur un ton qui laissait entendre que personne ne la frustrerait de ses infirmités, même par galanterie. Comment le serais-je avec tous les soucis qui m'accablent?

— Désolé de vous voir en mauvaise santé, madame, répliqua Mr Grewgious, bien décidé à ne pas la contrarier. Ces dames sont là?

— La jeune demoiselle est là, oui, Mr Grewgious. Je ne vous cacherai pas qu'elle est là, et qu'elle achève de dîner.

— Elle est seule? fit Mr Grewgious en entrant et en refermant la porte derrière lui. J'en suis surpris.

— Je ne veux pas vous cacher, Mr Grewgious, que pour moi elle est seule, fit la Billickin. Non, monsieur. Je parlerais contre mes convictions si je prétendais connaître ici une autre dame qu'elle.

Précédant Mr Grewgious, la Billickin vogua majestueusement vers le petit salon à la porte duquel elle frappa.

— Votre tuteur qui vient vous rendre visite, Miss, fit-elle en s'effaçant pour laisser entrer le visiteur.

— Bonjour, ma chérie, commença Mr Grewgious, en s'avançant.

Puis il s'arrêta en apercevant Miss Twinkleton qui achevait de débarrasser son assiette des derniers débris du canard que Rosa avait enfin réussi à obtenir.

— Miss Twinkleton, pardonnez-moi ! Mes hommages, madame, fit-il en s'inclinant. Je ne croyais pas vous trouver ici.

— Bonjour, Mr Grewgious, fit Miss Twinkleton d'un air enjoué. Et où pensiez-vous me trouver, monsieur?

Mr Grewgious tourna légèrement la tête vers la Billickin qui était restée sur le pas de la porte.

— La respectable maîtresse de maison m'avait dit... commença Mr Grewgious. Mais la respectable maîtresse de maison l'interrompit avec hauteur.

— Mr Grewgious, je n'ai rien dit. Non, monsieur. Je vous ai répondu que, *pour moi*, la jeune demoiselle était seule. Mais je ne veux empêcher personne, non monsieur, d'avoir une autre opinion à ce sujet. Je vous laisse avec la jeune demoiselle, monsieur. Avec la jeune demoiselle, répéta-t-elle avec fermeté en refermant la porte.

Miss Twinkleton se leva tandis qu'on entendait le pas solennel de la Billickin s'éloigner vers l'inviolable domaine du salon de derrière.

— Asseyez-vous, monsieur, fit Miss Twinkleton qui faisait preuve d'une complète égalité d'humeur. La maîtresse de maison et moi sommes sur le pied de guerre, monsieur. Elle m'ignore et je fais de même.

— Quelle situation embarrassante, murmura Mr Grewgious en prenant place en face de Rosa. J'en suis navré, madame. Ne peut-on rien faire pour y porter remède? Je suis un homme particulièrement guindé, et j'ai peu d'expérience de la vie en société. C'est sans doute la raison pour laquelle je suis toujours un peu surpris de voir la mésentente régner entre des personnes dont l'existence serait sans doute beaucoup plus simple si elles s'entendaient bien.

Et il semblait véritablement désolé en prononçant ces mots sur le ton habituel de ses discours. Mais Miss Twinkleton, d'un geste de la main, balaya sa désolation.

— Vous êtes trop bon, monsieur. Ne vous inquiétez pas pour moi. En fait, cette situation simplifie mon existence.

Rosa leva vers son tuteur un timide regard. Un regard éloquent qui disait : « Oui, mais cela ne simplifie pas la mienne ! »

— Et alors, ma chérie, fit Mr Grewgious en lui prenant tendrement la main, comment te portes-tu ?

— Fort bien, monsieur, je vous remercie.

— Je ne suis pas venu seulement pour prendre des nouvelles de ta santé et pour voir s'il ne te manquait rien. Je serais venu de toute manière, et je voulais en profiter pour remercier la vénérable dame, ici présente, des attentions dont elle t'entoure et du réconfort qu'elle t'apporte par sa présence.

Ici, Mr Grewgious se tourna légèrement vers Miss Twinkleton et inclina la tête vers elle. Mais Miss Twinkleton, fidèle à ses habitudes du couvent des Nonnes, avait pris le parti de ne rien entendre. Assise dans une bergère, près de la fenêtre, son ouvrage sur les genoux, elle tricotait d'un air inspiré. Les amabilités de Mr Grewgious tombèrent dans un désert de silence.

— Hem ! fit-il d'un air embarrassé en reportant son regard sur Rosa. Je disais donc, ma chérie, que je n'étais pas venu seulement pour prendre de tes nouvelles. En fait, je voulais te poser une question.

— Oui, monsieur? dit Rosa.

— La dernière fois que… Lors de ton entrevue avec Mr Edwin Drood…

— Oh! fit Rosa, les yeux pleins de larmes, le pauvre Eddy! Chaque fois que j'y pense, monsieur, je me sens tellement malheureuse, j'ai tellement pitié de lui!

— Là, là, fit Mr Grewgious en lui tapotant doucement la main. Il ne faut pas pleurer, ma chérie. Il ne faut pas verser de larmes sur le passé. À quoi bon? Quant à l'avenir, nul ne sait ce qu'il réserve.

— Non, monsieur, fit Rosa pour qui cette simple phrase évoqua soudain, sans qu'elle sût pourquoi, l'image d'un grand navire blanc qui voguait joyeusement sur une mer doucement agitée, avec Mr Tartar, bronzé et énergique, qui lançait des ordres du haut de la dunette.

— La dernière fois que tu as vu Mr Edwin Drood, reprit Mr Grewgious qui, n'ayant pas d'imagination, ne voyait aucune image, ne t'a-t-il pas parlé d'une bague?

— D'une bague, monsieur? Non, pourquoi?

— Je n'ai pas d'expérience personnelle en la matière, fit Mr Grewgious, mais j'ai entendu dire que les jeunes gens, dans certaines circonstances, parlent de bagues aux jeunes filles auxquelles ils sont fiancés.

— Mais, monsieur, fit Rosa en agitant ses boucles blondes, nous avions décidé que nous ne serions jamais mari et femme. Le pauvre garçon n'avait plus de raison de me parler de bagues.

— Non, c'est juste, fit Mr Grewgious en se levant. Plus aucune raison, en effet. Mais il aurait pu, ajouta-t-il à voix basse, comme s'il se parlait à lui-même, y faire allusion comme à une chose qu'il avait prévue et qui ne se réaliserait pas. Maintenant, ma chérie, reprit-il, je vais prendre congé. Demain, si tu le désires, nous pourrions rendre visite à ton amie Miss Landless et à son malheureux frère. Je demanderai à Mr Tartar s'il veut bien mettre son appartement à notre disposition.

— Oh, oui, monsieur ! s'écria Rosa dont les joues se colorèrent à un tel point, qu'Helena eût été surprise de voir l'émoi que provoquait chez son amie l'annonce de leur prochaine rencontre.

— Au revoir, madame, dit Mr Grewgious en s'inclinant vers Miss Twinkleton, toujours absorbée dans la contemplation de son ouvrage, qui, chose étrange, ne semblait guère avoir avancé. Non, non, je vous en prie, ne vous dérangez pas. Pas pour moi !

Lorsqu'il fut parti, Rosa demeura longtemps immobile, le regard fixé sur un point très précis de la tapisserie. Quiconque l'aurait observée se serait demandé ce qu'elle y voyait. Pourtant, elle voyait quelque chose : le grand navire blanc qui continuait à voguer sur une mer doucement agitée. Mais cette fois, Mr Tartar descendait de la dunette et il venait vers elle en tenant à la main un écrin qui contenait le plus beau joyau du monde !

25

Mr Datchery marque des points

Un brillant soleil matinal éclairait les docks et faisait miroiter l'eau de la rivière. Mais toute son ardeur n'arrivait pas à rendre moins sales les façades des maisons sordides qui bordaient l'étendue de ruelles étroites et malodorantes, de venelles condamnées à perpétuité à la pénombre. Au-dessus des toits, au-delà des fumées, le ciel était d'un bleu profond, mais son joyeux domaine s'arrêtait au niveau des cheminées. En dessous, c'était l'inextricable dédale d'un quartier que la lumière fuyait et qui ne s'éclairait faiblement qu'à la nuit tombée, à la lueur incertaine des lanternes et des fenêtres de ses bouges.

Des matelots ivres que le jour avait chassés des tavernes, des Chinois hagards qui sortaient avec hébétude des paradis artificiels où ils avaient cherché refuge contre une existence intolérable hantaient seuls, à cette heure matinale, ces lieux dressés comme une sombre barrière entre l'animation de la grande ville et le calme majestueux du fleuve qui était la porte de leurs évasions. Ils appartenaient au décor, et personne ne se serait étonné de les voir tanguer au long des ruelles étroites. Mais que pouvait bien chercher en de pareils lieux l'alerte et pimpant vieillard aux cheveux blancs qui se promenait négligemment en tenant son chapeau sous le bras et en jetant autour de lui des regards intéressés mais parfaitement sereins ? Il marchait sans se presser, en secouant de temps à autre son abondante chevelure comme s'il éprouvait quelque gêne à en supporter le poids.

Un matelot hindou arrivait en titubant à sa rencontre, et sa démarche incertaine ne lui laissait guère de chances d'éviter une collision. L'alerte vieillard parut en prendre allégrement le risque, et il se campa au milieu de la venelle.

— Psst ! fit-il au moment où l'homme fut tout près de lui.

Arraché à Dieu sait quels rêves, l'Hindou s'arrêta et se tint debout sur ses deux jambes écartées, dans un équilibre si instable qu'on comprenait difficilement pourquoi il ne s'étalait pas de tout son long.

— Qu'est-ce que vous me voulez ? bougonna-t-il en oscillant de droite à gauche et de gauche à droite comme un grand mât secoué par une mer démontée.

Mr Datchery n'eut que le temps d'étendre la main et d'agripper l'homme par le coude pour éviter que la dernière oscillation ne se termine par un naufrage.

— Rien qu'un renseignement, mon bon monsieur, dit-il en maintenant l'homme d'une poigne ferme. Où se trouve Black Raven Court ?

— Black Raven Court ? fit l'homme. Black Raven Court ? C'est par là, ajouta-t-il en faisant du bras qui restait libre un grand geste circulaire. À droite et puis à gauche.

— Merci, fit Mr Datchery en s'effaçant et en lâchant prudemment l'épave.

Mais, contrairement à toute prévision, celle-ci parut vouloir tenir la mer. Elle s'éloigna, secouée par une effroyable tempête, mais en se maintenant vaillamment au-dessus des flots.

Mr Datchery ne comprit pas comment, en tournant à droite puis à gauche, puis à gauche et puis à droite, puis encore à droite et encore à gauche, il finit par atteindre Black Raven Court. C'était bien la plus misérable de toutes les venelles qu'il venait de parcourir. Il s'arrêta devant une maison lépreuse dont la porte s'ornait d'une lanterne rouge aux vitres brisées, exactement semblable à celle qu'on lui avait décrite. Il pénétra sous le porche. Dans une sorte de niche sous l'escalier, un homme dormait en ronflant bruyamment. Mr Datchery ne fit aucune attention à lui ,et il grimpa quatre à quatre l'escalier branlant. À l'étage, il s'arrêta, pas le moins du monde essoufflé, devant une porte qu'il ouvrit après avoir écouté un instant sans entendre le moindre bruit.

Il se trouva dans une pièce enfumée, faiblement éclairée par la lueur du jour qui filtrait à travers des carreaux sales et des rideaux déchirés. Il n'y avait qu'une forme étendue sur le lit défoncé. La femme, réveillée en sursaut, se dressa sur son séant et cligna des yeux sous la faible lumière du jour.

— Entre, chéri, dit-elle de sa voix éraillée. Qui que tu sois, entre. C'est une drôle d'heure pour venir me voir, mais chacun est le bienvenu chez moi, quelle que soit l'heure.

Elle fut prise d'une quinte de toux qui secoua sa vieille carcasse. Les yeux clos, elle se mit à gémir entre ses accès.

— Mes poumons, mes pauvres poumons ! Il ne m'en restera bientôt plus… Et les affaires vont mal ! Je n'ai eu qu'un client depuis deux jours. Pauvre de moi !

Mr Datchery scruta avec attention son visage ravagé, et il haussa les épaules. Il se laissa tomber dans le fauteuil branlant, près de l'âtre, et attendit que la femme reprenne ses esprits. Lorsque sa crise fut calmée, elle écarquilla les yeux et s'écria :

— Comment, c'est toi ? Je ne m'attendais pas à te revoir ici. Non, pas ici, en tout cas.

— À cette heure-ci, j'espérais bien vous trouver seule, madame, fit Mr Datchery, et je ne m'étais pas trompé.

La femme se leva péniblement, secouée par une sorte de rire cassé.

— Ainsi, toi aussi, tu veux en goûter, dit-elle. C'est la première fois que tu viens, n'est-ce pas, chéri ?

— Oui, fit Mr Datchery. Et sans doute la dernière.

— Oh, non, fit la femme. Si tu y goûtes une fois, tu y reviendras. Mais il ne faudra pas aller ailleurs, chéri. Moi je connais le secret du mélange. Personne ne peut le faire comme moi. Et je t'apprendrai comment il faut fumer.

— Merci, fit Mr Datchery en secouant sa toison blanche. Ce n'est pas pour cela que je suis venu.

La femme s'était approchée de lui, et elle le regardait d'un air méfiant.

— Pourquoi viendrait-on voir une pauvre âme comme moi, si ce n'est pas pour acheter la seule consolation que je puisse offrir ? Pauvre de moi, gémit-elle, que deviendrais-je si on ne venait plus chez moi à cause de la manière dont je prépare la drogue ? Il faut que tu y goûtes, chéri, fit-elle en secouant lentement la tête. Je ne te prendrai pas cher. Non, juste ce qu'il faut. Tu verras. Après, tu reviendras de toi-même.

Mr Datchery prit une pièce blanche dans son gousset et la jeta sur la table. La femme la ramassa avec avidité.

— Non, dit Mr Datchery, je ne veux pas de votre mixture. Mais il faut me donner autre chose pour mon argent. Asseyez-vous là, au bout du lit, et bavardons.

Il y avait, dans le regard de Mr Datchery, quelque chose de menaçant et de sarcastique. Une transformation semblait s'être opérée en lui. Il ne ressemblait plus du tout à l'affable vieillard que la femme avait rencontré à Cloisterham. Elle recula d'un pas et plissa les yeux pour pouvoir mieux l'observer. Son air rusé se teintait de méfiance et de crainte.

— Bavarder? fit-elle sur un ton gémissant. Ce n'est pas pour ça que tu es venu me réveiller, chéri? De quoi une pauvresse comme moi pourrait-elle parler avec un gentleman, sinon de la seule chose où elle est habile? Mais tu n'en veux pas. Oh, mes poumons! gémit-elle comme une nouvelle crise de toux la secouait. Mes pauvres poumons! Ils vont partir en lambeaux!

Mais sa crise, cette fois, ne semblait pas naturelle. Elle semblait se forcer à tousser, sans doute pour opérer une diversion. Mr Datchery eut un geste d'impatience.

— Asseyez-vous! ordonna-t-il en se levant et en marchant sur elle. Je n'ai pas de temps à perdre à vous écouter geindre.

En reculant, la femme trébucha et tomba assise sur le bord du lit qui grinça sous son poids. Mais elle continua à tousser et ne pouvait plus arrêter la quinte qu'elle avait provoquée. Mr Datchery, qui la dominait maintenant de toute sa hauteur, la gifla avec force du revers de la main. La femme se rejeta en arrière, se couvrit le visage de son bras et s'arrêta de tousser. Entre ses paupières à moitié fermées, elle glissa un regard sournois et elle recommença à gémir et à prononcer de sa voix éraillée des mots indistincts.

— Espèce de vieille sorcière! explosa Mr Datchery. (Non, ce n'était décidément plus le vieillard aimable et bonhomme, au caractère avenant, qui avait décidé de finir paisiblement ses jours à Cloisterham.) Espèce de vieille sorcière ! Tu vas parler et répondre à mes questions, ou je te secouerai jusqu'à ce que la vérité sorte morceau par morceau de ta carcasse délabrée !

— De quoi pourrais-je te parler, chéri ? fit la femme d'un ton plaintif, avec une feinte docilité que démentait l'éclat de ses yeux mi-clos.

— De Mr John Jasper ! fit Mr Datchery qui avait retrouvé son calme. Tu le connais bien, n'est-ce pas ?

— Oh non, chéri. Je le connais un peu, c'est tout. Je ne savais même pas qui il était, souviens-toi.

— Il est venu ici, il y vient encore, n'est-ce pas ? fit Mr Datchery comme s'il n'avait pas entendu la réponse de la vieille. Il vient fumer l'opium chez toi ?

Elle recula un peu, tira les jambes sous elle et se recroquevilla à l'autre bout du lit, contre le mur. Son visage prit une expression butée tandis qu'elle hochait lentement la tête.

— Je ne sais pas, dit-elle. Il en vient tellement.

— Oh, tu parleras ! fit Mr Datchery entre ses dents. Tu m'as dit que tu le connaissais mieux que ne le connaissent tous les révérends pères pris ensemble. Je sais qu'il venait ici, mais je veux te l'entendre dire. Réponds, ou…

Mr Datchery leva la main et, à nouveau, la femme se protégea le visage de son bras replié. Elle eut un gémissement étouffé.

— Oui, s'écria-t-elle brusquement avec une sorte de rage, oui, il venait ici. Quel mal y avait-il à lui donner le réconfort qu'il ne trouvait nulle part ailleurs ? Il venait, comme tant d'autres. Ici, il pouvait rêver de choses merveilleuses qu'on ne voit jamais quand on redescend sur terre. Cette pauvre chambre devenait pour lui, une fois que la drogue agissait, le plus beau paysage du monde, avec des fleurs, des oiseaux, des arbres, des soleils de toutes les couleurs. Ici, il entendait une musique plus belle que celle de sa cathédrale, il voyait des spectacles plus beaux que ceux d'aucun théâtre.

Elle s'était animée en parlant, comme si tout ce qu'elle évoquait lui venait à l'esprit, comme si la pensée seule de la drogue lui en faisait ressentir les effets. Elle s'était redressée dans son coin, et, les yeux fixes, elle regardait Mr Datchery avec une sorte d'exaltation figée.

— Quel mal y avait-il? reprit-elle. Pourquoi tourmentes-tu une pauvre âme comme moi qui ne veut que du bien à ceux qui viennent la voir?

Elle se tut et sembla retomber pendant un moment dans une sorte de torpeur. Puis une idée parut germer dans son cerveau fumeux et son visage reprit l'expression sournoise qu'il avait déjà eue.

— Tu n'es pas de la police, chéri?

Elle avait posé la question d'une voix étouffée, comme si le mot lui-même l'épouvantait. Mr Datchery pointa vers elle un doigt menaçant.

— Non, fit-il, mais je vais lancer toute la police de Londres à tes trousses si tu ne me réponds pas. Ainsi donc, tu le connaissais? Pourquoi l'as-tu suivi à Cloisterham? Que lui voulais-tu?

Elle reprit son air buté, cherchant une réponse capable de satisfaire Mr Datchery tout en lui permettant de ne rien révéler des secrets qu'elle voulait garder. Mais elle ne trouva rien de mieux que:

— Je voulais savoir qui il était. Il venait souvent et je ne connaissais même pas son nom.

— Oh, oui, fit Mr Datchery avec un petit rire surprenant. Tu voulais certainement savoir qui il était. Tu ne voulais plus le lâcher. Dans la cathédrale, je t'ai vue lui montrer le poing. Tu avais appris quelque chose sur lui, quelque chose d'abominable, et tu comptais bien en tirer profit. Mais il ne faut plus trop y compter, vieille sorcière! Ce n'est plus ton secret ni le sien. Il ne lui servirait plus à rien maintenant de te donner de l'argent, beaucoup d'argent pour que tu ne le trahisses pas, car il se trahira lui-même. Ce que tu sais, d'autres le devinent, et ton secret va s'envoler au grand vent comme un oiseau dont on a ouvert la cage. Tu t'es donné beaucoup de mal pour rien.

La femme l'avait écouté attentivement et, à mesure que le sens de ses paroles lui devenait plus clair, une expression de rage et de dépit s'imprima sur son visage ravagé.

— De quel secret parles-tu, chéri? dit-elle de sa voix geignarde. Je ne savais rien de lui avant que tu m'aies dit son nom, ajouta-t-elle sur un ton sournois.

Mr Datchery mit un genou sur le bord du lit, se pencha vers elle et la prit à la gorge.

— Oh, si, tu sais quelque chose, ma brave femme. Et ce que tu sais, tu vas me le dire, ou je te le ferai cracher mot par mot. Et je jure que tu en témoigneras devant les juges quand ils te demanderont ton témoignage.

Pendant qu'il parlait, son étreinte s'était resserrée et les deux mains crispées de la femme s'accrochaient à ses poignets pour tenter de la relâcher tandis qu'elle haletait doucement. Puis, une nouvelle quinte de toux la saisit. Mr Datchery la lâcha et la contempla pendant qu'elle se pliait en deux sous l'effort. Lorsque la crise se fut calmée, elle se remit à gémir.

— Pourquoi me tourmentes-tu ainsi? Oui, je voulais qu'il me donne de l'argent, beaucoup d'argent. Il ne pourrait m'en donner assez pour payer ce qu'il a fait. Pourquoi faut-il que je ne puisse pas en tirer un honnête profit? Dis, chéri, cela vaut de l'argent, mon secret. Ne m'en donneras-tu pas? Je dois acheter de la drogue, chéri, j'en ai terriblement besoin. Ah, pauvre de moi ! Les affaires vont mal, elles vont mal. Dis, mon lapin, tu m'en donneras si je te raconte tout ?

— Demande-toi plutôt ce que je te donnerais si tu ne racontais pas tout ! fit Mr Datchery d'un air goguenard.

— Hélas, reprit la femme en gémissant à nouveau, pourquoi ne puis-je tirer un honnête profit de ceci ? Et la Justice, chéri, demanda-t-elle en lui lançant un regard cupide, la Justice me donnera de l'argent si je raconte tout ?

— Tout ce qu'elle te donnera, c'est une bonne corde de chanvre si tu lui caches quelque chose.

Il se pencha vers elle, presque à la toucher, et se mit à lui parler à voix basse en secouant devant ses yeux son épaisse chevelure blanche :

— Pendant qu'il rêvait ici, il parlait, n'est-ce pas ? Et toi, tu écoutais ? Que disait-il ?

— Ils parlent tous, répondit la femme en haussant les épaules. Mais ce qu'ils disent n'a pas de sens. Lui, il revenait toujours au même point. Il tuait Ned, il le tuait avec un horrible plaisir, et puis il emportait Rosa. J'ai vu ce meurtre s'accomplir ici, comme s'il était exécuté devant moi.

— Ensuite ? fit Mr Datchery, les yeux brillants, les poings crispés.

— Je l'ai suivi… Je voulais savoir si c'était vrai. Mais je l'ai perdu en route. Je cherchais une aiguille dans une botte de foin, et je ne l'ai pas trouvée… Je voulais avertir Ned. Mais comment les retrouver, Ned, Rosa et lui, dans cette ville où je ne connaissais personne et où j'avais perdu sa trace. Et puis…

— Et puis ? répéta Mr Datchery avec une sorte d'anxiété, en se penchant vers elle.

— Et puis un jour, il est revenu… Je croyais ne pas le revoir. Et il était là, devant moi, en deuil. Ainsi, il l'avait fait, en fin de compte. Cette fois, je l'ai fait parler. Je voulais savoir. Je ne voulais pas le rater une seconde fois. Et dans son rêve, il m'a dit qu'il l'avait fait, exactement comme il l'avait toujours rêvé. Exactement comme il me l'avait raconté avant. C'était la nuit, dans une crypte… Il l'étranglait avec une longue écharpe noire. Ensuite…

— Assez ! coupa Mr Datchery en frissonnant. Cela suffit.

Il s'approcha davantage encore de la femme, son visage tout près du sien.

— Et tu le jurerais devant Dieu et devant les hommes si on te le demandait ? Tu répéterais devant les juges ce que tu viens de me dire ?

— Oh, oui ! fit-elle de sa voix éraillée. Je voulais qu'il me donne de l'argent, mais je voulais aussi le perdre. Mais toi, chéri, toi, pourquoi le poursuis-tu ainsi ? Quel mal t'a-t-il fait ?

— Quel mal ? fit Mr Datchery d'une voix étrange. Aucun, ma brave femme. Il ne m'a fait aucun mal.

Il s'était éloigné d'elle et, debout devant la fenêtre, il regardait la venelle sombre à travers les carreaux sales. Mais comme elle était déserte et qu'il n'y avait rien à voir, c'était peut-être qu'il contemplait autre chose, quelque chose qui vivait en lui. La femme s'était levée et elle s'approcha de lui.

— Tu me donneras de l'argent, chéri, pour m'acheter mon remède ? Souviens-toi que l'opium est cher, et que j'en ai besoin.

Mr Datchery laissa tomber quelques pièces dans la main qu'elle lui tendait, et il sortit sans un mot. Il s'éloigna dans le dédale des ruelles sordides, son chapeau sous le bras. Mais sa démarche était moins vive et son pas moins alerte comme si, soudain, le pimpant vieillard avait vieilli.

26

Les soucis de Mr Grewgious

Par une belle matinée d'été, Cloisterham l'Endormie semblait rêver doucement sous le soleil brillant qui réchauffait ses vieux murs. On aurait pu croire que, pendant la nuit, une main géante avait soigneusement brossé la tour de la cathédrale. Presque blanche sous la brûlante lumière d'un magnifique été, elle semblait avoir été débarrassée de la poussière que des siècles de ferveur monacale y avaient pieusement accumulée. Autour d'elle, les tuiles rouges des toits brillaient d'un nouvel éclat, les ruines couvertes de verdure semblaient renaître à une vie nouvelle, les vieilles maisons paraissaient rajeunies. La ville ressemblait à un tableau ancien qui aurait été restauré et dont une main experte aurait miraculeusement ravivé les couleurs. Même les noirs corbeaux qui tournoyaient dans le bleu aveuglant du ciel semblaient avoir été lustrés et les arabesques de leur vol ajoutaient une note joyeuse et décorative au paysage. L'intérieur du sanctuaire, habituellement humide et froid, était un havre de douce fraîcheur dans l'étouffante chaleur du jour. L'envolée majestueuse des orgues et les voix claires des choristes résonnaient sous les voûtes avec des accents triomphants. Peut-être qu'en les entendant dans les profondeurs de la crypte où ils dormaient depuis tant d'années, les vieux moines desséchés rêvaient-ils de leur splendeur passée?

Mr Grewgious, lui, rêvait de l'âpreté du temps présent. Debout sous le porche, à mi-chemin entre la pénombre de la nef et l'aveuglante clarté du parvis, caressé par des vagues de fraîcheur et des bouffées d'air chaud, il semblait perdu dans de sombres pensées. Ses yeux myopes scrutaient l'obscurité du sanctuaire et se fixaient sur les taches claires que faisaient, dans le chœur, les robes des chantres.

Le service se terminait. Mr Grewgious se rangea sur le côté pour laisser s'écouler le flot des assistants et attendre la sortie des choristes. Mr Crisparkle, qui sortit avant Jasper, le salua en passant, mais il ne s'arrêta pas pour lui parler. C'était surprenant pour qui connaissait la cordialité de leurs relations, mais moins surprenant peut-être que le regard qu'ils échangèrent et qui était chargé d'une sorte de complicité, comme si chacun savait ce qu'il attendait de l'autre. Le chanoine mineur marchait à côté du doyen. Mais contrairement à son habitude, il ne s'attarda pas sur le parvis pour poursuivre la conversation qu'ils avaient commencée en sortant de la cathédrale. Le doyen en paraissait tout penaud. Livré à lui-même, abandonné sous l'ombrage des grands ormes, il regarda s'éloigner le chanoine mineur et il semblait ne pas savoir par où diriger ses pas. Il rendit distraitement les saluts qu'on lui faisait en passant, espérant confusément que quelqu'un s'arrêterait pour échanger avec lui quelques mots sur n'importe quel sujet. Mais tous poursuivaient leur chemin, en pensant que si monsieur le doyen était seul c'était parce qu'aujourd'hui il désirait être seul. Cela pouvait arriver, même aux doyens, et il eût été inconvenant de ne pas respecter un désir aussi ouvertement manifesté.

Si bien que le doyen finit par s'éloigner tristement en direction de sa demeure en songeant au plaisir qu'on peut tirer de quelques minutes d'agréable conversation après l'office, surtout par une aussi belle journée. Même Mr Tope semblait l'avoir fui. Ce n'était pas que la conversation de Mr Tope fût particulièrement brillante, mais c'était un homme déférent, et le doyen savait apprécier à leur valeur les marques de respect, du moins quand elles lui étaient adressées.

Lorsque Mr Grewgious vit enfin Jasper qui sortait, il se dirigea vers lui. Ils ne s'étaient plus vus depuis plusieurs semaines, et Jasper sursauta en l'apercevant.

— Bonjour! dit-il d'un ton brusque. Qu'est-ce qui vous amène? Y a-t-il quelque chose? Vous êtes venu rendre visite à votre pupille?

Mr Grewgious lui lança un regard peu amène.

— Miss Bud, dit-il, a quitté l'établissement de Miss Twinkleton. Ne le saviez-vous pas?

— Comment le saurais-je? fit Jasper sur le même ton. Miss Rosa a cessé de prendre ses leçons chez moi et je ne fréquente pas le couvent des Nonnes. Où est-elle?

— En vacances, je présume, fit Mr Grewgious. Je crois que la pauvre enfant ne pouvait plus supporter Cloisterham après tout ce qui s'y est passé.

Tout en parlant, ils étaient sortis de la cathédrale, et ils marchaient lentement dans l'enceinte, que l'ombre des grands ormes n'arrivait pas à rafraîchir. Jasper avait légèrement tressailli à la dernière remarque de Mr Grewgious et il lui lança un regard furtif. Il devait se demander si le tuteur de Rosa était au courant de l'entrevue qu'il avait eue avec la jeune fille. Mais le visage de Mr Grewgious était impassible et Jasper, ne sachant que répondre, se tut. Ils marchèrent quelque temps en silence. À la fin, Mr Grewgious dit, comme s'il n'y avait aucune interruption entre sa remarque et sa phrase précédente :

— En fait, je ne suis pas venu vous parler d'elle, je voulais vous voir pour une chose importante et qui me tracasse.

— Vraiment? fit Jasper sur un ton de feinte indifférence. Venez chez moi, nous pourrons bavarder à l'aise. Mrs Tope aura préparé le thé.

— Si vous voulez, répondit Mr Grewgious.

Ils se dirigèrent d'un pas plus rapide vers la porte voûtée. Ils atteignaient le passage lorsqu'ils rencontrèrent Mr Datchery qui sortait de chez lui. Comme il ne portait pas de chapeau, il s'inclina très bas en passant à côté de Jasper, qui lui rendit son salut.

— Qui est-ce? demanda Mr Grewgious.

— Un étranger qui est venu s'installer ici depuis quelque temps, répondit Jasper. Il habite l'appartement en dessous de celui de Mrs Tope. Je ne l'aime pas, ajouta-t-il au bout d'un moment en secouant la tête. Il a un regard fureteur, et il appartient à cette sorte de gens qui ont toujours l'air de vous épier. Au surplus, il faut être fou pour venir s'installer dans cette vieille ville sinistre quand rien ne vous y retient.

Mr Grewgious lui lança un rapide regard dont il aurait été difficile de préciser la signification.

— Peut-être avez-vous raison, dit-il. Mais il a sans doute un motif que nous ignorons. C'est ce que je me dis toujours quand je ne comprends pas quelque chose. Mais, ajouta-t-il sur un ton résigné, je suis un homme particulièrement guindé et vous devez avoir plus d'expérience que moi pour juger le comportement de vos semblables.

À ce moment, ils avaient atteint l'escalier de la poterne et Jasper, précédant son visiteur, s'abstint de répondre.

Mrs Tope avait effectivement préparé le thé qui fumait dans une théière d'argent posée sur la table.

— Vous en prendrez une tasse avec moi? demanda Jasper.

— Volontiers, fit Mr Grewgious qui s'était approché de l'âtre éteint et qui, machinalement, avait étendu les mains comme pour se les chauffer aux flammes passées et à venir.

— De quoi vouliez-vous me parler? fit Jasper en remplissant les tasses, et en jetant sur son visiteur, qui lui tournait le dos, un regard pénétrant et dénué de sympathie.

— Mon Dieu, fit Mr Grewgious en se tournant à moitié vers son hôte et en glissant les mains sous les basques de son habit, je ne sais pas si cela valait vraiment la peine que je vienne de Londres spécialement pour vous poser la question, mais c'est une chose qui me tracasse vraiment. Au surplus, elle pourrait peut-être nous mettre sur la trace du meurtrier de votre neveu.

Jasper reposa la théière d'un geste brusque.

— Si vous parliez plus clairement..., commença-t-il.

— Vous avez raison, l'interrompit Mr Grewgious. Voyez-vous, j'y pense tellement moi-même depuis quelques jours que j'ai l'impression que tout le monde doit être au courant. Bien entendu, vous ignorez le premier mot de la chose.

— De quelle chose? fit Jasper sur un ton d'impatience. Je vous préviens que s'il s'agit du meurtre de mon cher garçon, je me refuse à en parler avec vous ou avec n'importe qui. Je connais le meurtrier et je le confondrai. D'ici là, j'entends ne pas en discuter.

— Hem! fit Mr Grewgious. Cette attitude ne me facilite pas les choses. Mais, bien entendu, je ne veux pas vous contrarier. Cette triste affaire vous a déjà causé suffisamment de soucis.

— Il s'agit bien de me contrarier ! s'écria Jasper avec une véhémence croissante. Vous parlez par énigmes, et puis, au moment de vous expliquer, vous vous dérobez !

— Je croyais que vous ne vouliez pas en discuter, fit Mr Grewgious d'un ton conciliant. Vous avez tort de vous échauffer l'esprit de cette manière. Mais puisque vous me permettez de vous poser la question, voici : Mr Drood, la dernière fois que vous l'avez vu, vous a-t-il parlé de la bague ?

— De quelle bague ? fit Jasper dont le regard avait maintenant une étrange fixité.

Mr Grewgious prit sa tasse de thé, et se mit à boire à petites gorgées en soufflant légèrement sur le liquide fumant.

— C'est chaud, dit-il en reposant la tasse. Excusez-moi. Lorsque Mr Drood est venu à Cloisterham, hélas pour la dernière fois, il m'a rendu visite avant son départ. Je lui ai confié à ce moment une bague qui avait appartenu à la mère de Miss Rosa. J'avais reçu mission de la lui remettre au moment où il prendrait les dernières dispositions pour son mariage avec Miss Bud. En me remettant la bague, le père de Miss Rosa avait précisé qu'elle devait me revenir au cas où le mariage souhaité ne s'accomplirait pas.

— Et alors ? fit Jasper qui était demeuré debout, immobile, dans la même attitude.

— Bien entendu, fit Mr Grewgious avec une lenteur qui parut mettre Jasper hors de lui, bien entendu, j'ignorais à ce moment – je veux dire au moment où j'ai remis la bague à Mr Drood –, j'ignorais donc à ce moment que les choses se passeraient comme elles se sont passées. Sans quoi, je ne lui aurais pas remis le bijou. Et il l'ignorait encore lui-même, sans quoi, je crois pouvoir dire, le connaissant, qu'il n'aurait pas accepté ce dépôt.

— Où voulez-vous en venir? fit Jasper d'un ton hargneux.

— Mon cher monsieur Jasper, je ne veux en venir à rien, répondit Mr Grewgious avec douceur. Cela me tracasse simplement de ne pas savoir ce que cette bague est devenue. Mais en même temps, je me dis que, tôt ou tard, elle pourrait perdre le meurtrier. Je voulais seulement m'assurer, sans trop y croire, que Mr Drood ne vous l'avait pas confiée avant de disparaître.

— Bien sûr que non, fit Jasper avec une sorte de désespoir. Bien sûr que non!

Il se mit à marcher de long en large, et il semblait en proie à une agitation croissante. Mr Grewgious, impassible, les yeux mi-clos, le regardait aller et venir, et son visage était impénétrable. Mais Jasper ne le regardait pas. Tout en marchant, il continuait à marmonner:

— Bien sûr que non! Mais je ne m'étonne plus qu'il n'en ait rien dit, maintenant que je sais qu'il me cachait tant de choses plus importantes! Quant à perdre le meurtrier, s'exclama-t-il soudain en s'arrêtant devant Mr Grewgious, je ne vois pas ce que vous voulez dire.

— C'est très simple, fit Mr Grewgious en baissant les yeux et en regardant obstinément le sol. En enlevant à Mr Drood sa montre et son épingle de cravate et en allant les jeter dans la rivière, le meurtrier ne pouvait poursuivre qu'un but: empêcher que l'on puisse identifier le corps si on le retrouvait quelque jour. J'en déduis que le corps a été caché quelque part où on pourrait le retrouver par hasard, mais où on ne retrouvera que des ossements inidentifiables. Seulement, le meurtrier ignorait que Mr Drood portait cette bague sur lui. Si on le retrouve un jour, cette bague le fera reconnaître aussi sûrement que si son nom était inscrit sur sa dépouille. Et ainsi, le meurtre sera prouvé !

Pendant qu'il débitait ce discours sur un ton monotone, Mr Grewgious avait gardé les yeux baissés. Mais à la dernière phrase, il leva son regard sur Jasper. Le visage du maître de chorale avait pris la couleur du plomb et ses mains étaient agitées d'un léger tremblement.

— Vous n'êtes pas bien? demanda Mr Grewgious. Vous devriez prendre garde à votre santé.

— Oh, ce n'est rien, fit Jasper d'une voix étouffée en se passant la main sur le front. Ce sont ces crises qui me reprennent parfois. Ce sera fini dans un instant.

Un voile sembla lui passer devant les yeux et ses traits se crispèrent comme s'il était en proie à une souffrance intolérable. Mr Grewgious l'observa avec froideur sans rien changer à son attitude.

— Je suis désolé, dit-il – avec une intonation qui ne confirmait en rien le sens de ses paroles –, je suis désolé de vous avoir ennuyé avec mes histoires et d'avoir ravivé en vous des souvenirs pénibles. Au revoir, ajouta-t-il en se dirigeant vers la porte sans que Jasper fît le moindre mouvement pour l'accompagner (en fait, il ne semblait même plus l'entendre). Soignez-vous, et ne vous tracassez pas trop.

Lorsqu'il fut sur le parvis de la cathédrale, Mr Grewgious s'arrêta un instant sous l'ombrage des ormes, et il s'épongea le front. Un sourire énigmatique éclaira son visage. « Oh, oui, murmura-t-il, cette bague le perdra tôt ou tard. Tôt si tout se passe bien. »

Il se remit à marcher lentement en direction de la place du chanoine mineur. Mais lorsqu'il eut atteint le Vignoble des Moines, il s'arrêta à nouveau, et s'épongea encore une fois le front. Puis il ôta son chapeau et se lissa le crâne.

« Je n'ai dit que ce qu'il fallait dire, murmura-t-il. Sa route est aussi clairement tracée que si on l'y conduisait par la main. »

Il repartit d'un drôle de petit pas sautillant, le visage à nouveau éclairé par le même sourire énigmatique qui lui donnait une expression à la fois féroce et satisfaite.

27

Le crime de Jasper

Le soir de ce même jour tomba sur Cloisterham sans apporter à la vieille cité accablée le soulagement de sa fraîcheur. Le vent s'était levé, mais c'était un vent d'orage étouffant qui apportait avec lui toute la poussière des champs desséchés par le soleil. La rivière se gonflait sous ses assauts. Il venait de la mer et semblait tirer derrière lui des masses mouvantes de sombres nuées qui obscurcissaient progressivement le ciel comme si un équipage de pirates avait hissé la voile noire pour se lancer à l'abordage d'un paisible navire qui voguait nonchalamment sans avoir pris conscience du danger.

L'obscurité tomba brusquement, déchirée à l'horizon par d'aveuglantes lueurs. Tous les canons du navire de pirates se mirent à tonner et Cloisterham, apeurée, parut se serrer autour de sa cathédrale qui s'allumait sous les éclairs comme un phare providentiel. Puis le crépitement de la pluie éclata comme une rafale de mousquetons. Le navire de pirates montait à l'abordage.

Les habitants de Cloisterham, qui s'étaient attardés dans les rues avec l'espoir d'y trouver un semblant de fraîcheur qui ne pouvait traverser les murs surchauffés de leurs maisons, rentrèrent précipitamment. Bientôt, la ville fut déserte et ne montra plus d'autre signe de vie que les points brillants de ses fenêtres éclairées. Ce fut à ce moment que commença une série d'événements qui semblaient n'avoir aucun lien entre eux mais qui, tous, allaient converger vers un seul point et faire de cette nuit une nuit effrayante et mémorable.

À la résidence du chanoine mineur, une étrange assemblée se tenait dans le salon de Mr Crisparkle. Cinq personnes étaient réunies là, semblant attendre quelque chose qui ne venait pas. Ils ne parlaient guère, sinon pour échanger parfois quelques paroles banales manifestement très éloignées de leurs préoccupations réelles. L'un d'eux, parfois, tirait sa montre de son gousset, regardait l'heure, regardait ses compagnons et poussait un soupir.

— Il est onze heures, disait-il. Je me demande si nous allons devoir attendre longtemps.

Les autres hochaient la tête, et le silence retombait. Où bien quelqu'un disait :

— C'est exactement la nuit qui convient. Le ciel est sombre, et tout est désert.

— Oui, mais sans doute attendra-t-il que la pluie cesse.

La pluie tombait toujours, avec un crépitement irrégulier, brisé par les rafales de vent qui hurlaient en montant à l'assaut de la grande tour. Mais à la fin, sa violence céda et le vent lui-même parut se calmer, se contentant de secouer, au passage, quelques volets mal fermés, et de gémir en s'engouffrant dans des passages étroits. Les cinq personnes réunies dans le salon de Mr Crisparkle attendaient toujours en silence. Soudain, un sifflement strident éclata sur la place. Les cinq hommes n'avaient manifestement attendu que ce signal. Ils se levèrent précipitamment.

— Allons-y, dit Mr Crisparkle, et que Dieu nous aide !

À quelques pas de la porte voûtée, assis sur une pierre dans un coin d'ombre, Durdles avait déballé sa musette et mâchonnait consciencieusement les restes de quelques repas qui s'y desséchaient depuis plusieurs jours. La pluie n'avait pas tout à fait cessé, mais elle ne troublait pas sa sérénité, pas plus que les cailloux qui tombaient régulièrement à sa droite et à sa gauche ou qui venaient s'écraser avec un bruit sec sur le mur de l'enceinte contre lequel il s'était adossé. Deputy manifestait ainsi sa présence sans mettre, ce soir, aucune intention agressive. Le hideux garnement, campé à quelques mètres de son éternelle victime, visait consciencieusement des buts imaginaires, non sans leur avoir lancé au préalable l'avertissement qu'il réservait, en d'autres circonstances, à Mr Durdles. Mais au lieu de crier, comme d'habitude, il se contentait de l'émettre à voix basse.

— *Widdy, widdy!* murmura-t-il. La vieille sorcière bossue qui est à côté de toi, près de la pierre noire, elle n'a qu'à s'garer !

Tout de suite après, un caillou fendait l'air en sifflant, et venait vraisemblablement toucher la vieille sorcière en plein front, car Deputy se mettait à danser d'un pied sur l'autre. Mais ce soir, il n'accompagnait ce pas victorieux d'aucun cri de triomphe. Parfois, il galopait silencieusement jusqu'aux abords de la porte voûtée, jetait un rapide regard dans le passage, et revenait en courant.

— Si je voulais, murmurait-il en lançant une nouvelle volée de pierres à côté de Mr Durdles, je te toucherais à chaque coup. Mais ce soir, c'est pas toi qui me paies, c'est Dick. Pour moi, tu peux rester dehors aussi longtemps que tu le voudras.

— Fais seulement bien attention, dit Durdles à voix basse également, et sans s'arrêter de mâcher comme si ce travail devait être achevé dans un délai très strict, fais seulement bien attention de faire ce pour quoi on te paie. Regarde qui vient là pendant que tu me canardes !

Deputy tourna la tête et vit une ombre qui venait de sortir de la porte voûtée et qui s'avançait lentement au milieu de l'enceinte. Il vint se coller contre le mur à côté de Durdles. La sombre silhouette de Jasper passa à quelques mètres d'eux et s'éloigna en direction de la cathédrale.

— Ah, souffla-t-il, t'as raison, c'est lui ! Regarde ! Il porte une lanterne éteinte.

— Bon, poursuivit-il lorsque Jasper se fut éloigné. J'y vais. Et toi, fit-il en se tournant vers Durdles et en le montrant du doigt, tâche de ne pas le perdre de vue.

— Durdles connaît son boulot et n'a pas besoin qu'on lui dise ce qu'il a à faire. Si tout le monde connaissait son boulot comme Durdles, il n'y aurait jamais rien de mal fait.

Tout en parlant, il avait ficelé sa musette et il s'était levé. Et Deputy, longeant les murs, se mit à courir en direction du Vignoble des Moines.

Pendant toute la soirée, alors que l'orage grondait, Jasper s'était mis au piano. De sa belle voix grave, il chanta plusieurs chorals en s'accompagnant doucement. Celui qui aurait pu l'observer pendant qu'il se livrait, dans son salon, à ces exercices, aurait sans doute été frappé par sa sérénité et par son calme. Rien d'autre que son chant ne paraissait exister. La pièce, éclairée par une seule chandelle, était plongée dans la pénombre, mais parfois elle était violemment illuminée par la lueur des éclairs que les rideaux tirés n'arrivaient pas à masquer. Même les grondements du tonnerre ne le troublaient pas, et il continuait à chanter dans le vacarme des éléments en furie. Vers onze heures et demie, comme la pluie avait cessé, il prit conscience de l'accalmie. Il se leva et referma son piano d'un mouvement brusque qui trahissait une certaine agitation intérieure.

À partir de ce moment, tous ses gestes devinrent étrangement furtifs. Il regarda sa montre, alla vers la fenêtre, souleva le rideau et jeta un rapide regard dehors. Puis, il revint à pas feutrés vers le milieu de la pièce, comme s'il cherchait à ne pas trahir ses mouvements, alors qu'il n'y avait personne pour l'observer. Il se dirigea, toujours avec le même comportement, vers un placard qu'il ouvrit et d'où il tira une lanterne, quelques allumettes qu'il glissa dans ses poches et deux lourdes clés qui pendaient à un crochet. Puis, sa lanterne éteinte à la main, il sortit sans faire de bruit, descendit par l'escalier de la poterne et s'engagea dans le passage voûté.

Lorsqu'il arriva dans l'enceinte, il poursuivit son chemin sans apercevoir Durdles et Deputy qui le guettaient. Il marchait vers son but comme si plus rien d'autre n'existait. Peut-être n'était-il plus maître, dès ce moment, de choisir une autre route. Peut-être son destin lui avait-il confusément donné rendez-vous. Savons-nous jamais, quand nos pas nous guident sous l'emprise d'une brusque détermination, où ils nous conduiront? Les pensées qui nous viennent, les gestes que nous faisons, les événements, apparemment peu importants, qui agissent sur nous, tout cela nous pousse inéluctablement vers un point où tout converge, sans que nous en ayons conscience, et sans qu'il nous soit possible, dès lors, d'éviter leur rencontre dès que nous avons fait le premier de ces gestes, dès que s'est produit le premier de ces événements, dès que nous avons eu la première de ces pensées. Ainsi, Jasper, ce soir, était-il guidé par des forces obscures qu'il ignorait, mais qu'il avait lui-même déchaînées.

Lorsqu'il atteignit l'entrée du cimetière, il déposa sa lanterne et regarda autour de lui. Tout était désert et silencieux. La tour massive, carrée et grise de la cathédrale se découpait à peine sur un ciel d'encre, mais des éclairs lointains s'allumaient encore du côté de la mer et la tour semblait alors jaillir pour quelques instants de la nuit où elle retombait aussitôt. Rassuré par son examen des lieux et par le calme qui l'enveloppait, Jasper reprit sa lanterne et poussa la grille du cimetière qui s'ouvrit en grinçant. Il s'avança entre les tombes avec l'assurance de quelqu'un qui connaissait bien l'endroit, et il s'arrêta devant le monument de Mrs Sapsea. Ce ne fut qu'à ce moment qu'il alluma sa lanterne, et il la leva à bout de bras. L'épitaphe, si laborieusement composée par Mr Sapsea, sortit de l'ombre et enjoignit instantanément à l'étranger hésitant de rougir et de se retirer. Mais Jasper ne se retira pas, et il n'y avait aucune vraisemblance à l'idée de voir rougir son visage que la faible clarté de la lampe rendait plus pâle encore. Si Mr Sapsea avait pu contempler cet extraordinaire spectacle, il en eût sans doute tiré une grande vanité. Il aurait pu croire, en effet, que Jasper s'était spécialement levé au milieu de la nuit pour venir relire son œuvre et en tirer de nouveaux enseignements. Et, bien entendu, ce n'était certainement pas à un homme d'un goût aussi parfait que Mr Sapsea eût enjoint de rougir et de se retirer.

C'était, à nouveau, une étrange expédition. Plus étrange, sans doute, que la première, car Jasper était seul, et ses gestes ne pouvaient plus s'expliquer uniquement par une curiosité morbide. Cette fois, il était visible qu'ils avaient un but et qu'il n'était sorti, par cette nuit d'orage, que pour accomplir quelque obscur dessein.

Il tira de sa poche une des deux clés qu'il avait emportées et il ouvrit la porte du caveau. Sa lanterne à la main, il descendit les trois marches qui menaient à une cave étroite au milieu de laquelle était posée une large dalle. Il déposa sa lanterne sur le sol et, prenant la dalle sur le côté avec des gestes si précis qu'on pouvait clairement en déduire que ce n'était pas la première fois qu'il les accomplissait, il la souleva lentement en s'arc-boutant contre le mur. Sous la faible clarté de la lampe, dans l'orifice ainsi découvert, apparut une curieuse surface blanche. Ayant déposé la dalle contre le mur d'en face, Jasper s'agenouilla et se mit à creuser fébrilement avec les mains la matière blanchâtre qui emplissait l'espèce de fosse sur laquelle il était penché. Oui, c'était un étrange spectacle ! Dans l'obscurité de la sépulture où dormait l'Épouse Respectueuse, à la lueur tremblotante et irréelle d'une faible lanterne, la silhouette noire de cet homme blafard fouillant de ses mains l'intérieur du tombeau avait quelque chose de fantastique, de sinistre et d'hallucinant. Brusquement, il s'arrêta de creuser et poussa une sourde exclamation. Ses doigts venaient de rencontrer un objet dur. Il le dégagea avec des gestes fébriles et le ramena devant la lampe pour mieux l'examiner. C'était un petit écrin rouge, tout à fait ordinaire, qui avait été rongé par son long séjour dans la chaux, et qui se désagrégea sous les doigts de Jasper, laissant apparaître une bague faite d'une rose de diamants et de rubis délicatement sertie dans une monture d'or. Un sourire éclaira le visage crispé de Jasper.

— J'ignorais ton existence, murmura-t-il. Heureusement que ce vieux fou m'a parlé de toi. Oh, non, tu ne me trahiras plus ! Je vais aller te cacher au sommet de la tour, dans quelque nid de hibou, et si quelqu'un t'y retrouve jamais, ce ne sera qu'un mystère de plus.

Il glissa la bague dans sa poche, sortit un mouchoir pour s'essuyer les mains et referma la dalle avec mille précautions, comme s'il eût craint, soudain, de réveiller les morts. Puis il sortit du caveau, referma la grille à clé et fit un pas en avant.

— Ainsi, vous l'avez retrouvée ? fit, à côté de lui, la voix calme de Mr Grewgious qui éclata dans le silence comme les trompettes du Jugement dernier.

Jasper se retourna en tressaillant et poussa un grand cri. Il laissa tomber sa lampe qui se brisa sur le sol et s'éteignit. Mais il avait eu le temps d'apercevoir les cinq silhouettes qui s'étaient dressées à côté du tombeau de Mrs Sapsea et de reconnaître les visages de Mr Crisparkle, de Mr Grewgious, de Mr Datchery et de Neville Landless. Le cinquième visage était celui d'un homme au teint bronzé qu'il ne connaissait pas.

— Voulez-vous me la rendre ? fit Mr Grewgious en s'avançant vers lui.

Pendant un instant, Jasper demeura frappé de stupeur. Un nouvel éclair venait d'illuminer le ciel, et on aurait pu croire que la foudre était tombée à ses pieds, et qu'elle l'avait pétrifié. Mais soudain, il poussa un hurlement, comme une bête fauve prise au piège. Il fit un bond de côté, se mit à courir et disparut dans l'obscurité en direction de la cathédrale. Les cinq hommes s'élancèrent à sa poursuite. Mr Crisparkle, qui était le seul à bien connaître le cimetière et à pouvoir se diriger entre les tombes par cette nuit obscure, avait pris une certaine avance, mais Neville Landless était sur ses talons, suivi immédiatement par Mr Tartar et par Mr Datchery dont l'agilité et la vigueur étaient surprenantes pour un homme de cet âge. Loin derrière eux, Mr Grewgious courait de toute la vitesse de ses courtes jambes, et il offrait un spectacle extraordinaire par l'ardeur et l'obstination qu'il mettait à suivre les autres alors que ses moyens ne lui permettaient manifestement pas de participer utilement à la poursuite. Sa course maladroite eût été comique en d'autres circonstances, mais son aspect burlesque ajoutait encore au caractère tragique de cette scène hallucinante.

Cependant, devant, Jasper gagnait du terrain. Ses forces semblaient décuplées par une sorte de rage et de désespoir. Il fuyait comme un animal traqué, bondissant au-dessus des dalles funéraires, écrasant les fleurs que des mains pieuses avaient plantées aux pieds des morts, franchissant les obstacles avec de souples bonds de félin. Il courait sans se retourner, l'oreille tendue pour écouter les pas de ses poursuivants, et il allait droit devant lui, aveuglément, toutes ses facultés tendues dans la recherche de l'issue par où il pourrait s'échapper.

Comme il approchait du mur de la cathédrale, il vit que la petite porte qui menait à la crypte était ouverte, et il s'élança dans cette direction. Il n'en était plus qu'à une courte distance lorsque la silhouette de Durdles se dressa devant lui. Durdles fit mine de vouloir lui barrer le passage, mais Jasper ne ralentit par l'allure et dévia un peu pour éviter le maçon.

— Écartez-vous, espèce d'ivrogne! cria-t-il. Je vous étends raide mort si vous me touchez!

— Durdles n'est pas ivre, Mr Jasper, fit le maçon en essayant vainement de l'agripper au passage. Et si Durdles vous tenait entre ses mains, ajouta-t-il comme l'autre lui échappait, Durdles n'aurait besoin de personne pour s'occuper de vous. Dommage que Durdles soit perclus de tombatisme, sans quoi…

Mais ses paroles se perdirent dans le vide. Jasper, entre-temps, avait atteint la porte de la crypte et s'y était engouffré au moment où Mr Crisparkle, suivi de très près par Neville Landless, Mr Tartar et Mr Datchery, arrivait à hauteur de Durdles.

— Attrapez-le ! cria Durdles en faisant de grands gestes, mais sans manifester la moindre intention de se joindre à la poursuite. Attrapez-le ! Là-dedans, il est pris comme un rat dans un piège !

Jasper avait violemment refermé derrière lui la lourde petite porte, et Mr Crisparkle perdit plusieurs secondes à la rouvrir. Ce court répit donna aux trois autres le temps de le rejoindre, tandis que Mr Grewgious ne formait déjà plus qu'une lointaine et haletante arrière-garde. À quatre, ils s'élancèrent dans l'impénétrable obscurité de la crypte qu'aucune allée de lumière n'éclairait et où on distinguait à peine, dans l'ombre épaisse, l'ombre plus noire des lourds piliers. La brusque lueur d'un éclair leur permit de voir que la crypte était vide, mais les pas du fuyard résonnaient encore dans l'escalier qui menait à la cathédrale. Entraînés par Mr Crisparkle, qui connaissait parfaitement les lieux et dont les yeux semblaient percer l'obscurité, ils s'élancèrent à sa poursuite. Au haut de l'escalier, la grille qui donnait accès au chœur était ouverte. Jasper, cette fois, n'avait pas pris le temps de la refermer derrière lui. Mais il avait complètement disparu dans l'immensité du sanctuaire, et plus aucun bruit ne trahissait sa présence. Les quatre hommes s'immobilisèrent, l'oreille tendue, mais ils ne perçurent rien d'autre que, parfois, les légers craquements du bois des stalles et les mille bruits mystérieux et imperceptibles que font les vieilles pierres dans leur sommeil. Tant de recoins d'ombre pouvaient offrir un abri au fugitif qu'il semblait presque impossible et surhumain de les fouiller tous pour l'y chercher. Pendant qu'ils demeuraient dans l'espoir que Jasper se trahirait par un mouvement ou par un son, Mr Grewgious apparut au haut de l'escalier. Il était essoufflé, mais parfaitement maître de lui. Il s'approcha de Mr Crisparkle et se lissa le crâne, ce qui était chez lui le signe d'une profonde réflexion.

— Notre ami ne pourra pas se cacher éternellement, murmura-t-il. Je vous propose, mon révérend, de laisser ici Mr Tartar – je pense que nous pouvons compter sur son obligeance.

Mr Tartar, qui se tenait à côté du chanoine mineur, hocha la tête en signe d'assentiment.

— Nous laisserons donc ici Mr Tartar, poursuivit Mr Grewgious, de manière à lui couper la retraite s'il tentait de repartir par où il est venu. Quant à nous, nous n'aurons qu'à nous déployer à l'intérieur de la cathédrale. Mes yeux commencent à s'habituer à l'obscurité, ajouta-t-il. Pour ma part, je vous assure que si je passais près de l'endroit où il se cache, rien ne pourrait m'empêcher de le débusquer.

Mr Grewgious leva légèrement la tête, comme s'il cherchait à humer la trace de Jasper. Son attitude, quoique parfaitement calme, dégageait une telle détermination et une telle hostilité que Mr Crisparkle lui-même en fut surpris.

— L'idée n'est pas mauvaise, fit le chanoine mineur. Déployons-nous. Il ne pourra nous échapper éternellement.

Ils commencèrent à avancer lentement tous les quatre, chacun dans une direction différente.

Soudain, un léger grincement brisa le silence, comme si quelqu'un ouvrait une grille. Le bruit venait de la direction dans laquelle était parti Neville. Au même moment, la voix de celui-ci s'éleva, et ses échos résonnèrent étrangement sous les voûtes :

— Par ici ! criait-il. Je l'ai vu ! Il va escalader la tour.

La grille qui donnait accès à la tour était encore ouverte, et Neville s'était élancé dans l'escalier en colimaçon. Les quatre autres se mirent à courir dans cette direction et, l'un après l'autre, ils s'engagèrent dans l'étroit passage. Mr Datchery, qui se trouvait le plus loin au moment de l'appel de Neville, arriva le dernier. Mais Mr Grewgious l'attendait près de la grille.

— Passez devant, lui dit-il en s'effaçant contre la paroi. Vous irez plus vite que moi. Hâtez-vous ! J'ai bien peur que des choses horribles ne se passent là-haut.

Mr Datchery lui lança un curieux regard, plein d'horreur et de tristesse et il s'élança dans l'escalier. Sa chevelure blanche dansait comme la crinière d'un cheval au galop. L'étroit boyau, emprisonné dans ses murs épais et vrillé autour de son axe, résonnait étrangement du bruit des pas de ceux qui l'escaladaient. En tête, Jasper avait atteint le premier palier, là où la galerie surplombait la nef, et sa course rapide se répercutait maintenant sous les voûtes de la cathédrale. Au moment où il atteignit le second escalier, plus étroit encore que le premier, Neville débouchait à son tour dans la galerie, suivi de près par Mr Crisparkle, par Mr Tartar et par Mr Datchery. Mr Grewgious, lui, montait aussi vite qu'il le pouvait et que le lui permettait son souffle court. Lorsqu'il atteignit à son tour la galerie, il s'arrêta pour s'éponger le front et murmura :

— J'arriverai trop tard de toute manière. Mais pourvu qu'ils arrivent à temps !

Au-dessus de lui, la chasse se poursuivait. C'était une chasse étrange et effrayante dans cette nuit d'orage que la lueur intermittente de lointains éclairs illuminait par moments. Dans la partie supérieure de la tour, l'escalier poussiéreux frôlait des ouvertures béantes où s'engouffrait le vent et on apercevait au passage la ville éclairée par les centaines de points brillants de ses fenêtres. Jasper arrivait au sommet, et Neville Landless était sur ses talons. Ils débouchèrent presque en même temps sur l'étroite plate-forme qui, en plein ciel, dominait tout le paysage, Neville, avec un cri étouffé, se jeta sur Jasper qui s'était retourné pour lui faire face. Les deux hommes s'étreignirent dans un corps à corps effrayant, séparés du vide vertigineux par une petite balustrade de pierre.

— Neville ! cria Mr Crisparkle en atteignant la plate-forme presque en même temps que Mr Tartar et que Mr Datchery, Neville, je vous en conjure, dominez-vous !

Mais l'horreur et l'épouvante étranglèrent dans sa gorge la fin de sa phrase. Car Jasper, avec une force surhumaine, le visage crispé dans un rictus démoniaque, venait au même instant de saisir son adversaire et de le soulever à bras-le-corps au-dessus du vide. Neville poussa un cri effrayant, un cri qui s'étendit sur la ville entière, qui pénétra dans chacune de ses maisons et y glaça le sang de ses habitants. Avant qu'aucun des trois hommes, figés par l'effroi, ait pu intervenir, on entendit ce cri tomber, tomber, tomber dans un abîme sans fin et éclater au pied de la tour dans une sorte de paroxysme.

— Démon ! hurla Mr Crisparkle en se jetant sur Jasper. Qu'as-tu fait ?

Mais Jasper semblait avoir perdu toute force et toute conscience. Il demeura étrangement immobile, les bras ballants, le visage halluciné, un voile devant les yeux.

Et alors, une chose extraordinaire se produisit : par la bouche de Mr Datchery, on entendit la voix d'Edwin Drood qui disait, avec un sanglot :

— Quand tu as cru me tuer, Jack, j'ai demandé à Dieu de te pardonner ! Mais qui pourra lui demander de te pardonner ceci ?

Jasper poussa un hurlement qui n'avait rien d'humain et dont les échos secouèrent Cloisterham qui tremblait encore du cri de Neville.

— Ned ! cria-t-il en se prenant les cheveux à deux mains. Ah !

Et il s'écroula sur le sol comme une masse.

Mr Grewgious, qui venait à son tour d'atteindre la plate-forme, regarda ce corps étendu et inerte. Il avait entendu tomber l'affreux cri de Neville, et il était d'une pâleur de cire. Il regarda Edwin Drood qui tenait à la main la perruque blanche qu'il venait d'enlever. Alors, il fit deux choses surprenantes. Il s'agenouilla d'abord à côté du corps de Jasper, et, plongeant la main dans la poche de son veston, il en retira la bague de diamants et de rubis. Ensuite, il regarda Jasper avec une expression de dégoût et, brusquement, il lui cracha au visage.

— Quel dommage, dit-il en se relevant, qu'il faille le livrer au bourreau. J'aurais aimé m'en charger moi-même.

28

Portrait d'un meurtrier

Réveillé au milieu de la nuit, Mr Sapsea n'avait pas eu le temps d'appliquer à l'examen de l'affaire toutes les ressources de sa vaste connaissance du monde, et il se contenta de déclarer, sur un ton grave et solennel, que le cas était « étrange » et « contraire aux lois et coutumes en vigueur dans notre pays ». Ayant donné des ordres pour qu'on dépose le corps de Neville dans un endroit convenable jusqu'à ce qu'on puisse lui donner une digne sépulture, il se lança dans un vif éloge de ce malheureux jeune homme « au courage si britannique malgré les apparences trompeuses de son teint ». Ayant ainsi accompli ce qu'il considérait comme son devoir mayoral, non sans avoir entouré ces déclarations de quelques pompeuses âneries, Mr Sapsea en vint au cas de Jasper qu'on avait amené devant lui, solidement entouré par Mr Crisparkle et par Mr Tartar. Les cheveux ébouriffés, les yeux encore gonflés de sommeil, ayant revêtu à la hâte une robe de chambre et n'ayant pas pris la peine d'ôter son bonnet de nuit, Mr Sapsea considéra d'un œil sévère le maître de chorale qui n'avait pas ouvert la bouche depuis le moment où il était revenu à lui et qui, les traits crispés, les mâchoires serrées et le regard dur, semblait assister à la scène comme si elle ne le concernait en rien.

— Comme je le dis toujours, fit Mr Sapsea (on eût pu croire qu'un cas semblable lui était soumis deux ou trois fois par semaine), un homme capable de violer la sépulture des morts, surtout lorsqu'il s'agit d'une défunte aussi respectable que feue Mrs Sapsea, un pareil homme est un démon, comme nous le prouvent le meurtre de Mr Landless et la tentative qui a été perpétrée sur Mr Edwin Drood, ici présent.

Mr Sapsea jeta un regard sur l'assistance comme s'il en attendait des marques d'approbation. Edwin Drood, pâle et tremblant, se tenait un peu en retrait entre Mr Grewgious et Durdles. Il fit un pas en avant.

— Monsieur le maire, dit-il d'une voix étouffée, je ne demande pas justice pour moi, mais pour Mr Landless et pour sa malheureuse sœur à l'affection de laquelle il a été brutalement arraché par ce misérable.

En entendant la voix de son neveu, Jasper avait visiblement tressailli et il avait tourné la tête vers lui. Mais Edwin Drood ne le regarda pas. Mr Sapsea leva la main et dit, d'un ton sentencieux :

— Jeune homme, il ne vous appartient pas de solliciter ou de refuser l'intervention de la Justice, je puis vous dire que la Justice, puisque c'est moi qui la représente, connaît son devoir et qu'elle frappera là où elle doit frapper. Elle a, comme je le dis toujours – et c'est l'expression que j'ai déjà employée devant vous lorsque vous aviez une autre apparence –, elle a un bras long et un bras puissant. On peut exprimer cette idée de bien d'autres manières, mais c'est cette expression-là que j'emploie pour l'exprimer. Je ne pense pas qu'on puisse dire la même chose d'une manière plus satisfaisante.

— Monsieur le maire, fit Mr Crisparkle d'une voix calme, je pense que nous nous écartons du sujet qui nous occupe.

— Certainement pas, monsieur, certainement pas, fit Mr Sapsea avec fermeté. J'exprimais seulement l'opinion que la Justice frappera. Mon rôle est de le dire, monsieur, et je le dis. Ainsi donc, vous avez été témoins du meurtre ?

— Nous l'avons vu, de nos yeux, jeter Neville Landless dans le vide, fit Mr Crisparkle d'une voix tremblante.

— Et Durdles l'a vu tomber du haut de la tour comme une pierre détachée par la tempête, fit le maçon. Durdles sait beaucoup de choses, ajouta-t-il d'un air entendu, et il les dira quand il faudra.

— Nous sommes également en mesure d'établir, fit Mr Grewgious, que cet homme a tenté d'assassiner son neveu et de cacher son crime en détruisant le cadavre de sa victime. Il a lui-même accompli les gestes qui nous permettent d'établir sa culpabilité. En outre, sans compter le témoignage de Mr Edwin Drood, nous citerons un témoin à qui il a fait l'aveu de son forfait. Il s'est mis lui-même la corde autour du cou après avoir vainement tenté de faire endosser son crime par Mr Landless. Nous vous demandons, monsieur le maire, d'ordonner son arrestation et de le faire traduire devant ses juges.

Mr Sapsea hocha la tête et pointa le doigt vers Jasper :

— Avez-vous quelque chose à dire, Jasper ?

Et comme le maître de chorale demeurait figé dans la même attitude et ne desserrait pas les dents, Mr Sapsea ajouta, sur un ton de profonde conviction :

— Je n'ai jamais aimé cet homme. Dès le premier jour où je l'ai vu, j'aurais pu jurer que c'était un meurtrier. Ma connaissance du monde me trompe rarement.

— Moi, je croyais que c'était votre ami, fit Durdles. Si vous saviez que c'était un meurtrier, pourquoi l'avez-vous laissé courir? À votre place, je l'aurais fait pendre avant.

— Mon bon Mr Durdles, fit Mr Sapsea en lançant aux autres un regard de commisération, les choses ne sont pas aussi simples. Je devais attendre qu'il ait vraiment commis un crime. Il est heureux que les meurtriers commettent des crimes, ajouta-t-il sur un ton qui impliquait que chacun était prié d'apprécier cette idée originale, sans quoi on ne pourrait jamais les pendre.

— Donc, Jasper, vous n'avez rien à dire? répéta-t-il en se tournant une nouvelle fois vers le maître de chorale.

— Si j'avais quelque chose à dire, jeta Jasper d'un ton rageur – c'étaient les premiers mots qu'il prononçait –, je ne le dirais certainement pas à un âne de votre espèce.

Mr Sapsea se leva avec un air parfait de dignité offensée. Le pompon de son bonnet de nuit en tremblait.

— Qu'on l'appréhende! ordonna-t-il, et qu'on le conduise à la prison de Maidstone. Il répondra de ses crimes devant ses juges!

La prison de Maidstone était un sombre bâtiment en forme de V qui dressait ses murs sinistres à l'ouest de la ville. Ses petites fenêtres grillagées donnaient sur une vaste cour, fermée de toutes parts par une épaisse muraille, où le soleil semblait ne jamais pouvoir pénétrer. Au premier étage, la dernière de ces fenêtres, au bout de l'aile gauche, était celle d'une cellule étroite dans laquelle un homme rêvait, couché sur son grabat.

Ceux qui avaient connu John Jasper au moment où il dirigeait la chorale à Cloisterham auraient eu peine à le reconnaître, sinon peut-être par cet air sombre qu'il avait toujours eu mais qui paraissait plus sinistre encore entre les murs de cette cellule, ornés seulement des centaines d'inscriptions et de griffonnages qu'y avaient patiemment gravés les générations de condamnés qui l'avaient successivement occupée. Son visage était ravagé et émacié. Privé de drogue depuis de longues semaines, il avait pris un teint terreux et son caractère, déjà naturellement porté à la violence, était devenu intraitable. Parfois, seul entre ses quatre murs, il était pris de colères terribles, et la prison retentissait de ses hurlements. Dans ces accès de fureur, il réclamait de l'opium à grands cris et frappait pendant des heures, de ses poings nus, la lourde porte qui l'enfermait. Les gardiens eux-mêmes, habitués pourtant à des scènes de ce genre, se gardaient d'entrer dans sa cellule quand ce n'était pas indispensable et ils avaient même une sorte d'appréhension à lui passer sa nourriture par le guichet.

À la longue, cependant, l'un des surveillants, un jeune costaud nommé Hombey, moins craintif peut-être que ses collègues, avait paru prendre en pitié cet homme déchaîné et avait tenté de lui faire entendre raison. Mais Jasper ne voulait rien entendre. Il lui fallait de l'opium et cette idée fixe était devenue chez lui une obsession. Hombey avait fini par céder à ses menaces et à ses supplications, et il avait promis de lui procurer de la drogue. Jasper avait dû attendre trois jours qui avaient exacerbé sa fébrile impatience. Mais ce soir, enfin, Hombey, en lui passant son assiette de choux à l'odeur fétide, y avait joint une petite boulette d'opium, un fourneau rudimentaire et quelques allumettes. Jasper, en les recevant avec une sorte de joie démente, ne s'était pas demandé comment Hombey avait pu se les procurer, et il eût sans doute été fort surpris d'apprendre que le geste frauduleux du gardien avait été accompli sur l'ordre du directeur de la prison, après une longue conversation que ce personnage avait eue avec Mr Grewgious.

Ayant allumé sa pipe, Jasper s'était allongé sur son grabat et il avait lentement tiré quelques bouffées. Maintenant, les yeux grands ouverts, il rêvait et s'abandonnait aux fantasmagoriques visions qui commençaient à se former dans son esprit troublé. La drogue avait agi avec une extraordinaire rapidité. Un palais somptueux, couvert d'or étincelant et de pierreries innombrables, se dressait dans un soleil éclatant, au milieu d'une mer du bleu le plus riche qu'on puisse imaginer. Mille frégates voguaient sur cet océan calme, leurs voiles innombrables et multicolores claquaient au vent, et dix mille marins vêtus de somptueuses soieries grimpaient aux mâts et aux cordages. Un par un, ils se jetaient du haut des mâts et lorsque leurs corps touchaient la surface de la mer, l'eau jaillissait en milliers de gerbes blanches tout autour des navires. Cent mille danseuses marchaient sur les vagues, et elles s'avançaient en long cortège, au son d'une musique lascive et insistante. Mais qui donc s'avançait là, au milieu de cette foule, porté à bout de bras par une troupe de porteurs noirs? Il approchait, il approchait, et Jasper se sentait cloué au sol par le regard pénétrant, presque insupportable, qu'il dardait sur lui. Oui, c'était bien Neville Landless, et comme il arrivait plus près, la vision de Jasper changea de forme. Le somptueux palais se dressait toujours à l'horizon, mais la mer, soulevée brusquement par une magnifique furie, avait englouti les navires, les danseuses et les porteurs. Neville Landless s'avançait seul sur les flots déchaînés et Jasper ne pouvait plus échapper à l'insupportable éclat de ses yeux noirs.

— Ha, ha! s'écria-t-il avec une sorte de ricanement, tu reviens du Pays des Ombres?

Il fit un large geste de la main comme pour chasser cette vision importune et se dressa à moitié sur sa couche.

— Va-t'en, va-t'en ! Tu n'as plus rien à chercher ici. Retourne d'où tu viens !

Son rêve, maintenant, avait pris un aspect étrange. Il semblait à la fois réel et irréel. Il se retrouvait entre les murs de sa cellule, mais elle était vaste comme un palais. Très loin, il voyait la porte entrouverte, mais Neville se trouvait tout contre lui et, en étendant la main, il put le toucher.

— Va-t'en ! répéta-t-il avec une sorte de véhémence. Fantôme, âme ou ombre, qui que tu sois, va-t'en !

— Non, fit la voix de Neville, étrangement présente et réelle, elle aussi. Non. Je cherche John Jasper, et il ne connaîtra plus de paix jusqu'à ce qu'il vienne me rejoindre là où il m'a envoyé.

Jasper retomba sur sa couche et ferma les yeux. Il demeura si longtemps immobile qu'on eût pu croire qu'il était endormi. À la fin, cependant, il parla d'une curieuse voix étouffée :

— John Jasper, murmura-t-il. J'ai connu un John Jasper il y a longtemps, très longtemps. Mais il est mort avec l'être qu'il aimait le plus au monde.

Il y eut à nouveau un long silence. Ce fut encore la voix dure de Neville qui le brisa.

— Pourquoi l'avoir tué, dans ce cas ?

— Oui, pourquoi ? fit l'homme étendu et curieusement inerte. Oh, oui, il aimait Ned plus que tout au monde. Mais pouvait-il supporter de souffrir comme il souffrait à cause du bonheur même de l'être qu'il chérissait ? Que sais-tu de sa pauvre vie médiocre ? Quelle joie pouvait-il attendre encore, quelle lueur d'espérance pouvait percer sa nuit ? Il ne voyait plus rien devant lui que cette monotone existence de tous les jours, marquée par les ennuyeux services de la cathédrale, dans cette ville sans joie, au milieu de ses habitants mesquins, sans autre réconfort que d'absurdes conversations avec des ânes et des sots.

Il se mit à rire, d'un rire amer et dément. Sa bouche se tordait en un rictus inhumain et ses yeux grands ouverts semblaient fixer un point du plafond avec une inquiétante immobilité. Neville, debout à côté de lui, était aussi figé qu'une statue, comme si, ayant déclenché un mécanisme délicat, il ne lui restait plus qu'à en attendre le déroulement.

« Quelle existence allait être la sienne? » répéta Jasper avec une profonde amertume. La jeune fille qu'il aimait et le neveu qu'il chérissait allaient partir loin, pour toujours, ensemble. Ils allaient le laisser seul, l'abandonner à jamais à la médiocre routine de sa vie quotidienne. Plus jamais il ne connaîtrait le réconfort de leur présence. Le seul être auquel il eût voué sa vie allait le quitter en emmenant loin de lui la jeune fille qui était le seul rayon de soleil de son existence. Imagines-tu de quels tourments il souffrait? Peut-on concevoir une plus atroce torture? Penser, tout au long des jours à venir, qu'ils étaient heureux ensemble et sans lui, qu'il ne compterait même plus dans leurs pensées, qu'il ne lui restait plus qu'à se dessécher lentement comme un arbre qui se meurt faute d'air, de soleil et de pluie. Oh non, ce n'était pas supportable! Il fallait qu'il le tue, comprends-tu? Lui ou elle. Mais elle, il l'aimait plus que sa vie et plus que la vie de Ned. En le tuant, il pouvait espérer la conquérir, changer l'atroce médiocrité de sa vie, être heureux enfin en se consolant avec elle de la mort de Ned.

Il se redressa à nouveau sur sa couche et fixa Neville de ses yeux fous:

— Ne comprends-tu pas qu'il devait le tuer? Qu'il ne connaîtrait plus de repos avant de l'avoir fait, à partir du moment où cette pensée s'était insinuée en lui et, en grandissant, avait enfin fait jaillir dans sa nuit une lueur d'espoir? Comment aurait-il pu encore être heureux s'il ne l'avait pas fait? S'il avait réussi, il n'aurait jamais pu regretter de l'avoir fait!

Il retomba de tout son long et parut sombrer dans une sorte de somnolence. Dans cet état de demi-sommeil, il marmonnait des mots sans suite et son discours était devenu inintelligible. Neville Landless – ou plutôt l'ombre qui ressemblait si étrangement à Neville Landless – se pencha sur lui et, le touchant à l'épaule, se mit à le secouer doucement sans le quitter du regard.

— Quoi? s'écria Jasper, tiré brusquement de sa torpeur, qu'est-ce que c'est?

Il vit le visage de Neville tout près du sien, eut un tressaillement et parut se ramasser sur lui-même.

— Parle, disait l'ombre, parle encore! Comment s'y est-il pris?

Jasper secoua la tête. Ses yeux démesurément ouverts semblaient contempler un étrange et effrayant spectacle. Quand il parla, sa voix était tremblante, et plus étouffée encore qu'avant.

— C'était presque trop facile. Il avait tout préparé depuis si longtemps! Il avait la clé de la crypte, et celle du caveau de Mrs Sapsea. Ha, ha, ha!

Il avait éclaté de rire, et ce rire dément résonnait étrangement entre les murs de la cellule.

— Si ce pompeux imbécile s'était douté de ce qui se préparait dans le tombeau de son épouse, derrière sa stupide épitaphe… Ha, ha! Penser que Ned allait dormir pour l'éternité à côté de la vertueuse Mrs Sapsea! Mais il ne s'est pas endormi en fin de compte. Il s'est réveillé à temps pour comprendre l'horreur de son sort et pour y échapper.

— Comment Jasper a-t-il pu échouer? demanda l'ombre, toujours penchée sur le corps du prisonnier. Son plan ne devait pas être bon?

— Oh si! Tout s'est passé exactement comme il l'avait prévu! Même les circonstances étaient pour lui. Lorsque Ned est revenu de sa promenade à la rivière, il lui a proposé d'aller admirer la tempête du haut de la tour. Existait-il un meilleur prétexte? Le pauvre garçon ne s'est pas méfié un instant. Il l'a suivi presque trop docilement. Ils ont traversé le cimetière, ils sont passés devant la tombe qui devait être sa dernière demeure, et il n'a rien vu. Ils sont entrés dans la crypte. Tout a été fini très vite. C'était presque trop facile. La grande écharpe noire s'est enroulée autour de son cou. Il n'a pas eu un cri, pas un geste. Le meurtrier n'a eu qu'à serrer, et il s'est affaissé doucement, il est tombé sans vie sur le sol. Le meurtrier n'a eu qu'à le porter sur ses épaules. Il était fluet et léger. Trop léger. Il l'a déposé devant le caveau, il a ouvert la porte avec la clé qu'il avait subtilisée à Durdles le soir même où Mr Sapsea la lui avait confiée. Il a soulevé la dalle et il lui a suffi de déposer le corps au fond du tombeau. C'était déjà fini! Il ne restait qu'à lui prendre sa montre et son épingle de cravate et à le recouvrir de chaux. Plus rien ne resterait de lui, désormais…

Jasper avait débité tout cela d'un ton monotone, presque avec indifférence. Brusquement, il se prit la tête à deux mains et poussa un cri.

— Ah! s'écria-t-il, s'il avait pu tout recommencer à partir de là! C'est à ce point précis que le sort a tourné. Il a dû s'éloigner pour aller chercher la chaux. Il avait remarqué qu'il y avait une brouette près du tas.

Il suffisait de la remplir et de la ramener. C'est pendant ce temps que Ned s'est enfui. Mais il ne s'en est jamais douté ! Lorsqu'il est revenu, le corps était toujours étendu au fond du tombeau. Il a vu la forme noire allongée au fond de la fosse et il a renversé dessus le contenu de la brouette. Mais Ned l'avait joué ! Il n'était pas mort, il n'était qu'étourdi, et il était revenu à lui pendant ce court laps de temps. Il s'était enfui en laissant son manteau au fond de la tombe, avec cette satanée bague dans la poche intérieure. Il a trompé son meurtrier, comme il le trompait en tout depuis des semaines. Et pourtant, John Jasper l'aimait plus que tout au monde. Et il va mourir parce que Ned n'a pas eu confiance en lui.

Il eut une sorte de sanglot, ou de hoquet, mais déjà le sommeil, à nouveau, s'emparait de lui. Neville Landless s'était redressé. Une fois encore Jasper rouvrit les yeux et le regarda avec une sorte de haine.

— Et toi, toi qui m'as empêché de conquérir Rosa, toi qui as voulu me la prendre, démon au visage sombre, sois maudit ! J'espère t'avoir, du haut de la tour, précipité aux enfers où je te rejoindrai bientôt !

Cette fois, il retomba comme une masse, anéanti par les effets de la drogue, et par l'épuisant effort qu'il venait de fournir. L'ombre, lentement, se retira lorsqu'il fut évident que Jasper ne reviendrait plus à lui avant longtemps. Elle sortit de la cellule, referma la porte derrière elle, et s'éloigna le long du couloir. Au bout de l'allée, un gardien l'attendait et lui ouvrit la grille. De l'autre côté, Mr Crisparkle arpentait nerveusement une petite pièce aux murs couverts de carreaux blancs. Lorsqu'il entendit le grincement des gonds, il se précipita en avant avec, sur le visage, une expression d'intense soulagement.

— Miss Landless ! Je commençais à m'inquiéter. Alors ?

— Il a parlé, fit Helena Landless. Oh, il n'aurait pas pu me désobéir, dans l'état où il se trouvait. Je voulais qu'il parle ! Il s'est laissé conduire comme un enfant !

Elle se prit le visage entre les mains, et Mr Crisparkle, avec une infinie douceur, lui mit doucement la main sur l'épaule. En la voyant ainsi, il n'avait pu s'empêcher de tressaillir, tant elle ressemblait à Neville lorsqu'elle était vêtue des vêtements de son frère.

— Je n'aurais pas dû vous laisser faire ! dit-il. Voyez dans quel état vous vous trouvez ! C'était une tâche surhumaine. Je n'aurais pas dû vous y autoriser.

Helena leva sur lui un regard dur et fier. En dépit de la courte faiblesse qu'elle avait eue, elle semblait indomptable et étrangement sauvage.

— Personne ne m'en aurait empêchée, Mr Crisparkle. J'ai juré sa perte sur le corps de mon malheureux frère, et rien n'aurait pu m'arrêter, Pauvre Neville ! Et pauvre Mr Drood, ajouta-t-elle en frissonnant. Il a dû passer par des épreuves terribles ! J'ai dû me dominer pour écouter cet homme jusqu'au bout !

Comme elle prononçait ces mots, son regard s'était étrangement adouci, et elle eut un faible sourire en ajoutant :

— Mais il en est sorti, maintenant. Il a courageusement surmonté ses malheurs. J'en suis heureuse pour lui. Mon pauvre frère, au Ciel, en est heureux aussi, je le sais, je le sens. Peut-être regrette-t-il de l'avoir si mal jugé.

Mr Crisparkle la regarda avec un imperceptible tressaillement. Son visage rosé et gai était empreint de mélancolie, comme s'il venait de faire un rêve impossible et venait de se réveiller avec cet obscur sentiment de tristesse que provoque le dur retour à la réalité.

— Dieu vous bénisse, vous et lui! murmura-t-il tandis qu'ils sortaient de la prison.

Helena lui jeta un rapide regard, et elle rougit. Ses paroles venaient brusquement de lui révéler quelque chose qu'elle ignorait et dont la découverte lui faisait monter au visage une bouffée de joie.

29

Noël à Cloisterham

Le joyeux temps de Noël était revenu, une fois de plus, et la vieille cité à l'antique cathédrale était sortie pour quelques jours de la torpeur où la plongeait habituellement le poids des siècles qu'elle portait. Comme une vieille dame qui prend quelques libertés au cours d'une fête de famille et qui croit se livrer à des débordements de débauche lorsqu'elle accepte le second verre de porto qu'on lui offre et lorsqu'elle rit de trop bon cœur des histoires un peu lestes qu'on lui raconte, Cloisterham, pendant les quelques jours qui marquaient le passage d'une année à l'autre, sortait de sa réserve. À nouveau, les vitrines des boutiques de la High Street s'étaient emplies de tant de victuailles, de tant de bouteilles, de tant de friandises qu'il semblait que les habitants de la ville n'auraient pas assez de toute une année pour en venir à bout. Il avait neigé pendant plusieurs jours, et un épais tapis blanc couvrait le pavé des vieilles rues, habillait les toits des maisons qui semblaient s'être déguisées pour un bal masqué. Cloisterham était toute blanche, comme si elle s'était spécialement parée pour ces jours de fête. Les gens, dans les rues, avaient un air d'insouciance et de bonne humeur. La neige étouffait le bruit de leurs pas, mais elle semblait donner un éclat plus vif aux cris et aux rires qui éclataient partout. Un cirque avait déployé ses tentes dans un vaste terrain situé en plein cœur de la ville, et la foule se pressait à ses représentations. Pour trois pence, on pouvait visiter la ménagerie, présentée comme la plus curieuse des Iles Britanniques. Et elle l'était assurément : dans leurs cages, les animaux féroces, parfaitement repus comme si on leur avait donné leur part des friandises de Noël, avaient un tel air de bonne humeur qu'ils n'effrayaient même pas les enfants ; et si le gros lion Atlas rugissait parfois, c'était si manifestement en signe de satisfaction que la gaieté générale s'en trouvait renforcée.

Le petit théâtre avait renoncé, cette année, aux clowneries de Mr Jacksonini et, conscient de sa dignité de théâtre, affichait un spectacle plus conforme à sa nature. Dans ce concert de frivolités, il était le seul à garder son sérieux. Il annonçait, pour le soir même, la première d'une remarquable tragédie : *L'Épine de l'Inquiétude* de Mr Bazzard. Ainsi, le génie de Mr Bazzard avait enfin obtenu la consécration qu'il méritait. Et le succès de l'heureux auteur dépassait toutes ses espérances : on jouait à bureaux fermés. Tout Cloisterham avait retenu ses places pour être admis à assister à la première de cette œuvre dont le doyen avait publiquement vanté les qualités. (Il n'avait pas lu *L'Épine de l'Inquiétude*, mais il en avait entendu parler par Mr Crisparkle, qui ne l'avait d'ailleurs pas lue non plus, mais qui en avait entendu parler par Mr Grewgious, qui s'était bien gardé de la lire, mais qui avait été heureux de l'occasion qui lui était donnée de faire connaître au monde et à la postérité le génie de son clerc. Ainsi, personne n'ayant lu *L'Épine de l'Inquiétude*, chacun était plus à l'aise pour en souligner les qualités. Et Mr Sapsea avait couronné ce concert de louanges en affirmant que « les poètes honorent la nation à laquelle ils appartiennent et que l'Angleterre pouvait être fière des génies qu'elle engendrait avec une généreuse prodigalité »). Ainsi encouragé, Mr Bazzard avait compris qu'enfin le monde lui rendait justice. Son visage s'était épanoui d'étonnante manière et, dès le matin de ce jour mémorable, il s'était installé dans le petit théâtre pour assister aux derniers préparatifs et régler les derniers détails de la représentation, entouré d'une cour de génies méconnus qui le félicitaient de sa réussite et qui rageaient intérieurement de voir leur génie méprisé et la médiocrité récompensée.

À la résidence du chanoine mineur, Mrs Crisparkle s'affairait aux derniers préparatifs du repas qui devait réunir, ce jour-là, les principaux personnages de ce récit.

— Nous ne serons que huit, cette fois, maman, dit en souriant le chanoine mineur. Et aucun importun ne viendra troubler l'ordonnance du repas. J'y veillerai personnellement.

Il ne pouvait cependant s'empêcher de songer avec mélancolie au fait que Neville ne serait plus parmi eux, et le souvenir de Jasper, qui avait été pendu quelques jours plus tôt, lui gâchait le plaisir qu'il prenait à cette petite fête. Il évitait cependant d'évoquer ce sujet devant Mrs Crisparkle, qui ne se pardonnait pas d'avoir si mal jugé Neville et de s'être laissé influencer par les calomnies de Jasper.

— Il faut que je compte sur toi, Sept, dit la charmante bergère de porcelaine. Je ne pourrais vraiment pas servir neuf personnes à table.

— Mais, maman, répondit le chanoine mineur, tu en as servi neuf la dernière fois. Il faut donc croire que c'était possible.

— Je ne pourrais plus le supporter, Sept. Tu me jures que Mr Honeythunder ne nous tombera pas du ciel au dernier moment?

— Ne t'inquiète pas, maman. J'ai vu Mr Honeythunder il y a quinze jours, dit en souriant le chanoine mineur. Ce philanthrope abusif, qui aurait voulu voir Mr Neville pendu pour un crime qu'il n'avait pas commis, a eu le front de me présenter ses condoléances pour la mort de mon malheureux élève. Je lui ai dit si vertement ce que je pensais de lui, de la philanthropie en général et de sa philanthropie en particulier que je ne pense pas qu'il soit très tenté par l'idée de me revoir. Je crois pouvoir te garantir que nous n'entendrons plus parler de lui.

— Tant mieux, Sept, soupira la vieille dame. Je n'aimerais pas du tout le rencontrer.

Mr Grewgious, qui était allé rendre visite à sa pupille au couvent des Nonnes, pour régler avec elle les derniers préparatifs en vue de son mariage avec Mr Tartar, arriva le premier.

— Ces dames ne sont pas encore prêtes, dit-il lorsque Mr Crisparkle l'eut introduit au salon, et j'en ai profité pour venir seul. Je voulais vous parler.

— Je vous écoute, fit Mr Crisparkle.

— Il y a un an, presque jour par jour, commença Mr Grewgious en se lissant le crâne, ce qui révélait, comme chaque fois, un état de préoccupation anormale... À vrai dire, poursuivit-il, je ne sais pas par où commencer. Ce que j'ai à vous dire ne vous plaira peut-être pas.

— Je puis tout entendre, fit Mr Crisparkle avec un bon sourire. Et je crois deviner ce que vous avez à me dire. Vous avez peur de heurter certains sentiments que je pourrais avoir. Mais si j'ai éprouvé ces sentiments, il ne faut pas vous en soucier.

— Hem! fit Mr Grewgious en le regardant avec attention. Je sais que votre caractère a la fermeté du roc. Donc, il y a un an, presque jour pour jour, lorsque Mr Edwin Drood est venu me trouver immédiatement après avoir miraculeusement échappé à la folie meurtrière de son oncle, il m'a confié qu'à travers toute cette épreuve, c'était la pensée de Miss Landless qui l'avait soutenu. Il savait, presque avec certitude, que son oncle allait tenter de le tuer. Il avait été mis en garde, d'une manière extraordinaire, par la vieille fumeuse d'opium. Cette circonstance lui a permis, comme vous le savez, de se soustraire à l'étranglement en faisant le mort avant que Jasper ait pu terminer son œuvre. Il avait pris de terribles risques, et il le savait. Mais au plus fort de cette scène atroce, il affirmait que c'était la pensée de Miss Landless qui lui avait permis de ne pas faiblir. Je l'ai mis en garde à ce moment, contre l'exagération des sentiments de la jeunesse, contre les emportements sentimentaux qui ne lui permettent pas de juger sainement la situation réelle. Mais depuis cette époque, ses sentiments sont demeurés extraordinairement constants. Vous me suivez, mon révérend?

Mr Crisparkle semblait en effet ne plus l'écouter que d'une manière distraite. Ses pensées semblaient l'entraîner beaucoup plus loin que les paroles de Mr Grewgious. Il sourit et fit un petit geste de la main.

— Oui, certainement, continuez.

— Pendant tout le temps où, sur mes instructions, il est resté en contact avec Mr Bazzard, pendant tout le temps où il a joué ici le rôle de Mr Datchery, il m'a fait dire à plusieurs reprises que, sans la pensée de Miss Landless, il n'aurait pas pu continuer à jouer ce rôle. Or, récemment, il a pu constater que Miss Landless partageait ses sentiments. Les jeunes gens se sont rencontrés et se sont avoué leur mutuel attachement. Mr Drood m'a demandé de vous le dire, puisque Miss Landless est maintenant votre pupille. Ils attendent tous les deux que vous leur donniez votre bénédiction.

Mr Crisparkle ne répondit pas tout de suite. Il paraissait poursuivre un rêve intérieur.

— Pour vous, elle n'est que votre pupille, n'est-ce pas ? fit Mr Grewgious sur un drôle de ton.

— Si j'ai jamais rêvé qu'elle devienne autre chose, fit Mr Crisparkle avec un sourire mélancolique, je vous assure que j'en ai perdu jusqu'au souvenir. C'est sans aucun regret que je leur donnerai mon consentement, et mes vœux les accompagneront.

— Voilà qui est fort bien. Autre chose, pendant que nous sommes seuls. Je n'ai pu résister à la tentation d'aller voir notre ami la semaine dernière.

— De quel ami parlez-vous ? demanda Mr Crisparkle.

Mr Grewgious leva la main et l'agita doucement.

— Celui qui s'est balancé au bout d'une corde. Je dois dire qu'il se balançait très élégamment.

— Quoi ? s'écria Mr Crisparkle sans pouvoir cacher un sentiment d'horreur. Vous avez assisté à son exécution ?

— Oui, fit Mr Grewgious en poussant un soupir. Au risque de passer à vos yeux pour sadique et sanguinaire, je dois vous avouer que j'avais besoin de le voir se balancer pour être complètement rassuré. Et savez-vous qui j'ai rencontré devant l'échafaud ? Je vous le donne en mille : Deputy.

— Cet enfant ! s'écria Mr Crisparkle.

— Oui. Ce garnement s'était spécialement dérangé pour aller voir son ennemi accroché au bout de sa corde. Je crois, ajouta-t-il avec un soupir, qu'il serait bon qu'on s'occupe de son éducation. L'horreur instinctive qu'il éprouvait pour Jasper parle en sa faveur. Son fonds doit donc être bon. Je suis un homme particulièrement guindé, poursuivit Mr Grewgious, et je n'ai pas une grande expérience en ce qui concerne les enfants. Je vis seul, et il ne me serait pas désagréable de donner un but à ma vie, maintenant que je n'aurai plus à m'occuper de ma pupille. Ne croyez-vous pas que cet enfant accepterait de venir vivre à Londres avec moi ? Il serait mieux qu'ici. Je m'occuperais de lui, il me rendrait de menus services, et je veillerais à son éducation.

Mr Crisparkle, en observant Mr Grewgious, s'étonna une fois de plus du cœur que cachait cet excellent homme sous des dehors rébarbatifs.

— Je le lui demanderai, si vous le désirez, répondit-il, mais je suis certain qu'il acceptera avec enthousiasme. Il manquera à Durdles, ajouta-t-il en souriant.

Un coup de sonnette interrompit leur conversation.

— Voilà le reste de vos invités, fit Mrs Grewgious.

C'étaient eux, en effet. Edwin Drood et Mr Tartar, qui venaient tous deux de Londres, étaient passés prendre Rosa, Helena et Miss Twinkleton au couvent des Nonnes. Et maintenant, ils se trouvaient tous réunis dans le confortable salon de la résidence du chanoine mineur. C'était une réunion un peu mélancolique. Trop d'événements les avaient marqués pendant cette année, et leur souvenir était encore trop frais. Chacun d'eux avait eu sa part de peines et de joies, et quelque chose désormais leur en resterait toujours. Un homme, dans son génie malfaisant, avait bouleversé le cours paisible de leurs existences comme la tempête qui secoue une nonchalante rivière. Maintenant qu'il avait disparu de la scène, le calme ne revenait que progressivement, mais plus jamais ils ne connaîtraient l'insouciance des jours passés.

Plus tard, lorsqu'ils furent tous réunis autour de la table sous l'œil attendri de la bergère de porcelaine, Mr Crisparkle leva son verre à l'avenir qui s'ouvrait devant eux. Il évoqua le bonheur qui attendait les quatre jeunes gens et sourit en les voyant échanger des regards de confiante tendresse. Pour eux, la vie commençait. De nouvelles joies et de nouvelles peines les attendaient mais ils ne seraient plus seuls pour les affronter. Miss Twinkleton exprima l'avis que les effets d'une bonne éducation feraient de leur existence un perpétuel paradis si les jeunes filles se conformaient aux principes qu'elle leur avait inculqués, et si les jeunes gens se montraient dignes de posséder les incomparables trésors qu'elle, Miss Twinkleton, avait si patiemment façonnés pour les leur remettre. Mr Grewgious et Mr Crisparkle échangèrent au-dessus de la table un éloquent regard, et chacun d'eux poussa un petit soupir résigné dont il eût été difficile de déterminer s'il était provoqué par le discours de Miss Twinkleton ou par la pensée de ce qui aurait pu être mais n'avait pas été.

Postface
LES ÉLÉMENTS D'UNE SOLUTION

En terminant *Le Mystère d'Edwin Drood*, je ne prétends pas avoir fait œuvre originale, et je ne prétends pas l'avoir terminé exactement comme Charles Dickens l'aurait terminé si le destin lui en avait laissé le temps. Si le lecteur trouve une certaine unité entre le texte de Dickens et la fin que je lui ai ajoutée, je n'en revendique pas le mérite. Car, à vrai dire, ce n'est pas Dickens que j'ai continué, mais ma propre traduction. Si au contraire la continuité entre les deux parties ne lui paraît pas probante, je lui demande son indulgence. La tâche que j'ai entreprise était pleine d'embûches, et je n'affirme pas qu'en l'accomplissant je n'ai pas trahi l'auteur. J'ai loyalement essayé de terminer son dernier roman en partant des éléments que lui-même nous a donnés dans son texte, dans ses paroles, et dans ses écrits. En le faisant, je n'ai cherché qu'à faire connaître une de ses œuvres qui ne compte pas parmi les moins attachantes. Dickens est un auteur populaire. Il écrivait pour le grand public et c'est pour le grand public qu'il a composé *Le Mystère d'Edwin Drood*. Malheureusement, le grand public n'aime pas commencer un livre dont il ne connaîtra jamais la fin. Dans la forme où Dickens l'avait laissé, *Le Mystère d'Edwin Drood* ne pouvait plus intéresser que ses commentateurs et ses fervents. Il ne pouvait toucher ce grand public pour lequel il avait été écrit. En lui donnant une conclusion, bonne ou mauvaise, j'aurai au moins donné au lecteur la fin qu'il réclamait, et je pense lui avoir permis ainsi de connaître une œuvre de Dickens que, sans cela, il aurait continué à ignorer.

Depuis que je m'étais intéressé au *Mystère d'Edwin Drood*, j'avais été frappé par le nombre de solutions qui ont été proposées par d'innombrables commentateurs, et par le peu de tentatives qui ont été faites pour terminer l'ouvrage. La plupart des commentateurs s'en sont abstenus, je le sais, par respect pour Dickens. Mais n'est-ce pas faire preuve de plus de respect encore que de contribuer à le faire connaître aux lecteurs pour lesquels il écrivait?

Je ne tenterai pas de défendre longuement la solution que j'ai cru pouvoir apporter au mystère. En réalité, j'ai toujours considéré qu'il n'y avait pas de mystère. Dès la première lecture du roman inachevé de Charles Dickens, j'ai eu la certitude d'en connaître la solution. Cette solution, d'autres l'ont vue avant moi. Mais parmi toutes celles qui ont été proposées, c'est celle qui a connu le moins de défenseurs. Je tiens cependant qu'elle est la seule qui explique tout, et qui se déduise presque avec certitude des éléments que nous a laissés l'auteur.

Le mystère tient en deux points d'interrogation: Edwin Drood est-il mort? Qui est Mr Datchery? Pour moi, les deux questions ont une seule réponse: Edwin Drood n'est pas mort, il est Mr Datchery.

Je ne veux pas m'arrêter à expliquer les raisons qui m'ont poussé à attribuer telle réaction et tel comportement aux personnages secondaires ou épisodiques. Dickens les eût sans doute fait parler et agir autrement.

Mais j'ai l'absolue conviction que la réponse qu'il fallait donner aux deux questions essentielles était celle que je leur donne aujourd'hui. G. K. Chesterton avait déjà déclaré que si Edwin Drood n'était pas mort, lui seul pouvait être Mr Datchery. Personnellement, je ne vois pas le sens de cette réserve. Il me paraît que le problème se résout de la manière suivante : « Edwin Drood seul peut être Mr Datchery, *donc* il n'est pas mort. »

Nous n'allons pas passer en revue toutes les solutions qui ont été apportées par les nombreux commentateurs de Charles Dickens. Plus de cinquante volumes ont été écrits sur ce sujet et il m'a toujours paru qu'on a gâché beaucoup d'encre pour couper les cheveux en quatre, alors qu'il en fallait si peu pour terminer l'ultime roman de Charles Dickens. Je voudrais retenir simplement ceci : tout le monde, ou presque, est d'accord pour considérer que Mr Datchery n'est pas un inconnu. C'est un personnage manifestement déguisé, donc qui doit être connu des principaux protagonistes. Ceci posé, qui peut-il être? On a successivement cité les noms de Neville Landless, d'Helena Landless, de Mr Bazzard, de Mr Tartar, et de Mr Grewgious lui-même. Tous ces personnages appartiennent au groupe Staple Inn. Or, nous les trouvons tous, ensemble ou séparément, à Londres, à l'époque où Mr Datchery s'est installé à Cloisterham. Ceux qui ont défendu ces diverses solutions l'ont si bien senti, ils ont si bien compris que ce fait seul rendait leurs hypothèses boiteuses qu'ils n'ont pu s'en tirer que par une astuce un peu grosse : ils ont essayé de prétendre que le chapitre 18 où apparaît Mr Datchery n'était pas à sa place et devait s'intercaler entre les chapitres 22 et 23! On conviendra qu'on ne peut guère accorder de crédit à des hypothèses qui ne peuvent se vérifier que si l'on bouleverse d'abord le plan de l'ouvrage tel que l'avait conçu Dickens. Mais Mr Datchery, dirait-on, pouvait vivre simultanément à Cloisterham et à Londres, et ne faire que de successives apparitions aux deux endroits. Constatons simplement que Dickens lui-même a soigneusement réuni, dans le texte, tous les éléments qui doivent rendre cette hypothèse invraisemblable. En effet, Mr Datchery, en s'installant dans l'appartement des Tope, a décidé de laisser constamment sa porte ouverte. Dickens nous le montre, écrivant à sa table de travail, sous le regard constant de tous les passants de la porte voûtée. S'il était l'un des membres du groupe de Staple Inn, ses absences de Cloisterham auraient été fréquentes, et elles n'auraient pas manqué d'être remarquées, non seulement à cause de l'omnibus et du train qu'il lui fallait prendre, mais aussi à cause de cette présence constante particulièrement visible dans le logis de la porte voûtée. Il est vrai que, dans le groupe de Staple Inn, Dickens a laissé un personnage dans l'ombre : c'est celui de Mr Bazzard qui, au moment des faits, se trouve précisément être en congé. Il est pratiquement le seul qui, matériellement, aurait pu être Datchery. Mais une lecture même superficielle montre immédiatement qu'il ne peut y avoir aucun point commun entre le sombre et taciturne Mr Bazzard, et le pimpant et bavard Mr Datchery. Et même, abstraction faite du déguisement de ce dernier, il n'existe pratiquement aucun point de ressemblance physique entre les deux hommes. Mais l'absence de Bazzard au moment de la présence de Datchery à Cloisterham me paraît prouver que Bazzard est bien le lien entre Edwin Drood-Datchery, et le groupe de Staple Inn, ou tout au moins entre Edwin Drood et Mr Grewgious.

Ce seul point me paraît suffisant pour éliminer radicalement toutes les hypothèses autres que celles de l'identité entre Edwin Drood et Datchery. Il en résulte donc qu'Edwin Drood n'est pas mort.

Cependant, quatre-vingt-dix pour cent des commentateurs ont rejeté cette hypothèse, après avoir admis qu'elle paraissait la plus logique. Et ils l'ont rejetée, dans l'ensemble, pour une seule raison. Cette raison, c'est la réponse donnée par Charles Dickens à son fils qui l'interrogeait, et qui lui demandait : « Bien entendu, Edwin Drood a été assassiné ? » Et à qui Charles Dickens répondit : « Bien sûr, Edwin Drood a été assassiné. Que peux-tu supposer d'autre ? »

L'argument me paraît particulièrement mince. Nous savons que Dickens se refusait absolument à communiquer à quiconque les éléments d'une solution d'Edwin Drood. À son ami Foster, il déclarait : « J'ai une nouvelle et puissante idée en ce qui concerne mon nouveau livre. Mais c'est une idée que je ne peux communiquer à personne, sans quoi l'intérêt du livre serait détruit. » La raison qui le poussait à refuser la solution à Foster valait tout autant pour la refuser à son propre fils. Par contre, Dickens nous a laissé bon nombre d'indications qui me paraissent établir d'une manière certaine qu'Edwin Drood n'est pas mort. Parmi ses notes on a retrouvé quelques-uns des titres auxquels il avait songé pour son nouveau roman, en dehors de celui auquel il s'était arrêté définitivement. Parmi ces titres, nous trouvons : *The Flight of Edwin Drood*, c'est-à-dire « La Fuite d'Edwin Drood » et *Edwin Drood in Hiding*, c'est-à-dire « Edwin Drood s'est caché ». Personnellement, ces deux titres me paraissent absolument éloquents, et certainement plus convaincants qu'une simple phrase dite par Dickens à son fils pour lui cacher la vérité. Enfin, lorsqu'on lit et relit attentivement le texte de Dickens comme j'ai dû le faire pour le traduire, on finit par découvrir un certain nombre de mots et de phrases dans lesquels Dickens a entrouvert le rideau destiné à nous cacher la vérité. Je veux bien admettre que le titre du chapitre 14 : « Quand se retrouveront-ils tous les trois ? » n'est pas concluant, encore qu'il suggère certainement la possibilité d'un retour d'Edwin Drood. Je trouve plus concluante la réponse donnée par Edwin Drood à la princesse Bouffarde qui vient de lui déclarer que Ned est menacé : « Le proverbe dit que les gens menacés vivent longtemps. » Je trouve également important le fait que Dickens, qui ne nous a jamais donné la moindre indication sur l'aspect physique d'Edwin Drood, a cru bon de nous faire remarquer qu'il s'était fait couper les cheveux – « la moitié de la tête », comme dit Rosa. Je ne puis manquer de rapprocher cette circonstance du fait que Mr Datchery porte une perruque et que, comme chacun sait, il est compliqué de faire tenir une perruque sur une chevelure abondante. Enfin, je considère qu'il est une phrase au début du chapitre 21, qui constitue véritablement la clé du mystère, et qui ne peut laisser aucun doute quant aux intentions de Dickens. À ce moment de l'action, dans la solution que j'ai adoptée, Mr Grewgious est déjà au courant de la fuite d'Edwin Drood, et il est en contact avec Bazzard qui sert d'agent de liaison entre lui et le neveu de Jasper. Veut-on bien considérer sous cette lumière la phrase prononcée alors par Mr Grewgious : « Quand on se trouve dans l'embarras ou en difficulté, on ne peut pas prévoir où l'on trouvera une issue. C'est un principe que j'applique toujours en affaires : ne jamais se fermer une porte de sortie et ne négliger aucune des possibilités qui peuvent s'offrir. Je pourrais vous raconter une anecdote à ce propos, *mais ce serait prématuré.* » N'est-ce pas là une indication lumineuse? De quelle anecdote peut-il s'agir? Et pourquoi serait-il prématuré de la raconter? Cette phrase, qui semble anodine, ne peut avoir de sens que s'il s'agit de la manière dont Edwin Drood s'est tiré d'une situation apparemment inextricable. Une pareille anecdote illustrerait exactement la réflexion que vient de faire Mr Grewgious. Et on comprend très bien qu'il serait prématuré de la raconter, puisque, pour arriver à démasquer le coupable, il convient qu'Edwin Drood continue à se cacher sous un déguisement et que tout le monde, jusqu'au bout, soit persuadé de sa mort. L'allusion à toute autre anecdote ignorée du lecteur serait vide de sens.

Je n'ai pas lu tous les commentaires qu'on a pu faire sur *Le Mystère d'Edwin Drood*. Mais j'en ai lu beaucoup. Jamais, chez aucun commentateur, je n'ai pu trouver l'argument capable de faire rejeter cette solution, qui est la plus simple. Cette solution si claire, si logique, si naturellement amenée par les faits est celle que la plupart des commentateurs n'ont rejetée qu'en la regrettant, et pourquoi? Parce que, contre le faisceau de présomptions qui militent en sa faveur, ils opposaient une simple phrase de Dickens, phrase ambiguë qui n'a manifestement été prononcée que pour égarer les curieux sur une fausse piste.

En cela, j'espère n'avoir pas trahi Charles Dickens, j'espère que jusqu'au bout le lecteur se sera égaré comme il l'aurait voulu, et que la découverte de la solution aura pu lui donner la surprise que l'auteur entendait lui réserver.

Paul KINNET

TABLE

Cet ouvrage a été composé
par Atlant'Communication
au Bernard (Vendée)

Impression réalisée par

BLACKPRINT IBERICA

en novembre 2012
pour le compte des Éditions Archipoche

Imprimé en Espagne
N° d'édition : 207
Dépôt légal : avril 2012